KB211100

자녀에게 보낸 편지

자녀에게 보낸 편지

1판 1쇄 발행 | 2020년 2월 5일
지은이 | 박명수
발행인 | 이선우
펴낸곳 | 도서출판 선우미디어
등록 | 1997. 8. 7 제305-2014-000020
02643 서울시 동대문구 장한로 12길 40, 101동 203호
☎ 2272-3351, 3352 팩스: 2272-5540
sunwoome@hanmail.net

값 13,000원

※ 이 도서의 국립중앙도서관 출판예정도서목록(CIP)은 서지정보유통지원시스템 홈페이지(http://seoji.nl.go.kr)와 국가자료공동목록시스템(http://www.nl.go.kr/kolisnet)에서 이용하실 수 있습니다.(CIP제어번호:CIP2020001813)

ISBN 978-89-5658-634-2 03810

자녀에게 보낸 편지

박명수 지음

선우미디어 sunwoomedia

머리말

유학 간 자녀들에게 E-mail로 보냈던 글을 그 동안 몇 편 소개하였다.

애들의 전공 분야에 대한 지식이 없어 전공 관련한 조언은 할 수 없었고 다만 내 전공 분야와 그동안 내가 읽고 생각했던 바를 보냈던 것이다. 나는 은행원으로 27년을 근무하다가 IMF 경제 위기를 맞아 은퇴하였다. 그 뒤 3년여 기간을 예금보험공사에서 근무하였고 지금은 집에서 자유롭게 시간을 보내고 있다.

은행 재직 시에 해외에서 7년여의 기간을 근무했다. 여기 쓴 여행담은 주로 해외에서 보고 겪은 얘기이다. 가족이 함께 해외생활을 하게 되어 자녀들이 우리나라 사정이나 역사에 대하여 공부할 시간이 없어 그 분야를 많이 얘기해 주고 싶었다.

재승덕박(才勝德薄)하지 않도록 역사의 사례를 인용하여 나름대로는 자녀들에 대한 교육으로 가름한 것이다. 특히 중국 역사에 관심이 많았던 나는 고전에서 전해 오는 이야기를 많이 발췌하여 교훈적인 얘기를 들려주려 노력했다. 우리나라 역사와 함께 주변 국가들에 대한 관계도 알아야겠다는 생각으로 일본에 대하여도 언급하였다.

외국에서 지내다 보면 우리나라에 대한 질문도 많이 받지만 이웃 국가와의 관계에 대하여도 많은 질문을 받게 된다. 박사과정을 공부하고 있는 애들에게 잘못된 정보를 주지 않기 위하여 나름대로 새롭게 책도 찾아보고 유명 교수님의 강의도 들으면서 내 딴에는 열심히 공부하였다. 그러나 워낙 짧은 실력이라 세상에 발표하기가 두려워 망설였으나 자녀들의 권유로 용기를 냈다.

다행스럽게 부모의 기대에 부응하여 열심히 공부한 큰딸은 오래 전에 박사학위를 끝내고 미국 동부지역 대학에서 정치학 교수로 재직하고 있다. 작은딸은 국내에서 의과대학을 마치고 현재 대학병원에서 의사로 근무한다. 아들은 공학박사 학위를 끝낸 후 몇 년 전부터 실리콘 밸리에 있는 유명 IT회사에 근무하고 있다.

부모의 명성과 재산으로 얻은 행운을 자랑하는 것은 호감을 받지 못하는 일이다. 자신의 업적도 뚜렷이 없는 사람이 자식들에 얹혀 이름을 알리는 것도 별로 떳떳한 처신은 아니라고 생각해 왔다. 그러나 평범한 삶을 살다 가는 갑남을녀의 한 사람으로서, 그나마 애들에게 기대어 이런 글을 남기는 데 일말의 보람도 느낀다. 한편으로는 혹시나 나와 같은 시대를 살아온 많은 사람들에게 자신들의 생각을 발표할 수 있도록 용기를 주고자 하는 바람도 포함되어 있다.

모범적인 부모의 삶을 보여 주려고 노력했지만 시운이 따르지 않아 애들에게 경제적인 도움은 주지 못했다. 그러나 부모의 도리를 다하지 못한 것은 아니라는 점을 우리 세대의 많은 부모들에게 일려주고 싶은 마음도 있다.

항상 옆에서 나를 비판하고 때로는 용기를 북돋아 주면서 묵묵히 애들에게 모범을 보이며 자신을 헌신한 아내에 대한 깊은 감사의 마음을 이 글로 대신한다.

2020년 새해 벽두에

박명수

차례

1부 일상의 삶에서 느껴보는 세상

2부 해외생활과 여행에서 바라보는 세상

3부 돈으로 다스려지는 세상

1부

일상의 삶에서 느껴보는 세상

군 생활은 심신 단련의 절호의 기회다

– 입대한 아들에게

네가 귀대한 지도 벌써 일주일이 넘었구나.

지난 23일 미국에서 네 큰누나가 와서 집이 매우 활기차다. 작은누나는 여전히 학교 공부(주로 실습)에 기진맥진되어 집에 오는데 옆에서 보기에 안타까울 때가 많다. 건강이 먼저인데 배워야 할 것이 많아 몸을 돌볼 여유가 없는 모양이다.

앞으로 밤을 새워 공부하려면 너도 군 복무기간에 몸을 단련하여 건강하도록 하여라. 건강해야 무슨 일을 하든 즐겁게 할 수 있는 것이다.

지금까지 살면서 나는 대학입학시험을 바로 앞두고 갑자기 위에 탈이 나 어려움을 겪었던 일 말고는 비교적 건강한 편이어서 몸이 아파서 큰 시련을 겪었던 일은 없었던 것 같다.

몸은 건강하게 타고 났지만 지난 삶을 돌이켜 볼 때 내가 끌고 왔다기보다는, 끌려서 여기까지 온 것 같은 느낌이 들 때가 많다.

아직도 내 일생을 말하기에는 시간이 남아있다만, 과거로 돌아가 회상해 보면 그렇게 생각된다. 그 시절에는 나뿐만 아니고 대부분의 사람들이 학교를 마치고 빨리 직업을 가져야 한다는 강박관념이 온통 머릿속을 지배했었다. 직업을 구하여 가족을 돕고, 결혼하고, 어떻게 하면 자녀들을 잘 부양할 수 있을까 하는 일념으로 바쁘게 살다가 오늘까지 오게 되었다.

살면서 즐겁고 행복한 시간도 있었고, 슬프고 괴로운 순간도 많았다. 모든 일이 순조롭게 잘 풀리는가 하면 어느 순간에 절망과 두려움으로 앞이 가로막히는 삶이었다. 어쩌다 보니 부모님은 돌아가셨고 너희들은 지금과 같이 커버렸다.

그러고 보니 삶이란 허무한 것이 아닌가 하는 생각이 너에게 전달될까 봐 걱정이다. 그러나 결코 한 사람의 일생이 그렇게 단순하지 않다는 것을 말해주고 싶어서 이런 얘기를 들려주는 것이다. 어떤 상황에 놓이더라도 멈추어 설 수도 없고 어쩔 수 없이 계속해서 뛰어야 하는 마라톤과 같은 것이라고 알려주고 싶어서 이 글을 쓰고 있다.

여기까지 오면서 여러 사람들로부터 도움도 받았고 배우기도 했지만, 그래도 나에게 가장 많은 영향을 주었던 것은 쉬지 않고 적절한 책을 읽었다는 것이다. 청소년시기에는 이광수의 여러 소설작품과 김형석 교수의 에세이 전집에서 감수성 많은 시기에 낭만적이고 희생적인 사랑이야기에 심취하기도 했단다.

폴란드 작가 시엔키에비츠(Henryk Sienkiewicz) 분할된 조국의 독립을 바라며 쓴 ≪쿼바디스≫에서는 젊은 로마 장군이 한 여성을 통하여 신앙을 깨우치고 많은 장애물을 극복하고 결국 사랑을 쟁취하는 과정을 읽으면서 인내심도 배우고 가슴이 두근거리는 흥분도 느껴 보았다.

≪파우스트≫는 괴테의 불후의 명작으로 인간은 스스로 삶에 만족할 수 있을까? 하는 주제로 60여 년의 세월을 두고 쓴 걸작이다. 파우스트는 독일에서 15~16세기경 실재했다는 마술사인데 철학, 의학, 신학 게다가 연금술의 연구에까지 몰두하여 대학자가 되었으나 삶의 허무를 느

끼고 자실하려 한다. 그때 사탄 메피스토펠레스가 나타나 인생은 즐거운 것이고, 자신의 삶에서 만족을 찾을 수 있다고 유혹한다. 여기서 인류의 영원한 주제이고 소설의 테마가 된 '인간은 스스로 만족할 수 있는가?'의 문제로 신과 악마의 대결로 이야기가 전개된다. 사랑과 환락, 명예와 권세를 가져도 만족하지 못하던 파우스트는 황야의 간척사업으로 많은 백성에게 안식처를 마련해 주는 사업에 만족을 느끼는데

"자유도 생명도 싸워서 쟁취하는 자만이 누릴 자격이 있다."고 외친다.

시간 나면 한 번 읽어 보기를 권하고 싶다. 이 책을 읽으면서 많은 생각을 하게 되었고 지금도 나는 인간의 영원한 숙제인 만족한 삶이란 어떻게 사는 것일까 찾아 헤매고 있지 않나 하는 생각이 들 때도 있다. 어린 시절부터 읽었던 책에서 배운 바가 있어 너희들에게도 책과 빨리 접하게 하려고 미국에 갔을 때나, 캐나다에 갔을 때 제일 먼저 도서관을 찾아가 책 읽는 습관을 길러주려 노력하였던 것이다.

요즈음 우리 사회의 핫 · 이슈는 교육이다.

미국의 경우도 마찬가지인 모양이다. 부시 행정부의 페이지 교육부 장관은 "초등학교의 교육에서 가장 중요한 것이 무엇이냐?"는 질문에 다음과 같이 대답했다.

"책 읽기를 가르치는 것이다. 읽기 능력은 배움으로 가는 길이며 평생의 배움과 인격 성장의 핵심이다. 너무나 많은 어린이들이 독서를 하지 않고 살고 있다. 나는 모든 학교가 책읽기에 대한 사랑과 그 효과에 대해 강조해야 한다고 생각한다. 모든 어린이들이 읽고 배울 수 있게 하는 것이 나의 최우선 관심사이다." 그는 세계의 학부모들에게 전하고 싶은 말에 대해서는 "부모는 가장 중요한 교사다. 부모는 자녀교육에 적극

참여해야 하고 어린이들에게 책을 읽어 주어야 한다. 학교에서 어떤 일이 있었는지 아이들과 이야기하고 아이들의 학교생활을 지켜봐야 한다."고 말했다.

부모가 자녀의 교육 및 인생에 얼마나 중요한 역할을 하고 있는지 새삼 우리를 깨우치게 하고 있다.

소설을 읽고 철학서적과 역사책을 읽으면서도 많은 것을 배웠지만 특히 어릴 때 읽었던 위인전에서 나는 가장 많은 영향을 받았던 것 같다. 위인들의 전기를 읽으면서 깨달은 것은 그들이 자라면서 주변 사람들로부터 교화되어 가고, 지도 받았던 일들을 생각해 보면서 나에게도 그런 기회가 주어졌다면 좋았을 것이라는 생각도 해 보았었다.

어떤 사람도 어릴 때부터 위인이었던 사람은 없고, 어느 누구도 자신의 삶을 처음부터 계획표를 만들어 놓고 그 계획대로 살아간 사람은 없다는 것도 알게 되었다. 다만 그들이 보통사람과 다른 점은 자신이 좋아하는 분야에 남다른 노력과 정열을 쏟았고, 자신의 신념을 믿고 몰두하여 목표하는 바를 이루었다는 것이다. 요즈음 학설로 받아들여지고 있는 하루 3시간씩 10년을 몰두하면 바라는 목표를 달성할 수 있다는 '만 시간의 법칙'을 몸소 실천하였던 셈이다. 이런 노력은 개인적인 능력이 발휘되는 예술이나 학문 스포츠에서 특히 빛을 발했고, 다른 사회활동 분야에서도 신념을 가지고 그런 노력을 지속한 사람들은 대개 성공을 거두었다.

성공한 사람들을 보면 기업이나 단체 국가의 운명이 걸린 절체절명의 순간에 자신의 결단으로 많은 사람에게 영향을 줄 수 있는 위치에 서 있었다. 그런 위치에서 현명한 결단을 내릴 수 있으려면 평소에 충분한 대비가 있어야만 가능하다. 그래서 전쟁이 없는 시기에도 군인은 전쟁에 대비한 훈련이 필요한 것이고, 학생은 시기에 맞추어 필요한 지식을 습득하는 공부를 해야 한다. 학자와 기업가, 사회의 지도자들은 현재의 상황에 안주하지 않고 새롭게 닥쳐올 난관이나 미래의 상황에 대처할 방법을 부단히 연구하고 찾고 있는 것이다.

오늘날 우리 사회는 하루하루가 몰라보게 변화해 가고 있다. 어떤 일이 내일 닥쳐올지 모르는 그야말로 불확정성시대에 살고 있다.

요즈음 기업에서는 상상력이 많은 사람을 선호하고 또 그런 직원을 채용하려는 이유도 과거와 같이 고답적으로 사회가 흘러가지 않기 때문이다. 하루가 다르게 발전하고 있는 과학기술은 예상외의 특수한 제품을 만들어내고, 신상품의 등장은 예기치 못한 사회변화를 불러온다.

어제까지의 성장산업이 환경오염의 주범이 되어 하루아침에 쇠퇴(衰退)하고, 새로운 분야의 기업이 신성장산업으로 등장한다. 그야말로 격변의 시기다.

기발한 광고가 나타나 구매욕을 북돋우고 새로운 판매 기법으로 성과를 올리고 있다. 기업은 이런 현상을 반영하여 개성 있고 창의력 풍부하고 다채로운 경력을 가진 직원을 선호하고 있는 것이다.

이러한 때에 미래에 닥쳐올 변화를 조금이나마 먼저 예측하고 미리 대비한다면 큰 도움이 되리라 생각된다. 이에 대처하는 좋은 방법으로 항상 책을 읽는 것이다. 책 속에서 세상과 접할 수 있고 다른 사람들의 생각도 읽을 수 있다. 신간서적에서는 선진국의 학문방향도 알 수 있고 첨단세계의 흐름도 감지할 수 있다. 고전을 통하여서는 현재까지 축적된 세상의 모든 지식과 지혜도 습득할 수 있게 된다. 책을 읽으면서 생각에 몰두하다보면 자신만의 안목도 생긴다. 의심난 점은 교수님에게 물어보아 확실하게 터득하여 자신의 지식이 되게 하는 것이다. 또한 읽었던 내용을 반추해 보며 장래를 구상해볼 수 있는 조용한 시간을 갖고 명상도 한다면 금상첨화일 것이다.

지금은 군 생활이라 한계가 있겠지만, 제대 후의 이런 생활을 동경하면서, 현재의 군 생활에 의미를 부여한다면 자유의 중요함을 체험으로 깨달을 것이다.

미래학자들의 여러 예측도 있었지만 미래는 예상한 방향과 같이 변하는 경우는 없었다. 다만 열심히 생각하고 연구한 사람들은 변화의 기미를 민감하게 감지하고 한 발 앞서 먼저 대처할 수 있었다는 것이다.

≪생각의 속도≫에서 빌 게이츠는 '생각의 속도는 느낌에 따라 다르다'고 하었나. 변화의 속도에도 적용된다고 할 수 있을 것이다.

생각의 속도를 한마디로 말할 수 없듯이 변화의 속도도 느낌에 따라서 얼마든지 달라질 수 있으리라 본다. 이렇게 예측할 수 없는 변화에 구애받지 않고 꾸준하게 내일을 대비하여 준비하는 사람이라면 어떤 경우에도 성공할 수 있지 않겠니?

그러면 어떤 사람이 닥쳐올 미래를 꾸준히 준비하며 대비할 수 있을까?

여기에서 우리는 한 사람의 가치관이나 인생관, 세계관을 얘기하게 된다. 어떻게 사는 것이 보람 있는 삶이고 어떻게 살았을 때 자신의 삶을 후회하지 않고 그래도 가치 있는 삶을 살았다고 자위할 수 있을 것인가는 전적으로 자신의 의지와 결심에 달려 있다. 확고한 신념 없이 자신의 가는 길을 우왕좌왕 망설이는 것은 자신감 결여로 미래에 대하여 늘 불안감만 가중시킬 것이다.

청소년기에는 다방면으로 폭을 넓히는 시기여서 방황할 수 있다. 그러나 어느 시기에 이르면 자신의 길을 확고하게 다져야 한다.

서두에 얘기한 대로 어떤 위인도 어린 시절부터 자신의 일생을 스케줄에 맞추어 사는 사람이 없다고 한 것은 청소년기를 말한 것이고 중대한 시기에는 결단이 필요하다. 대학 진학 때 학과의 선택 같은 문제는 우리나라에서는 대단히 중대한 기로이다. 물론 너는 주변에서 추천하는 의대를 마다하고 네 뜻에 따라 원하는 대로 전공학과를 선택한 것을 후회하지 않으리라 믿는다. 앞으로도 직업의 선택이나 배우자의 선택 등 중대 결정을 내려야 할 일들은 많이 있다. 이런 기로에서의 중대 결정은 그동안 자신이 생각해 오던 가치관과 인생관에 의하여 선택하게 되는 것이다. 그리고 그 선택의 옳고 그름은 자신의 일생에 큰 영향을 주게 된다.

요즈음 '돈이 신'이라고까지 하는 시대에 우리는 살고 있다. 돈에 대한 부정적인 생각을 갖는 것도 금물이다마는 모든 것을 경제 위주로만 생각하는 것도 바람직한 것은 아니다.

만약 너에게 50억을 유산으로 물려준다면 너는 그 돈을 은행에 저축하고 놀고 지내도 현재의 이자율로 따지면 일 년에 3억 가까운 소득이 생긴다. 세금을 제하고도 월 2천만 원은 될 터이니 너는 평생을 취미생활이나 좋아하는 운동, 여행을 하면서 지낼 수 있을 것이다.

이렇게 네 일생을 끝내고 죽음에 이르렀을 때 과연 그런 삶이 보람 있고 행복한 삶이었다고 고백할 수 있겠니? 대개의 사람들은 이런 삶을 행복한 삶이라고 생각하겠지만 조금만 달리 생각해 보면 자신이 정말 좋아하는 일에 일생동안 혼신의 힘을 다하여 목적을 이루었을 때의 성취감, 행복감에 비할 수 있을까? 또한 그 성공으로 여러 사람에게 큰 혜택이 돌아가게 한 업적을 낸 사람과 견주어 보면 금방 답이 나올 것이다.

몸이 한창 자랄 청년기에는 육체의 쾌락이 행복의 전부로 생각하는 경향이 있지만, 나이가 들수록 진정한 행복은 정신적인 기쁨이 함께 해야 한다는 사실을 깨닫게 된다. 위인들 중에도 젊은 시절 향락에 몰두하였던 자신을 후회하는 사람이 많다. 젊은 날 몸과 정신이 왕성하게 커갈 때, 하찮은 일에 몰두하여 정력을 낭비해서는 안 된다.

단층 건물은 삽질만 잘하는 재주로도 지을 수 있지만, 100층 건물을 지으려면 고차원의 지식이 요구된다. 높고 큰 목표는 많은 노력과 끈기를 가지고 오랫동안 뛰어야 도달할 수 있는 것이다. 앞에서 말했지만 인생은 단거리 경주가 아니고 긴 여정의 마라톤이다.

젊은이는, 꿈을 높고 큰 것에 두고 터전을 넓고 깊게 닦고, 긴 안목으로, 한 걸음 한 걸음 쉬지 않고 목표를 향해 나아가야 한다.

나는 사람을 평가할 때, 육체나 정신적인 결함이 없는데 자기 한 몸도 바르게 건사하지 못하는 사람을 최하로 친다. 다음으로는 오로지 자신만을 건사하는 사람이고, 가족까지 돌보고 보살피는 사람, 이웃과 사회에까지 혜택을 베푸는 사람, 국민이 우러를 만한 업적으로 국가에 공헌한 사람 순으로 평가하고, 내가 가장 존경하는 사람은 국가와 민족을 넘어 인류의 발전을 한 단계 올리는데 기여한 사람이다. 능력이나 업적이 다를 수도 있지만, 일반적인 기준으로 이렇게 구분하였다.

우리 세대의 사람들은 의식주 해결이 우선 과제였기에, 취업이 잘 되는 공대, 상대, 의대, 법대 등의 학과에 진학하기를 원하였다. 졸업 후에도 직장을 구하여 생계를 해결하는데 몰두하지 않을 수 없었다.

그렇기 때문에 요즈음에도 많은 부모들의 바라는 바는 옛날의 생각이 바탕에 깔려 있다. 그래서 의대, 법대, 경영대 등 돈벌이가 잘되고, 취업에 지장이 없고, 서민생활을 곧바로 벗어나 한 단계 신분 상승을 할 수 있다고 생각되는 길을 추천하고 있다.

현재 상류층이라 생각하는 사람들은 자신들이 속해 있는 직장인 – 의사, 법관, 고급공무원, 회사중역 – 등 자신의 대를 이을 수 있는 학과와 일류대학을 추천하고 있는 것이다.

그러나 나는 좀 다르게 생각하고 있다. 우리 세대는 그랬다마는 너희들은 단순한 편안함이나 의식주 문제보다는 더 보람 있고 의미 있는 일을 찾아 먼 미래를 내다보면서 무대를 넓혀 넓은 세상으로 호쾌한 인생을 설계해 보는 것도 바람직하다고 생각한다. 우리 세대에서나 했던 고민은 이제 탈피할 때가 되었다.

너희들이 미국이나 캐나다에서 학교 다닐 때 그들과 같이 생활해 보면서 가졌던 생각도 있을 것이고 그들이 설계하는 미래와 그들의 꿈도 보았을 것이다. 이제 우리나라 젊은이들도 지구촌의 여러 구석까지 무대를 넓힐 때가 되었다.

군대 생활로 인하여 몸도 튼튼하고 마음도 건장해져서 찬란한 미래를 꿈꾸는 씩씩하고 굳건한 젊은이가 되어 사회에 나와 나머지 학교생활도 충실하고 먼 미래의 꿈도 이룰 수 있기를 바란다.

항상 너의 앞날을 염려하고 잘 되도록 기원하고 있는 네 어머니의 바람도 이 글에 함께 들어있다.

아버지가 너를 그리워하며 이 글을 쓴다.

(2002. 6. 29.)

오랜만에 너에게 편지 쓴다

- 유학 간 딸에게

네가 유학을 떠난 지도 벌써 몇 달이 지났구나.

며칠 전에 군에 간 동생도 휴가를 다녀갔고 이제 집안이 다시 절간처럼 조용해 졌다. 진이는 내년 초에 의사자격 시험이 있다고 매일 저녁 늦게까지 학교에서 공부하고 오느라 얼굴 보기가 힘들다. 요즈음 나도 지방 출장이 잦아서 네 어머니가 혼자 집을 지키고 있을 때가 많다.

가족 모두가 다 바쁜 시간을 보내니 좋은 일이다마는 바쁜 와중에도 서로 연락을 하고 중요한 일들은 알려주고, 특히 너는 앞서가는 입장에서 동생들에게 진로 등 좋은 정보를 소개하고 알려 주었으면 좋겠다.

항상 앞서가는 사람이 뒤에 오는 사람에게 많은 정보를 주고 바른 길로 리드할 때, 뒤따르는 사람은 시행착오를 줄이고 바른 길로 매진하게 되는데, 경제학에서는 이를 '후발주자의 이득(late comer's surplus)'이라 한다.

네가 전공하고 있는 국제정치 분야야 말로 요즈음 말하는 글로벌 시대에 모든 분야를 총괄하고 있기에 섭렵해야 할 내용도 많겠지만 자칫 잘못하면 어느 한 분야에도 탁월한 전문성을 결여할 수도 있다는 늙은이의 노파심이 작동한다. 내가 너의 전공 분야를 언급하는 것은 가당치도 않는 얘기다마는 내 소견이나마 혹시 참조가 되지 않을까 하여 몇 자 적는다. 늙은이의 푸념으로 생각하고 크게 괘념치 말고, 한번 읽고 흘러 보내도 조금도 서운하게 생각하지 않을 것이다.

너 말고 너의 앞길을 걱정하고 염려하면서 지켜보고 있는 사람은 나와 네 어머니가 제일일 것이다. 그리고 네가 선두주자로 네 입지를 잘 구축하는 것이 너에게도 영광이겠지만 동생들에게도 좋은 모범이 될 것이고 우리 가족 모두에게 영광을 가져다 줄 것이다.

나는 네가 어떤 높은 지위나 많은 돈을 벌어 성공했다는 말을 듣는 것보다 너에게 주어진 위치에서 정말 네가 자신의 삶을 즐기고 만족해 한다면 더 이상 큰 성공이 없다고 마음속으로 늘 생각하고 있다.

아직도 나는 때로는 어린애 같은 천진한 생각을 할 때가 있다. 새삼스럽게 다시 대학에 가서 전공분야를 더 공부해보고 싶다거나, 전혀 새로운 분야에 몰두해 보고 싶은 생각들이 들 때가 있다. 이런 생각들이 머릿속에서만 잠시 머물다 말아서 다행이지 행동으로 구체화시키면 노인네의 망녕이고 아집이라는 비난을 받기 십상일 것이다.

그러나 엉뚱한 발상들이 요즈음 각광 받는 세상이 되어가고 있다고 한다. 틀에 박힌 사고는 그동안 모든 면에서 한 번 검토되었기 때문일 것이다. 또 이런 엉뚱한 사람들이 변화를 가져오기도 한다는 보도를 접할 때면 나는 꿈을 실천에 옮기지 못한 용기 없는 사람이구나 생각하고 넘어간다.

이런 얘기를 너에게 하는 이유는 세상이란 꼭 자기 계획대로만 되는 것이 아니고 어떤 때는 계획에서 일탈한 경우가 전화위복이 되는 경우도 있다는 것을 말해주고 싶어서다.

네가 하는 공부나 가는 길에도 항상 변화가 있을 수 있고 또 마음에

회의가 오더라도 당황하지 말고 깊이 생각해 보고 받아들여야 할 것이라면 주저없이 받아들일 준비를 해도 좋다는 것을 강조하고 싶어서다.

중국의 역사를 읽다보면 -우리나라와 관련이 많아 자연스레 읽게 되지만- 본토의 핍박을 피해 외국으로 떠난 사업가나 지주들, 또는 쿨리 같은 생계를 해결하려고 고향을 떠났던 노동자들이 오늘날 동남아시아에서 상권을 장악하여 쌓은 부로 조국의 개발계획에 기여하고 있다. 이런 우연스런 일들이 역사의 흐름에 큰 변화를 가져오는 것을 가끔 보게 된다.

세상의 어느 것도 예정된 일정한 궤도를 가는 일은 없는 법이다. 본토를 떠났던 화교들은 현지인들과의 접촉에서 격렬한 삶의 투쟁을 겪었을 것이고, 그런 과정에서 앞섰던 중화문명을 터득했던 중국인은 현지인들보다 더 두각을 나타낼 수 있었을 것이다. 그 결과 오랜 시일이 흐른 뒤에는 현지에 잘 적응하여 그들의 협조도 받아 부를 축적할 수 있었던 것이다.

이런 현상은 유대인들이 디아스포라로 조국을 떠나 세계 곳곳에서 핍박과 고난의 세월을 이기고 오늘날 신천지 미국에서 자신들의 능력을 발휘하여 오늘날의 입지를 구축한 것과 견주어 볼 만하다.

중국의 화교는 세계 어디를 가든 자신들의 언어와 관습을 많이 유지하고 있는데 본토의 지원이 없어도 나타나는 그런 현상은 다방면에서 고찰해 볼만한 과제가 아닐까 생각한다.

중국인의 중화사상이나 유태인의 선민의식에 의한 종교는 하루아침에 탄생한 것은 아니고 인류의 여러 민족 가운데에서도 유별난 사상이다. 긴 역사를 통하여 이루어진 이 독특한 자부심은 연구해보아야 할 과제이다. 그리고 이 사상이 그 나라 발전과 국민들의 위난극복과도 연관된다는 생각이 든다.

내가 캐나다에 근무할 때 중국인과 많은 거래를 하고 있는 우리나라 교포에게서 들은 얘기인데 중국에서는 캐나다에 진출할 때 먼저 교포로부터 정보를 얻고 그 교포들을 통하여 캐나다와 접촉을 시도한다 한다. 반대로 외국에서 중국과 접촉을 시도할 때도 자국교포를 앞세워 오는 것을 환영한다고 하였다. 자연스럽게 중국교포들은 그 나라에서 위상을 높일 수 있게 되었다. 우리나라의 교민을 대하는 태도와는 많이 다르다.

최근에 싱가포르 수상이었던 리 콴유가 쓴 ≪내가 걸어온 일류 국가의 길≫을 읽으면서 다시 한 번 중국이라는 나라를 생각하게 되었다.

화교로서 성공한 그가 한 도시국가를 만들어가는 과정이며 오늘에 이르기까지 부패가 만연한 아시아 국가들 중에서 유일하게 공무원들의 청렴도를 유지시키고 아시아에서 가장 번영하는 국가의 하나로 만들기까지의 과정을 기술하였고 그 성공 비결을 본토의 등소평에게까지 개방개혁의 길을 어드바이스 했다고 하니 중국인들의 단결력은 각별한 데가 있는 듯하다.

중국이라는 나라는 우리 이웃국가로, 때로는 우리를 침략하여 괴롭혔고, 때로는 선린이웃으로 문명의 혜택을 전수해 주는 등 우리와는 뗄 수 없는 역사를 이어온 나라이기에 좋든 싫든 그들과는 앞으로도 숙명적인 관계에 놓여 있다. 이 지정학적인 운명을 어떻게 하면 잘 이용할 수 있을지 우리나라 외교사에서는 연구해야 할 큰 과제일 것이다.

남북통일도 중국과 미국을 외면하고는 쉽게 이룰 수 있는 문제는 아니다. 육이오한국전쟁이 사실상 미국과 중국의 전쟁이 되었던 것을 상기해 보면 이해가 쉬울 것이다. 오랜 기간 서로 적대감만 키워온 남·북한이 통일 운운하는 것마저 어색한 지경에까지 이른 마당에 주변국의 협조가 있어야 하지 않겠니.

남 · 북한의 협상관련 보도를 보면 한 민족인데도 오랜 세월을 다른 체제에서 지내다 보니 이제는 다른 나라사람들과 접하는 것 같다는 느낌이다. 하기야 한나라 안에서 늘 같이 접하는 국민 간에도 동서갈등이니 수도권과 지방간 문제들이 대두하고 있는 것을 보면 남북문제는 좀 더 심각한 상황으로 달리고 있는지도 모르겠다.

이런 어려운 문제를 해결하는 정치학에 도전하는 너를 내가 도움을 줄 수 없어 안타깝다. 그러나 현재 세계를 리드하고 있는 미국에서 공부하고 있으니 미국의 실상을 잘 이해한다는 것은 향후 우리나라가 가야할 길을 찾는데 크게 도움이 될 것이다. 나는 마음속으로 너의 공부가 어떤 형태로든 우리나라가 앞으로 발전하여 선진국으로 나아가는데 일조하기를 바라고 있다.

너의 앞길에 행운이 따르고 늘 건강하게 잘 지내기를 빌면서 이만 줄인다.

(2001.)

결혼 전에는 전쟁과 바다에 나갈 때보다 더 많이 생각해야 한다지만

–결혼 적령기의 딸에게 보낸 편지

사랑하는 딸에게

요즈음 바쁘게 생활하고 있는 너에게 시간을 빼앗기 싫어서 이렇게 편지로 얘기한다. 사실 네 언니의 대학시절에는 내가 지방에 잠깐 근무중이어서 그때 많은 얘기를 편지로 할 수 있었고, 네 동생에게는 군에 있는 동안 내가 살아오면서 경험한 이야기며 세상 살아가는데 배워야 할 것들을 군에 위문편지 쓰는 심정으로 얘기를 들려 줄 수 있었다. 그런데 너에게는 언제 내 마음을 전해줄 기회가 없었던 것 같아 이번에 큰마음 먹고 그동안 들려주고 싶었던 얘기를 쓴다.

세상 살아가면서 사람은 많은 사람과 만나고 헤어지면서 인연을 맺고 풀고 하지만 그 중 가장 큰 영향을 주는 만남은 가족과 배우자가 아닐까 생각한다. 특히 부모와 자식 간의 만남은 그 중에서도 으뜸이니 어느 부모에게서 태어나 어떤 영향을 받으며 자랐는가 하는 것은 한 사람의 일생에서 거의 반 이상의 운명을 결정한다고 해도 과언이 아닐 것이다. 우리나라와 같이 혈연관계를 유난히 강조하는 사회에서는 더욱 그렇다.

본인의 능력과는 별도로 가문의 명성에 따라 다방면에서 다르게 평가받는 사회에서는 부모의 영향력은 절대적이다. 흔히들 자신을 소개할 때 외국인들은 자기 자신에 대하여 취미와 자신의 특기 등을 말하지만 우리는 양친 부모가 다 살아 계시고 형제가 몇이라는 식으로 자신의 가족과 그 주변에 대하여 먼저 소개한다. 몇 년 전만 하여도 자신의 학력, 출생지, 본적지, 주소는 물론 부모형제의 학력과 출생지 및 직업도 이력서에 모두 기재하도록 하였다. 개인의 평가대신 그 주변의 배경을 더 많이 참작하였던 것이다.

이런 풍토에서 살아 온 우리 세대는 부모의 영향력이 가장 중요하다고 생각했기에 자식에게도 훌륭한 부모가 될 수 있도록 자식의 배우자 선택에 각별한 관심을 갖게 되었다. 우리나라의 대부분 부모들이 자식들 본인이 원하는 배우자보다도 부모들의 기준에 맞는 배우자를 골라 주려고 하는 사회현상이 곧 우리의 혈연성이 얼마나 짙은가를 말해주고 있는 단적인 예라고 생각된다. 그런 면에서 내가 현재 특별한 지위나 큰 재산을 가지고 있지 않아 네가 스스로 자신의 배우자를 선택하는데 있어서는 미국에 있는 네 언니나 동생보다 더 열악한 입장에 있다고 보아도 좋을 것이다. 그 사회에서는 부모보다는 자신들이 자신에게 어울리는 배우자를 스스로 고를 수 있기 때문이다.

신언서판(身言書判)이라 하여 옛날부터 사람을 평가하는 기준으로 우리 사회의 보편화된 상식이 있었지만 지금은 다 퇴색된 것 같다. 결혼정보회사에서는 신랑 신부의 평가를 대개 좋은 대학과 직업, 부모의 재산을 밝히면서 요즈음 좋은 사윗감 또는 최고의 규숫감이라고 설명한다.

일부 상담소는 맞선을 주선할 뿐 결과에 책임을 지지 않으니 믿기 어렵다. 사실 중매자가 두 사람의 만남을 주선하고 결혼의 성사까지 부담을 안는 것은 무리일 것이다. 그래서 배우자 선택은 결국은 부모형제나 일가친척 등 그래도 믿을 만한 사람이 소개하거나 본인 자신이 구해야 하는 것이다. 그런데 여러 사정으로 봤을 때 나와 네 어머니가 너에게 적합한 짝을 고르기가 여간 어렵지 않다.

앞에서도 얘기했지만 현재 우리 사회에서 좋은 지위와 돈 많은 부자들은 끼리끼리 결혼시키려 한다. 권력이 있는 자는 돈 많은 집안으로, 돈 많은 사람들은 권력을 가진 사람들과 혼인시켜 자신들의 입지를 높이려 한다. 이런 전통은 오늘날 갑자기 생겨난 것이 아니고 오래 전부터 가문을 중시해 온 우리나라의 오랜 전통이다.

네 어머니에게 조용히 물어 보아라. 인생을 살만큼 산 지금 다시 결혼한다면 무엇을 가장 우선하여 배우자를 고를 것인가?

네 어머니는 아마도 외모, 언변보다도 중요한 것은 남자가 어떤 부모 밑에서 어떻게 자랐으며 학벌은 어떻고 현재 어떤 직업을 가지고 있는가를 보면 그 사람을 알 수 있을 거라고 말할 것이다.

젊은 남자의 능력은 대개 그 학벌과 직업을 보고 판단한다. 과거의 능력은 학벌이 말해주고 미래의 능력은 섣불리 판단하기 어렵지만 직업에서 찾는 것이 그래도 무난하다고들 생각하는 것 같다. 젊은이의 미래 능력은 아직 발휘해 볼 기회가 별로 없었으니까 잘 알 수 없지만 그 직업을 보면 대충 짐작할 수 있기 때문이다.

이제는 네 나이가 갈수록 혼처가 줄어들 수밖에 없는 상황에 이르렀다. 나와 네 어머니도 더 이상 좋은 혼처를 구할 자신감이 없어져 가고 있다. 주위의 여러 사람에게 부탁하지만 나이가 들수록 마땅한 혼처가 줄어들고 있는 것은 부인할 수 없다.

옛날 선배님이 자기 딸의 사윗감을 90점 기준에 놓고 골랐는데 나이가 들자, 기준을 점차 낮추어 60점도 흔쾌히 결혼시켰다며 자기와 같은 우를 범하지 말라고 신신 당부하던 말이 지금 떠오른다.

삶이란 묘한 것이어서 한때는 앞이 콱 막혀 전혀 길이 없는 듯 하다가 또 어느 때는 대로가 나타나서 편하고 기분 좋게 달려갈 때도 있다. 결국 인생이란 흰 백지 위에 자기만의 그림을 그려가는 것이라 생각한다.

그림을 그리다 보면 그 그림에 자기 혼자 동그마니 그려져 있을 수도 있고 부부 자녀와 함께 여럿이 그려져 있을 수도 있을 것이다. 어느 그림이 좋다 나쁘다는 보는 사람의 주관에 달려 있기 때문에 함부로 평가할 수는 없을 것이다. 그런데 내가 지금 와서 바라볼 때 나 혼자만이 찍혀 있는 젊은 날의 사진보다 네 어머니와 너희들이 함께 찍혀 있는 사진이 훨씬 더 빛나고 아름다워 보인다.

젊은 날에는 친구들과 어울리며 혼자 살아도 즐거웠고, 처음 결혼하였을 때는 네 어머니와 단 둘이만 있어도 좋았다. 그러나 너희들이 태어나서는 너희들과 함께한 시간이 더할 수 없도록 즐거웠다. 더욱이 자라면서 보여주는 재롱은 온 가족에게 웃음꽃을 피게 하였고, 학교에서 좋은 성적을 받아 들고 왔을 때는 행복으로 가득한 집안이 되었다.

결혼해서 부부 단 둘만의 생활이란 짧다. 자녀가 태어난 후 애들과 함께한 생활은 길고 진정한 가정을 이룬 생활이다. 그것이 결혼 생활이고 그 속에서 한 사람의 인생이 성숙되어 간다. 삶의 행 · 불행도 부부 단 둘만의 생활에서 결정되기보다는 자녀와 함께한 생활에 의해서 결정되는 면이 더 많다. 그 기간이 훨씬 길기 때문이다. 그래서 배우자 선택은 훗날 태어날 자녀도 함께 고려하여야 할 필요가 있다.

앞으로는 너에게 내가 들려줄 수 있는 말은 별로 없을 것이다. 너에게 자랑스럽게 보여줄 만큼 내가 살아온 삶에서 큰 영광이 있었던 것도 아니고 남다르게 큰 자부심이 있어 특별히 당부할 말도 그리 많지 않기 때문이다. 그렇지만 모든 부모의 입장에서 한마디 한다.

개인적으로 고상하고 행복한 삶도 한 인간이 꿈꿀 수 있는 욕망의 하나다. 그러나 인류의 역사를 돌이켜 보면 자손을 잘 길러서 사회나 국가, 인류에 공헌하는 것도 어떠한 삶 못지않게 한 사람의 훌륭한 일생이다.

이런 인간들의 연속된 삶에서 사회와 국가는 발전해 왔고, 이런 전통을 이어가는 것도 의의 있고 보람 있는 삶이란 것을 알았으면 한다.

이것이 부모인 입장에서 결혼을 앞둔 너에게 들려주고 싶은 말이고 또한 간절한 나와 네 어머니의 바람이다.

(2009. 3. 12)

현충원에서 떠올린 단상들

봄이 오는 소리가 들린다. 비가 오고 바람이 불더니 여기저기에서 봄을 맞을 기지개를 켠다. 매년 찾아오는 봄이건만 맞이하는 나는 해마다 그 감회가 다르다. 작년의 봄은 내 개인적인 문제로 괴로웠는데 금년 봄은 신문과 방송에서 들려오는 반갑지 않은 뉴스가 마음을 심란케 한다.

몇 해 전부터 집 뒤의 국립현충원이 뒷문을 개방한 것을 계기로 아침마다 현충원 산책길을 걸으며 운동을 하고 불편한 심기도 안정시킨다.

현충원에 들어가는 문은 정문을 포함하여 5개가 있다. 흑석동, 상도동, 사당동에서 들어가는 뒷문이 3개 있고 현충로에서 들어가는 정문과 지하철 4호선 동작역에서 내려 육교를 지나 정문을 향하여 가다보면 정문 전에 들어가는 동문이 하나 더 있다.

뒷문 쪽 어느 곳에서 들어가도 길을 따라 내려가면 산 중턱에 있는 은행나무 길로 이어진다. 이 길을 걷다보면 현충원 경내를 내려다보며 멀리 한강을 바라 볼 수 있고 숲이 우거져 깊은 산속을 걷는 느낌이다.

이승만, 박정희, 김대중 대통령 묘소는 상도동과 사당동 뒷문에서 들어가 산책길을 따라 걸으면 쉽게 만날 수 있다. 내가 존경하는 *서재필

박사의 묘소는 애국지사 묘역에 안장되어 있다. 그곳은 흑석동 뒷문에서 들어가면 접근이 쉽다. 정문으로는 차량을 이용할 수 있고, 정문 옆 동문으로 들어가면 현충지가 나오고 봄이 되면 연못 주위로 개나리와 철쭉이 장관이다.

조용한 숲길을 따라 걷는 것도 좋지만, 백미는 장군묘역에서 서울을 바라보는 것이다. 한강이 눈 아래 내려다보이고, 한강 건너편 남산이 바라보인다. 강남의 아파트 군락이 한강변을 따라 길게 늘어서 있고, 멀리 아차산이 시야에 들어오고, 쾌청한 날이면 북한산, 도봉산도 또렷이 보인다. 풍수를 모르더라도 배산임수로 관악산 배경과 한강을 바라보는 명당자리 국립묘역답다.

요즈음은 북한산, 관악산 둘레길이며 거의 모든 동네가 걷기 좋은 길을 잘 만들어서 많은 시민이 편리하게 산책할 수 있게 되었다. 현충원 산책길은 오래전에 개방되어 찾는 사람도 많지만 인근 주민들에게 인기가 많다. 내가 현직에 있을 때 한 고객이 오셔서 아침마다 부부동반으로 현충원 산책길을 걷고 있다하여 무척 부러웠던 마음이 계기가 되어 지금 내가 이 길을 걷고 있다.

조용한 길을 혼자 산책하고 있으면 많은 생각이 떠오른다. 어릴 적 읽었던 위인전의 인물도 떠오르고, 중고등학교 때 읽었던 소설의 한 대목이 갑자기 회상되기도 한다. 사춘기에 혼자서 짝사랑하던 여인도 떠오르고, 세상의 모든 고민을 안고 씨름하던 철없던 학창시절이 떠오르기도 한다. 걷고 있는 동안에 인간의 머리가 잘 회전되기 때문에 옛날부터 사색하는 철학자 사상가들은 산책을 즐겼고 대학 캠퍼스에는 산책길이 있다는 말이 실감 난다.

요즈음 느껴보는 생각인데 같은 글을 읽어도 오래 전에 읽었을 때와 지금 읽을 때와는 느낌이 다르다. 누군가 얘기한대로 청년기와 장년기 노년기의 독서는 다 그 의미가 다르다.

고교시절 교과서에 잠깐 소개된 괴테의 ≪파우스트≫에서 "여성적인 것이 우리를 구원한다."고 소개된 글을 보고 정음사에서 출판된 ≪파우스트≫에 도전했다가 그 내용을 다 알지도 못하고 끝내고 만 적이 있었다.

대학시절 특별히 초빙된 안병욱 교수에게서 강의를 듣고서야 그 소설의 주제가 "인간은 스스로 자기 삶에 만족할 수 있는가?"라는 주제로 괴테가 일생의 역작으로 썼다는 사실을 알았다. 만족할 수 없다는 신과, 신(God) 없이도 인간들끼리 만족하며 살 수 있다는 악마의 내기로 스토리가 전개된다는 강의를 듣고야 그 소설의 의미를 깨우쳤던 기억도 떠오른다.

"어떤 향락과 성취에도 만족하지 못하고 세속의 온갖 욕구를 충족하고도 만족하지 못하며 방황하더니, 보잘 것 없고 위험이 따르는 황량한 들판에서 개척민과 함께 어울리며 자유와 빵을 스스로 해결하면서 살아가는 이런 순간에 만족하다니."

악마는 조소했지만 결국 파우스트는 만족하는 삶을 찾게 되어 승리는 악마에게 돌아가고 막이 내리려는 순간 악마가 가져가려던 영혼은 여인의 도움으로 구원받아 천상에 오른다는 사실을 알게 되었다. 스스로 깨우치지 못하고 안 교수의 강의를 듣고야 깨달았던 것이다.

현대 경영학의 대가 피터 드러커는 그의 저서 ≪프로페셔널의 조건≫에서 "남이 지적해주지 않으면 자신의 잘못을 그 누구도 스스로 터득하지 못한다. 그러므로 당신을 가르치고 깨우쳐 줄 사람을 필요로 한다."는 말을 읽었던 기억이 생각났다.

보험회사에서 증권분석사로 일하다가 은행으로 옮긴 후에도 옛날과 같은 자세로 일하다가 그 은행 창업자인 70대 노인으로부터 "자네는 은행의 수석비서관인데 옛날 증권분석사 시절과 같은 방식으로 일하고 있군. 그렇다면 무엇 때문에 이곳으로 불러 왔겠나? 자네의 새로운 업무에서 효과적인 사람이 되기 위해서는 무엇을 해야만 하는지 잘 생각해 보게"라고 꾸중을 들었다는 얘기다. '내가 효과적인 사람이 되기 위해서는 무엇을 해야 하는가?' 를 자문하게 되었다는 저자의 고백을 읽었다.

일반적으로 사람은 자신의 습관이나 생각에 충격적인 질타를 당하면 분노하여 그 사람과 싸우거나, 반대로 깨달아 반성하고 자신의 잘못을 뉘우치고 개선하는 길을 선택하게 된다. 젊었을 때는 후자의 성향이 많고, 나이가 든 사람은 전자의 성향이 많은 것 같다.

나는 기회 있을 때마다 자녀들에게 강조한다. 너희들이 아직 한 번도 생각해보지 못한 것을 지금 내가 들려주면 너희는 그 생각을 지금부터는 하게 될 것이다. 그런 의미에서 나는 엉뚱한 생각이라도 새로운 생각을 들려주려고 애써왔고, 또 생각나는 것들을 주저 없이 편지로 썼다. 자신의 장 · 단점도 누군가에게서 지적 받지 않으면 스스로 깨우치기 어려운데 그런 지적을 받을 수 있는 사람은 행운아로 생각해야 한다.

더욱이 그 지적이 가까운 사람일수록 거부 반응이 적으니, 누군가 너희들에게 잘못을 지적하면 반발하지 말고 감사해야 한다.

새로운 착상이나 다양한 사고도 여러 사람 의견을 스스럼없이 받아들이는 것이 자신이 성장하는 것이기 때문에 가능한 다른 분야의 사람들과도 교제하여야 한다.

소싯적에 위인전을 읽을 때는 몰랐던 위인의 의미를 되새겨 보는 나이가 되니, 지금 읽는 책들의 의미는 옛날과 전혀 다른 느낌이다.

출세욕이 강한 줄리앙이 레날 시장 부인의 침실에 숨어들던 대목만 생각나던 젊었을 때 읽었던 ≪적과 흑≫을 다시 읽어보면서 젊은 날의 독서와 지금 읽는 감회는 같을 수가 없다는 것을 새삼 느껴 본다.

정욕과 출세의 욕망이 시든 이 나이에 독서를 하는 것은 나의 과거도 반추하면서 여러 의미를 되새기게 한다. 세상일을 평온한 마음으로 바라볼 수 있는 지금의 독서는 높은 산에 올라서 세상을 관망하는 것과 같다.

문학이나 철학서적도 요즈음은 정열적이고 지식을 보태는 내용보다는 관조의 내용이 더 흥미롭고 감명을 준다. 극렬한 대립적인 말보다는 화합의 얘기에 더 많이 귀 기울어진다.

젊은이의 불만에 대한 기성세대의 반박보다는 조용하게 설득하고 달래며 어른스러운 말들이 더 가슴에 와 닿는다. 젊은 날의 투쟁적이고, 반항적이고, 격렬하게 타오르던 불만들이 다 녹아버린 지금은 자녀들에게 격하게 꾸짖는 것보다는 조용하게 경험을 들려주고 싶다.

처음 내가 현충원을 산책할 때는 나이든 몇몇 사람만이 눈에 띄었으나 요즈음은 젊은 사람들도 많이 보인다. 건강관리에 노력하는 사람이 많아지고 있구나 생각하다가 혹시나 젊은이들이 실직하여 아침 일찍 산책에 나섰나 하는 생각이 들면 마음이 편치 않다.

IMF 구제금융을 받는 문제로 온 나라가 큰 상처를 입은 지 채 10년도 안 되었다. 그런데 최근 미국에서 '서브 프라임 모기지' 사태로 야기된 금융문제가 또 한 번 우리 사회를 강타하여 실업자가 양산되고, 대학을 졸업하고도 일자리가 부족하여 청년실업이 온 국민의 관심사가 되고 있다.

우리는 과거의 경험에서 많이 배우지 못하는 것 같다. 어려움을 겪을 때만 미봉책으로 해결했고 또 새로운 날을 맞이할 준비를 하지 않아 뒤

처지게 되는 일을 반복하여 겪었다. 해서 '빨리 빨리' 풍조가 사회에 만연된 게 아닌가 생각해 본다. 개인들의 삶이야 그렇다 치더라도 나라살림에서도 보이는 이런 현상은 개탄스럽기 그지없다.

그동안 노인 세대들의 삶은 워낙 어려웠던 '보릿고개'의 빈곤을 극복하느라 계획 없이 앞만 보고 달려오는 데 급급하였다. 그러나 지금은 OECD에도 가입하여 선진국 문턱에 서 있는데, 정부마저도 이러하니 바람직스럽지 않다. 국가 기관의 어디에서는 아무리 오늘이 어렵더라도 국가장래에 대한 비전을 제시하여야 국가의 미래가 있지 않을까?

정권 초기에는 거창한 계획이 발표되었다가 정권이 끝날 때에는 온갖 불미스러운 스캔들만 남긴 채, 벌써 몇 대째 정권이 마무리되고 있다. 발전하고 있다기보다는 다람쥐 쳇바퀴 돌 듯 앞으로 나아가지 못하고 제자리걸음만 하고 있다. 조국의 광복을 위하여 목숨을 바쳐 싸웠던 선열들과 육이오전쟁으로 희생을 치른 영령들이 오늘날의 우리 현실을 보고 어떻게 생각하실까.

이런 생각에 잠겨 걷다보면 그래도 겨우내 앙상한 가지만 남아서 죽은 듯 서 있던 나무들은 푸르름을 머금어가고 봄의 전령사인 개나리는 벌써 꽃망울을 내보인다. 작년같이 몹시 추웠던 겨울에도 자연은 묵묵히 올봄 준비를 다 하였구나, 생각하면 조금만 어려움이 닥쳐도 남의 탓으로 돌리는 인간 사회보다 자연에서 배울 것이 더 많다는 생각이 든다.

나이가 들수록 시간의 흐름이 점차 빨라지는 것 같다. 늙어서 단순하게 생명만 오래 유지하는 것이 복이 아니고 나름대로 의미 있는 삶을 사는 게 가치 있는 삶이라 생각하지만 은퇴 후 10여 년이 흘렀다. 어느 독설가의 묘비명처럼 우물쭈물하다가 떠나지 않을까 두렵다. 허송세월로 수명만 길어질 것 같은 예감이 들면 초조하고 불안하다.

루소는 "나는 내가 보아온 과거의 그 누구와도 같게 만들어져 있지 않다. 뿐만 아니라 현재 살아있는 그 누구와도 똑같이 만들어져 있지 않다."고 자신의 남다른 인생을 기록한 ≪참회록≫에서 고백하고 있다.

우리의 삶은 누구에게나 유일한 것이 아닐까. 모든 사람의 삶 자체는 다 의미 있는 것이고, 오직 자신만이 자신의 삶에 의의를 부여할 수 있지 않을까.

선열들이 잠들고 계신 고요한 현충원의 새벽길에서 떠올려보는 상념이다.

(2010. 봄)

바둑으로 노후를 즐긴다

취미생활로 골프 치는 것보다 바둑 두는 일이 더 많아졌다. 네 명이 한 조를 이루어 치는 골프보다 단 둘이면 할 수 있는 간편함이 좋아서다. 나이가 들면서 과도한 육체적 활동보다는 조금은 관조하는 생활이 점차 몸에 익숙해 가고 있는지도 모른다.

한창 골프를 즐길 때는 운동이란 명분으로 많은 시간 연습을 하였다. 더욱이 내기라도 예상되는 멤버와의 예약이 되면 연습장에서 보내는 시간이 많았다.

운동신경이 둔한 편인 나는 오랜 기간 골프를 쳤지만 연습을 게을리 하면 타수가 곧장 100을 넘겼다. 더구나 내기에라도 지는 날이면 즐거운 운동을 하고도 기분이 개운치 못한 때가 많았다. 그러나 좀 더 솔직하게 말하면 취미생활이 옮겨간 가장 큰 요인은 주재원 시절에 골프를 배워 현지에서는 싼 값으로 즐길 수 있었지만 국내에서는 골프 비용이 지나치게 비싸기 때문이다.

바둑은 즐기기에 비용도 적을 뿐만 아니라, 골프장 예약이나 먼 골프장까지의 왕복 등 복잡한 절차 없이 아무 때나 친구와 만나 편리한 기원에 가서 둘 수 있어 좋다. 맞두던 상대와는 별다른 노력 없이도 실력이 비슷하여 바둑 공부에 별도의 시간을 빼앗기지 않는 것도 하나의 이유가 된다. 그 결과 취미생활이 바뀐 뒤로는 틈틈이 시간을 내서 오래 전부터 읽고 싶었던 책을 읽을 수 있는 부수적인 효과도 있다. 절대 지존으로 한 · 중 · 일에서 누구나 인정했던 바둑계의 이창호가 지금은 쇠퇴의 기미를 보이고 있다. 그 뒤를 이어 이세돌이 부상하고 있지만 아직 한창 때 이창호 명성에는 미치지 못하고 있다.

이창호의 전성기에 바둑 애호가가 가졌던 기대감은 대단했다. 중국이나 일본의 그 누구와 결승에서 맞붙어도 이창호의 승리를 예상하는 해설가가 많았고 바둑 팬들은 그들의 말을 의심 없이 믿었다. 그런데 중국의 마사오춘과 창하오 등이 상대로 나왔지만 당시 이창호의 적수가 되지 못하였다.

조훈현이 군 복무를 위하여 일본에서 귀국하였을 때만 하여도 세계의 바둑계는 일본이 압도적 우세에 있었다. 그도 그럴 것이 일본은 막부시대부터 바둑을 국가에서 인정하여 도의 기예로 장려하였고, 지방의 번주들도 바둑을 정신훈련으로 활용했다. 여러 가문에서는 문하생을 두어 전통과 명예를 지키려고 바둑 공부에 몰두하여 포석과 정석이 나름대로 한 유파를 형성되기까지 하였다. 이처럼 일본의 바둑은 마치 여러 무술이 경쟁적으로 가문의 전통을 이어가듯 하여 바둑이 크게 진흥할 수밖에 없었다. 현대 바둑의 시점에서 볼 때 한국이나 중국이 아마추어 수준에 머물러 있을 때, 일본은 이미 프로의 세계에 들어선 셈이었다.

조훈현이 귀국하기 전 일본에서 공부하고 온 김인, 윤기현이 당대 국내 최고수 조남철을 물리치고 새로운 국수로 등장하였던 것도 일본 바둑의 우세를 입증하는 셈이었다.

이러한 시기에 나타난 조훈현은 두 번이나 한국의 전 기전을 휩쓰는 쾌거를 이루었다. 우리나라 바둑이 일본 기보를 연구하고 배워오는 시기에 일본 바둑계의 현장에서 맹활약했던 조훈현의 실력은 한국의 그 누구보다 강할 수밖에 없었던 것은 당연한 결과이다. 일본에 다녀오지 않은 서봉수가 명인전을 필두로 조훈현에 대항하였던 것은 그나마 다행이었다. 그때 한국의 매스컴은 서봉수를 순 된장 바둑이라 하여 높이 평가하였던 것도 일본 바둑이 휩쓰는 우리 바둑계의 현실에 대한 암묵의 저항으로 보아도 무방할 것이다.

이 무렵 조훈현이 대만의 응 씨가 만든 국제 기전에서 누구나 중국의 섭위평이 우승하리라는 기대를 깨뜨리고 우승한 것은 한국이 일본과 중국의 바둑을 이기는 첫 쾌거였다. 당시만 하여도 중국과 일본은 우리의 바둑을 얕보고 국제 기전에 출전권도 극히 제한하였던 때였다.

응씨배에도 출전권이 한 장만 배정되어 자존심이 상했던 한국은 출전을 포기하려던 때여서 조 선수의 우승은 국내 · 외의 큰 뉴스가 되었다.

우리나라에서는 조훈현의 우승을 카퍼레이드로 환영하였다. 그러나 진정한 한국바둑의 세계제패는 조훈현이 길러낸 이창호에 의하여 이루어졌다고 할 수 있을 것이다. 해방 후 우리가 항상 외쳐 왔던 '일본을 이기자'고 하였던 구호가 바둑에서 확실하게 이루어진 셈이다.

각종 운동경기에서 우리는 일본과 거의 막상막하다. 축구, 농구, 배구, 야구 등 단체 경기뿐만 아니라 각종 개인 종목의 경기에서도 일본에 지면 애석해 하고 분통을 터뜨린다. 거의 모든 분야에서 일본에게는 절대로 질 수 없다는 생각이 국민들 가슴에 응어리져 있다.

여타 국가에 패하였을 때보다 한 · 일전에서 패배할 때는 질타하는 여론이 빗발친다.

이러한 때에 조훈현, 이창호의 세계 제패는 우리에게 큰 감동을 주었고 특히 일본 기사를 꺾었을 때는 더욱 큰 기쁨을 안겨 주었다.

그 결과 바둑의 보급에도 지대한 영향을 가져왔다. 기원이 많이 늘어나고 바둑을 공부하는 도장도 많아졌다. 프로 기사 양성은 물론 아마추어 바둑 애호가도 그 수가 많아졌다.

이창호 이후의 세대에서 뛰어난 바둑 기사가 많이 배출 된 것은, 박세리의 우승 이후 우리나라 여자 골프가 붐을 이뤄 세계무대에서 크게 활약한 것에 견주어 볼 만한 일이다.

바둑의 세계는 깊고 오묘하여 아마추어 수십 명이 함께 연구하여도 프로 한 사람을 이기지 못한다. 프로들이 모여서 정석을 연구하고 포석을 검토하고 수많은 사활을 생각해 보아도 뛰어난 천재적인 기사의 착상은 다 연구해 내지 못한다고 한다.

가로, 세로 각 19줄 361개의 길 위에서 펼쳐지는 바둑판의 세계는 우리가 생각해 낼 수 없을 정도로 무한대의 경우의 수가 나온다. 아직까지도 슈퍼컴퓨터가 바둑을 이기지 못하는 이유도 이 많은 경우의 수를 다 헤아릴 수 없기 때문일 것이다.

이 무한대의 수가 있는 바둑판에서 나는 백지에 그림을 그리는 기분으로 처음 착수는 바둑판 어느 곳이든 내 마음 가는대로 둔다.

그렇지만 바둑을 두다보면 바둑의 에티켓도 생각하고, 그동안의 경험이나 공부한 대로 최소의 착수로 최대의 집을 만들어야 한다는 이론에 따라 귀, 변에서 시작하여 점차 중앙을 향해 두어가게 된다. 그러다 보면 바둑판이 메워지고 한 수씩 교대로 두지만 착수가 늘수록 서로가 만든 집 수의 차이가 벌어진다. 상수와 하수의 차이다.

나름대로 성동격서(聲東擊西)니, 소탐대실(小貪大失)이니, 아생연후살타(我生然後 殺他)니, 주워들은 여러 전략을 구사해 보지만 여의치 않다. 전사(戰史)만 많이 읽었다고 훌륭한 장수가 될 수 없듯이 실전 없이 책만 보고 연구해도 실력이 크게 늘지 않는다.

요석과 폐석이 수시로 상황에 따라 변화무쌍한 바둑판의 세계는 마치 전쟁터와 같다. 실전이 없고 이론만 아는 장수가 백면서생(白面書生)의 소리를 듣듯 바둑판의 싸움도 같다. 돌과 돌이 맞부딪혀 싸움이 벌어지고, 죽고 사는 상황에 이르면 상, 하수의 차이는 더욱 벌어져 조그만 수읽기 착오에도 큰 대마가 죽는다. 승패는 이 상황에서 대개 결정된다.

혹자는 바둑은 포석이 중요하여 첫 설계를 어떻게 하느냐에 따라 승패가 결정된다는 사람도 있다. 또 어떤 이는 끝내기를 잘해야 최후의 승리를 가져온다고도 주장한다. 골프에서 첫 드라이브 샷이 중요하냐, 아니면 중반의 아이언 샷이냐, 마지막 퍼팅이 중요하냐 따져보는 것과 같다.

아마추어인 내가 보기에는 돌과 돌이 맞부딪혀 싸움이 한창 벌어지는 순간, 승리의 향방은 집중력과 승부욕이 강한 사람이 이긴다고 생각한다. 전쟁터의 장수와도 같고 인생의 성패(成敗)와도 견줄 만하다. 바로 이때가 바둑에서 절정의 순간이다.

끝내기의 달인 이창호의 바둑보다 전투의 화신 조훈현과 이세돌의 바둑에 심취하는 바둑 팬이 더 많은 이유도 여기에 있다.

하수들의 바둑에서는 서로 싸우다가 한 쪽이 전멸하는 경우가 많다. 위기에 몰린 미생마를 살려 보려고 온갖 수를 생각해 본다. 묘수라고 생각한 수가 고수에게는 꼼수로 보이기도 하고, 뜻하지 않게 상대의 실수에 의하여 망외의 대마를 잡기도 한다.

그러나 웬만한 수준에만 이르러도 적당한 선에서 타협한다면 대마가 죽는 불상사는 줄어든다. 마치 노숙한 사람들이 서로 욕심을 줄여 훌륭한 타협을 이루어내는 것과 같다.

내 수준의 아마추어는 아무리 많이 생각하여도 뛰어난 기보를 만들 수 없다. 어느 순간에 뛰어난 한 수를 생각할 수 있을지 모르지만 바둑 전판을 잘 짜서 훌륭한 기보를 만들 수 없다는 것을 나는 잘 알고 있다.

훌륭한 기보를 남기려면 내가 구상한 수에 대하여, 상대의 반격을 예상하고 다음 수를 얼마만큼 읽을 수 있느냐에 달려 있다. 프로 기사들이 50, 60수를 미리 내다본다는 데 겨우 몇 수 앞밖에 내다보지 못하는 내 수준으로는 결코 모범적인 기보를 만들 수 없다. 수없이 많은 바둑을 두어 보았기에 나는 그것을 잘 알고 있다.

요즈음은 내 분수에 실력향상을 위해 바둑 공부에 집착하지 않는다. 환갑을 넘어선 이 나이에 많은 바둑공부를 하여도 큰 진전이 없다는 것을 알기 때문이다.

늙은 개는 아무리 훈련시켜도 결코 훌륭한 투견이 될 수 없다고 한다. 그러나 바둑을 두면서 이겼을 때는 쾌감을 느끼고, 졌을 때는 자신의 경솔했던 착수를 복기하며 후회도 한다. 다 잡았던 바둑을 덜컥 수를 두어 오히려 내 대마가 죽게 되어 역전패를 당할 때의 참담함은 이루 말로 다 표현할 수 없다.

바둑은 맞수가 되는 상대와 둘 때가 가장 흥미진진하다. 기량의 차이가 많을 때는 한 수 배우는 즐거움이 있고, 하수와 둘 때는 가르쳐 주는 재미도 있다.

그러나 가장 즐겁고 흥미로운 바둑은 비슷한 기량을 가진 적수와 혼신의 힘을 다하여 승패를 겨룰 때가 가장 박진감이 있어 좋다. 기량만이 아니고 다른 면에서도 항상 어울릴 수 있는 친구와 두는 즐거움이 최고다.

낯선 사람과 두는 바둑은 맞수라 하더라도 좀 어색하다. 그러나 시기와 장소에 따라서는 낯선 사람과도 수담을 나눌 수 있는 것이 바둑이다.

바둑에 관한 고사다.

갑신정변에 실패하고 3일 천하로 막을 내린 개화파 인사 11명이 망명코자 인천에 정박 중인 천세환에 오르려 하였다. 이때 본국으로부터의 책임 추궁에 궁한 다케조에 공사가 한국인을 태울 수 없다고 승선을 거부했다. 그런데 절체절명(絕體絕命)의 순간에 선장이 선장 권한으로 그들을 배에 태워 주었는데 그 선장은 다름 아닌 김옥균과의 바둑 파트너였다고 한다.

김옥균이 일본을 왕래할 때 배에서 바둑을 같이 두었던 일이 있어 알아보고 태워주었다는 일화가 있다. 바둑으로 맺어진 좋은 인연이었다.

연암 박지원은 ≪열하일기≫에서 나라의 정치를 바둑에 비유했다.

"임금은 바둑을 두는 당사자이고 백성과 신하는 옆에서 보는 구경꾼이다. 구경하는 사람이 바둑 두는 사람보다 수를 보는 눈이 높다고 하였다. 옆에서 구경하는 사람은 바둑 두고 있는 사람보다 훨씬 가벼운 마음으로 보기 때문이다"고 했다.

그러면서 바둑을 두듯 정치하는 사람이 판단을 잘못할 때, 옆에서 구경하는 사람이 좋은 훈수를 하여 듣지 않을 수 없도록 하여야 한다고 하였다.

동급의 친구들과 바둑 둘 때는 가끔 새롭게 구상했던 포석도 시도해 본다. 그리고 그 시도대로 두어 이겼을 때는 그냥 어쩌다 이겼을 때보다 훨씬 더 기쁘다. 이 나이에 새로운 구상을 하여 시도해 볼 수 있다는 것은 삶에 생기를 넣어 준다. 바둑 TV 보면서 프로 기사의 다음 수를 예측하여 맞혔을 때도 천려일득(千慮一得)의 큰 기쁨도 맛본다.

세계를 제패했던 이창호도 그 스승이 제자에게 자리를 내주듯이 거함이 난파하듯 서서히 가라앉고 있다. 이러한 세대교체는 바둑세계에서만 있는 것이 아니고 세상만사가 다 흥망성쇠를 거듭하고 있는 이치이리라. 나이 탓이건 후진의 성장이건 사회는 지는 해가 있고 뜨는 해가 있기 마련이다.

인생의 본선 무대에서 이렇다 할 업적을 못 남겼다고 남은 삶에서도 움츠리고만 지낼 수 없지 않은가. 운동선수가 현역에서는 스타플레이어가 아니었더라도 후에 코치나 감독으로 성과를 남기기도 하듯, 남은 생은 무지개를 좇던 젊은 날의 조급함을 버리고, 여유 있고 한가로이 취미 생활을 즐기면서 살 수도 있지 않을까.

바둑을 취미 삼아 여생을 즐기면서 한가로이 지난날을 반추해 본다. 잘한 일, 잘못한 일, 덜컥 수 두듯 어리석게 처리했던 일들을 쓴웃음 지으며 바둑 복기하듯이 과거를 회상해 본다.

요즈음 바둑을 두면서 혼자 느껴보는 나의 자화상이다.

(2016. 1. 7)

군자의 길을 묵묵히 살다 간 사람들

– 남이 알아주지 않아도 열 받지 않으면 군자다

요즈음 중 · 고등학생들의 교복이 자율화에서 다시 옛날로 부활하였다. 한 세대 전만 하여도 중 · 고등학생들에게 모자와 교복은 당연히 갖추어야 할 정장이었다. 학년 구분도 모자(남자학교)나 소매(여자학교)에 테를 둘러 테두리의 수로 구분을 했다. 1,2,3(Ⅰ, Ⅱ, Ⅲ)의 배지를 옷 칼라에 차도록 해서 구분하기도 했다. 그 시절 학생들은 획일화가 몸에 배었고, 조금만 이런 범주에서 벗어나면 일탈로 간주되어 시정을 요구받았다.

학교생활만이 아니고 군생활이나 모든 단체 생활이 일정한 규범에 따라 나란히 발맞추어 가는 생활의 연속이었다. 국가나 집단의 목표에 따라 모범적인 규율을 만들어 그 틀에 맞추기를 강요하였다. 그러다 보니 규율에 맞는 행위는 칭찬이 따랐지만 정해진 규율과 다른 것은 틀린 것으로 질책을 받았다.

이런 과정에서 우리의 사고는 자신도 모르게 정해진 목표를 향하여 일사분란하게 달리는 로봇과 같이 되고 말았다.

공부가 시작되는 초등학교시절부터 성적 등수에 의하여 차별적인 대우를 받게 되었다. 죽으나 사나 공부에 매달리는 것이 자연스러운 현상이 될 수밖에 없었다. 타 직장과 비교하여 받는 월급의 많고 적음으로 우열이 가려지고, 우수한 대학에 많이 합격하는 기준으로 고교순위가 결정된다. 좋은 직장에 취업자를 많이 배출하는 순위로 대학서열이 매겨진다. 당연히 일류 대학에 입학하려고 초등학교에서부터 사교육이 시작될 수밖에 없다. 일류대학 합격이 곧 경쟁에서 이기는 것이었고 성공의 지름길이라 믿게 되었다.

성적순위에서 밀리는 학생들은 학교생활에서 왕따를 겁내게 되었고, 학교에서부터 길들여져 온 줄서기 습관은 사회에서도 남과 같은 대열에 끼지 못하면 뒤떨어지는 사람이 된다.

외모에서도 남보다 아름답게 보이려고 연예인의 얼굴을 닮도록 성형수술까지 하여 자신의 개성을 잃어가고 있는 실정이 되고 말았다.

학교나 기업에서 개성과 창조성을 강조하지만 오랜 기간 몸에 밴 남과 비교하는 습관은 고질적인 우리 사회의 문화가 되어 버렸다. 유행에서 뒤처지면 곧 불행으로 생각하게 되었고, 시험성적이 하락하였다고 자살하는 학생까지 나타나고 있는 실정이다.

남과 비교하다 보니 어느덧 남이, 더불어 살아가는 동반자나 벗이 되지 못하고 만인은 만인의 적대자이고 경쟁자인 정글사회로 변했다.

세상물정을 배우는 학생들의 세계에서 다른 학생과 비교하는 성적순에 의하여 우열이 결정되듯이, 사회에서는 쉽게 눈에 띄는 값비싼 일류제품을 가지는 것이 우열을 가리는 잣대로 변하였다.

값비싼 고가의 브랜드가 남과 비교하여 우위를 과시하는 데 효과적이고, 쉽게 남의 눈에 띄기에 너도나도 세계 최고급 명품을 탐한다. 도덕이나 윤리의 기준이 흔들리고, 가치관이 확고하게 정립되지 못한 우리의 현실에서 사람과의 만남에서 이루어지는 인격체를 알아보는 마음의 여유는 우리사회와는 너무도 먼 이야기이다.

배금주의가 판치는 우리사회에서는 돈이 최고의 가치가 되었다. 그러다 보니 개인들은 소득을 올리는 것이 곧 신분상승으로 간주되어 물불을 가리지 않고 돈 벌기에 열을 올린다. 국가도 GDP를 올리는 것이 선진국에 이르는 지름길로 여기고 모든 국가 정책을 GDP 성장에 두고 있다.

고가의 유행차림에 뒤처지지 않아야 하고, 좋은 차를 굴려야 하고, 서울의 강남에 터를 잡아야 하고 아파트 평수를 늘려야 한다. 외양에 의한 비교로 대우가 달라지는 사회에서 남에게 보이기에 더 이상 좋은 것이 없기 때문이다.

돈 벌기에 몰두하다보니 직장의 지위가 곧 소득과 연관되어 진급을 위하여 혈연, 지연, 학연을 동원하고 패거리를 만들고 끼리끼리 끌어주고 밀어주는 현상이 온 사회에 만연하다.

국가개조를 강조하고 전관예우를 없애고 관피아가 발생하지 않도록 하겠다고 선거 때마다 각 당은 캐치프레이즈를 내걸고 목이 터져라 외치고 있지만 선거만 끝나고 나면 모든 것은 다시 원점으로 돌아간다.

국민들의 정서가 이런 부패한 사회전반에 대한 철퇴를 가하지 않는다면 어떤 구호도 쇠귀에 경 읽기가 되고 사회정화는 백년하청이 되고 말 것이다.

많은 돈을 주면 감옥에라도 가겠다는 풍토가 없어지지 않는다면 무슨 법이 필요하겠는가? 남에게 뒤지는 것은 곧 경쟁에 지는 것이고, 경쟁에 지는 것은 모든 삶에서 낙오자로 간주되고 있는 풍토에서 외로이 고고하게 독야청청 청렴한 공직자나 재물을 초월한 시민이 나오기를 기대할 수는 없다.

오랫동안 지속된 줄서기 풍토에서 뒤지면 무시당한다. 자기만 무시당하는 것이 아니고 온 가족이 함께 무시당한다. 상사에게 무시당하는 사람이 하급자를 더 무시한다. 군대의 계급사회와 같이 되어 버렸다.

계급사회에서는 하위층보다 상위층의 위계질서가 더 엄격하다. 부유층 사회도 비슷한데 지위나 돈도 가져본 사람이 그 위력을 더 잘 알기 때문이다. 그리고 그들의 행위는 곧 사회 전체에 영향을 미치게 되는 것은 누구나 위를 향하여 자신의 위상을 높이려 하는 것이 사회 구성원의 보편적인 속성 때문이다.

오랫동안 지속되어온 군대문화가 지금까지도 그 영향이 남아있는 것은 그들이 우리사회의 상층부에서 지위와 부를 함께 누려왔다.

민주사회를 이루는데 오랜 기간이 걸렸던 서구사회에서는 성숙한 사회를 이루는 데에는 상류층과 빈민층 사이에서 균형을 잡아주는 중산층의 역할을 중시하고 있다. 이들의 등장으로 사회는 평등사회를 부르짖는 세력도 나타났고, 기독교에서 인간의 평등사상도 중산층이 형성된 뒤에야 보편화될 수 있었다. 지위나 부에 의하여 무시당하지 않아도 되는 사회가 올바른 사회라는 개념이 나타났고 이들을 대변하는 정치세력도 나오게 된 것이다.

권력과 부는 항상 먼저 가진 자가 자기들 위주로 법과 제도를 만들기 때문에 시간이 흐를수록 편중되는 성향으로 나타나는 것이 과거 역사의 법칙이었다. 부익부 빈익빈(富益富 貧益貧) 현상이 점차 심화되어 가는 것이다.

상류층과 하류층 사이에서 균형자 역할을 하는 중산층이 약자 편에 힘을 실어주지 않으면 사회가 불안하게 된다. 사회의 불안을 이용하여 무산계급에 의한 공산주의 혁명도 나타났고, 전쟁으로 패망한 독일에서 나치당의 히틀러도 대중의 지지로 권력을 장악했다.

이런 경험을 다 거치고 난 유럽의 시민사회는 그래서 *중산층의 정의를 소득이나 재산만으로 하지 않고 사회정의가 위협을 당할 때 이에 대항할 수 있는 사람, 약자를 배려할 줄 아는 사람 등을 기준으로 정하고 있는 것이다.

누구도 모든 분야에서 최고의 지위에만 있을 수 없다. 권력이 있는 자는 돈이 많지 않을 수 있고, 돈이 많은 자는 권력이 필요하여 갖고 싶어 한다. 이 둘을 한꺼번에 가지려고 권력을 이용한 부의 추구나 부를 이용한 권력의 추구가 나타날 때 부정부패가 따르고 사회의 심한 갈등 현상이 나타난다.

권력을 장악한 집단이 부를 갖고자 부정한 수단으로 법을 농간할 때, 부를 가진 자가 돈으로 권력을 사려고 할 때 사회가 혼탁하게 되고 불안하게 되는 것이다. 직위의 고하나 부의 많고 적음보다 사람 위주의 사회로 복귀하는 운동이 온 사회에서 일어나야 한다.

부와 권력에 무시당하지 않으려면 시민 각자의 각성이 있어야 한다. 그리고 나부터 남을 무시하지 않고 부나 권력과 같은 외양으로 남을 평가하지 않고 인간이라는 이유만으로 대우해야 한다. 칸트의 말대로 수단으로써가 아니고 목적으로써 인간을 대우하여야 한다. 이것이 스스로 대우 받을 수 있는 첫 단추인 것이다. 그 시작은 중산층에서 일어나야 그 반향이 가장 크게 울릴 수 있다. 이들이 항상 사회의 다수이기 때문이다. 인권이 보장되고 권력자에게 휘둘리지 않는 삶을 살아가려면 인간이 존중되는 사회가 되어야 한다. 권력이나 부자로부터 무시당하지 않는 첩경이 인권의 존중에 있기 때문이다.

우리사회는 오래 전부터 인내천(人乃天) 사상이 전해져 내려오고 있다. 사람이 하늘이고 민심이 천심이라는 것이다. 모든 종교가 다 사람을 사랑하고, 인으로 대하고, 자비심을 가지라고 한다. 종교와 관계없이도 인간은 서로를 사랑할 수 있다. 개인적인 수양은 혼자서 바른 정신과 행동을 몸에 익혀 가는 것이다. 수양이 된 사람은 남과 비교하기에 앞서 솔선하여 먼저 사랑하고 베풀고 약자를 배려할 줄 안다. 남이 나를 알아주기를 바라기 전에 먼저 남을 인정하고 인격을 존중해 준다.

"남이 알아주지 않아도 열 받지 않으면 군자다.(人不知而不慍 不亦君子乎)"

도탄에 빠진 백성을 구하기 위하여 바른 왕도정치를 실현할 수 있는 나라를 찾아 천하를 주유하였으나 실패하고 고국에 돌아와 제자들과 함께 저술에 몰두한 공자의 말씀 중 논어 첫 구절 삼부역(三不亦)에 있는 글이다. 천하의 성인 공자도 남에게 인정받기보다 스스로 군자의 길을 헤아렸던 것이다.

허유가 요임금의 황제 제의를 거절하고 이를 피하여 시골로 내려가던 중 어느 친척 집에 묵게 되었는데, 그 친척은 허유의 몰골을 보고 자신의 가죽 의관을 훔쳐 가지나 않을까 감추었다고 한다.

천하마저 마다한 허유에게 친척도 외모만 보고 이렇게 행동하는데 하물며 세상 사람들이 어찌 군자의 큰 뜻을 능히 짐작하여 알아주겠는가. ≪한비자≫ 설림(說林)편에 나오는 얘기다.

"가을 밤 책을 덮고 조용히 생각하니 인간으로 태어나서 식자(識者)되기도 쉽지 않구나. 내가 벼슬을 하지 않았기에 가히 죽어 의리를 지켜야 할 까닭은 없으나, 다만 이 나라가 선비를 키워온 지 5백년에 나라가 망한 날 선비 한 사람도 책임을 지고 죽는 사람이 없다면 어찌 애통하지 않겠는가. 나는 위로는 한결같은 마음의 아름다움을 저버리지 않고, 아래로는 평생 읽던 좋은 글의 의미를 저버리지 않고 깊이 잠들려하니 통쾌하지 아니한가. 너희들은 내가 죽는 것을 지나치게 슬퍼하지 말라."

황매천이 조선이 일본에 합병된 사실을 알고 자살하기 전 유자제서(遺子弟書)에 남긴 글이다.

그동안 국가의 녹을 먹고 왕을 등에 업고 행세해 오던 고관대작들은 자기 살길을 찾아 바삐 돌아갔다. 이완용과 송병준 같은 친일파 무리들은 경쟁이나 하듯 조선을 일본에 바쳤을 때, 아무도 알아주는 사람이 없던 한 선비가 자신의 목숨을 끊어 조용히 유학자의 모범을 보이고 생을 마감했다.

이런 사람이 어찌 남이 알아주지 않는 것을 걱정하였겠는가. 오직 자신의 신념에 의하여 자부심을 느끼고 행동하는 것, 이런 사람이 진정한 군자이고 위인이고 행복한 사람이 아닐까.

*중산층의 정의

- 한국(직장인 대상 설문결과)

1. 부채 없는 아파트 30평 이상 소유
2. 월 급여 500만 원 이상
3. 자동차는 2,000CC급 중형차 소유
4. 예금액 잔고 1억 원 이상 보유
5. 해외여행 1년에 한 차례 이상 다닐 것.

- 프랑스(퐁피두 대통령이 Qualite de vie '삶의 질'에서 정한 프랑스 중산층의 기준)

1. 외국어를 하나 정도는 할 수 있어야 하고

2. 직접 즐기는 스포츠가 있어야 하고
3. 다룰 줄 아는 악기가 있어야 하며
4. 남들과는 다른 맛을 낼 수 있는 요리를 만들 수 있어야 하고
5. '공분'에 의연히 참여할 것
6. 약자를 도우며 봉사활동을 꾸준히 할 것

- 영국(옥스포드 대에서 제시한 중산층 기준)
1. 페어플레이를 할 것
2. 자신의 주장과 신념을 가질 것
3. 독선적으로 행동하지 말 것
4. 약자를 두둔하고 강자에 대응할 것
5. 불의, 불평, 불법에 의연히 대처할 것

–미국(공립학교에서 가르치는 중산층의 기준)
1. 자신의 주장에 떳떳하고
2. 사회적인 약자를 도와야 하며
3. 부정과 불법에 저항하는 것
4. 그 외 테이블 위에 정기적으로 받아보는 비평지가 놓여있을 것.

인간의 생애도 운에 좌우될까

임진왜란 때 부산을 점령하고 진격해오는 일본군이 조령을 지나가게 하고 탄금대에다 배수진을 쳤다가 왜군의 조총부대에 전멸 당한 신립 장군의 이야기를 소싯적에 읽었다.

신립이 청년기 무술훈련 시절에 산에서 길을 잃고 어두운 밤에 갑자기 호랑이를 만나 활을 쏘았는데 나중에 가보니 호랑이가 아니고 화살이 바위에 박혀 있었다고 하였다. 그래서 자신의 힘이 그렇게 강한지 믿기지 않아 몇 번이나 다시 쏘아 보았으나 바위에 박히지 않았다고 한다.

우리나라 야사에서 읽었던 글이 ≪사기열전≫의 이광 장군 편에서도 같은 얘기가 나오는 것을 보고 이광 장군이 살았던 때가 신립 장군보다 더 오래 전이어서 우리나라 사람이 모방한 것이 아닐까 의심해 보았다.

이광 장군은 한(漢)나라 무제시대에 흉노와의 전투에서 명성을 날린 장군이다. 이광은 태어날 때부터 키가 크고 원숭이처럼 팔이 길었다. 그가 활을 잘 쏘았던 것도 천성이었다. 이광의 자손이나 남들은 아무리 배워도 이광을 따르지는 못했다.

많은 전공에도 불구하고 이광 장군은 높은 작위와 봉읍을 받지 못하였다. 심지어 그 부하로 있던 자 중에도 녹읍을 받은자가 여럿이었다. 답답한 심정에 이광은 구름을 보고 점을 치는 왕삭에게 물어보았다.

"나는 다른 사람에게 공이 뒤진다고 생각되지 않는데, 공로도 인정받지 못하고 한 자 한 치의 봉읍도 얻지 못한 것은 무슨 까닭이오? 아무래도 나의 인상이 제후에 어울리지 않는 것이오? 그렇지 않으면 본래 그렇게 될 운명이란 말이오?"

왕삭은 이광 장군이 항복한 적을 속여 죽인 행위 때문이라고 얼버무린다.

운명론에 관한 책으로 ≪요범사훈(了凡四訓)≫이 있다. 임진왜란 때 조선에 고문으로 온 적이 있던 원요범이 후손에게 교훈을 주고자 남긴 저서다. 중국인들에게 개운서(改運書)로 널리 익혀온 명저이다.

아버지를 일찍 여의고 의학공부로 생계를 유지하기 위하여 공부하고 있던 중 요범에게 역학에 정통한 공 선생이 나타났다.

"당신은 의학공부를 그만 두고 학문을 하여 벼슬할 운명이다. 초시에는 14등, 그 다음 시험은 71등, 마지막 시험은 9등을 할 것이다. 그리고 벼슬은 높이 올라가지 못하고, 슬하에 자손은 없고, 53세에 고향에 돌아와 8월 14일 축시에 거실에서 죽는다."고 자세한 운명을 예언하였다.

10대 후반에 들었던 이 예언이 관직생활을 할수록 신기하게도 다 맞아떨어지자 원요범은 자신의 인생 모든 것이 운명에 정해졌다고 확신하였다. 그러던 그가 37세가 되던 1569년에 우연히 운곡선사를 만났다. 원요범과 운곡선사는 사흘 동안 선방에서 함께 밤낮을 보냈으나 피로해 하지 않고 앉아 있었다. 어쩐 일인지 두 사람은 어떤 망념도 일어나지 않고 모든 에너지를 보존할 수 있었다. 운곡선사는 요범이 매우 젊은 나이에 이 어렵고 드문 수행의 경지에 이르렀다고 생각했다.

보통사람들은 너무나 많은 망념 때문에 아라한이나 더 높은 경지에 이를 수 없다. 화엄경에 의하면 "모든 중생이 부처와 같은 지혜와 덕성을 갖고 있다. 그러나 망념과 집착 때문에 이를 증득(證得)할 수 없다."고 한다. 운곡선사는 "성인이 되지 못하는 이유는 우리의 망념 때문이며 사람이 망념이 일어나지 않는 경지에 도달하지 않는 한 아직껏 운명의 구속에서 벗어난 사람은 없다."고 말했다.

요범은 자신을 돌이켜 보았다. 그리고 자신이 망념이 없는 상태가 아니라고 느꼈다. 단지 자신의 운명은 정해져 있으니 아무것도 생각하지 않으려 했던 것이다. 그때까지 공 선생이 일러준 대로 자신의 운명은 한 치의 오차도 없이 예언대로 맞아떨어지고 있었기에 다른 잡념이나 망념에 사로잡히지 않았던 것이다.

요범이 운명을 믿기 때문에 잡념이 없다는 사실을 안 운곡선사는 보통 사람들은 운명에 구속되지만 수많은 선행을 쌓은 사람이나 극악한 범행을 저지른 사람은 운명이 지배할 수 없음을 요범에게 알려주었다.

이후 요범은 운곡선사의 가르침을 받아 정신수양과 많은 선행을 베풀어 그의 운명에서 벗어났다. 53세라 일러준 공 선생의 운명적 한계를 벗어나 74세까지 천수를 누렸고 슬하에 자손이 없다는 운명에도 불구하고 자식도 두었다.

≪요범사훈≫은 아들 천계(天啓)에게 자신과 다른 사람들의 경험담을 들려준다. 말하자면 운명을 뛰어넘는 길을 제시한 팔자 고치는 책이다. 핵심은 공덕을 쌓는 일이다. 운명의 틀을 깨부수는 쇠망치는 바로 적선을 많이 하여 공덕을 쌓는 것이라고 했다.

이런 고전을 보면서 생각해 본다.

과연 인간은 점성술사나 운명론자들의 말처럼 아무리 발버둥쳐봐야 결국은 자신의 정해진 운명을 벗어날 수는 없는 것일까.

아직도 세간에는 조상의 무덤이 명당이어서 출세를 하고 명당이나 집터의 운으로 후손이 번창한다는 얘기들이 회자되고 있다. 선거철이 되면 역술가, 점성가의 집이 문전성시를 이룬다고 한다. 선거의 당락도 운에 좌우된다는 믿음에서인지, 아니면 주변 사람들에게 자신의 당선이 확실하다는 믿음을 주기 위한 전략인지, 우리 주변에는 아직도 운명론에 대한 얘기들이 떠나지 않고 있다.

카이스트 교수 김대식 박사는 ≪김대식의 빅 퀘스천≫에서 '운명이란 무엇인가?'에 대하여 이렇게 얘기한다.

"(전략) 운명에 대한 질문의 본질은 결국 하나이다. '인간은 얼마나 자유로울 수 있을까?' 인간은 이미 물리적으로는 자유롭지 않다. 지금 이 순간에도 중력이 우리를 끌어당기고, 우리 몸의 분자구조들은 전자기장을 통해 정해지며, 강한 핵력과 약한 핵력이 있어 몸의 약 7×10^{27}개 원자들을 구성하는 쿼크와 전자 · 입자들이 존재한다.

지구는 적도기준으로 시속 1,670km로 태양 주위를 회전하고 태양계는 은하수 중심을 돌고 있다. 인간의 의지와는 아무 상관이 없다. 자연의 법칙을 따라야 하는 인간은 적어도 물질적으로는 자유로울 수 없다. (중략) 인생은 생각과 선택의 꼬리 물기다. 선택과 생각은 뇌가 하는 것이고, 뇌는 수천억 개 신경세포들의 합집합이다. 그 수많은 신경세포들을 단순히 '내가 원한다.'라는 의지 하나로 제어할 수 있을 것이라는 기대는 매우 순진해 보인다. 물질적 실체를 가진 신경세포는 자연의 법칙을 따른다. 하지만 인간의 선택이 단순히 과거와 현재의 법칙을 통해 완벽히 정해진다는 결정론적 주장 역시 착각에 불과하다."

자연의 법칙대로 움직이는 물질로 된 신경세포의 결정대로만 움직이는 결정론적 운명도 아니고 그렇다고 정신적 의지대로만 움직이는 완전히 자유로운 운명도 아니다. '운명론'과 '자유의지론' 그 중간 어딘가에 우리 인간의 운명이 놓여있다는 과학자가 보는 운명의 한 단상이다.

서양에서도 인간의 운명이란 오이디푸스의 생애와 같이 운명적으로 주어진 것이라는 그리스 신화에서부터 청교도의 예정설까지 운명론은 계속되어 왔다. 사람의 운이 태어날 때의 별자리에 의해 정해진다는 점성술이 민간인에게 유행되기도 했다.

동양에서도 운명론은 주역에서 시작되는 음양의 괘를 통하여 운을 헤아려 보는 것에서부터 사주팔자에 의해 태생적으로 인간은 운명을 타고 나왔다는 민간 신앙까지 다양하다. 거기에 동아시아에 널리 전해져오는 샤머니즘까지 보태져 운명론은 지금까지도 많은 사람들에게 영향을 주고 있다. 얼마 전에는 미래를 알 수 있다는 역술인들이 사람의 미래를 얼마나 맞추나 알아보는 시험을 하고 그 결과를 모 방송국에서 방영한 바도 있다.

누구나 자신의 운명을 미리 알 수 있다면 알아보고 싶을 것이다. 그래서 관상, 수상, 족상에 역술인들의 철학관이며 무당신들이 있다. 그러나 이미 확정적으로 주어진 운명의 길을, 정해진 수명까지 살다가 예정된 날에 죽게 된다면 많은 사람들이 믿고 싶지는 않을 것이다.

우리는 시지포스처럼 반복되는 고달픈 삶에 지칠 때쯤이면 이광 장군의 하소연처럼 한 번쯤 묻고 싶어질 때가 있다.

'과연 내 힘으로 내 운명의 방향을 바꾸는 것은 가능할까?'라고. 삶이 아무리 높고 험한 산을 오르는 것이더라도 알 수 없는 어떤 운명에 의해 내 인생이 결정되어져 있다는 생각은 받아들이고 싶지 않다.

자신의 노력으로 온 힘을 기울여 한순간 한순간을 극복해 나간 결과가 모여서 자신의 일생이 된다는 신념으로 살아갈 때, – 그 결과가 좋을 수도 있고 그렇지 못할 경우도 있겠지만 – 인간은 자기 삶의 주인이 되는 것이라 생각된다. 또 자신이 주체적으로 삶을 이끌어 갈 수 있을 때, 세상에서 유일무이한 한 사람의 일생이 될 수 있다.

이 독특한 남과 다른 삶이 인간 개개인에게 누구와도 비교될 수 없는 자신만의 삶의 흔적을 남기게 되는 것이다. 그러기에 모든 인류는 한 사람 한 사람이 귀중하고 각자의 존엄성을 가지게 되는 것이 아닐까.

임금도 움직이게 만든 유머들

요즈음 같이 어려운 시대에는 유머가 많이 필요하다. 우리나라 방송에서도 개그 관련 프로 시간대가 늘어나고 있는 것도 세태의 어려움을 잊으려는 청취자가 늘어나고 있기 때문일 것이다.

외교관들은 칵테일파티에서 짤막한 유머로 여러 사람을 웃기고 관심을 끌 수 있는 재치 있는 이야기들을 많이 외워서 다닌다고 한다. 외교전이 펼쳐지는 국제무대에서, 어떤 때는 절제된 짤막한 유머로 여러 나라 외교관으로부터 호감을 얻고 주목을 받는 것이 외교의 중요한 한 단면일 것이다. 그래서 옛날부터 궁중에는 임금이 베푸는 연회에 낙인(樂人)을 두어 긴장을 풀고 흥을 돋우게 하였던 것이다. 더욱이 재치 있는 낙인들이 기지를 발휘하여 왕을 깨우치게 하여 정사를 바로 잡기도 하였다.

한비자(韓非子)는 세난(說難)편에서 "사물을 안다는 것이 어려운 것이 아니라, 아는 것을 어떻게 대처할 것인가가 어렵다(非知之難 處知則難)"고 했다. 자기가 아는 것을 어떤 식으로 남을 설득하면 될 것인가 또 어떤 식으로 그 사람의 실행을 촉구할 것인가, 그 실제 방법이 어렵다는 것이다.

그렇게 볼 때 여기 소개되는 사기의 골계열전편에서 낙인(樂人)들이 유머로 자신의 의견을 군주에게 전달하여 잘못을 시정하게 함이 조정의 경대부보다 더 현명하지 않았나 생각되는 예도 많다.

"나라 안에 큰 새가 있는데 3년 동안이나 날지도 울지도 않지요. 이 새가 무슨 새인지 아십니까?"

"그 새는 날지 않으면 그 뿐이나 한 번 날았다 하면 하늘 끝까지 날고 한번 울었다 하면 사람들을 깜짝 놀라게 할 것이다."

제나라 위왕이 주색에 빠져 음탕하게 놀면서 정사를 돌보지 않아 국가가 백척간두에 놓이게 되었다. 그러나 아무도 간하지 못하고 있을 때 왕이 좋아하는 수수께끼로 왕을 깨우치게 한 순우곤의 일명경인(一鳴驚人)의 고사다.

이에 크게 깨우친 위왕은 모든 현의 영(令)과 장(長) 72인을 조정에 입조케 하여 모두 보는 앞에서 한 사람에게는 상을 주고 한 사람은 주살하여 기강을 바로 잡았다.

춘추시대 5패의 한 군주인 초나라 장왕 때의 낙인(樂人) 우맹의 얘기다. 왕의 애마(愛馬)가 죽었는데 왕은 뭇 신하에게 상복을 입게 하고 대부의 예로 장사 지내려 했다. 좌우 근신들이 부당한 처사라고 간하자 왕은 더 이상 간하는 자는 죽음에 이를 거라고 엄포를 내렸다. 이에 우맹이 대궐로 들어가 하늘을 향하여 곡을 했다. 왕이 놀라 그 까닭을 물으니

"초나라는 강성한 나라입니다. 임금님의 애마가 죽었는데 대부의 예로 장사를 치르는 것은 너무 박합니다. 임금의 예로써 장사 지내기를 청합니다."

"어떻게 하면 임금의 예가 되겠는가?"

"관에 보옥을 새기고 군사에게 묘혈을 파게 하고 제, 조, 한, 위 네 나라 사신을 불러 전후좌우에 호위케 하고 사당을 세우고 제사를 지낼

수 있도록 1만호의 읍을 영지로 마련해 줍니다. 제후들이 이 말을 들으면 대왕께서 사람을 천하게 보시고 말을 귀하게 생각하심을 알게 될 것입니다."

"과인의 잘못이 그토록 심했단 말인가? 이를 어떻게 하면 좋겠는가?"

"대왕을 위하여 큰 가마솥을 관을 삼아 말의 고기를 잘게 썰어 생강과 대추를 넣고 불을 피워 삶아 상등의 쌀을 놓아 제사지내고 아름답게 타오르는 불빛으로 옷을 입혀 사람의 위장 속에 장사를 지냈으면 좋겠습니다."

그리하여 왕은 잘못을 깨닫고 말의 시체를 태관(음식을 맡은 벼슬아치)에게 넘겨주고 조용히 처리하였다.

동방삭의 이야기도 골계열전 중 하나이다. 내가 초등학교 3학년쯤 국어 교과서에 ≪삼년고개≫라는 글이 있었다. 그 고개에서 넘어지면 3년밖에 살지 못한다는 전설이 있었는데 동방삭이 그 고개를 넘다가 넘어졌다. 그래서 가만히 생각하니 한번 넘어지면 3년이요 두 번 넘어지면 6년 3번 넘어지면 9년 이렇게 생각하다 아예 그 고개에서 데굴데굴 굴러 3천 갑자를 살았다는 이야기였다.

지금도 흔히 하는 말로 삼천갑자 동방삭이라고 장수하는 사람을 칭한다. 이 동방삭이 실재 인물로 옛날 책을 애독하고 경학(經學)을 사랑하고 널리 잡서(雜書), 사전(史傳) 등도 섭렵하여 해학이 넘치고 박학다식한 사람으로 지금까지도 민간 설화에서 회자되고 있다.

BC 140년 한나라 무제는 전국에 조서를 내려 현량한 자와 직언하는 선비를 추천하라는 명을 내렸다. 그리하여 천여 명의 유생이 전국에서 추천되어 왔고 동방삭도 그 사람들 중 한 명이었다. 한 무제는 이들에게 각자의 글을 올려 자신의 견해를 피력하도록 하였다.

이때 동방삭이 올린 글은 그 분량이 대단히 많아 황제에게 올리는데 두 사람이 짊어지고 가야 할 정도였다고 한다. 그 글이 재미있어 무제는 그 첫 장부터 읽다가 중도에 쉴 때에는 붓으로 표시해 두었다가 다시 읽기 시작하였고, 두 달에 걸쳐서 다 읽었다고 한다.

그 유생들이 올린 글을 읽고 무제의 마음에 든 선비는 공거처(公車處, 선비나 과거응시자들을 초대하던 곳)에서 대기하도록 하고 마음에 들지 않는 자는 고향에 돌려보냈다. 동방삭도 공거처에 대기하도록 명받게 되었다. 매일 같이 공거처에 가서 용돈과 쌀을 타 왔으나 그 봉급이 얼마 되지 않아 자신의 돈으로 보충해 가면서 지내야 하는 형편이었고 가지고 온 돈도 얼마 가지 못하여 다 떨어져가게 되었다.

이렇게 우울한 나날을 보내던 동방삭은 한 꾀를 생각해 내어 키가 특별히 작은 유생들을 불러 모았다. 그리고 그들에게 말했다. "당신들은 체구가 작아서 관리가 될 수도 없고 농사도 잘 지을 수도 없으며 군인이 될 수도 없다. 나라에 전혀 도움이 되지 않고 나라의 옷과 먹을 것만 축내고 있으니 당신들을 암암리에 제거해 버리려고 도성으로 유인하여 왔으니 황제가 지날 때 억울함을 호소하도록 하라. 그리고 묻거든 동방삭이 시켰다고만 하면 자네들은 무사할 것이다."라고 일러 주었다.

얼마 후 동방삭은 황제 앞에 불러나가 문초를 당하였다. "그대의 눈에는 황제의 법도 보이지 않느냐? 어찌하여 유언비어를 날조하여 황제를 비방하고 무고한 난쟁이 유생들을 놀라게 한 그 의도가 무엇이냐?"

동방삭은 꿇어 앉아 차분하게 대답했다. "저에게는 살든 죽든 반드시 해야 할 말이 있습니다. 키가 겨우 3척밖에 안 되는 작은 유생은 매번 쌀 한 자루와 240냥 배급 받습니다. 키가 9척이나 되는 저도 그들과 똑같은 양의 배급을 받습니다. 같은 배급으로 그들은 배불리 먹을 수 있지만 저는 배가 고파 죽을 지경입니다. 저는 폐하께서 인재를 구한다고 하여 왔으니 쓸 만하다고 보시면 등용해 주시고 쓸모없다고 판단되시면 배를 곯는 생활을 더 이상 하지 않도록 해 주십시오."

동방삭의 유머와 해학에 넘치는 말에 한 무제도 그를 문책하지 않고 궁내의 금마문(金馬門, 환관서[宦官署]의 문을 말한다.)에서 일하도록 하였고 그 뒤 동방삭의 벼슬은 시랑에까지 올랐다.

어느 해 삼복더위 때 황제는 궁궐의 고기를 신하들에게 나누어 주도록 하였다. 동방삭도 그 소식을 듣고 고기를 배급 받으러 궁으로 갔으나 배급 관리가 나오지 않아 기다리게 되었다. 정오부터 해질 무렵까지 기다렸으나 관리가 나오지 않으니 다들 분개하였으나 참고 기다리는 수밖에 없었다. 그 때 동방삭은 칼을 꺼내 고기 한 덩이를 잘라내어 여러 사람들에게 보였다.

"삼복은 너무 더워서 일찍 집에 가서 쉬어야 합니다. 더욱이 고기도 쉽게 변질되므로 저는 먼저 제 몫을 하사 받아서 갑니다." 그러면서 자기 몫에 해당된다고 생각될 만큼의 고기를 들고 유유히 궁을 나갔다. 그러나 다른 동료들은 누구 하나 그를 따라 하지 못하였고 나중에 관리가 와 동방삭의 일을 알고 황제께 고했다.

다음날 무제는 동방삭이 조회에 오자 불쑥 물었다. "어제 고기를 나누어 주는데 선생은 명을 받지도 않고 스스로 고기를 베어 갔다면서요? 무엇 때문에 그랬는지 말해 보시오"

동방삭은 아주 태연하게 무릎을 꿇고 처벌을 달갑게 받겠다고 했다. 무제는 동방삭이 자신의 잘못을 인정하는 것을 보고 일어나 여러 사람 앞에 자신의 잘못을 고백하도록 했다. 동방삭은 주위에 한 번 절하고 나서 "삭아, 삭아 어찌하여 하사의 명을 기다리지 않고 그토록 무리를 하였더냐? 검을 뽑아 고기를 베니 그 뜻은 장하다만 고기를 조금밖에 베어가지 않았으니 그 또한 얼마나 청렴한 행실이더냐. 세군(옛날 아내를 부르던 말)에게 돌아가니 그 정 또한 얼마나 애틋하더냐. 그래 이것을 무죄라고 할 수 있겠느냐?"

무제는 그 말을 듣고 크게 웃으며 "내가 그대에게 사람들 앞에서 잘못을 고백하라 했더니 오히려 자신을 스스로 칭찬하고 있구려. 참으로 우습소. 장하고 청렴하고 애틋한 그대의 뜻을 생각해서 짐이 또 술 한 섬과 고기 100근을 줄 터이니 집에 가서 자네의 세군에게 갖다 주게."

그리하여 신하늘도 크게 웃고 동방삭은 하사품을 받아 갔다.

동방삭은 언제나 주상을 측근에서 섬기며 자주 어전에 불려나가 유머와 해학을 말했다. 그때마다 주상이 기뻐하지 않은 적이 없었다. 주상은 때때로 비단을 내렸는데 동방삭은 그것을 풀어서 들고 돌아갔다.

그런데 그는 하사 받은 비단이나 돈을 함부로 사용하여 장안 미녀 중 젊은 여성을 맞이하여 장가를 갔는데 대개 한 해 정도만 되면 아내를 버리고 또 다른 여자를 맞아 들였다. 이처럼 하사 받은 돈과 재물은 모두 여자에게 써 버렸다. 주상의 좌우 근신인 낭관들이 동방삭을 반미치광이 취급했다. 이들의 말에 주상은 "동방삭에게 일을 시키면 아무도 그를 따를 수가 없을 것이다. 너희들은 그에게 미치지 못할 것이야." 라고 했다.

한번은 동방삭이 궁전 안을 걸어가고 있을 때 어떤 이가 "사람들이 모두 선생을 미친 사람이라고 생각합니다."고 말하자 동방삭은 태연하게 말했다. "나와 같은 사람은 이른바 조정 가운데에서 세상을 피하는 자요. 옛날 사람들은 세상을 피하여 깊은 산 속에 들어갔지만 말이요."

해학이 넘치고 기지가 많아 황제로부터도 사랑을 받았던 동방삭이 노년이 되어 죽게 되었을 때 "≪시경≫에 '윙윙거리며 울타리에 날아와 앉는 청파리처럼 참소하는 말은 끝이 없어 사방의 나라를 어지럽히네.'라고 써있습니다. 바라옵건대 폐하께서는 교활하게 아첨하는 무리들을 멀리하시고 참언(讒言)을 물리치시옵소서."

천자는 "요즈음 동방삭은 착한 말을 많이 해 주는도다." 하며 이를 괴이하게 생각했는데 이로부터 얼마 안 되어 동방삭은 병들어 죽었다. 전하여 내려오는 말에 이르기를 "새가 장차 죽으려 할 때에는 그 울음소리가 슬프고 사람이 장차 죽으려고 할 때에는 그 말이 착하다."고 하였으니 동방삭을 두고 한 말 같다.

인물평에 대하여

옛날부터 사람을 알아보는 일이 어렵다는 얘기는 많다.

우리 속담에 "열 길 물속은 알아도 한 길 사람 속은 모른다."는 말이 전해져 내려오고 있다. 사람의 마음을 알기가 얼마나 어려운가를 표현한 것이리라.

우리나라에는 사람을 평가하는 기준으로 '신언서판(身言書判)'이라 하여 사람을 알아보려면 신체, 언행, 문장, 판단력을 보라 하였다.

중국에서도 사람을 보는 기준으로 8징법(八徵法)이 있다.

1. 전문지식
2. 위기관리 능력(변화에 대한 대처능력)
3. 국가에 대한 충성심
4. 평소의 인격(덕성)
5. 청렴도
6. 정조 및 도덕관념
7. 용기
8. 기밀 유지의 철저성

위와 같이 사람을 판단하는데 도움이 될 만한 기준이 있었음에도 역시 사람을 알아보는 일이 얼마나 어려운지 다음의 얘기들이 말해준다.

춘추전국 시대 위나라 문후 때의 일이다. 위문후에 대한 고사는 매우 많지만 그 중 인재의 채용에 대한 사례다. 위문후가 재상이 죽자 그 후임으로 누구를 쓸 것인가 하여 이극을 찾았다.

이극은 법률 전문가로 중국에 처음으로 성문법을 만들어 보급시킨 사람이다. (진나라에서 오가작통법을 만들어 유명한 상앙도 이극의 형법을 공부했다.) 그가 재상 자리를 권유 받았을 때 그 자리를 거절하면서 했던 인사 채용에 대한 자신의 의견을 다음과 같이 개진하였다.

"첫째, 불우했을 때 어떤 사람들과 친하게 지냈는가. 둘째, 부유했을 때 누구에게 나누어 주었는가. 셋째, 높은 지위에 있었을 때 어떤 사람을 등용했는가. 넷째, 궁지에 몰렸을 때 올바르지 못한 방법을 쓰지 않았는가. 다섯째, 가난했을 때 남의 것을 취하지 않았는가."

이밖에도 이극은 위성이 인물평을 물어 왔을 때 제나라 재상 안자의 말을 빌려 세 종류의 선비에 관한 얘기를 들려주었다.

"최상의 선비는 벼슬자리에 나아가는 것은 어렵게 여기지만 물러날 때는 미련을 두지 않는 선비이다. 그 다음은 벼슬자리에 나아가는 것도 물러나는 것도 쉽게 여기는 선비이다. 가장 하등의 선비는 벼슬자리에 나아가는 것은 쉽게 여기지만 물러나는 것은 무척 어렵게 여기는 자로서, 비록 물러난다 하더라도 온갖 미련을 다 두고 있는 선비를 말합니다."

공자의 제자 중 변설이 뛰어난 재여라는 제자가 있었다. 그는 부모의 상을 3년에서 1년으로 하고자 이런 변설을 늘어놓았다.

"부모의 상을 당하여 3년이나 복을 입는 것은 너무 긴 것 같습니다. 군자는 하루라도 예악(禮樂)을 떠나서는 살 수 없는 법인데 3년 동안이나 예를 닦지 않는다면 예는 틀림없이 무너지고 말 것입니다. 또 3년 동안이나 악(樂)을 멀리하게 되는 것이오니 악도 반드시 무너지고 말 것입니다."

그 후 재여는 제나라에서 대부가 되었다가 전상과 함께 반란을 일으켰는데 실패하여 일족이 전멸 당했다. 공자는 이러한 자를 제자로 두었던 것을 부끄럽게 여겼다.

또 공자 제자 중에 담대멸명으로 자를 자우라 하는 제자가 있었다. 공자는 이 제자가 문하생으로 찾아 왔을 때 하도 못 생겨서 자우의 재능이 모자라는 것이 아닌가 의심하였다. 그런데 공자의 가르침을 받은 뒤 물러나가서는 행실을 닦고 외출할 경우에는 좁은 지름길이 있어도 가지 않고 큰 길로만 다녔다(君子大路行).

공적인 일이 아니면 경대부(고위층)를 만나는 일이 없었다. 양자강 남쪽에 자우의 가르침을 받은 제자가 300인에 이르렀는데 물건을 주고받는 것과, 벼슬자리에 나아가고 물러나는 것을 의에 따라 하라고 가르쳐 제후들 사이에 그 이름이 널리 알려졌다.

공자는 그 같은 평판을 듣고 "나는 변론이 좋은 것만으로 사람을 판단했다가 재여를 잘못 보았고, 용모로 사람을 판단했다가 자우를 잘못 봤다."고 사람 보는 데 실패담을 얘기했다고 한다.

인사 채용에 관한 훌륭한 모범 사례가 있다. 19년의 주유천하 끝에 진(晋)나라 공위(公位)에 올라 불과 8년 만에 두 번째 춘추시대 패자가 되었던 진문공의 인사 채용에 관한 고사다.

그를 공위에 오르게 한 신하들의 논공행상에서 등위를 3등급으로 나눴다. 그리고 3등급을 세분하여 각 등급마다 상하로 나누어 6등급으로 구분했다. 1등급 상에는 조쇠, 호언이었고, 그 뒤에 호모, 서신, 위주,

호사고, 선진, 전힐이 차지했다. 국내에서 호응하여 등위에 오르도록 힘쓴 사람들을 2등 공신으로 하였고 이들 중에는 난지, 극진이 상급이었고, 주지교, 손백규, 기만이 그 다음이었다.

호숙이 진문공에게 호소하였다. "신은 주공께서 포성으로 떠날 때부터 따라다니며 모셨습니다. 사방으로 열국을 따라 다니느라고 발가락은 찢어지고 발뒤꿈치는 다 닳아 터졌습니다. 주공께서 침식하실 때엔 곁에서 모셨고 방랑하실 때엔 수레와 말을 몰며 잠시 동안도 주공 곁을 떠난 일이 없었습니다. 주공께서 함께 망명했던 신하들에게 상을 내리시면서 신만은 제쳐 놓으시니 혹 신에게 무슨 죄라도 있나이까?"

진문공이 호숙을 가까이 불러 말한다.

"앞으로 가까이 오너라. 과인이 너를 위해 그 이유를 말해주마. 인(仁)과 의(義)로써 나를 지도하여 잘못을 깨닫게 해준 사람에겐 상상(上賞)을 내렸다. 또 묘한 계책으로써 나를 도와 모든 제후로부터 욕보게 하지 않은 사람에겐 그 다음 상을 내렸다. 적의 시석(矢石)과 칼날을 무릅쓰고 자기 몸으로써 나를 보호해 준 사람에겐 그 다음 상을 내렸다. 그러므로 자세히 듣거라. 가장 으뜸가는 상은 그 덕에 대해서 상을 주는 것이고, 그 다음은 그 재주에 상을 준 것이고, 그 다음은 공로에 대해서 상을 준 것이다. 나를 위해 사방으로 분주히 돌아다닌 수고로움은 필부의 힘이기 때문에 위에서 말한 것보다 그 다음가는 공로이다. 잘 알겠느냐? 1, 2, 3등 공신의 행상이 끝난 후에 그 다음 상이 너에게 갈 것이다."

호숙은 부끄러움과 복종하는 마음으로 물러갔다.

이 논공행상에 대하여 재주와 용기를 자부하고 있던 장수인 위주와 전힐만은 늘 입으로 말만 주로 하고 아무 행동력도 없는 조쇠, 호언 두 문신이 자기보다 높은 상을 타는 것에 대하여 속으로 불만을 가졌다.

귀국 후에도 몇 번의 죽을 고비를 넘기고 우여곡절 끝에 국내에서 그 동안 권력을 누렸던 사람들의 도움까지 얻어 겨우 공위에 올랐던 진문공은 심사숙고하여 논공행상을 하지 않을 수 없었을 것이다. 이러한 사려 깊은 논공행상을 증명이라도 하듯 진문공은 등극한 지 8년 만에 천하를 제패하고 춘추시대에 제환공에 이어 두 번째 패자가 되어 그 이름을 후세에 길이 남겼다.

요즈음 '인사청문회'에 오르내리는 사람들에 대한 평가가 많이 회자되고 있다. 여러 평가들이 보도되고 있어 인물평의 어려움이 새삼 느껴진다.

결과를 보기 전에 미리 인물을 알아볼 수 있기를 바라지만 그렇게 쉬운 일이 아닌가 보다. 천하의 공자까지도 인물에 대한 실패담을 말씀하셨는데 사람 속마음 알기가 정말로 어려운 일임을 실감할 수 있다.

모택동의 16자 전법

적이 진격하면 아군은 후퇴한다(敵進 我退).

적이 정지하면 아군은 교란시킨다(敵據 我擾).

적이 피로하면 아군은 적을 친다(敵疲 我打).

적이 후퇴하면 아군은 추격한다(敵退 我追).

중국의 국가주석 시진핑이 2013년 1월 취임하자 곧 "파리부터 호랑이까지 때려잡겠다."고 선언했다. 이는 1948년 부패에 찌든 국민당을 바로잡겠다고 "파리는 놔두고 호랑이만 잡겠다."는 구호를 내세워 상하이 대형 기업인들에 대한 대대적인 숙청 작업에 나섰던 장제스(蔣介石)의 구호를 변형한 것이리라.

일본의 항복으로 중일전쟁이 끝나고 공산당과의 전면전이 벌어지고 있을 때, 장제스는 부패척결을 강력히 시도하였으나 그의 친·인척인 쿵상시(孔祥熙)사건을 무마하는 바람에 실패로 돌아가고 마오쩌둥(毛澤東)의 공산당에 패하여 다음 해인 1949년, 대만으로 쫓겨 가고 말았다.

중·일 전쟁이 시작되기 전 모택동은 장제스의 4차에 걸친 토벌작전을 견뎌내고 마지막에 대장정을 단행하여 정강산에서 연안으로 진출하였다. 이 과정에서 게릴라전의 교본이 되는 16자 전법도 강구되었다. 이후 장학량의 서안사변이 계기가 되어 만주에서 국민당과 국공합작으로 일본군과 싸울 때도 이 전법은 유효하게 쓰였던 것이다.

당시 일본군에서는, 국민당 군대는 눈감고 싸워도 이기고 공산당의 팔로군과 싸울 때는 눈을 부릅뜨고 싸운다는 에피소드가 있었다고 한다. 기강이 해이한 국민당군과 훈련된 공산당군을 빗대어 나온 얘기였을 것이다.

우여곡절 끝에 중국 공산당은 등소평이 추진한 개혁개방정책의 성공으로 일본을 누르고 세계에서 미국 다음가는 두 번째 경제대국으로 부상하였다. 우리나라에서도 중국의 빠른 발전에 찬양 일변도로 매스컴을 장식하고 있다.

요즈음 시진핑 정부가 들어선 후 부패관료 척결을 들고 나오면서 너무 벌어진 빈부격차 문제가 사회 전체로 번지고 있다는 보도를 접하게 된다. 부패한 국민당을 쫓아내고 집권한 공산당의 중국이 60여 년이 흐른 지금 또다시 만연한 공산당의 부패를 청산하지 않으면 안 될 정도로 위기감을 느끼고 있다는 증좌(證左)가 아닐까 생각된다.

이러한 공산당의 부패가 만연하고 빈부격차가 심화되자 한동안 문화혁명으로 중국 경제를 후퇴시킨 장본인으로 비난을 받던 모택동에 대한 재평가가 대두되고 있다는 보도도 나오고 있다.

모택동이 중국에 끼친 영향에 대하여 일찍이 등소평이 요약한대로 "공이 7이고 과오는 3이다."로 논쟁을 덮고, 개혁개방정책을 추진하여 오늘의 부강한 중국이 재탄생할 수 있었다.

국민당을 대륙에서 몰아내고 승리한 공산당이 스스로 부패한 지도층의 청산을 강조하고 있다. 반면 장제스는 대만으로 쫓겨 간 뒤 대대적인 숙청을 통하여 국민당을 정화시켰다고 한다.

이런 현상을 보면 역사의 아이러니를 느끼지 않을 수 없다. 더욱이 요즈음 중국과 일본과의 관계가 영토분쟁으로 악화되고 있는 이 시점에서 양측관계가 험악해질수록 중일전쟁에서 잘 싸운 모택동에 대한 평가는 한층 호의적일 것으로 보인다.

공산당 군대를 지휘한 모택동이 정강산에서 국민당군의 포위섬멸작전에 맞서 싸울 때 만들었다는 전략이 바로 16자로 된 군사전법이다. 국민당군의 압도적 우세 속에서 살아남기 위한 전법이다. 이 유격전술은 항일전쟁 중에 보다 발전되어 일본군을 괴롭혔다고 전해진다.

적이 진격하면 아군은 후퇴한다(敵進 我退).
적이 정지하면 아군은 교란시킨다(敵據 我擾).
적이 피로하면 아군은 적을 친다(敵疲 我打).
적이 후퇴하면 아군은 추격한다(敵退 我追).

모택동의 얘기를 직접 들어보자.

"(전략) 소규모의 약한 군사력으로써 내전의 전투장에 들어선 중국 홍군은 지금까지 여러 차례 강력한 적대자를 패배시켜 왔으며 세계를 놀라게 한 승리를 거두어 왔다. 그리고 홍군은 집중된 힘의 사용에 거의 전적으로 의존하여 그렇게 해왔다. 우리들이 '일당십, 십당일(一堂十 十當一)'이라고 말할 때 우리는 모든 전쟁, 그리고 전군이 균형에 대한 전략에 관하여, 전략적 의미에서 그것은 바로 우리가 행해온 것이다. (중략) 우리는 적군의 한 부분을 강타하기 위해 언제나 큰 힘을 비축하여야 한다. 우리들의 전략(戰略)은 '일당십'이고 우리들의 전술(戰術)은 '십당일'이다.

이러한 모순되는, 그러나 보완적인 명제들은 적을 정복하기 위한 우리의 원칙들 중의 하나를 구성하고 있다. 우리들은 다수를 패배시키기 위해 소수를 이용한다. 이것은 우리가 중국 전체의 통치자들에게 말하는 것이다.

우리는 소수를 패배시키기 위해 다수를 이용한다. 이것은 전장에 있는 적에게 말하는 것이다. 그것은 이제는 더 이상 비밀이 아니다.

일반적으로 지금에 와서 적은 우리들의 방법에 상당히 익숙해져 있다. 그러나 적은 우리들의 승리를 방해할 수도 없고 자신의 패배를 피할 수도 없다. 왜냐하면 적은 아직도 우리가 언제, 어디서 행동하는지를 모르기 때문이다. 이것을 우리는 비밀로 간직한다. 홍군은 대개 기습공격에 의한 작전을 한다. (하략) ” –≪모택동≫(Stuart R Schram 저, 김동식 역)에서

이 16자 전법의 원형을 우리는 손자병법에서 찾아볼 수 있다. 손자병법 13편중 그 7편 군쟁편을 보면 “싸움은 거짓으로 서고 이익으로써 움직이고 나누어 합하는 것으로 변화하는 것이다. 그러므로 빠름은 바람과 같고, 움직이지 않음은 산과 같고, 숨으면 그늘과 같고, 움직임은 벼락과 같다.”

다시 말하면 ‘풍림화산(風林火山)’이란 손자병법에서 많이 쓰이는 용어인데 싸움을 할 때는 상대의 눈을 어지럽게 하여 정체를 잡지 못하도록 행동을 일으킨다. 다음에는 가장 유리한 조건일 때 상대의 움직임 여하에 따라 자유자재로 변화하여, 분산 집합하는 용맹을 지녀야 한다. 그리고 유리한 때가 되면 황야를 휩쓰는 폭풍과 같이 벼락이 떨어지듯 격렬함이 있어야 한다. 이러한 유리한 조건을 만드는 데 자중을 요할 때는 태산이 움직이지 않듯이 침착해야 하고 그늘 속에 숨어 버린 듯 상대가 전혀 눈치

챌 수 없는 상태로 기다려야 한다.

손자병법은 기다림을 계속하여 더 강조한다. "상대의 기(氣)가 쇠퇴하였을 때를 노려라. 아침의 기는 날카롭고 낮의 기는 게으르며 저녁의 기는 끝난다. 이쪽은 빈틈없이 통제되어 순조로운 상태를 유지하고 있으면서, 상대편이 허를 보이는 상태를 기다리고 있는 것은, 인간 심리를 이용하는 방법이다. 가까움으로 먼 것을 기다리고, 편안함으로 수고로움을 기다리고, 배부름으로 굶주림을 기다린다. 이는 힘을 다스리는 것이다. 진형이 정비되어 질서정연하게 진격해오는 적과 충돌하는 것은 손해다. 정정한 기를 요격하지 말라. 당당한 진을 습격하지 말라. 이는 변화를 다스리는 것이다."

손자병법을 읽다보면 모택동의 16자 전법이 거의 다 포함되어 있음을 볼 수 있다. 많은 책을 숙독한 그는 이 손자병법 외에도 삼국지와 사마천의 사기 등 고전의 많은 전투를 응용하였다고 한다.

모택동이 자신의 자서전에 가름한다는 ≪중국의 붉은 별(Red Star over China)≫에서 에드거 스노는 장개석의 국민당군에게 쫓겨 다닐 때나 대장정의 기간에도 항상 책을 지니고 있는 모택동임을 세상에 알리려고 서재에 앉아 있는 그의 모습을 사진으로 보도하였다.

모택동이 또 한 번 세상에 알려진 것은 문화혁명이 끝나고 중국이, 소련과 이념투쟁을 하고 있을 때 흔히 '핑퐁외교'라 불리는 미국의 닉슨 대통령과 모택동의 면담이 계기가 되었다.

중국인은 긴 역사에서 많은 지혜를 배우고 있다. 중국의 오늘을 알기 위하여 우리는 중국의 역사를 공부하고 배워야 한다.

6·25전쟁으로 북한을 지원한 모택동의 중국이 오랜 기간 우리의 적으로 치부되어 왔으나 지금은 세계에서 제일가는 우리의 무역 상대국이

되고 있다. 싫든 좋든 우리는 지정학적으로 중국과의 관계를 떠날 수는 없다.

매년 새해가 되면 중국의 지도자는 신년사를 사자성어로 표현하는데, 그 문구를 역사적 고전에서 많이 인용하고 있다. 중국의 고전을 알면 현재 중국지도자가 무엇을 지향하고 있으며 사고의 깊이는 어느 정도 인지 가늠해 보는데 도움이 된다.

5천년 역사를 이어온 중국은 많은 사상가(제자백가)와 숱한 인재가 남겨 놓은 저술이 많아 언제 어느 때나 고전을 인용한다.

서양에서 문화를 논할 때 그리스 로마문화와 그 사상가들을 서두에 인용하듯이, 동양에서는 그 문화의 전범(典範)을 중국의 춘추 전국시대에서 찾고 있다. 동양문화의 모태가 황하문명에서 많이 유래되었고, 그 문자가 뜻글자로 옛날이나 지금이나 큰 차이 없이 의미가 전해지고 있어, 옛날의 글을 오늘에 읽어도 이해가 가능한 점도 고전의 응용이 용이한 원인이 되고 있다.

우리나라도 삼국시대부터 일제강점기를 지나 해방 직후까지도 한자를 써 오고 있어 학문, 역사, 문학 등 거의 모든 서적이 한문으로 쓰여 있다. 한문을 알면 우리의 고전을 이해하는 데 큰 도움이 된다. 한문 덕에 중국에 대한 이해와 지식을 우리는 잘 이해할 수 있다. 제3국의 사람들이 중국을 배우려고 할 때, 좋은 길잡이가 될 수 있으리라 생각한다.

중국은 이웃의 강대국으로 우리민족에게는 애증(愛憎)이 함께 배어있다. 무조건 배척만 할 것도 아니고, 좋아만 할 일도 아니다. 우리가 일본을 넘어 극일을 강조하듯, 중국을 공부하고 연구하여 그들의 속내를 알아야 훌륭한 외교 전략도 나올 수 있을 것이고, 국가적 전략도 수립할 수 있을 것이다.

강대국을 주변에 두고 있는 우리가 가야 할 길은 타국에서 배울 수 있다. 유럽의 작은 나라들이 강대국 사이에서 살아남아 온 역사를 통해서 찾아볼 수 있지 않을까? 주변 국가에 대한 확실한 이해를 바탕으로 외교 전략을 구상하고, 생존전략을 연구하고 있다는 사실을 거울삼아, 우리 주변국의 역사와 문화를 더욱 공부하여야 할 것이다.

용기 있는 사람들

미국의 케네디 대통령이 상원의원 시절에 쓴 ≪용기 있는 사람들(Profiles in Courage)≫을 읽고 감명 받은 바가 있어 우리나라에서도 용기 있는 사람에 대한 저서가 나왔으면 좋겠다는 생각을 가지고 있었다.

케네디는 이 책에서 미국 정치사에 있었던 상원의원들을 거론하고 있는데, 여론과 무조건 타협하지 않고, 양심과 신념에 따른 행동으로 유권자로부터는 매도되었으나 미국의 발전에 크게 기여했던 이들을 용기 있는 사람으로 묘사하고 있다.

링컨 대통령의 죽음으로 대통령직을 수행한 앤드류 존슨 대통령에 대한 탄핵재판 때 동료 당원과 지역 주민들의 여론을 저버렸던 에드먼드 G. 로스 상원의원에 대해 쓰고 있다. 당시 의회는 링컨 대통령이 임명한 대법관과 공직자를 존슨 대통령이 상원의 승인 없이 마음대로 해임하지 못하도록 하는 '관직보유법'을 통과하였는데 대통령이 이를 지키지 않는 중대범죄를 저질렀다는 게 탄핵안이었다. 당시의 여론은 의회를 민주당이 장악하고 있어 대통령에 대한 비난이 거세던 때이다. "나는 열려져 있는 내 무덤을 들여다본다."며 로스 상원의원은 자신의 미래를 훤히 알면서 대통령의 무죄에 투표했고, 그 용기를 케네디는 찬양하였다. 또

한 영국과의 전쟁으로 경제적 손실을 입게 될 뉴잉글랜드지방 주민의 극심한 반대 여론에도 불구하고 아버지의 정적 토마스 제퍼슨의 전쟁선포에 찬성한 존 퀸스 아담스의 용기도 기록되고 있다.

일찍이 동서양을 막론하고 용기에 대하여는 많은 얘기들이 있다. 아리스토텔레스는 ≪윤리학≫에서 여러 덕목 중 용기를 가장 먼저 논한다. 용기는 여러 덕 중에서도 가장 유서 깊은 것이 아닌가 생각된다.

아마 수렵시대에서부터 남자들의 용기는 날 센 짐승을 사냥함으로써 부족민의 식량을 해결하는데 중요하였을 것이다. 특히 싸움터에서는 용맹을 떨쳐 승리하는 것이 자신의 가족이나 집단을 보호하게 되고, 더 나아가서는 적들을 포로로 잡아 노예로 만들고 많은 전리품을 획득할 수 있게 되어 용기는 최고의 미덕이 되었을 것이다.

수렵시대를 지나고 아리스토텔레스가 살던 시대만 하여도 용기의 내용은 옛날에 비해 많이 복잡해졌다. 용기는 전쟁터 이외의 다른 곳 다른 부문의 일에서도 발휘될 수 있는 것으로 널리 인정되던 시절이었다.

아리스토텔레스는 용기가 두려움과 비슷하지만 또 다른 감정인 자신감과도 관련된다고 보았다. 즉 자신감이 너무 넘친 것도 만용과 비슷한 악덕이고, 자신감이 너무 결여된 소심함도 비겁과 비슷한 악덕이며, 적당한 자신감을 갖는 것이 참 용기라고 정의했다.

그는 진정한 용기가 다양한 방식으로 발현되기는 하지만 근본적으로는 신체에 가해지는 큰 위해나 죽음에 대한 두려움과 관련된 것이 그 중 진정한 용기라고 보았다. 게다가 용기를 발휘한 결과 위험을 벗어나기 어려운 처지에 놓이게 될 때 그 용기가 더욱 값진 것이라고 했다.

≪순자≫ 영욕편에는 용기에 대하여 아래와 같이 정의를 내렸다.

"개나 돼지와 같은 용기도 있고 모리배나 도둑 같은 용기도 있다. 소인의 용기도 있고 군자의 용기도 있다. 먹을 것을 두고 발휘하는 용기는 동물적 용기이고, 이익을 위해 재물을 두고 다툼에 있어 사양하는 일도 없고, 과감하고 맹렬하게 날뛰는 것은 모리배나 도둑의 용기이다. 죽음을 가벼이 여겨 포악하게 날뛰는 것은 소인의 용기요, 의리를 위해서는 권세에 굽히지 아니하고, 사리(私利)를 돌보지 않으며, 나라를 다 주어도 목표를 바꾸지 않고 죽음 앞에 신중하게 정의를 가져 굽히는 일이 없는 이것이 사군자(士君子)의 용기이다."

동서양을 막론하고 진정한 용기는 한 인간의 죽음과 밀접한 관련이 있는 것으로 보고 있다. ≪개미 제국의 발견≫으로 유명한 최재천 교수의 '다윈지능'에 대한 EBS 특강을 청취하다가 들은 얘긴데, 자신이 강원용 목사님의 주선으로 경동교회에서 진화론에 대하여 강연하였다고 말했다. 미국에서조차 근본주의 교인들의 반대로 일부 주에서는 진화론을 학교에서 가르치지 못하고 있는데 우리나라 교회에서 진화론에 대한 강연을 하게 되었다는 말씀을 듣고 교회에 대한 인식을 새롭게 하는 계기가 되었다.

젊은 시절에 겪었던 강원용 목사님의 고하 송진우에 대한 *회고담을 기억하면서 역시 용기 있는 사람은 다른 면이 있다는 생각이 들었다. 고하 송진우는 모스크바 결정 원문을 보고 진지하게 고민한 후 신탁통치에 대한 찬반을 결정하자는 신중론을 견지했으며 5년간의 훈정은 받아들일 만 하다는 인식을 가지고 있었다. 그런데 당시 분위기는 "독립 아니면 죽음을 달라"는 식의 감정적 반탁이 주류를 이루었다. 따라서 현실적 상황인식 아래 보다 현실적 반탁운동 방법을 모색하던 고하의 노선이 감정적 민족주의자들의 눈에는 용인될 수 없었던 측면이 있었다.

해방 후의 혼란기에 있었던 상황을 그대로 밝히고 있는 강원용 목사님도 용기 있고, 당시 용기 있는 발언을 거침없이 토했던 송진우도 보기 드문 용기 있는 사람이었다는 생각이다. 얼마 후 송진우는 암살되고 말았다.

또 용기 있는 사람이 있으니 함석헌 선생이다. 5·16 후 군사정권 시절 사상계에 ≪생각하는 씨알이라야 산다≫라는 글을 써 양심을 일깨웠고, 자유당정권 시절에 썼던 글을 보아도 보기 드문 용기 있는 분이다.

"(전략) 일본 시대에는 종살이라도 부모 형제가 한 댁에 살 수 있고 동포가 서로 교통할 수는 있지 않았나? 지금은 그것도 못해 부모처자가 남북으로 헤어져 헤매는 나라가 자유는 무슨 자유, 해방은 무슨 해방인가?

남한은 북한을 소련·중공의 꼭두각시라 하고 북한은 남한을 미국의 꼭두각시라 하니 남이 볼 때 있는 것은 꼭두각시뿐이지 나라가 아니다. 우리는 나라 없는 백성이다. 6·25는 꼭두각시놀음이었다. 민중의 시대에 민중이 살았어야 할 터인데 민중이 죽었으니 남의 꼭두각시밖에 된 것 없지 않은가? (하략)" -≪함석헌 전집≫ 중에서

아무도 정권의 잘못에 대해 들이대고 말을 못하던 시절에 자유당 정부를 비난하였으니 당시 반공에 대해 한마디만 잘못해도 공산당으로 몰려 처벌 받던 시기에 용기 있는 발언이었다.

용기 있는 사람들이 어찌 위의 사람들 뿐이었을까마는 그래도 우리가 찬양하고 높이 기려야할 용기는 따로 있다. 위기의 시기에 국론이 갈라져 모두가 자기의 주장을 앞세우고 상대편을 죽음으로까지 몰아가는 순간에 자신을 던져 가면서까지 바른 소리를 할 수 있는 자가 정말 용기 있는 사람이 아닐까.

*회고담

"여러분의 그런 생각이 모두 애국심에서 나온 것이란 걸 나도 알고 있지만 나라를 이끄는 지도자들로서 우리가 경박해서는 안 되겠지요. 여기 누구라도 모스크바 3상회의에서 결정된 의정서의 원본을 제대로 읽어본 분 있습니까? 내가 알고 있기로는 그 내용이 미소공동위원회를 설치한 후 한국의 정당 – 사회단체들과 협의해서 남북을 통일한 임시정부를 세우고 5년 이내의 신탁통치를 하는 것으로 되어 있는데 내가 알고 있는 게 정확하다면 길어야 5년이면 통일된 우리의 독립 정부를 세울 수 있는 것을 그렇게 극단적인 방법으로 반대할 이유는 없지 않겠습니까?

어차피 우리가 우리 힘으로 정부를 세운다고 해도 현재 이렇게 분할 통치되고 있는 상황이고 강대국 간에 전후 문제가 아직 해결되지 않은 상태에서 우리가 그들의 합의 없이 마음대로 할 수 있는 게 아니지 않습니까?

신탁통치가 길어야 5년이라고 하니 3년이 될 수도 있는 것인데 그렇게 거국적으로 반대할 이유가 뭐 있습니까? 물론 나도 신탁통치는 반대합니다. 그러나 반대 방법은 다시 한 번 여유를 가지고 냉정히 생각해 봅시다." –≪고하 송진우의 민족주의 사상연구≫(이완범 저) 중에서

1945년 해방과 더불어 찾아온 혼란기에 있었던 당시 우리나라 독립에 대한 모스크바 3상회의에서 신탁통치 의결이 있은 후 1945년 12월 28 저녁 경교장에서 열렸던 대책회의에 참석했던 모임에서 송진우의 발언에 대한 강 목사님의 회고담이다.

내가 꿈꾸며 살아가고 싶은 삶

LA에서 올림픽이 열리던 1984년 미국으로 발령받아 갔다.

그때 가장 부러웠던 것이 주립공원과 작은 동네공원이 여기저기 있었고 크고 작은 공원에는 어린이 놀이시설이 있어 애들의 천국 같았다.

주립이나 국립공원은 지금 우리나라에서 유행하고 있는 캠핑시설이 잘 갖추어져 있었고 요금도 아주 저렴하였다. 주방시설, 샤워실, 화장실까지 갖춘 대형캠핑카 주차장에는 주유와 물을 공급 받을 수 있는 시설이 완비되어 있고, 차안의 오물을 받아 정화하는 시설까지 마련되어 있었다.

이런 공원에서 노부부들이 캠핑카를 세워두고 선탠하며 여가를 즐기고 있는 모습을 많이 볼 수 있었다. 그들의 여유를 즐기는 삶이 몹시 부러웠다.

흔히들 미국인 인생패턴의 한 면이 모기지·론에 있다고도 한다. 학업을 마치고 사회에 나오면서 그들은 20~30년 장기모기지·론으로 주택과 가전제품까지도 할부 금융으로 마련한다. 자동차도 할부나 리스로 구입한다.

우리의 개념은 돈 벌어서 집도 장만하고 살림도 늘려가지만 이들은 삶의 시작부터 편리함을 추구한다. 그리고 돈을 벌어 가면서 할부금을 갚는다. 돈에 얽매이는 삶이 아닌 살아가면서 필요한 돈을 번다. 그렇게 젊은 날부터 편리한 삶을 살아가다 보면 50~60세쯤 되어 빚은 청산되고 자기 소유가 된 집이 남게 된다. 이 집을 팔면 나머지 노후를 충분히 즐길 수 있는 여유가 생긴다. 캠핑·카를 사서 전국 유람도 하고 해외여행이나 취미생활을 한다. 젊어서부터 삶을 즐기고 노후까지 잘 살 수 있는 비결이다. 여하간 이방인의 눈에는 이들의 생활이 고뇌보다는 즐거운 여행을 하듯 삶을 살아가고 있다는 느낌이었다.

인도의 카스트제도의 최상위급인 브라만 계급 사람들은 학생기, 가주기, 임서기, 유행기로 분류한 4주기로 구분된 일생을 산다고 한다. 한 주기를 25년으로 하여 100세까지를 목표로 산다.

태어나서부터 25세까지를 범행기(梵行期)로 경전을 공부하는 시기로 힌두교 경전인 베다경전을 배운다. 학생기(學生期)라고도 하며 경전 뿐만 아니라 세상 물정을 배우는 시기이기도 하다. 이 시기에 가장 강조되는 것이 금욕(禁慾)이다.

26세~50세까지는 가주기(家住期)로 가정을 꾸리는 시기다. 결혼하여 자녀를 낳고 돈을 벌어 가정을 일으켜 경제적으로 자립하는 시기이다. 힌두교에서는 청빈(清貧)하라 가르치지 않는다. 이런 면은 유대교와 회교도 비슷하다. 오히려 부자가 되라고 가르친다. 정당하게 부자가 되어 많이 베풀라는 것이다. 이와 같은 사상은 초기 불교경전에도 나타난다.

51~75세까지는 임서기(林棲期)로 숲으로 들어가서 명상(요가)을 하며 살아가는 삶이다. 이 시기가 다른 문화권에서는 보기 드문 특이한 케이스다. 지금까지 공부를 하고 자녀를 낳고 재산을 모으고 명성을 얻는 과정을 거쳤지만 모든 것을 버리고 숲으로 들어가 개인 본연의 삶을 찾

는다는 것이다.

인도를 연구하는 철학자 이거종 교수는 이를 "가능성에 대한 위대한 포기"라 표현하였다. 그동안 쌓아 온 모든 것을 버리고 혼자서 숲으로 출가하여 명상하며 자신의 일생을 반추하면서 삶의 의의를 찾아보며 산다는 것이다.

미국의 데이비드 소로우가 멕시코와의 전쟁을 치르기 위한 인두세 납부를 거부하고 월든 호숫가에 들어가 오두막을 짓고 자연 속에서 2년 넘게 생활하였던 시간을 나는 인도인들의 임서기와 비교해 본다.

타계하신 법정 스님이 말년에 벽촌산간 깊숙이 들어가 혼자 지내며 생활하였던 삶도 힌두교도의 임서기와 비슷한 불교도의 방식이었다고 생각한다. 여하간 보편적인 인류의 삶과는 거리가 있고 아무나 본받거나 흉내 내기 어려운 삶을 경험하는 것이다.

76세~100세까지가 마지막 인생의 유행기(遊行期)다. 숲에서 나와 이곳저곳 돌아다니며 탁발에 의존하여 살아가는 방식이다. 걸망을 메고 운수행각을 하며 이제까지 배우고 익혔던 것들을 회상하며 진리에 대한 검증을 하고, 몸소 세상을 다시 한 번 음미해 보고 새로운 체험을 하면서 한 인간으로서의 삶의 진면목을 찾으며 생을 마친다. 그들은 이 단계를 가장 이상적 단계로 친다.

중국에서는 노자 · 장자 같은 무위도위 사상으로 자연과 더불어 관습에 얽매이지 않고 자유분방하게 살아가는 사람들의 삶도 있지만, 공자가 말한 70세에 깨우치는 종심(從心)의 단계를 군자의 이상적인 삶으로 삼았다.

공자가 말했던 대로 "종심소욕 불유구(從心所欲不踰矩)"의 시기다.

이 군자의 삶이 동양인의 롤· 모델이 되어 한국, 일본은 물론 중국과

인접한 주변 국가에 중국 문화의 전파와 함께 스며들어 많은 사람들이 이 군자의 길을 걷고자 노력하였다.

공자의 삶에서 보여주었듯이 10대에 배움의 길을 목표로 한 것이 유교 문화의 한 특징으로 나타난다. 동아시아 국가에서는 오래 전부터 인재의 등용을 과거제도에 의존하였다. 과거시험의 출제가 유학서 13경(4서 5경 포함)에서 주로 출제되었기에 유학 경전을 열심히 공부하게 되었다.

삼강오륜 등의 예법이 자연스럽게 백성들의 삶에 녹아들어가 효도가 삶의 목표가 되었고, 조상을 섬기고 가족 간의 유대를 국가관보다 더 중시하였다. 조상을 섬기는 예(禮)로 가장 중요시되는 것이 제사를 잘 모시는 것으로 나타났다. 천주교가 조선에 전파되었을 때, 신자들이 조상에 제사를 지내지 않았다는 이유로 사형을 당하고 천주교 배척의 계기가 되었던 것도 전래되어 온 유교문화의 전통과 가장 크게 배치되었기 때문이다.

유학이 종교와 같았던 우리나라에서는 가족과의 유대를 중시하는 문화가 전통을 이어 왔다. 아놀드 토인비는 미래에 동북아 지역이 세계문화의 중심지가 될 것으로 예측했고 그 이유를 가족제도에서 찾은 바 있다.

이 가족제도가 오늘날 동아시아 국가에 불고 있는 교육열이 되었다. 이 교육열이 서구의 산업문명을 급속하게 습득하여 엄청나게 빠른 속도로 경제발전을 이룬 원동력이 되었다. 이런 왕성한 교육열은 서양에서 산업혁명을 일으켜 전 지구를 휩쓴 문화를 재빨리 습득하여 오늘날의 경제발전을 이루었다. 일본이 앞장섰고 한국, 대만, 홍콩, 싱가포르에 이어 중국이 대를 이었다. 그 결과 생활상은 전혀 다른 세상을 맞이하게 되었고 경제적으로 여유가 생긴 사람들은 종교와 정치, 문화 및 사회의식에도 변화를 보였다.

일부 특권 기득권층만 향유할 수 있었던 삶이, 서민 대중들도 여가를 누릴 수 있게 된 것이다. 여행을 즐기고 교양과 예술작품을 향유하며 취미생활을 즐기며 전원생활도 누리는 완전히 변화된 세상이 되었다.

산업화의 혜택으로 경제적인 생활이 안정되자 앞서 소개한 미국의 일반 서민들이 누리는 행복한 삶을 꿈꿀 수 있게 된 것이다.

지금의 세계는 동서양을 막론하고 . 정치적으로도 경제적으로도 폭풍전야(暴風前夜) 같다. 사회적으로도 기존 종교가 흔들리고 있으며 글로벌하게 보편화된 인터넷 문화는 평등사상을 더욱 굳혀가고 있다. 만인이 만인의 주장을 세상에 퍼트릴 수 있게 되었다.

구글의 검색창에서는 세상 누구의 의문도 최신의 정보로 답변해 주고 있다. 초등학생들이 과거에는 부모나 선생님께 물었던 질문을 이제는 혼자서 처리할 수 있게 되었다. 이런 문제는 단순해 보이지만 과거의 모든 권위를 흔들어 놓은 결과를 가져왔다.

농경 사회에서 경험과 기상예측 등의 기능으로 대대로 누려오던 권위는 오래 전에 끝났다. 산업혁명 이후 빨라진 과학 기술문명은 2차 전기혁명, 3차 정보 · 통신 혁명을 지나 4차 산업혁명을 운운하고 있다.

산업혁명의 기간이 걷잡을 수 없이 빠르게 단축되고 있다.

제1의 기계시대는 증기기관, 전기·전자, 컴퓨터 인터넷 등으로 이어지면서 기계가 인간의 힘을 대신하고 있다.

지금은 '제2의 기계시대'(이 표현은 MIT 두 명의 교수가 처음으로 책의 제목으로 사용하였다)로 접어들고 있다. 인공지능기술을 중심으로 하는 디지털기계가 인간의 지능업무를 대신하는 시대를 말하는 것이다.

산업혁명이 시작될 때도 기계가 인간의 일자리를 빼앗아 간다고 산업혁명 초기 영국에서는 기계를 때려 부수는 운동(러다이트 운동)이 일어났었다. 그러나 인간의 일자리는 더 많이 만들어졌고 인간의 삶은 윤택해져 오늘날과 같은 여유 있는 삶을 누릴 수 있게 되었다. 그러나 4차 산업혁명은 과거의 혁명과는 전혀 다른 세상을 가져오게 될 것이라 예측하는 학자가 많다.

인간만이 유일하게 가지고 있다는 지능을 AI가 갖게 되어 인간의 일을 대체하게 될 것이라 한다. 인공지능이 인간의 창작활동인 그림, 시, 희곡을 쓴다는 뉴스가 나오고 있다. 닥쳐올 미래를 살아갈 후손들에게 심각한 문제로 부상하고 있다.

이런 시기가 미구(未久)에 노래할 것이라고 과학자들은 예고한다. 그때가 되면 인간은 무엇을 하면서 인간다운 삶을 살까? 아니 인간다운 삶이란 어떤 것일까?

요즈음 세상의 곳곳을 찾아다니며 보여주는 테마기행을 보면서 느껴보는 생각이다.

남태평양의 아이들은 자연 속에서 즐겁게 놀면서 부모와 함께 산다. 세상의 어느 곳에 가더라도 사람들은 자기 고장에 전래되어온 전통 의식주를 자부심을 가지고 살아가는 사람들을 본다. 유럽은 물론 심지어 우리가 소득이 낮다고 후진국이라 부르는 동남아나 아프리카 등의 나라에서도 자신들의 삶을 즐기며 사는 사람들을 볼 수 있다.

우리나라 어린이들과 비교해 본다. 이스라엘의 초정통파 남자 유대교인은 매일 모여서 탈무드를 외우며 생업에는 무관하게 산다고 한다. 경제생활은 일부는 부인이 떠맡고, 일부는 국가의 보조금으로 해결한다. 그러나 이들의 만족도는 세상의 평균보다 높고 자녀수가 평균 6~7명에 이른다고 한다. AI 등장으로 많은 사람들이 직업을 잃을 때도 이들은 만족하면서 살 수 있을 것 같다.

불교에서 권장하는 스님들이 살아가는 산사 체험이나, 깊은 산속 수도원을 찾아가 신부나 수녀들의 삶을 엿보고 싶어 하는 현대인도 늘어나고 있다. 그러고보면 과학과 종교는 서로 대치되는지, 아니면 서로 상생하는 건지 알 수 없다. 한편에서는 신의 경지에 도전하여 생명의 비밀을 찾고, 또 한편에서는 신에 귀의하여 만사를 맡기려 한다.

종교도 없고 과학자도 못 된 나는 어정쩡하게 살다가 떠나게 될 것 같다. 그러나 플라톤이 말하던 동굴에 갇혀 실체를 보지 못하고 그림자만 보는 삶만은 벗어나고 싶다. 우연하게나마 얻어지는 깨달음이나 좋은 생각들이 떠오른다면 후손에게 남겨주고 싶다.

육체적인 유전자와 함께 문화적인 유산도 남기고 싶은 것이 인간의 최대 욕망이라 하지 않던가. 그러나 이런 욕망이 내 삶의 의무나 과업으로 생각하여 큰 짐이 되지 않고 자연스럽게 이루고 자유롭게 살다가 세상을 하직하고 싶다.

"나는 아무것도 바라지 않는다. 나는 아무도 두려워하지 않는다. 나는 자유다."

카진키스키의 묘비명이 자꾸 머리를 스친다.

신념과 신념의 대결

-종교인의 다툼에서 전쟁이 유발되고, 개인 신념의 갈등에서 사회혼란이 야기된다

세상에서 제일 무서운 게 원시인의 믿음으로, 한번 머릿속에 박힌 믿음은 죽을 때까지 바뀌지 않는다고 한다. 외부와 접촉이 드문 이들에게는 조상 대대로 전해오는 생각이 바뀔 기회가 주어지지 않았기 때문이라 한다. 그렇다면 새로운 문화가 전해진다면 이들의 생각은 쉽게 바뀌게 될까?

나는 아직도 소싯적에 가졌던 잘못된 선입견이 머릿속에 많이 남아 있다. 중학시절 생물시간에 배웠던 혈액형(血液型)에 대한 생각도 그 중의 하나다.

당시 배운 A, B, O. AB형에 대한 특성으로 A형은 소심하나 세심하고, B형은 활달하나 경솔하고, O형은 무뚝뚝하나 남자답고, AB형은 꾀가 많아 간사하다는 믿음이 당시 배웠던 그대로 내 기억에 남아 있다.

이성적으로는 70억의 인구를 어떻게 4~5가지의 단순한 유형으로 성격을 분류할 수 있으며, 더구나 인간성의 구분을 혈액형만으로 단정할 수 있겠는가 많은 의문이 있지만 혈액형 얘기만 나오면 선입견이 먼저 떠오른다. 혈액형만이 아니다. 한의학에서 얘기하고 있는 사상체질 즉 태양인, 태음인, 소양인, 소음인에 대한 성격 분류도 머릿속에 박혀 어떤 사람의 체구를 보면 먼저 위의 체질에 맞추어 보며 그 사람의 성격을 헤아려 보려 한다.

우리의 머릿속에 형성된 믿음이나 신념은 어떻게 하여 생기는 것일까? 그리고 한번 만들어진 믿음이나 신념은 변할 수 없는 것일까? 우리가 배우고 생각한다는 것은 한번 형성된 잘못된 믿음이나 사고를 과학적으로 분석해 보고 올바르게 고치기 위함이 아닐까? 그런데 한번 머릿속에 들어간 생각은 왜 그렇게 바꾸기가 힘든 것일까?

나는 어릴 때 배웠던 시조와, 어린 시절 잠깐 친구 따라다니며 교회에서 외웠던 기도문, 내가 좋아하던 시의 몇 구절도 여러 개 외우고 있다. 그러나 지금은 금방 들었던 얘기도 남에게 전달하기가 어렵다. 옛것은 다 기억하면서 왜 새로운 정보는 기억하지 못할까? 이른바 뇌 과학에서 설명하듯 어렸을 적 기억은 백지에 색칠하듯 선명하게 그려져 오래 기억에 남고, 늙으면 기억 장치가 낡아져 기억이 희미하거나 아주 기억장치에 고장이 나 기억하기가 어렵게 되어 버린 것은 아닐까? 아니면 기억의 문제가 아니고 젊은이들이 말하고 있는 나이 들면 새로운 지식에 접하려 하지 않고 과거의 생각에 집착하는 꼰대 노인이 되어가고 있는 걸까? 고집불통인 노인들은 사고가 굳어서, 누구의 얘기를 들어도 고치지 않고 "쇠귀에 경 읽기"식으로 한번 듣고 그냥 넘어가고 마는 것인가?

그렇다면 요즈음 유행하는 노인대상 인문강좌는 무슨 의미가 있을까? 그냥 남아도는 시간을 메워 주는 것에 불과한 것일까?

우리의 뇌는 언제부터 생각이 굳어져가고 있으며, 언제까지 유연한 두뇌를 유지할 수 있을까? 사람마다 차이가 있는 것일까? 아니면 생리적으로 모든 인간은 비슷하게 나이가 들면, 머리가 굳어가는 현상은 자연스럽게 나타나는 것일까? 항상 지식을 탐구하는 철학자, 교육자, 과학자들에게도 나이 들어 이런 현상이 나타난다면 이들은 어떻게 하여 이런 곤란을 극복하고 있을까?

평소에 지적인 생활과 거리가 먼 사람들은 굳어진 생각을 다시는 유연하게 회복할 수는 없는 것일까? 의문이 떠오를 때마다 많은 서적을 뒤져보지만 해답을 찾기가 쉽지 않다.

이런 의문을 황농문 교수는 그의 저서 ≪몰입≫에서 "신념의 형성은 아주 임의적이고 또 비논리적 체계에 기반을 두고 만들어지기도 하지만, 한번 형성된 신념은 강하게 고수된다. 그리고 바로 여기서 문제가 발생한다. 서로 다른 신념체계를 가진 사람들이 자신들의 신념을 강하게 고수하는 경향 때문에 합의나 타협이 이루어지기 어렵고, 이는 분쟁의 씨앗이 될 수도 있다."고 했다.

1994년 캐나다에 근무하고 있을 때 북한에서 김일성 장례식이 있었다. 이때 울며 영구차를 따라가는 북한 주민들을 당시 캐나다의 일간지에 좀비(Zombie)라 표현하는 글이 실렸다. 어릴 때부터 어버이 수령으로 받들도록 길들여진 북한 주민이 캐나다인의 눈에는 자기들 위에 군림한 독재자를 추앙하는 모습이 좀비로 보였을 것이다.

이와 같이 보는 관점과 소속사회 상황에 따라 그 견해는 천양지차다. 이러한 차이가 전쟁을 일으키고 타 종교를 말살하려는 것이다. 내 의견과 맞지 않은 사람이나 종교가 다른 사람을 배척하기 시작하면 끊임없는 투쟁이 뒤따른다. 서로가 서로를 없애고 자신들의 천국을 이루려는 신념에 가득 찬 사람들이 근본주의자들이고 극우, 극좌파 사람들이기 때문이다.

최근 박 대통령의 탄핵과 관련한 여론조사에서 국민의 대다수가 탄핵에 동조하고 있는데, 나이 든 세대와 일부 지지자가 부당하다고 태극기를 들고 데모에 나서는 것은 무슨 이유일까? 보고 싶은 것만 보고 듣고 싶은 얘기만 듣는 고집 때문일까? 길들여진 지역감정이나 사상논쟁의 소산일까? 아니면 너무 강렬한 신념이 모든 합리적인 설득을 무력화시킨 이유일까? 데모대의 사람 중 들고 있는 팻말에 계엄령을 부르는 주장이 보이는데 이들은 그들의 주장을 관철시키기 위하여 과거의 군사독재도 좋다는 주장일까?

요즈음 친구들을 만나면 서로 다른 견해로 의견이 엇갈린다. 하기야 부모 자식 간에도 의견이 달라 다투고 있다는 뉴스가 보도되는 것을 보면 온 나라가 시끄럽다. 한번 굳어진 이념이나 신념에 변화를 가져오지 못하는 나이든 어른들의 문제일까? 아니면 경험이 적어 아직 세상 물정 모르는 젊은이들의 문제일까? 세대 간의 갈등은 보수와 진보로 나뉘어 영원히 해결할 수 없는 것일까?

우리 뇌에는 자기와 매우 가까운 인물, 가령 부모, 아이, 배우자 등을 가짜라고 생각하는 카프그라 증후군(Capgras'syndrome)이라는 신경학에서 매우 희귀하지만 가장 희한한 증세를 겪는 환자가 있다. 자기와 매우 가까운 인물, 가령 부모나 아이 배우자를 가짜라고 생각하여 늘 의심하는 증상이다. 이들은 자기 어머니에게서 느낄 수 있는 자상하고 따뜻한 감정을 느끼지 못하기 때문에 자기의 어머니를 가짜라 생각한다.

반면 이와는 반대로 프레골리(Fregoli)라 부르는 증후군도 있다. 프레골리 환자는 모든 곳에서 같은 사람을 계속 본다. 거리를 걸어갈 때 거의 대부분의 여자가 자신의 어머니로 보이고, 젊은 남자는 전부 자신의 형제로 보인다.

우리에게도 이런 극단적인 신념에 사로잡혀 앞뒤 안 가리고 막 나가는 사람이 나타나지 않으리란 법이 없다. 극단적인 국론의 분열은 결코 나라에 이롭지 않다. 내전을 겪었던 나라들은 다 이런 극단적인 갈등과 분열에 선동되어서 일어났던 것이다.

"신념은 경험에 의해 교정되는 것에 저항하는 경향을 보이고, 지식은 경험에 의해 끊임없이 수정과 갱신을 거친다. 즉 신념체계는 자신이 믿는 지식을 계속 고수하도록 하는 반면, 지식체계는 어떤 지식을 믿고 있었다 해도 더 나은 지식이 나타나면 기존의 지식을 새로운 지식으로 대체한다. (중략) 내 신념이 존중받기 위해서는 남의 신념도 존중해야 한다. 이러한 열린 자세는 다른 종교, 이념, 가치관에 몰입하는 사람들이 우선적으로 가져야 할 덕목이다." - 황농문 저 ≪몰입≫ 9장 〈몰입과 엔트로피, 그리고 뇌 과학〉 중에서

감정과 결부되어 만들어진 신념이 자연스럽게 치유되는 법은 없다는 것이 뇌 과학에서 내린 결론이다. 의식적으로 부단한 노력을 하지 않으면 신념으로 가지고 있는 견해차로 가장 가까운 사람들 사이에도 극단적인 파탄이 일어날 수 있다는 것이다.

우리 모두가 국가의 파탄을 원하지 않고 지금까지 이룬 오늘의 한국이 지속적으로 발전하기를 원한다면 가슴에 손을 얹고 깊이 자성해 보아야 할 때이다.

행동하는 지성을 몸소 실천하고 죽은 에밀 졸라

– 보수주의자와 군부권력을 물리치고 민간 우위의 전통을 만들어낸 목숨을 건 에밀 졸라의 위대한 지성의 함성

지성인의 참 모습을 백 년도 더 오래 전에 프랑스에서 볼 수 있다. 사회의 갈등이 극심했을 때, 용기 있는 한 지성인이 사회에 앞장서서 목숨을 건 행동을 보여 주었다. 그 뒤 지성인들이 사회의 리더로 각광을 받게 된 사례다.

1894년 12월 군사법정의 비밀재판에서 참모본부 소속 유태인 포병 대위 드레퓌스(L'Affaire Dreyfus)를 독일 스파이로 몰아 군사기밀을 누설한 죄로 계급 박탈과 종신형을 선고하였다.

증거물은 스파이 활동의 거점인 독일 대사관을 감시하고 있던 정보국이 독일대사관 우편함에서 훔쳐낸 한 장의 편지였는데 수취인이 독일무관 슈바르츠 코펜이었고, 발신인은 익명이었다. 내용물은 프랑스 육군 기밀문서인 '명세서'였다. 그런데 명세서의 필적이 드레퓌스의 것과 비슷하다는 이유 하나만으로 그를 스파이로 지목하여 종신형에 처한 것이다.

비밀로 재판에 회부되어 진행되고 있었는데, 평소 공공연하게 반유태주의를 표방하고 있던 신문들이 이 사건을 터트렸다. 참모본부 장교가 반역죄를 범하여 체포된 사건을 공개하라고 들고 나선 것이다.

드레퓌스에 대한 온갖 날조된 혐의와 근거 없는 추측, 그의 스파이 행위에 대한 터무니없이 과장된 소문들이 연일 신문지상에 크게 보도되었고 만일 드레퓌스의 유죄를 입증하지 못하면 참모본부의 체면이 땅에 떨어질 형편에 놓였다.

참모본부의 상관들은 사태를 빨리 수습하는데 혈안이 되어, 여러 문서를 날조하여 유죄의 증거로 제출한 다음 피고의 진술 기회도 주지 않고 재판을 끝내 버렸다. 반유태주의 신문들은 "드레퓌스는 프랑스 국민을 파멸시키고 프랑스 영토를 차지하려는 국제적 유태인 조직의 스파이"라고 사형을 요구했다. 참모본부는 "국가안보를 위해 증거를 공개할 수는 없지만 대역죄인 드레퓌스는 종신형을 선고 받았다."는 간단한 설명으로 공개 요청하는 양심 있는 일부 사람들의 입을 막았다.

수긍하지 않는 변호사들에게는 "이것은 중대한 군사기밀이기 때문에 만일 공개할 경우 독일과 전쟁을 각오해야 한다."는 엄청난 거짓말로 협박했다. 그 후 드레퓌스는 아무도 모르게 아프리카 기아나의 적도 해안에 있는 '악마도'라는 섬으로 끌려가 감금되었다.

모두가 이 사건을 잊어갈 무렵 1896년 3월 참모본부 정보국의 조르주 피가르 중령이 또 다른 스파이사건을 조사하는 과정에서 우연히 이 사건의 서류철을 보게 된 것이다. 피가르 중령은 드레퓌스와 군사전술학교 동창생으로서 정의감과 책임감이 매우 강하고 영민한 장교였다.

그가 발견한 사실은 드레퓌스의 유죄입증 증거가 없고, 필적은 에스테라지 소령의 필적과 같다는 것이었다. 그는 이 엄청난 진상을 상부에 보고하면서 에스테라지를 체포하고 드레퓌스에 대한 재판을 다시 열어야 한다고 주장했다. 그러나 그의 상관들은 자신들과 참모본부의 체면을 지키기 위해서 진상을 묻어두기를 원했다.

피가르는 칭찬 대신 질책을 받았다. 그는 생명의 위협을 느꼈다. 그는 곧 휴가를 얻어서 변호사를 만나 이 사실을 알렸고 이것은 다시 한 상원의원에게 전해졌다. 만일 피가르 중령이 진실을 발견했을 때, 참모본부에서 적절한 조치를 취했더라면 반역자 에스테라지가 체포되고 드레퓌스는 명예를 회복하는 것으로 사건은 끝났을 것이다. 그러나 군부의 위신을 국가안보와 동일시한 군 고위층의 어처구니없는 아집과 독선 때문에 사건은 눈사태처럼 커져갔다.

드레퓌스의 형과 아내가 백방으로 노력하여 청원서를 의회에 제출했다. 그때 드레퓌스를 비난하는데 앞장섰던 ≪르 마탱≫ 지가 특종을 터트렸다. 문제의 '명세서' 사본을 입수하여 신문에 게재한 것이다. 에스테라지는 초조해졌다. 그는 스파이 노릇을 하거나 돈 많은 미망인을 꼬드겨 만든 돈으로 방탕을 즐기는 비열한 인간이었다. 그는 자신의 범행이 탄로나지 않도록 온갖 음모를 꾸미고 다녔다. 참모본부는 진상을 알면서도 에스테라지와 한 통속이 되어 계속해서 진실을 은폐하려 했다.

이때 증권브로커가 명세서의 필적이 에스테라지 필적과 같다는 사실을 드레퓌스 형에게 알려주어 형이 에스테라지를 고발했다. 그러나 군당국은 조사를 시작하고서도 질질 끌기만 할 뿐 그를 구속하지 않았다. 신문지면에서는 불꽃 튀는 논쟁과 갖가지 추측, 허위 보도들이 난무했다. 대다수의 신문은 당국을 두둔했다.

"드레퓌스 사건의 재심 요구는 군부, 그리고 궁극적으로 프랑스를 파멸시키려는 유대인 조직의 국제음모이므로 무슨 일이 있어도 군부의 위신과 신망을 실추시켜서는 안 되고, 유대인은 군과 공직에서 추방되어야 한다."는 것이 그들의 주장이었다. 에스테라지는 재판에 회부되었지만 재판부는 만장일치로 그의 간첩죄 혐의에 무죄를 선고했다. 오히려 피가르 중령이 변호사에게 군사기밀 누설 혐의로 체포되었다.

프랑스 국민은 둘로 갈라졌다. 드레퓌스 사건에 대한 재심 요구파와 재심 반대파가 그것이다. 공화제와 프랑스혁명의 이념에 반대하는 왕정복고주의자와 옛 귀족들, 드레퓌스를 감옥에 보낸 군부, 반유태주의에 몰두한 과격 가톨릭주의자, 보수적인 정치인들, 군국주의자들 및 이들과 연계된 신문들이 재심 반대의 깃발을 높이 들고 군중을 선동했다. 이들은 한결같이 유태인의 음모를 경계하고 국가안보를 위해 군의 위신을 존중하자고 주장했다.

반면 양심적 지식인과 법률가들, 공화주의자와 일부 진보적 정치인들, 소수의 신문이 재심 요구파를 이루고 있었다. 처음에는 이 사건을 유산계급 내부의 투쟁으로 보고 구경만 하던 사회주의자와 노동자 계급이 뒤늦게 여기에 가담했다.

이때 1897년 1월 13일 에밀 졸라가 일어선 것이다.

"나는 궁극적 승리에 대해 조금도 절망하지 않는다. 진실이 행군하고 있으며 아무도 그 길을 막을 수 없음을! 진실이 지하에 묻히면 자라난다. 그리고 무서운 폭발력을 축적한다. 이것이 폭발하는 날에는 세상 모든 것을 휩쓸어버릴 것이다. 내가 취한 행동은 진실과 정의의 폭발을 서두르기 위한 혁명적 조치이다. 그처럼 많은 것을 지탱해 왔고 행복에의 권리를 소유하고 있는 인류의 이름에 대한 지극한 정열만이 내가 가지고 있는 전부이다.

나의 불타는 항의는 내 영혼의 외침일 뿐이다. 이 외침으로 인해 법정에 끌려간다 해도 나는 그것을 감수할 것이다. 다만 청천백일하에 나를 심문해 달라! 나는 기다리고 있겠다."

이 글은 드레퓌스를 죄인으로 만들어 군부의 과실을 은폐하려 한 참모본부 무리들과 국방부의 장군들, 엉터리 증언을 한 필적감정 전문가, 드레퓌스에게 유죄를 선고한 첫 번째 군사재판관 및 진범인 에스테라지에게 무죄를 선고한 두 번째 군사재판관들에 대한 일격으로 대문호 에밀 졸라가 ≪나는 고발한다≫라는 대통령에게 보내는 공개장 형식의 논설로 신문에 게재하였던 글이다. 이 글로 인하여 당시 반대파 군중들은 "졸라를 죽여라! 유태인을 죽여라! 군대 만세!"를 외치며 폭동을 일으켰다.

졸라는 군법회의를 모독했다는 이유로 기소되어 1년형의 선고를 받고 결국 영국으로 망명까지 하였다. 졸라를 지지했던 교수들은 학교에서 쫓겨났고, 정치가는 다음 선거에서 대부분 낙선했다. 곳곳에서 결투가 벌어지고, 지지와 반대 양 진영 간에 싸움이 일어나고, 곳곳에서 유태인 상점에 대한 불매운동이 일어났다. 그러나 이 졸라의 호소에 세계 각지에서 3만여 통의 지지편지와 전보가 날아들었다.

미국의 마크 트웨인은 "나는 졸라를 향한 존경과 끝없는 찬사에 사무쳐 있다. 군인과 성직자 같은 겁쟁이 위선자 아첨꾼들은 한 해에도 백만 명씩 태어난다. 그러나 잔 다르크와 졸라 같은 인물이 태어나는 데는 5세기가 걸린다."고 ≪뉴욕 헤럴드≫지를 통해 선언했다.

우여곡절 끝에 1894년에 간첩죄로 선고 받았던 드레퓌스가 '정상참작'이라는 판결로 금고 10년형으로 감형되었다.

졸라의 호소가 다시 터져 나왔다.

"이것이 '정상참작'이란 말인가? 이것은 피고에 대한 '정상참작'이 아니라 심판관들에 대한 '정상참작'이라 해야 할 것이다. 그들은 스스로를 위해 '정상참작'을 한 것이다. 이 같은 결정은 그들이 규율과 양심 사이의 타협을 했다는 고백 이외의 아무것도 아니다. (중략) 정의를 구현하려는 외침은 머지않아 온 세계를 뒤흔들 것이다.

내일이면 세계 각국의 국민들이 어안이 벙벙해져서 물을 것이다. 프랑스는 어디에 있는가? 프랑스인들은 어떻게 되었는가? (하략) ”

전 세계의 프랑스 대사관 앞에는 항의 군중이 몰려들었고, 프랑스 박람회 보이코트는 물론 프랑스의 모든 것에 대한 보이코트 결의가 곳곳에서 전개되었다. 1899년 위기에 몰린 대통령이 드레퓌스를 특별 사면 시켰다.

드레퓌스가 이 사면을 받아들이자 그동안 진실의 승리를 위해 싸워온 사람들은 실망했다. 그것은 드레퓌스가 자신 죄를 인정하는 것이기 때문이다. 더욱이 피가르 중령까지 곤란에 빠지고 말았다. 그러나 사건은 이것으로 끝나지 않았다.

여론에 힘입어 드레퓌스는 ≪악마도 일기≫를 출간하여 성공을 거두었고, 1904년 3월 재심을 청구하여 1906년 7월12일에 최고재판소로부터 무죄를 받아냈다. 같은 해 7월 22일에 사관학교 연병장에서 프랑스 육군소령으로 복귀하는 의식을 치르고 훈장을 수여 받았다. 무개차를 타고 퍼레이드를 할 때 20만의 군중이 환호했고, 양 옆에는 그의 형 마티외와 아들 그리고 피에르가 서 있었다.

그러나 에밀 졸라는 이 영광의 순간을 보지 못하고 4년 전에 이미 죽고 없었다. 졸라는 1902년에 석탄 난로가스에 의하여 잠자던 중 사망하였다. 타살의 의문은 밝혀지지 않았다. 아나톨 프랑스는 그의 위대한 행동으로 인해 영원한 세계인의 양심이라는 찬사를 받는 그를 다음과 같은 조사로 장례식장에서 애도하였다.

“프랑스의 사회정의, 공화국의 이념, 자유로운 정신을 질식시키기 위해 손잡은 모든 폭력적 억압적 세력의 음모를 백일하에 드러냈다. 그의 웅변은 프랑스를 잠 깨웠다. 그의 운명과 용기가 그를 높은 곳으로 밀어 올려 그로 하여금 한 순간 인류의 양심이 되게 하였다."

내전 상태에 가까울 정도로 분열되었던 프랑스 사회는 이 사건을 계기로 신체의 자유와 공정한 재판 등 인권 존중의 가치를 몸으로 터득하게 되었다. 더욱이 군부의 이익과 위신을 국가의 이익 또는 안보와 동일시한, 군부와 군국주의자들을 굴복시킴으로써 정치에서 민간우위의 전통이 마련되었다. 동시에 이 사건은 양심적 지식인 집단이 주도하는 여론의 승리를 보여 주었다.

이 사건 이후 부조리한 현실에 대하여 지식인의 참여가 더욱 폭넓게 이루어졌다. "행동하지 않는 지성은 참다운 지성이 아니다."라는 진리를 졸라는 행동으로 모범을 보여주었던 것이다.

2035년이면 하이퍼제국이 온다는데

– 위대한 국가가 반사회적인 인격 장애자의 지배를 받는 까닭은 무엇일까

2035년이 지나기 전에 미제국(美帝國)의 지배가 끝나게 될 것이라고 프랑스의 ≪미래의 물결≫ 저자 자크 아탈리가 그의 저서에서 다음과 같은 글을 썼다.

"(전략) 시장의 힘이 전 지구를 휘어잡고 있다. 개인주의의 꽃이라 할 수 있는 돈이 최근 역사에 가장 커다란 굴곡을 만들어내고 있다. 돈이 역사의 흐름을 가속화시키고 거부하며 지배한다.

이 같은 흐름이 종착역에 이르게 될 때, 돈은 국가를 포함하여 자신을 방해하는 모든 것을 와해시킬 것이며 심지어 미국까지도 조금씩 파괴할 것이다.

시장은 앞으로 세계를 지배하는 유일한 법으로 등극하여 (중략) 극도의 부와 극도의 빈곤을 만들어낼 '하이퍼제국(hyper empire)'을 형성할 것이다."

미국의 미래학자 앨빈 토플러는 "자크 아탈리는 재기(才氣)와 상상력, 추진력을 겸비한 세계에서 유래를 찾기 힘든 지식인이다."고 생전에 극찬한 바 있다.

이런 자크 아탈리가 이번 미국의 대선에서 트럼프의 당선을 보고 쓴 '유럽의 루스벨트가 필요하다'라는 글이 일간지에 실렸다.(중앙일보 칼럼 2016년 11월 19일자)

"1차 세계 대전이 끝나고 혼란한 시기에 서방세계에 나타난 사회민주주의 모델(강력한 국가, 공공투자, 가족지원정책)은 무솔리니의 이탈리아에서 시작됐다. 이 모델은 이후 레닌의 신경제정책에서 그 다음은 히틀러의 독일에서 전체주의 비전으로 모습을 드러낸다. 이 모델은 미국의 프랭클린 루스벨트 시대에 가서야 민주주의 내에 자리를 잡고, 이후 영국과 프랑스 및 여타 나라들에서 정착했다."

또 이 글의 말미에 "어떤 면에서 보면 트럼프는 무솔리니다."라고 쓰고 있다.

트럼프 당선을 두고 여러 나라 사람들이 우려 섞인 표현을 하고 있다. 트럼프는 인종 차별적인 발언을 서슴없이 하고, 마약, 강간 등 범죄자 집단 같은 멕시코인 및 히스패닉 사람들의 미국 이주를 막기 위해 멕시코와의 국경에 담장을 쌓겠다고 공언한다. 그리고 이슬람교도를 테러리스트로 간주해 추방하겠다는 등 보통사람도 하기 어려운 민족 차별적 발언을 대통령 후보가 거침없이 내뱉고 있으니 많은 사람들이 놀라고 당황하는 것이다. 그러나 이런 이단아가 결국 대통령에 당선되었으니 세상의 이목이 집중되지 않을 수 없게 되었다. 그래서 앞서의 글과 같은 히틀러의 유대인 학살과 같은 혐오스런 해결책이 또 등장하는 것은 아닐까 두려워하는 것이다.

얼마 전 영국에서 중동과 아프리카에서 들어오는 EU의 이민자 정책에 대한 불만으로 EU를 탈퇴하겠다는 브렉시트(Brexit)가 여론조사의 예측을 뒤엎고 국민투표에서 가결되었을 때부터 서구에 일고 있는 극

보수주의 등장을 우려하게 되었는지도 모른다. 그런데 이번 미국의 대선마저도 예상을 깨고 트럼프가 당선되자 세상의 많은 식자들이 자크 아탈리와 같이 무솔리니, 히틀러의 재등장의 신호는 아닌지 걱정하는 것 같다.

이번처럼 미국의 대선에 한국인의 관심이 쏠렸던 적도 없었는데 트럼프가 유독 한국을 지칭하면서 주한 미군의 주둔비를 올려야 한다는 주장 때문일 것이다. 현재도 50%를 부담하고 있다는 반론에 "100%를 부담하는 것은 왜 안 되나?"고 반문까지 하는 실정이어서 뜨거운 관심을 불러왔다. 더욱이 외국과의 무역 분쟁을 얘기하면서 한국과 맺은 FTA는 미국의 자동차 산업에 큰 타격을 가져왔다고 폐기처분까지 운운하였다. 한국산 자동차 진출이 미국인의 일자리를 빼앗았다고 실업자가 된 백인 근로자들의 지지를 유도하는 등 세계의 여러 나라를 놀라게 하는 발언을 서슴지 않아 우리의 관심을 불러왔다.

선거전이 한창이던 지난 10월 20일자 뉴욕타임즈의 글을 우리나라 일간지가 '셰익스피어가 땅을 칠 미국 대선'이라는 제목으로 보도한 바 있다. 그 내용 중에는 "위대한 국가가 반사회적 인격 장애자의 지배를 받는 까닭은 무엇인가?"라는 질문에 답하기 위하여 20대 청년기에 셰익스피어는 ≪리처드 3세≫를 집필하였다고 쓰고 있다.

근세조선에서 수양대군이 조카 단종을 죽이고 왕위에 올랐던 사례와 같이 리처드 3세는 형이 죽자 조카를 살해하고 왕위에 오른 인물이다. 리처드 3세는 어린 시절 척추측만증을 앓아 열등감과 분노로 일그러진 트라우마를 갖게 되었다. 자신의 흉측함을 리처드 3세는 특권의식과 과도한 자신감, 호통, 여성혐오, 무자비한 괴롭힘에서 위안을 찾았다.

이렇듯 괴물이 왕좌를 차지한데는 버킹엄 백작 등 주위 사람들이 그와 똑같이 어리석고 파괴적인 행동을 했기에 가능했다고 셰익스피어는 그의 작품에 썼다.

리처드 3세가 왕위에 오르게 된 과정을 하버드대 교수 스티브글린 블래트는 다음과 같은 사람들이 그를 왕위에 오르게 했다고 셰익스피어 작품을 인용하여 말하고 있다.

"모든 일이 그저 잘될 것으로 믿는 사람들, 리처드의 악행을 기억하지 못한 사람들, 괴롭힘과 폭력 앞에 겁을 먹는 사람들, 리처드가 왕이 되면 빌붙어서 이득을 볼 수 있다고 믿는 사람들, 그리고 마지막으로 이상한 부류의 사람들로 억눌린 공격성을 드러내고 입에 담아선 안 될 말을 거리낌 없이 하는 사람에게서 대리만족을 느끼는 사람들"이라고 했다.

위와 같은 우려의 글들이 발표되었음에도 트럼프는 미국 대통령에 당선되었다. 우리나라에서도 선거철이 되면 위와 같은 사람들이 등장하여 우리의 판단력을 흐리게 하는 일이 너무나 많아 셰익스피어의 탄식을 되뇌이게 한다. 이번 미국 대선은 우리에게도 시사하는 바가 많다.

아리스토텔레스는 일찍이 분노는 중용과 연관된다고 했다. "분노가 중용에 따라 표출되면 괜찮은 감정인 것이다. 마땅히 분노해야 할 일에 분노하지 않는 것은 중용을 지키지 않는 일이다."라고 했다.

어떤 시인은 "거룩한 분노는 종교보다도 깊다."고 했다. 백만 명이 넘는 촛불집회에서 아무런 불상사가 일어나지 않고 단 한 사람의 연행자도 없다는 사실을 외신은 크게 보도하면서 우리 시민의식을 높이 사고 있다. 가슴에 불타는 분노를 삭이며 조용히 행진하고 있는 것이다. 간디는 비폭력 불복종 운동으로 300여 년 간의 영국 지배를 끝내고 인도의 독립을 쟁취했다. 이런 운동이 우리나라에도 있다는 사실을 세계에 알리는 것 같다. 우리의 이러한 분노가 더 이상 폭발하지 않고 승화될 수 있도록 권력자들은 대오 각성해야 할 것이다.

세계 여러 곳에서 공부하는 유학생들이 조국을 우려하여 시위를 하고 있다. 현지에서 국내의 뉴스를 접하고 부끄러움을 느끼고 있다는 증빙인 것이다.

일찍이 중국의 루신도 일본에서 공부하다가 분노를 느끼고 귀국하여 글을 썼다. 1902년 루신(魯迅)은 국비로 일본 의학을 공부하여 아버지처럼 병 치료에 가산을 다 탕진하고도 결국 돌아가신 어리석은 처방과 치료로 사람을 죽이는 일은 없어야 한다고 생각하고 유학의 길을 떠난 것이다.

그는 일본에서 수업 도중 환등기를 보게 되는데 떠나온 고향 사람이 러일전쟁 당시 러시아 스파이 혐의를 받은 중국인을 일본군이 처형하는 장면이었다. 무릎을 꿇고 처형을 기다리는 사람 옆에 일본인 병사가 칼을 치켜들고 있다. 멍한 표정의 구경꾼들은 모두 변발이었다. 동족이 외국군에게 처형을 당하고 있는데, 구경거리인 양 멍하니 바라보는 중국인의 사진 앞에서 루신은 충격에 빠졌다. 그는 학기가 끝나기도 전에 의대를 그만 두었다. 의학으로 구국하겠다던 희망은 산산조각이 나고 말았다.

"무릇 어리석고 약한 국민은 체격이 제 아무리 건장하고 튼튼하다 하더라도 하잘 것 없는 본보기의 재료나 구경꾼밖에는 될 수가 없다. 병으로 죽어가는 사람이 아무리 많다 해도 그런 일은 불행이라고 할 수도 없는 것이다."

루신은 "어리석고 약한 국민을 치료하는 데는 신체를 고치는 의학이 아니라 정신을 고치는 의학, 즉 펜으로 중국인의 열근성(劣根性)을 해부하고 치료하겠노라."고 선언하고 글을 썼던 것이다.

루신은 중국 전통과 예의와 도덕적 해악에 물들지 않은 아이들에게 희망을 걸며 아이들을 구하라고 외치는 ≪광인일기≫를 필두로 ≪아큐정전≫ 등 많은 글을 써 중국인의 마음을 일깨웠다.

온 세상이 미래에 대하여 전력투구하고 있는데 우리의 현실은 어떤가? 내년의 〈다보스포럼〉도 4차 산업혁명을 이끌 리더에 관련된 주제라 한다. 진정한 리더는 현실을 파악해야 하지만 현실을 바탕으로 미래에 대한 비전을 제시하고 신념을 가지고 추진해야 한다. 그리고 단합된 국민 에너지를 한 방향으로 이끌 능력이 있어야 한다. 일시적인 국민의 환호에 응답하는 선동적인 리더십이 아니다. 권좌에 앉았을 때 차분하게 나라와 민족의 미래 좌표를 그려볼 수 있는 혜안이 있어야 한다. 이런 능력이 하루아침에 길러질 수는 없다.

각 분야에서 인재를 찾아 적재적소(適材適所)에 배치하여 그들로 하여금 마음껏 능력을 발휘할 수 있도록 이끌어 주고 뒷받침할 수 있는 지도자가 필요한 것이다.

오늘날의 우리 현실을 보면 암담하다고밖에 말할 수 없다. 온 국민이 서로 자기들의 주장에만 몰두할 뿐 미래에 대한 비전을 보여주지 못하고 있다. 국민의 의견이 갈라지니 정치인도 극한으로 대립하고 있다.

모두를 아우를 수 있는 훌륭한 인물이 나와 2035년 하이퍼 제국이 오더라도 우리는 민족의 번영을 이룰 수 있기를 바라는 마음으로 이 글을 쓴다.

(2016. 12.)

갈라진 벽

독도와 위안부 문제로 끊임없이 인한 관계를 에스컬레이터 해오던 한 · 일 관계가 최근 강제노역 배상금 문제로 갈등을 빚더니 드디어 경제 문제로까지 옮겨 곪아터지고 말았다. 일본이 한국의 최대기업 삼성의 반도체 핵심부품을 수출 제한하겠다고 선언한 것이다.

악화되는 한일 관계를 보면서 앙숙이던 프랑스와 독일이 '유럽석탄철강공동체'를 설립하여 전쟁 물자 공동 관리로부터 화해를 시작했던 사례를 떠올려 보았다. 공교롭게도 일본은 자기들 수출품이 북한의 전쟁물자가 된다는 논리다.

프랑스와 독일은 당시 산업발전의 필수 요소였던 석탄과 철강의 핵심지대 자르와 루르지역의 분쟁을 없애고 경제협력을 통하여 구원(舊怨)을 풀자는 제안이었다. 이 제안이 초석이 되어 EEC를 거쳐 결국 EU의 통합까지 이루어 낸 사례를 생각해보면서 한 · 일 양국은 경제문제까지 그 불협화가 비화되면 이제 돌아올 수 없는 강을 건넌 게 아닌가 심히 두렵다.

우리는 왜 일본을 싫어할까?

단순히 일본이 우리나라를 병탄하여 40여 년을 통치했기 때문에 그

앙갚음으로 일본을 미워하게 되었을까? 일본 이외에도 우리나라를 침략하여 통치한 나라는 많다. 멀리 우리나라 역사를 들여다보면 고조선을 멸한 한나라는 한사군을 두어 우리를 지배했다. 고구려와 백제를 멸망시킨 당나라는 신라마저 속국으로 만들고자 도독부를 두었다. 고려시대에는 몽고족의 침략으로 백년도 넘게 원의 속국으로 지냈다.

원나라의 지배에서 벗어나 왕으로 등극한 이성계는 국호까지도 명나라에 의탁하여 조선이라는 이름을 하사받았다. 마치 애가 태어났을 때 어른에게 작명을 부탁한 것과 다름 아니었다. 당연히 명나라에게 조공을 바치지 않을 수 없었다. 그 뒤 여진족이 병자호란을 일으켜 우리 국토를 유린하고 명을 멸한 후에도 우리는 명이 임진왜란 때 우리를 도왔던 은혜를 잊지 않고 긴 세월을 명나라에 대한 의리를 지켰다. 청나라는 임오군란 때 민비 척족의 요청으로 군대를 보내와서 대원군을 납치해 가는 만행을 저질렀다. 그러함에도 중국에 대한 원한은 일본에 비하면 그 강도는 훨씬 약하다. 지배 기간이나 억울함에 있어 결코 일본에 못지않지만 우리는 유독 일본에 대하여는 원한이 사무친다.

왜일까? 일본이 우리를 통치하는 방법이 졸렬했기 때문이다. 일본은 우리의 문자를 없애려 했다. 일상 쓰고 있는 한글을 못 쓰게 하여 말살하려고 했다. '내선일체'라는 허울 좋은 명분을 내세워 우리 민족 자체를 일본에 동화시키려고까지 했다. 누구나 이에 대하여는 거부 반응을 보일 수밖에 없었다. 밥 먹고 배변하는 것과 같은 일상 쓰고 있는 언어를 못 쓰게 할 때 그에 대한 반감은 삼척동자도 갖게 된다.

그 뿐이 아니다. 매일 부르는 이름도 고치라는 것이다. 매일 부르는 형제자매의 이름을 못 부르게 하고 부모 존속의 함자를 고치라고까지 했던 일본이 우리 민족에게 가했던 모진 정책을 생각하면 더 이상 말할 필요가 없다.

자기 나라에서 하던 대로 사무라이들이 백성을 누르던 통치 방식을 우리에게도 통용될 것으로 알고 무력통치를 펴다가 3 · 1운동이 거국적으로 일어나자 통치 방식을 바꾸어 문화정책을 펴는 척 하였다.

그런데도 끊임없이 반일 투쟁이 일어났던 이유는 우리에게 부당한 처사를 많이 저질렀기 때문이었다. 지식인들만 항일독립운동을 한 것이 아니다. 이름이 밝혀지지 않은 수많은 동포가 목숨을 걸고 항일 투쟁에 나섰던 것이다.

젊은이를 징용해 가고, 처녀들을 성노예로 끌고 가서 군인들의 향락물로 삼고, 먹고 살기 힘든 농민들을 유혹하여 탄광이나 험지로 보내 극한 노동을 시켰다.

그런데 지금 와서 그 기록이 없다는 것이 그들의 변명이다. 증거를 대라는 것이다.

과거 일본의 만행이 비단 우리나라에서만 있었던 일이 아니다. 중국의 난징에서 수십만의 양민을 학살하고도 그 기록이 없다고 우기는 일본이다. 성노예로 끌고 간 여자들이 우리나라만이 아니고 중국과 동남아 여러 나라에서 주장하는 여인들이 있는데 증거 기록이 없어 믿을 수 없다고 우긴다. 그들은 자진해서 몸을 파는 매춘부였다는 것이다.

일제 치하에서 감히 누가 잡혀가는 처녀를 구할 수 있었으며 군대에 끌려가는 청년들을 못 가게 할 수 있었을까? 경찰이 할 수 있었을까? 부모 형제가 할 수 있었을까? 그런 기록은 누가 만들 수 있었을까? 기록을 만들 수 있었던 사람은 오직 일본 경찰과 군인만이 할 수 있었다. 일반인이 이런 기록을 만든다고 하면 일본 경찰과 헌병이 살려 두었을까? 설혹 기록이 있다한들 자국에 불리한 그 기록을 지금까지 모셔 두었을까.

전두한 군부통치 때 5 · 18을 진압코자 광주에서 시민에게 발포하여 많은 국민을 죽이고도 발포 명령 기록이 없다는 것과 무엇이 다른가? 당시 군대가 포위하고 있던 때 누가 총을 쏘고 얼마의 사람이 죽어갔는지 누가 기록할 수 있었으며 그 기록자는 살아남을 수 있었을까?

이런 천인공노할 짓을 해 놓고도 기록이 없다는 일본이다. 오히려 자기들이 조선에 큰 혜택을 주었다고 우긴다. 일본의 노력으로 한국의 경제가 발전했다고 억지 주장을 편다. 이런 일본을 우리가 싫어하지 않을 수 있을까.

그런데 더욱 분통터지는 일은 이런 일본의 주장을 동조하는 우리나라 사람들이 있다. 평범한 시민이 아니고 국립대학 교수를 했던 사람이 ≪반일 종족주의≫란 책을 출간하였다. 자기 나라 뿌리를 샤머니즘적 사고에 물든 종족이라는 것이다. 샤머니즘은 선 · 악의 구분이 없고 그 내면은 물질주의와 육체주의라고 폄하하고 있다. 그리고 유독 일본을 미워하는 그들을 '반일 종족주의'라고 칭했다.

그 교수는 대한민국을 정식으로 폄하하고 일본의 국수주의자들 주장에 동조하는 느낌이다. 이런 말을 함부로 할 수 있는 사람들과 어깨를 나란히 하고 함께 살고 있다는 사실이 부끄럽다. 세상 어디에 자국민을 비하하고, 이웃 국가의 국수주의자들이 주장하는 발언을 두둔하는 사람들이 활보할 수 있는 나라가 있을까? 국가란 무엇인가 생각해 보지 않을 수 없다.

나라를 빼앗겼을 때 독립운동을 하던 사람들은 왜 잘 살고 있는 국민들을 목숨을 걸고 나라를 독립시키려 했단 말일까? 수탈해 간 식량도 정당한 무역이었다고 주장하는 발언에는 할 말을 잃는다.

호남평야와 전남평야에서 일본에 공출된 쌀을 실어 나르는 군산과 목포는 일제 강점기 때 유명한 항구가 되었다. 지금도 그들이 누렸던 유적이 많이 남아 있다. 일본인들이 한국의 쌀을 정당하게 사려고 우리나라에 왔을까? 당시의 일본과 우리의 경제력으로 볼 때 우리의 쌀값은 헐값으로 팔려 갔으리라는 것은 누구나 짐작할 수 있다. 지금 우리가 동남아에서 식량을 수입할 때 우리 공산품 가격과 비교해 보면 쉽게 이해할 수 있다.

일본이 우리나라에서 착취해간 것이 비단 쌀 뿐이었을까? 우리나라의 광산자원과 문화재는 얼마나 많이 가져갔는가? 왜 학자들은 이런 조사는 하지 않고 있을까? 종전이 가까워질 무렵에는 소나무에서 송진도 채취해 가고 군수물자로 식기류까지 공출해 가지 않았던가. 이런 것도 정당한 무역거래였다고 주장할 것인가?

유독 일본의 극우세력의 주장에 동조하는 한국의 뉴라이트는 경제학자 중에서 많이 볼 수 있다. ≪한국경제발전에 관한 역사적 연구≫라는 한일 공동연구기관에 도요다에서 연구비 지원이 있었기 때문이 아닐까 의심해 보지 않을 수 없다. 이들이 이용하는 자료는 대부분 일본에서 만든 통계를 인용하고 있다. 일본 제국주의시대의 통계를 인용하여 일제강점기에 우리나라 경제가 좋아졌다고 주장한다.

프랑스는 5년이 넘지 않은 짧은 기간 독일 나치의 통치를 받았으나, 승전 후 수만 명을 처형했다. 적어도 자부심을 갖는 국가라면 외국의 침략에 동조한 사람들은 가차 없이 처단하여 민족정기를 바로잡는 것이 독립국가의 공통된 현상이다. 그러나 불행하게도 우리나라에서는 40여 년의 일본 통치를 받고도 한 사람의 처형도 없었다.

'말로는 지일, 극일 … 서울대 일본연구소도 지원 끊겼다'는 중앙일보

보도를 보고 일거에 2억5천만 원을 기탁한 삼영화학 이종환 회장님에게 최대의 존경을 표하고 싶다. 이런 분이야 말로 기업인으로 존경받아 마땅하다. 이 연구소는 일본의 미쓰비시사가 지원을 자청하였을 때 거절했는데 오해를 살 여지가 있어서였다는 것이다. 이 기회에 거국적인 모금운동이 일어나면 좋으련만….

"나에게는 우연찮게 민주당원과 공화당원인 친구가 있다. 그 둘은 서로 아무런 관계가 없지만 페이스북 계정이 자신에게 전달되는 정보를 여과하는 주된 역할을 한다고 이구동성으로 말한다. (중략) 서로 읽을거리를 포스팅하고 자신의 생각을 덧붙인다. 결국 그가 친구로 선택한 부류는 그와 견해를 공유하는 사람들이다. 따라서 누군가 다른 당의 견해를 보내면 친구 명단에서 지워버린다. 내 민주당 친구는 숙모와 삼촌부부를 친구 명단에서 삭제했을 뿐 아니라 공화당의 견해에 동조한다는 이유로 직접적인 접촉마저 끊어버렸다. 그는 오프라인 신문은 구독하지 않고 TV도 보지 않는다. 내 공화당 친구도 이와 같다. 오직 자기가 지지하는 당명만 다를 뿐이다. 그들은 각자 선택한 확고한 틈새에서만 정보를 얻는다." -≪대변동 위기, 선택, 변화≫(제레미 다이아몬드 저)에서

이 글은 미국에서 벌어지고 있는 오늘의 현상을 쓴 글이다. 위와 같은 일이 우리나라에서도 똑같이 나타나고 있다. 민주당과 자유한국당을 지지하는 사람들이 큰 벽으로 갈라지고 있다. 상대당의 의견은 전혀 들어보려 하지 않고 자기주장만 편다. 하나부터 열까지 동조하는 의견이 없다.

일본이 걸어온 경제문제는 온 국민이 일치하여 대항해야 하는 중차대한 사안임에도 국민 간 갈라진 틈새를 이용하여 잠복해 있던 친일그룹에

서 일제통치를 찬양하는 글까지 나오게 된 것이 아닌가 생각된다.

민주당의 정책이 마음에 들지 않는 사람들에게는 그 당에 반대하는 의견에는 거의 무조건 찬성한다. 민주당도 자유한국당의 반대는 반대를 위한 반대로만 간주한다.

정치인의 의견이 극과 극으로 갈라지다 보니 양당을 지지하는 국민들 간에도 돌이킬 수 없을 정도로 큰 장벽이 만들어졌다. 아니 그 반대로 국민들의 의견이 보수 · 진보로 갈라져 있으니 이들의 표를 먹고 사는 정치인들이 갈라질 수밖에 없는지도 모른다.

우리의 미래를 생각해 볼 때다. 일본이 부활하여 한국과 만수를 다시 지배할 수 있으리라는 일본 극우파들의 이 헛된 망상을 깨우쳐 주어야 한다. 생이 얼마 남지 않은 나이든 사람들이 그들의 기득권을 지키기 위하여 큰 목소리를 내기보다는 젊은 세대에게 자신들의 미래를 깊이 생각할 수 있는 기회를 주어야 한다.

보릿고개를 거치며 굶주렸던 시대를 살아온 사람들이 그리는 미래와, 3만 불 소득시대를 살고 있는 현재의 젊은 세대의 꿈은 다르기 때문이다.

안중근과 이토 히로부미

"최근 우리나라 대통령이 안중근 의사 표지석 설치에 대하여 중국에 감사의 표시를 하고 있는데 일본 정부가 '안중근은 범죄자'라며 극도의 불쾌감을 드러냈다." (2013년 11월 20일자 일간지 보도기사)

일본인이 범죄자라 하는 안중근 열사가 처형한 이등박문(이토)은 어떤 사람이었기에 이들은 이렇게 흥분하는 것일까?

내가 중학교 때 어느 선생님에게서 들었던 얘기다.

명치개혁을 하기 전에 이등박문이 명치천왕을 모시고 유럽을 순방한 후에 일본의 앞날을 위해 아버지를 죽이게 하고 명치개혁에 성공했다.

또 하나 당시 동양의 3걸이 있었으니 중국의 이홍장, 조선의 김옥균, 일본의 이토인데 그 중에서도 이토가 최고였다는 이야기다. 그 선생님은 이토가 자신의 두뇌를 훈련하기 위하여 매일 아침 수학문제를 한 개씩 풀었다고 이등박문을 높이 평가하는 얘기도 모두 이토 찬양자로부터 나온 말로 생각된다.

안중근 의사가 이토를 처단한 후 재판 과정에서 이토의 죄상 15개 중 14번째에 명치천왕의 아버지 고메이 천왕을 살해한 죄상을 말했다. 그러나 이는 사실이 아니라고 한다. 내가 소싯적 들었던 얘기와 같이 이토에 대하여 과장되어 잘못 알려진 일화도 있는 것 같다. 이런 이토는 과연 어떤 인물인지 특히 우리나라 역사에 막대한 영향을 끼친 이토에 대하여 우리는 좀 더 밀도 있게 알아본다.

손자병법에 "적을 아는 것은 곧 적장을 아는 것"이라고 했다. 타국의 역사적 인물에 대하여 비평하는 것은 공정성을 잃을 가능성이 많겠지만 그 인물이 자기 나라에 큰 영향을 주었을 때는 마땅히 그 인물에 대한 고찰은 역사학자들의 연구 과제가 될 수 있고 또 피해를 입은 국민은 그 인물의 진상을 필히 알아야 한다는 생각이다.

나는 역사학자가 아니다. 다만 한국의 일반 국민적 정서를 가지고 그가 우리나라에 큰 영향을 주었기에 그에 대하여 여러 자료를 읽어보고 나름대로 알아보고자 하는 것이다.

청일전쟁에 승리하고 중국의 이홍장과 시모노세키조약으로 청나라의 영토까지 할양 받고 조선에서 청국의 지배를 끝내게 한 일본의 위력에 놀라 조선의 많은 사대부들은 친일로 돌아섰다고 한다. 당시 독립협회 회장이던 윤치호는 일본 요릿집에서 이토를 위한 잔치를 베풀었다. 이 자리에는 각부 대신과 독립협회 지도부가 함께 참석하였고 그 중 어떤 이는 이토의 공덕을 찬양하여 시를 지어 건네기도 했다.

"하늘과 땅에 감개가 가득하니 유라시아 통틀어 한 영웅뿐이네." -≪개화파열전≫(신동준 저)에서

러시아와 전쟁을 선포하기 전날 메이지 천왕은 이토를 궁으로 불러 이토의 의견을 물었다. "마침내 국난이 마지막 단계를 맞고 있습니다. 만일 일본군대가 러시아에 패한다면 폐하가 중대한 각오를 해야 할 상황이 벌어집니다. 그러나 현재의 소강상태에 만족할 경우 시간이 흐를수

록 러시아가 침략해 올 위험이 높아집니다. 일본의 존립도 위태해집니다. 충성스럽고 용맹한 신하들이 분연히 싸운다면 반드시 국위를 유지할 수 있을 것입니다. 이제 결단을 내리서야 할 시기가 왔다고 봅니다."

오후에 열릴 원로(야마가타 아리토모, 이노우에 가오루, 오야마 이와오, 마쓰가타, 이토 히로부미)회의 전에 천왕이 이른 새벽에 굳이 자신만을 불러 의견을 묻는 것에 이토는 천왕이 보여준 신임에 깊이 감동 했다. 그날 오후 1시 40분 어전회의가 열렸고 토론 끝에 전쟁선포가 재가되었다. 1904년, 명치유신을 단행한 뒤 36년의 시간이 흐른 후다. 그동안 청일전쟁으로 한반도에서 청 세력을 몰아내고 조선을 삼키기 직전에 러시아라는 암초에 걸려 한반도를 놓고 각축을 벌이고 있던 때이다.

일본은 그때까지 각고의 노력으로 이제 세계열강에 들어서고 있는 때에 한반도에서 러시아와 맞닥뜨리게 되었다. 당시 러시아는 세계 최강의 육군을 보유하였고 강력한 해군을 거느리고 있어 일본이 전쟁을 할 상대로는 힘든 상황이었다. 그러나 일본은 이 전쟁에서도 승리해 한반도의 운명을 좌지우지할 수 있게 되었다. 일본은 러일전쟁이 끝나자 곧바로 1905년에 조선과 을사늑약을 체결했고 이토는 조선 초대 통감으로 부임하여 조선침탈의 원흉이 되었던 것이다.

1868년 명치개혁의 유신 삼걸이라는 사쓰마번의 사이고 다카모리와 오쿠보 도시미치, 조슈 번의 기도 다카요시 세 지사가 1977년과 1978년, 1년 사이에 모두 세상을 떠났다. 남아 있는 원로에는 삼걸의 밑에서 활약하던 조슈 번과 사쓰마 번 사람이었다.

이토가 조슈 번의 하급무사로 있던 시절 요시다 쇼인의 학원(송하촌숙)에서 수학하던 중, 동료인 이노우에 가오루 등과 영국에 유학을 갔다. 그러나 조슈 번에 위기가 닥쳤다는 뉴스를 접하고 6개월여 만에 이노우에와 함께 둘이 몰래 귀국하였는데 영어를 할 줄 아는 사람으로 알려지게 되었다.

4국(영국, 프랑스, 미국, 네덜란드) 연합국과의 전쟁에서 협상자로 송하촌숙 출신의 지사 다카스기 신사쿠가 선정되자 그 통역으로 이토가 참석한다. 기도 밑에서 일하던 그가 일약 도약할 수 있게 된 계기였다.(후에 명치유신이 성공하고 이와쿠라 사절단이 해외순방을 나갈 때도 영어를 할 줄 아는 사람으로 이토는 상당한 위상을 부여받게 된다.)

다카스기는 송하촌숙에서 스승으로부터 인재로 인정을 받던 사무라이였다. 믹부의 조슈 토벌 때 다카스기는 조슈 번에서 맹활약으로 명성을 떨쳤었다. 이토는 샷초 동맹(사쓰마 · 조슈 동맹) 시 기도 밑에서 사쓰마와 관계를 맺는데 연락업무로 기여하는 등 본격적인 활동을 하여 차츰 그 발판을 넓혀 갔다.

훗날 명치개혁의 주류로 조슈 번이 등장할 때 송하촌숙에서 동문수학하던 동료들이 함께 큰 힘을 발휘하게 되었고 이토의 활약도 이들과 함께 커졌다. 좀 더 과거로 거슬러 올라가면 1853년 미국의 페리 제독이 개항 요구차 우라가(浦賀)에 내항했을 때 요시다의 스승인 사쿠마 쇼잔이 마침 그곳을 시찰 중이었다. 그때 미군들의 태도가 오만불손하기 이를 데 없었으며 이를 보고 쇼잔은 국가적 위엄이 손상되었다고 생각했다.그의 제자이던 요시다 쇼인이 1854년 다시 내항한 페리의 함대에 몰래 거룻배를 타고 와서 함대에 올라가 미국으로 데려가 주기를 원했다. 페리는 자신의 목표에 방해가 될까봐 요시다를 막부에 인계했고 막부에서 검열 도중 요시다의 품속에서 스승의 이별시를 발견하고 사쿠마도 함께 연행하였다.

사쿠마 쇼잔은 당대 일본에서는 가장 개화된 지사로서, 번주로부터 하사받은 토지를 팔아 에도에 학원을 개설하고 제자를 가르쳤다. 그 제자들 중에 요시다 쇼인도 있었고 가쓰 가이슈도 있었다. 감옥에 있는 동안 사쿠마는 성건록(省諐錄)을 집필하였는데 그 요지는 군비를 강화하여 호국 안민하자는 것이었다.

"지난여름 미국 오랑캐가 우라가 만에 도착했을 때 그들의 태도와 말투가 오만불손하기 이를 데 없었으며 이로 인해 우리나라의 국가적 위엄이 적잖이 손상되었다. 이 이야기를 들은 사람들은 이를 갈 수밖에 없었다.

국방의 주된 요지는 외국 오랑캐가 우리를 업신여기지 못하게 하는 것이다. (중략) 수학은 모든 학문의 기초다. 서양세계에서는 수학이 발견된 이후 군사전술이 엄청나게 향상되어 이전 시대의 군사전술을 훌쩍 넘어섰다. (중략) 배워도 도움이 안 되고 안 배워도 해될 것이 없는 학문은 아무짝에도 쓸모없는 학문이다. 유용한 학문이란 여름철의 가벼운 삼베옷, 겨울철의 외투처럼 사람들에게 꼭 필요한 없어서는 안 될 그런 학문이다." −≪현대 일본을 찾아서≫(마리우스 B 잰슨 저, 김우영 강인황 역)에서

요시다 쇼인은 스승으로부터 서구의 문물을 배우기를 권유받았고 그래서 해외를 직접 가보고자 여러 번 시도하였다. 요시다는 배움을 실천하는 행동파 지사였다. 미국으로 밀항하려던 계획이 불발로 끝나고 감옥에 갇혔다가 조슈 번으로 인계되어 14개월여를 감옥에서 지냈다. 그도 스승과 같이≪유수록(幽囚錄)≫을 썼다.

"지도자에게 중요한 것은 불굴의 의지와 결단력이다. 사람이 다재다능하고 박식하더라도 의지와 결단력이 부족하다면 그를 어디다 쓰겠는가? (중략) 삶이 있으면 죽음이 있고 만남이 있으면 이별이 있는 법이다.

의지를 제외하면 아무것도 변치 않는 게 없으며 그 사람의 업적을 제외하면 아무것도 지속되는 게 없다. 이것들만이 인생에서 중요하다."

요시다의 사형판결문에는 미국으로 밀항하려던 죄, 옥중에서도 주제넘게 국방에 관한 충고를 하겠다고 나선 죄, 관직의 세습을 반대한 죄, 막부 외교정책에 대한 조언을 하려는 계획을 세운 죄, 이 모든 범죄를 칩거형이 집행되는 상태에서 저질렀다는 죄목으로 사형에 처해졌다. 요시다야말로 행동주의 지사의 전형이었다. 또한 요시다는 "에조지(홋카이도)를 개간하여 제대명(諸大名)을 봉하고 틈을 봐서 캄차카, 오오츠크를 탈취하고 류구(오키나와)도 타일러 내지의 제후와 마찬가지로 참근시키고 회동시키지 않으면 안 된다. 또 조선을 옛날과 마찬가지로 공납하도록 촉구하고 북으로는 만주의 땅을 분할하여 빼앗고 남으로는 타이완, 필리핀의 루손 등 여러 섬을 우리 수중에 넣어 진취의 기세를 보여야 할 것이다."고 주장한 정한론자 중 한 사람이었다.

이런 과격파 스승 밑에서 수학한 제자들은 대부분 행동주의 지사로 막부 타도의 선봉에 섰고 후에 명치유신의 주역이 되었다.

다카스기, 구사카, 기도 다카요시 등 송하촌숙의 열혈지사 선배들이 다 죽고 나자 이토는 야마가타 아리토모, 이노우에 가오루와 함께 조슈번의 선두주자가 되었다. 이후 일본의 개혁을 이끌어 가는 주류세력이 되었고 그 중에서도 천왕으로부터 신임이 가장 두터운 신하가 되어 일왕에게 러일전쟁 전 특별자문을 하게 된 것이다.

이토가 하급무사로 송하촌숙에서 수학하였다고는 하나 학문의 일가를 이루는 정도의 교육을 받은 것도 아니다. 본인이 오래 전부터 추구하는 어떤 정치적 신념이 있는 지사도 아니었다. 그가 집안 사당에 모신

4현자는 산조 사네토미, 이와쿠라 도모미, 오쿠보 도시미치, 기도 다카요시 등 명치개혁의 주역들이었다.

이토는 스승 요시다로부터도 특별한 재능을 인정받지 못했고 다만 여러 사람들을 잘 주선하는 능력이 있다는 점에서만 평가를 받았다고 한다. 그는 의회정치가 시작되는 과정에서 초대총리를 역임했고 그 후 모두 4차례에 걸쳐 총리를 역임하는 등 사실상 명치개혁을 완성시키는 데 지대한 공헌을 하였다. 그중에서도 그의 역할 중 제일로 꼽을 수 있는 것은 일본제국주의의 기초가 되는 헌법제정에서 많은 역할을 하였다. 일본은 1889년 2월 11일 일본제국헌법을 완성·공표한다.

이토는 제국헌법초안을 추밀원에 제출하면서 헌법의 취지를 다음과 같이 요약하여 설명했다.

"일본에서는 종교 힘이 미약하고 국가의 토대 역할을 할 수 있는 것이 없다. 전성기의 불교는 모든 계층의 인민을 하나로 묶을 수 있었으나 오늘날에는 쇠락했다. 신도(神道)는 비록 우리 조상들의 가르침에 기초해 있고 그 가르침을 영속화 하고 있지만 사람들의 마음을 움직이는 종교로서의 감화력이 부족하다. 일본에서 국가의 토대가 될 수 있는 것은 오직 황실뿐이다. 바로 이 점을 염두에 두고 우리는 황실의 권위에 최대한 높은 가치를 부여하고 되도록 그 권위에 대한 제약을 최소화하기 위해 노력했다." -≪현대 일본을 찾아서≫(마리우스 B 잰슨 저)에서

추밀원의장이 된 이토가 헌법을 심의하는 과정에서 천황제를 정부의 지주 또는 토대로서 든든히 떠받쳐야 할 필요성에 대해 "천황제에 대한 방어벽을 세우지 못 한다면 정치는 통제 불가능한 인민의 수중에 떨어질 것이다. 그렇게 되면 정부는 무력해지고 나라는 도탄에 빠질 것이다.

정부를 존속시키고 인민을 다스리기 위해 정부는 절대 행정력을 상실하지 말아야 한다. 우리 헌법의 기축은 통수권이기 때문에 우리의 입헌정체는 유럽국가에서 실행중인 군민협약(君民協約)적인 통치라는 유럽식 사상에 기초하지 않는다. 이것이 바로 이 헌법초안의 근본원리이며 이는 헌법조문을 통해 천명될 것이다."라고 역설했다.

당시만 하여도 일본에서 천왕은 신적인 지위는 아니었다. 막부 때 일체의 정치적 권한을 상실하였다가 명치유신을 통하여 권력을 회복한 지 얼마 되지 않은 시기여서 천왕은 명치유신 주역들의 의견에 동조하고 있을 때였다. 나중에 곡학아세(曲學阿世)하여 자신의 주장을 번복하고 후에 동경제국대학 총재가 된 가토 히로유키가 메이지 8년에 ≪국체신론≫에서 아래와 같이 천황체제에 대한 극렬한 비난의 글을 썼다.

"신복(臣僕)은 오로지 군주의 명을 받들고 일심으로 봉사하는 것을 당연한 의무로 생각하고, 또한 이러한 모습을 그 국체가 올바름을 보여주는 근거로 생각한다. 어찌 야비누열(野鄙陋劣: 천하고 더러움)한 풍속이라 하지 않을 수 있겠는가? 시험 삼아 한번 생각해보자. 군주도 사람이고 인민도 사람이다. 결코 다른 류(類)가 아니다. (중략) 이러한 야비누열한 국체를 가진 나라에 태어난 인민이야말로 실로 불행의 극치라 하겠다."
-≪천황과 도쿄대≫(다치바나 다카시 저, 이규현 역)에서

가토는 일본도 중국도 이러한 미개국이라고 했다.

끝까지 자신의 뜻을 주장하고 붓을 꺾지 않았던 인물도 있다. 미노베 다쓰키치로는 ≪천왕기관설≫을 주장하면서 천왕도 국회나 정부와 같은 국가의 일개기관이라 주장했다.

이러한 사상들이 명치개혁 후 일본에서 일어나던 때에 이토 등이 천왕

을 신격화하여 헌법에 초월적인 권한을 부여했다. 헌법 시행초기부터 천왕이 신격화된 것은 물론 아니었다. 그러나 군부에서 군 통수권은 아무도 간섭할 수 없는 천왕의 절대고유 권력으로 만들어버렸고 이는 도쿠가와 막부가 행하던 절대 권력을 천왕으로 바꾼 것에 지나지 않은 결과로 보였다. 이러한 빌미는 서구의 문물을 전폭적으로 받아들여 일본을 서구화[脫亞入口]하겠다는 명치개혁을 주도했던 지사들의 뜻과는 달리 변질되고 말았다.

결과적으로 군부의 권력장악으로 이어져 조선을 병탈하고 중국과 전쟁을 일으키고 결국 세계대전으로 미국에 의해 항복할 때까지의 일련의 역사는 일본국민과 이웃나라 국민에게 크나큰 상처를 입혔다. 그 배경에는 이토가 만든 헌법도 한 역할을 하지 않았나 생각된다.

헌법을 제정하여 귀족원을 구성할 때 명치개혁의 공훈으로 이토는 백작의 지위를 부여 받았고, 죽어서는 공작에까지 추서되었는데 일본에서는 화폐에까지 초상을 올려 그 공적을 추앙하고 있다.

한국의 입장에서 이토는 조선침략의 원흉이다. 조선 대신들을 불러 한편으로는 설득하고 한편으로는 협박하여 을사늑약을 체결해 외교권을 빼앗아 조선의 독립국으로서의 지위를 훼손하였다. 더욱이 헤이그 밀사사건이 전해지자 고종에게 선전포고를 할 수 있는 중대한 사건이라 겁박하여 왕위를 양위케 하는 등 조선 국민이 분개하지 않을 수 없는 죄과를 저질렀다. 나라를 잃고 무려 40여 년의 세월을 식민지 국민으로 노예 같은 생활을 하게 하였고 한국인을 전쟁터로 몰아 수많은 인명을 빼앗아갔다.

요즈음 이슈가 되고 있는 위안부 문제 등 한국인에게는 역사상 유례없는 치욕을 끼친 원흉의 한 사람이 이등박문이라고 생각할 때 당시의 조선 국민이면 누구나 이토를 죽이고 싶었을 것이다. 이러한 원한을 안중근 의사가 거사하여 이토를 처단하였다. 지금 한국에서는 전 국민이 조선을 침략한 원흉 이토를 죽인 안중근을 영웅으로 모시고 경의를 표한다.

우리나라뿐만 아니다. 중국인들도 이토가 안중근에 의해 죽었다는 소식을 듣고 환호작약하였다. 중국 근대 민주주의 혁명가이며 사상가인 장병린은 자신의 저술 ≪안군송(安君頌)≫에서 당시의 감동을 다음과 같이 전하고 있다.

"융희 2년 가을(9월) 괴수 이토 히로부미가 요동반도를 지나가자 청나라의 총독 이하 관리들은 모두 개미떼처럼 몰려나와 길가에 엎드린 채 황제를 배알하듯 절을 하였다. 이토가 특별열차를 타고 하얼빈에 도착한다는 소문을 듣고 안 군은 그날 아침 환영 대열의 앞줄에 서서 그를 마중하려고 먼 길을 달려왔다. 안 군은 민가에 유숙하면서 급히 글을 지어 울분을 토로하였다. 위졸들과 관리들이 이토를 영접하느라 아우성치니 그 소리 마치도 돼지 멱따는 것 같았고 들소 울부짖듯 하였다. 이때 안 군이 나서서 쏜 총알 일곱 방은 다 급소를 명중시켰다. 영접하러 나온 관리들이 뒤섞이게 되자 안 군은 사격을 멈추었다. 이토는 미친 야수처럼 고꾸라졌고 그 자리에서 죽었다.

안 군은 곧 체포되어 고문을 받았지만 쓸데없는 말이란 한 마디도 없었고 오히려 그 기백이 의젓하여 천하에 알려지니 지사들은 더욱 감동되고 격분하였다." -≪불멸의 민족혼 안중근≫(서울 : 한국일보사, 1994. 26쪽)에서

양계초는 ≪추풍단등곡≫에서 안중근 의거에 대해 다음과 같이 그를 진심으로 추앙하였다.

"(전략) 그 사나이 지척에서 발포하니 정계의 거물이 피를 쏟았네. (중략) 나는 이 세상에 살아있는 한 사마천이 안자를 추모하듯 그대를 경중하고 내가 이 세상을 떠나면 내 무덤 의사의 무덤과 나란히 있으리."
-≪안중근의 열린 민족주의관 연구≫(오일환 한양대 교수 논문)에서

주변국에서 추앙 받고 있는 안중근을 일본에서는 범죄자라 한다. 국가적 입장에서 일본이 역지사지하기를 바라며 한국인은 어리석다는 정도의 평가밖에 일본인들이 할 수 없다면 이는 한국인을 또 한 번 죽이는 것으로밖에 받아들일 수 없다.

아울러 일본으로부터 말할 수 없는 굴욕을 당하고도 아직까지 일본을 제압하지 못하여 우리의 자존심을 건드리는 발언을 계속하고 있는 저들을 볼 때 국민의 한 사람으로 심한 모욕감을 느끼며 전 국민이 대오각성하여 하루 빨리 일본을 제압할 날이 오기를 바라는 마음이다.

신사유람단과 이와쿠라 사절단

다른 나라의 문물을 배워서 일약 강대국이 된 사례는 아마도 러시아의 표트르 대제를 첫 손가락으로 꼽을 수 있을 것이다.

1697년 3월 표트르대제는 250여 명에 이르는 방대한 '외교사절단'을 조직해 유럽 열강을 순방토록 했다. 이 사절단에는 외교관, 목사, 의사, 유학생, 주방장 등 다양한 사람들로 구성되었으며 그 중에는 난쟁이도 끼어 있었다고 한다. 표트르 자신도 황제의 신분을 감추고 육군하사의 복장으로 평범한 군인들 속에 직접 끼어 있었다. "나는 스승을 청해 가르침을 구하는 어린 학생과 다름없다."고 새긴 차르의 인장을 새겨가지고 다녔다고 하니 그가 얼마나 이 사절단에 큰 기대를 걸었는지 짐작할 수 있다.

이렇게 그는 18개월 동안 서구 열강을 보고 듣고 체험하였는데 네덜란드에서는 조선기술을 한 달 동안 직접 배워 '우수기술공'으로 선발되기까지 하였다.

그후 표트르대제는 유럽에서 익힌 열강의 제도를 26년 동안 러시아의 정치, 군사, 교육에 적용하여 제도를 고치고 다듬어 스웨덴을 제치고 발틱해의 패권을 장악하여 일약 유럽의 강대국으로 부상하였다.

이에 필적할만한 사례가 일본에도 있었다. 오래 전부터 일본은 백제 등 삼국시대까지는 우리나라를 통하여 중국의 문물을 배워왔다. 그런데 견수사(遣隋使) 견당사(遣唐使)라 하여 수, 당나라 시기부터는 직접 중국의 문화를 직접 배워서 외국의 문화를 쉽게 수용하는 풍토가 조성되어 있었다.

일본의 근대화에 획기적인 변화를 가져온 역사상 유명한 외국문화를 배워서 성공한 사례로 '이와쿠라 사절단'이 있다. 1871년 12월 23일 이 사절단이 요코하마에서 샌프란시스코를 향해 떠나는 모습을 잘 묘사한 그림이 지금도 남아있다. 이 사절단은 미국(205일), 영국(122일), 프로이센(23일), 프랑스 벨기에, 네덜란드, 오스트리아, 러시아 등 12개국을 22개월에 걸쳐 견학했다.

모두 48명으로 구성된 사절단은 대부분 정부기관에서 중요한 역할을 맡고 있는 사람들이었다. 이 사절단에는 태정관의 좌대신 이와쿠라 도모미를 필두로 오쿠보 도시미치, 기도 다카요시, 이토 히로부미 등이 있었고, 사절단 이외에 60여 명의 유학생도 포함되어 있었다. 이들은 외국을 연구하고 시찰함과 동시에 그들은 근대화를 지향하는 일본의 의지를 알리는 역할을 했고, 여행기간 내내 일본이 파견한 주재외교관들의 수행을 받으며 국빈으로서 각국의 시민대표와 재계대표, 정부지도자들로부터 융숭한 대접을 받았다. 일례로 샌프란시스코의 ≪데일리 이브닝 불리틴≫은 사절단을 '지난날의 모든 상황을 떨쳐버리고 오늘날 지구상에서 가장 진보적인 국가로 발돋움하고 있는 일본'의 대표로 대접하여 크게 환영했다.

1870년대 서양은 팽창주의적이고 자신만만한 분위기에 젖어 있었다. 각국은 '만국박람회'와 '산업박람회'를 통해 자국의 성취를 경쟁적으로 선보였다. 구미 각국은 평화를 되찾았고 산업과 철도의 발전은 유례없이 높은 수준에 도달해 있었다.

일본인 방문객들에게 깊은 인상을 심어주고 한 수 가르쳐주기 위해 마련된 환영회에는 자신들의 성취에 대한 자부심과 더불어 이런 교류를 통해 장차 얻을 수 있는 상업적 이득에 대한 기대가 숨어 있었다.

사절단은 매우 빽빽한 일정을 소화했다. 사절단의 서기였던 구메 구니다케는 구미에서 보고 들은 사실과 일본에 장차 끼치게 될 의의를 상세하게 기록했다. 구메가 기록한 2000여 페이지에 달하는 ≪구미회람실기≫는 1875년에 처음 출간되었고 이후 다나카 교수의 편집으로 1970년대에 재간행되었다.

명치유신의 3걸이요 조슈 번을 대표하였던 기도 다카요시도 이 이와쿠라 사절단에 참여하여 보고들은 내용을 일기로 남겼는데 그 일기 중 1873년 1월 16일, 파리의 하수구를 관람한 후의 일기이다.

"그 취향의 묘, 그 규모의 광대함, 놀라운 바가 있다. 땅 밑에 길을 하나 내 철통으로 청수를 종횡으로 끌어 들이고, 아울러 전신선도 모두 이 속에 있다. 아래는 하수로 하여 마치 강과 같다. 그 좌우에 길이 있어 차가 지나고 혹은 배를 띄워 세계의 가관을 이룬다."

기도는 아침 9시에 호텔을 나서서 오후 4시 반에 돌아왔다. 이 날 가슴을 앓았다는 건강상태 속에서 참으로 열심히 견학했다.

카이저 황제를 배알한 후 철혈재상 비스마르크의 초대내용도 기재되어 있다. 정식연회가 끝난 뒤 비스마르크는 이와쿠라, 오쿠보, 기도, 이토 히로부미 등을 별실로 청하여 실컷 이야기하였는데 오스트리아와의 전쟁도 이기고 프랑스와의 보불전쟁도 이긴 후여서 자신에 차 있는 모습을 보였다.

“나는 작은 나라에서 태어났다.”라며 비스마르크는 독일을 조그만 나라로 규정했다.

“내가 소년이었을 때는 프로이센은 참으로 빈약한 나라였다. 커서 열강의 포악한 오만을 알게 된 나는 분노를 느꼈다. 이를테면 국제공법이라는 것이 있지만 그것은 열강의 편리에 따라 존재하는 것으로 자국에 유리할 때는 국제공법을 휘두르고 자국에 불리해지면 병력을 사용한다. 소국은 참으로 가련하다. 국제공법의 조문을 열심히 연구하여 타국에 해를 미치지 않고, 자국의 권리를 보전하려고 하지만 열강은 필요하면 사정없이 이를 깬다.” –기도 다카요시의 견문록은 ≪나는 듯이≫(시바 료타로 저, 박재희 역)에서

이외에도 기도를 탄복시킨 것은 미국의 교육제도였다. “우리에게 학교보다 더 시급한 것은 없다. 만약 확고부동한 국가의 기반을 확립하지 못한다면 우리는 천년이 지나도 국위를 선양할 수 없을 것이다. (중략) 우리 인민은 오늘날의 미국인이나 유럽인과 기본적으로 다르지 않다. 다만 교육을 받았는지 여부에 따라 차이가 있을 뿐이다.”

워싱턴 주재 일본 대리공사 모리는 사절단을 위한 정지작업을 해두었다.

미국에서 손꼽히는 교육가들에게 어떻게 하면 일본이 효율적으로 물질적 풍요와 상업을 증진시키고, 농업과 공업의 이익을 창출하고, 일본인의 사회적 · 도덕적 · 신체적 조건을 강화하고, 법제도와 정부구조를 개선시킬 수 있는지 의견을 제시하게 한 것이다. 모리는 이렇게 해서 얻은 회답들을 1873년에 출판했다.

모리는 미국에서는 실용적인 학문이 각광을 받고 있는 반면, 독일에서는 수준 높은 이론적 학문이 발달했다는 결론을 내렸다.

그 후 모리는 문부성장관이 되어 자기의 견해를 10년에 걸쳐 일본의 고등교육제도에 반영시켰는데 이는 미국에 새로 생긴 대학원과정과 마찬가지로 유럽의 제도를 모방한 것이었다.

데이비드 머리는 아시아에서 일본의 위치를 유럽 내 영국의 위치에 비유하면서 일본은 영국과 대등한 수준의 통상 강대국이 될 수 있다고 단언했다. 이에 감명 받은 일본정부는 데이비드 머리를 신설된 문부성의 고문으로 초대했고, 그는 1878년까지 일본에 머물렀다.

애초에 이와쿠라사절단의 구상은 나가사키에 있던 네덜란드계 미국인 선교사 귀도 버벡(Guido Verbeck)의 머리에서 나왔다. 그는 질 높은 외국인 교사 중에서도 학식이 깊어서 막부 말기 나가사키 양학소, 사가의 번교에서 영어, 정치, 과학, 군사 등을 가르쳤다. 이때 오쿠마 시게노부, 이토 히로부미, 요코이 쇼난 등을 가르쳤다. 유신 후 신정부의 부름을 받고 상경하여 개성학교 교감을 맡는 등 그는 일본고등교육의 초석을 쌓는 한편 신정부의 고문이 되어 교육, 행정 등 모든 방면에서 조언을 하는 등 커다란 영향력을 갖게 되었다.

버벡의 가장 큰 공적은 '이와쿠라사절단' 파견을 실현시킨 것이다. 그는 신정부지도자들에게 서구를 견학할 것을 역설하고 구체적으로 어디에 가서 무엇을 견학할 것인지와 그 준비를 해 주었고 어디에 갔을 때는 어떤 사람에게 어떤 말을 해야 하는 것까지 조언해서 사절단을 보낸 것이었다. 미국, 영국, 프랑스, 독일, 등 5개국만 잘 이해하면 다른 나라들에 시간을 낭비할 필요가 없다는 건의도 했다. 당초에 이와쿠라사절단은 일본이 외국과 맺은 불평등조약을 개선하겠다는 목표를 가지고 출발

했으나 그 결과는 엄청난 것이었다.

이와쿠라사절단이 외국에서 보고 듣고 온 것은 무엇이었을까? 견문기록을 작성한 구메의 ≪여행일지≫가 가장 사려 깊고 정보가 풍부했다. 그는 "서양에서 배워 올 가치는 치열한 경쟁, 참여정치이고, 서양 국가는 세력 확장을 위해 끊임없이 새로운 식민기지를 개발하는 행태에 기초하고 있다."는 사실을 기록하였다.

여행일지에는 서양 국가들은 극도의 의심과 불신 속에서 무한경쟁에 휘말린 듯 보였다. "서양 제국의 외교는 겉으로는 친선을 표방하면서 속으로는 서로를 의심하고 있다. 벨기에·네덜란드·스웨덴·스위스 같은 소국들은 가시를 꼿꼿이 세운 고슴도치처럼 자국의 방어태세를 강화하고 있다. 그들은 투구 끈을 늦출 수가 없다."고 쓰고 있다.

이와쿠라사절단을 통하여 일본의 현재 상태와 미래의 진로에 대해 그들은 교훈을 얻었는데 서양은 교육수준이 높고 일치단결한 국가에 승리가 돌아가는 고도의 경쟁 세계에 들어섰다는 것이다. 이제 일본은 자기 앞에 놓인 여러 모델 중에서 신중히 선택을 해야 했다. 미국의 교육, 영국의 산업화, 프랑스의 법제, 독일의 대의제도가 특히 그들의 눈에 유망해 보였다. 일본은 이런 제도들을 도입하고 나라를 근대화하여 불평등조약으로 대변되는 열등한 위치에서 벗어나야 했기 때문에 장기적인 이익을 위해서 눈앞의 이익을 당분간 접어두는 방향으로 사절단의 지도자들은 생각을 굳혔다.

우리는 중요한 시사점을 여기에서 찾아야 한다. 일본은 세계의 문물을 경험하고 온 지도자와 국내에 남아있던 지도자간의 견해차이가 나타났다. 우선 사절단에 포함된 지도자는 이와쿠라 도모미, 오쿠보 도시미치, 기도 다카요시, 이토 히로부미 등 조슈와 사쓰마의 명치개혁 주도

세력이 포함되었다. 국내에 남아 있던 지도자로는 공경 산조 사네토미를 비롯하여 군대를 총지휘했던 사이고 다카모리, 도사번의 이타가키 다이스케, 에토 신페이, 소에지마 다네오미, 오쿠마 시게노부 등이다.

사절단이 귀국한 후 국내에 남아 있던 지도자와 견문을 넓히고 온 지도자간에 의견의 차이를 보였는데 그것이 '정한론(征韓論)'이었다. 사이고 다카모리와 이타가키 다이스케 등 명치개혁 때 군대를 이끌었던 지도자는 한국의 오만한 외교에 당장 일침을 가하자고 주장했다. 외국을 시찰하고 온 사절단 지도자들은 아직 일본의 힘이 약한데 당장 한국 정벌은 외세의 개입만 초래할 뿐이라는 의견이었다.

물론 사절단 출발 전부터 정한론 문제는 의견의 불일치가 있었지만 사절단 귀국 후 목숨을 바꿀 만큼 절친하던 오쿠보와 사이고 사이에 틈이 생기고 말았다. 사이고와 오쿠보는 사쓰마의 두 기둥에 해당하는 사무라이로 막역한 사이였고, 명치유신의 3걸을 꼽을 때도 조슈 번의 기도와 함께 거론되는 유신의 주역이었다. 그런데 이 둘 사이에 정한론으로 틈이 생긴 것이다.

의견 차이로 사이고는 당장 자신이 조선에 가서 일본과의 외교를 트게 하겠다는 것이고, 오쿠보는 아직 시기상조라고 했다. 해외의 문명을 보고 온 지사들은 아직 일본의 힘이 미약하다는 것을 깨닫고 왔다. 그러나 국내에 남아서 막부도 무찌르고 전국을 제압한 무사들의 눈에는 세상에 거칠 것이 없었던 것이다.

결국 강력하게 주장하던 정한론이 좌절되자 사이고 다카모리는 모든 관직을 버리고 고향 사쓰마로 낙향하고 말았다. 당시 폐번치현(廢藩置縣)으로 할 일을 잃어버린 사무라이들의 불평이 사이고의 사쓰마 번으로 집결되어 결국 '서남전쟁'이 발발하는 단초가 되었다.

허리에 칼을 차고 위세를 부리던 사무라이 무사들이 새로 편성된 총기로 무장한 일반 서민군대에게 패하였다. 정부군의 승리로 각지에서 산발적으로 일어났던 무력시위는 사라지고, 이와쿠라사절단에 참여했던 지사들이 정국을 장악하였다. 곧이어 이들은 일본전역에 외국에서 보고 배워온 정책을 펼칠 수 있게 되어, 사실상 명치유신을 성공으로 이끌 수 있었던 것이다.

우리나라에서도 구한말 밀려오는 외세의 압력을 피할 수 없어 외국의 문물을 도입하려는 시도로 일본에 조사시찰단(朝士視察團, 일본에서 통칭되던 신사유람단이라 부르던 명칭을 역사서에서 바꾸었다)을 파견하였다.

우리는 일본에 비하여 시작부터가 달랐다. 1876년 운양호사건을 일으킨 일본에 굴복하여 마지못해 개항한 후였다. 일본에 개국이 결정되자 중국인 황준헌(黃遵憲)은 조선책략(朝鮮策略)에서 이이제이(以夷制夷)로 일본을 견제할 목적으로 일본과 기타 서구의 실정을 알아보라는 강압적인 충고로 마지못해 하였던 시찰이었다.

당시에 서양을 배척하는 풍조가 팽배하고 유생들이 '영남만인소'의 상소문을 올리는 등 어려운 상황에서 조사단 파견도 비밀리에 보내지 않으면 안 되었던 것이다. 당시의 유학자들은 동도서기(東道西器) 사상으로, 하늘같이 떠받들고 있는 성리학에서 한 발짝도 벗어날 생각을 못하고 동양의 지고한 사상은 그대로 두고 서양의 기술만 배워오면 서양오랑캐를 쉽게 물리칠 수 있다는 안이한 사고에 젖어 있었다.

"우리가 일본을 본받을 만하더냐?" 고종이 돌아온 시찰 단원에게 물었다.

"재력을 쌓은 일본은 추진하는 사업이 많습니다. 군력도 강하지 않다고 말할 수 없습니다."라고 홍영식이 대답했다.

"일본은 겉모습만 보면 부강한 듯합니다. 그러나 속을 자세히 살피면 서양과 통교한 이후 교묘한 것만 좋은 줄 알고 다른 나라에 진 빚이 많습니다."라고 박정양은 상반된 대답을 했다.

임란 전 일본을 다녀온 서인 황윤길과 동인 김성일이 반대로 대답했던 사실을 돌이켜 보게 하는 대답이다. 같은 현상을 보고도 자신들의 관점에서 보고 싶은 것만 보고 듣고 싶은 것만 듣고 아전인수로 보고한 것이다. 홍영식과 어윤중을 빼고는 나머지 시찰단원이 박정양의 의견에 동조하였다.

이때는 명치개혁이 실시된 지 14년이 흘렀고 사무라이들의 반란도 진압되어 정국이 안정되어 착실하게 개혁이 진행되고 있었으나 이를 보고 와서도 국가의 개혁에는 뜻이 없고 자신들의 기득권 지키기에만 급급했던 시찰단이었다.

이와쿠라사절단이 외국 시찰에서 배워온 것에 비하면 우리는 시작부터 잠에서 덜 깨어난 상태에서 마지못해 어쩔 수 없이 외국을 한 번 시찰하고 왔을 뿐 국가의 개혁과는 거리가 멀었다.

요즈음 성인을 대상으로 하고 있는 인문강좌를 듣고 있다.

이성(理性)에 바탕을 두고 있는 서구사상은 그 역할이 끝났고 새로운 길을 동양의 사상에서 찾아야 한다며 강의하는 강사도 있다.

동서양이 서로 다른 문화에서 2천여 년의 세월이 흐른 결과 동양은 서양에 굴복하는 뼈아픈 역사를 겪었다. 역사의 아픔을 겪고 난 후에야 앞 다투어 서구화를 기치로 내세워 오늘날 과거의 봉건사회에서 탈피해 가고 있는 실정이다.

서구화의 가장 큰 목표는 과학을 배우고 민주정치를 배워오는 것이다. 그런데 아직도 그 개념이 전 사회에 보편화되지 않고 있는 현 시점에서 구한말 동도서기론 같은 주장이 대두되고 있음을 우려하지 않을 수 없다.

구한말 유학자들의 완고한 사상이 오랑캐로 치부한 서구문화 도입을 거절하고 눈앞의 이익만 추구하다가 결국 모든 것을 잃어버렸다. 이런 과거를 거울삼아 지금의 기성세대에 속하는 위정자들은 오늘의 현실을 직시하여 과거와 같은 우를 되풀이하지 말아야 할 일이다.

갑신정변의 주역들(김옥균, 박영효, 서재필 등)

-기울어 가는 조국을 한숨으로 지켜보는 젊은이들

갑신정변이 일어났던 1884년은 일본의 명치개혁이 성공한 16년 후의 일이다. 우리나라가 일본의 개국강요에 의하여 병자조약을 체결한 지도 8년이 지났다. 당시 조선의 선각자들도 개혁을 하지 않으면 외국의 침략으로 나라에 위기가 오리라고 생각하는 개화된 지식인이 많았다.

1875년에 일본군함 운양호가 강화도 앞바다를 침공해 무력시위를 벌이는데도 조선 조정은 이들의 억지주장에 허둥지둥하는 모습만 보였다.

당시의 심경을 유길준은 다음의 시로 표했다.

올해가 이미 지나고 새해가 오는데
20년의 세월이 흐르는 물과 같구나
무슨 일로 사나이는 저리 분주한가
망연히 앉아 옛사람 책만 읽는구나.

그는 박규수의 사랑방에서 김옥균과 박영효, 서광범, 홍영식, 김윤식 등과 우국충정을 토로하며, 나라의 앞날을 걱정하면서 과거시험도 포기했다.

유길준은 고모부뻘 되는 김옥균의 집을 자주 드나들어 김옥균으로부터 친동생 같은 사랑을 받게 되었다. 그는 1881년 신사유람단에 어윤중의 수행원으로 윤치호와 함께 발탁되었는데 이는 민영익의 추천에 의한 것이었다. 당시 민씨 척족의 원려(遠慮)로 개화파 인사를 일본에 유학시켜 그들의 정권 울타리가 되게 하려는 계획에 의한 것이었다.

유길준은 일본에 도착하여 후쿠자와 유키치가 설립한 게이오의숙에 입학하여, 후쿠자와의 영향을 많이 받아 후일 ≪서유견문≫을 집필하게 된다.

1883년 7월 유길준이 일본 체류시에 차관 교섭차 일본에 온 김옥균, 홍영식과 만나 개혁의 대의에 관해 의견을 교환하면서 몇 달 전 국내에서 장차 5년 후에 내정개혁을 위한 모종의 거사를 벌이기로 한 약속을 재확인하였다. 이에 김옥균은 일본에서 재정 및 군사에 관한 준비를 맡고, 홍영식은 국내에서 조선에 진주한 외국군대의 철수를 추진하고, 유길준은 훗날의 거사에 대비해 만국의 정세를 살피는 등 학업에 매진키로 약속했다. 그렇게 갑신정변이 있기 전부터 조선의 선각자들은 국내의 앞날에 대하여 우려와 준비를 하였다.

박규수의 사랑방에 모인 청년들은 ≪연암집≫ 등을 읽으며 개화사상을 흡입했다. 박규수는 이들에게 늘 이같이 말하곤 했다.

"양반이라는 것이야 말로 가장 수치스럽고 무식한 자의 입버릇이다."

그의 이런 평등관은 박영효 등의 제자들에게 그대로 전해졌다. 김옥균과의 관계를 ≪김옥균 전≫에 실려 있는 오경석의 아들 오세창의 술회를 보자.

"어느 날 유대치가 나의 부친에게 우리나라의 개혁을 어떻게 하면 성취할 수 있는가? 라고 물었을 때 먼저 북촌의 양반 자제에서 동지를 구하여 혁신의 기운을 일으켜야 한다."라고 답했다.

갑신정변이 있기 전 임오군란으로 인한 피해를 사죄하기 위해 수신사의 대표가 되어 4개월 동안 일본을 방문할 기회가 박영효에게 주어졌다. 당시 박영효가 타고 갔던 배에 태극기를 게양한 것이 최초의 국기 사용이라 하여 태극기의 효시로 보는 설이 있다. 박영효가 21세의 젊은 나이에 수신사의 대표로 임명된 배경에는 철종의 사위라는 신분이 크게 작용했다.

"정사 박영효는 총명하고 친절함을 갖춘 22세의 청년이다. 당시 자신의 능력에 대해 자신에 찬 모습을 보인 김옥균은 조선에서 중요한 결정을 내려, 이를 사전에 청나라와 상의하지 않고 실행에 옮길 수 있는 사람은 오직 세 사람밖에 없다. 국왕과 정사인 박영효, 그리고 자기 자신뿐이다."라고 했다. 인천에서 고베까지 일행과 함께 배를 탔던 영국 서기관의 박영효에 대한 묘사다

이런 글들을 볼 때 김옥균이 박영효와 의기투합했음을 알 수 있다.

일제강점기인 1920년대에 발표된 박영효의 갑신정변 기고문을 보자.

"당시 일본은 메이지 유신의 대개혁을 단행한 때라 상하가 결속해 내치외교에 나라는 날로 융성해 가는 판이었다. 일본에 체류하는 동안 이런 성황을 본 우리 일행은 선망천만이었다. 우리나라는 언제나 저리 될까?하는 조급한 마음이 우러나는 동시에 개혁의 웅심(雄心)을 참으려 해도 참을 수 없었다."

춘원 이광수의 ≪내가 만난 박영효≫(1931년 '동광' 3월호)에 옛날을 회고하는 글이 실렸다. "당시의 혁명가에게 양반에 대한 비평과 평등, 고난의 신사상이 감염된 경로는 어떠한가?"라고 묻자 춘고 박영효는 대답했다.

"신사상은 내 일가 박규수집 사랑에서 나왔소. 김옥균, 홍영식, 서광범 그리고 내 백형(박영교) 등이 재동의 박규수 사랑에 모였소. ≪연암집≫의 귀족을 공격하는 글에서 평등사상을 얻었소."

춘고는 당시 신사상이란 것이 바로 평등론, 민권론이었다고 말했다. (박규수는 이유원이 영의정이었을 때 우의정으로 있다가 그와 뜻이 맞지 않아 사직한 뒤 재동 집에서 김옥균 등 영준한 청년들을 모아놓고 조부의 연암문집을 강의하기도 하고, 연행 사신들이 갖고 오는 신사상을 고취하기도 했다. 박지원이 '열하일기'에 쓴 ≪양반전≫에 당시의 양반에 대한 실태가 잘 묘사되어 있다.)

이들 개화파 청년들은 박규수가 병사하자 오경석, 유대치 등과 자주 접촉하면서 새로운 지식을 습득했다. 2년 뒤에 오경석마저 병사하자(1879년) 이들은 다시 유대치의 문하로 들어가 지도를 받았다. 유대치는 사상적으로 온건한 박규수와 달리 인품이 준수하고 식견이 높았으나 과격한 일면이 있었다. 그는 불교사상을 배경으로 전래의 유교사상을 부정하면서 김옥균, 박영효 등에게 변법에 기초한 개화사상을 주입시켰다.

훗날 중인 출신으로 역사학자가 된 최남선이 ≪고사통≫에서 밝힌 증언이 이를 뒷받침한다.

"세계의 사정을 복찰하면서 뜻을 내정의 국면전환에 두고 가만히 귀족 등의 영준(호걸)을 규합해, 방략을 가르치고 지기를 고무시킨 이가 있으니 당시 백의정승으로 불린 유대치가 바로 그다."

세상이 개화당으로 지목하는 이들은 대부분 유대치의 제자다. 당시 유대치는 불교사상에 나타나는 혁신적인 기운을 현실에 적용시켜 이를 통해 사회개혁 혁명을 이루고자 했다. 김옥균, 박영효 등이 급진적 개화사상가가 된 데에는 유대치의 영향이 컸음을 뒷받침하는 대목이다.

이광수의 인터뷰에 따르면 박영효도 혁명적인 불교사상에 재미를 느껴 김옥균과 친하게 지내게 되었다고 증언한 바 있다. 박영효와 김옥균 등이 불교사상을 흡수하게 된 데에는 유대치 말고도 개화승 이동인의 영향이 컸다.

김옥균을 통해 이동인을 알게 된 박영효는 이동인의 도일 학자금과 여비 등을 지원하기도 했다. 이동인은 1879년 11월에 도쿄의 아사쿠사 별원에서 그곳 승려를 통해 후쿠자와를 알게 된 뒤 그의 가르침을 받았다.

이 외중에 이동인은 서울에 있는 박영효에게 개화 관련 서적을 끊임없이 보냈다. 그가 보낸 책 중에는 후쿠자와의 3부작 ≪학문의 권장≫ ≪문명론의 개략≫ ≪서양사정≫이 포함되어 있었다. 박영효를 비롯한 개화파 인사들이 이를 돌려가며 탐독했다.

≪학문의 권장≫에는 "하늘은 사람위에 사람을 만들지 않고 사람 밑에 사람을 만들지 않았다."고 하여 만민 평등사상을 말하였다. ≪문명론의 개략≫에는 유교의 영향에서 벗어나야 한다고 썼다. ≪서양사정≫에는 서구의 사회제도 즉 소방서 경찰서 등과 정치제도 즉 자유, 평등, 의회제도 등이 소개되었고 일본에서 베스트셀러가 되어 당시 10만 부 이상이 팔렸다고 한다.

박규수가 김옥균을 만난 시기는 1869년으로 김옥균이 19세 되던 해이다. 김옥균은 박규수 문하에서 처음으로 개화사상을 흡입한 이후 박규수의 소개로 유대치, 오경석 등과 만나면서 급진적인 개화사상에 빠져들었다. 김옥균에게 사상적으로 가장 영향을 끼친 사람은 유대치이다. 둘은 사제지간의 의를 맺을 정도로 관계가 긴밀하였다. 유대치는 갑신정변이 실패했다는 소식을 듣고 이내 병든 몸을 이끌고 깊은 산속으로 행방을 감추었고 그의 아내는 자결했다.

또 한 사람 김옥균에게 영향을 준 사람이 오경석이다. 오경석은 중인 출신으로 일개 역관에 불과했으나 빈번한 중국 사행을 통해 세계 사정을 알게 되면서 개화의 필요성을 절감한 당대의 선각자였다. 그는 중국에 다녀올 때마다 서양문명을 소개한 책자들을 구해와 유대치 등에게 일독을 권했다. 그가 가져온 책자는 유대치를 통해 곧바로 김옥균 같은 청년들에게 전해졌다.

김옥균은 22세(1872)에 뛰어난 실력을 바탕으로 알성시 문과에 장원급제하여 홍문관 부교리에 급속 승진하였다. 당시에 서원철폐를 계기로 최익현을 앞세운 유림의 집요한 공세로, 대원군이 퇴진하고 민비척족의 발호가 시작되었는데 그는 이를 보고 외척 세력의 발호가 나라패망의 전조라고 생각해 개화에 뜻을 같이하는 동지들을 규합하였다.

사교에 능한 그는 사람을 끌어 모으는데 비상한 재주를 발휘했다. 그는 곧 충의계라는 비밀결사 조직을 만들었다. 김옥균은 갑신정변을 일으키기 10년 전(1874)에 이미 다양한 인물을 포섭해 정치집단을 이끌었다. 충의계의 지도부는 김옥균을 비롯해 홍영식과 서광범, 박영효 등 명문 사대부가의 자제들이었다.

김옥균을 비롯한 개화당과 민비척족 사이에 가장 큰 이견은 재정문제였다. 민비 척족의 전폭적인 지지를 받으며 재정 고문으로 있던 독일인 묄렌도르프는 당오전을 발행해 재정문제를 해결할 것을 주장했다. 김옥균은 그리하면 재정확보에도 도움이 되지 못하고 백성의 고통만 가중시킬 것이라며 외채 모집을 통한 해결방안을 제시했다.

당오전은 이미 경복궁중건 때 물가상승과 상거래 질서 교란의 주범이 된 바 있었다. 그러나 민비의 지원을 업은 묄렌도르프의 의견이 채택되어 당오전이 발행되자 곧바로 물가폭등 현상이 일어났다.

당오전은 액면상 상평통보의 5배에 달했으나 실제로는 상평통보와 동일한 가치로 통용되었다. 매관매직으로 관직을 차지한 관원들은 세금을 상평통보의 가치로 거둬들인 뒤, 국고에 넣을 때는 당오전의 액면가로 납부하여 사복을 채웠다.

갑신정변 후 김옥균이 재정을 담당하는 호조참판을 맡게 된 연유도 짐작할 만하다. 김옥균은 민비 척족과 묄렌도르프 뒤에는 청나라가 있다는 사실에 청에 대한 반감이 더욱 깊어갔다.

임오군란 진압의 총책임을 맡았던 청군 오장경 휘하에 원세개가 있었다. 그러나 원세개는 오장경의 수하답지 않은 행동을 하였다. (갑신정변 때도 오장경의 명령 없이 원세개가 바로 일본군대를 물리쳐 이홍장의 신임을 받았다.)

김옥균이 차관 교섭차 일본에 갔으나 일본정부의 소극책으로 수포로 돌아가자 당시 재야정객 고토 소지로를 만나 "청국이 조선을 속국으로 생각해 온 것은 참으로 부끄러운 일이다. 조선이 발전의 희망이 없는 것 역시 여기에 원인이 없지 않다. 첫째로 해야 할 일은 굴레를 철퇴하고 독립자주의 나라를 설립하는 일이다."고 말하며 ≪조선개혁 의견서≫를 보이고 도움을 청한 바가 있다.

의견서에 표현한 것을 보면 개화당 사람들이 청국의 통치에 많은 불만을 가지고 있었음을 유추해 볼 만하다.

이를 보면 개화당에 속해 있던 민영익이 보빙사의 일원으로 미국과 유럽을 둘러보고 온 뒤, 갑자기 개화당과 손을 끊는 일도 있었고(1884년 9월), 베트남에서 청과 프랑스의 전쟁으로 청국이 조선에 있는 군대 3천명 중 반을 빼어간 사건 등이 정변을 급작스레 일으키게 하는 요인이 되었다.

정변에 있어 가장 큰 문제는 인력동원과 재정문제였다. 재정문제는 당시 그룹 중에서는 가장 부유한 측에 속했던 박영효가 맡았다.

개화당은 소수의 병력만을 확보하고 있었다. 충의계 내의 40여 명의 비밀조직원과 서재필이 이끄는 미국과 일본을 유학한 사관생도 10여 명이 고작이었다. 다만 박영효가 과거 자신이 양성했던 병력을 어느 정도 동원할 수 있는 것을 위안으로 삼았다.

김옥균은 대원군의 피랍을 거울삼아 일본군을 끌어 들여 청군을 견제코자 했다. 마침 다케조에도 당시 주둔 일본군 200명이면 청군의 1500명 군대와 대적할 수 있다고 호언하는 등 협조를 약속하여 이를 믿고 거사를 일으켰던 것이다.

이토 히로부미가 편찬한 ≪조선교섭자료≫에 따르면 다케조에는 거사계획을 갑·을 두 안을 가지고 본국에 훈령을 요청했다.

〈갑〉 안은 개화파를 선동해 조선에서 내란을 일으키는 급진 방안이었다. 이는 중국과의 교전을 염두에 둔 것이었다. 〈을〉 안은 청국과 시비를 일으키지 않는 선에서 개화파 간접 지원방안이었다.

이토 히로부미 참의와 요시다 외무대보는 '을' 안을 취하도록 훈령을 보냈다. 이 훈령은 도청을 우려하여 우편선을 통해 전달되었다. 이 훈령이 도착했을 때는 이미 정변이 일어난 이후였다. 전후 사정에 비춰 사실에 가까운 증언으로 보인다.

박영효의 회고에 따르면 갑신정변 직후에 훈령을 받아본 다케조에의 태도가 갑자기 변해 일본군을 철수함으로써 정변이 실패한 것으로 되어 있다.

개화당 인물들이 모두 갑신정변에 찬동한 것은 아니었다. 당시 박규수의 문하에는 김옥균, 박영효, 홍영식 이외에도 조선말 우리가 알만한 사람들이 운집해 있었다. 박규수의 수제자라고 한 김윤식을 포함 김홍집도 있었고 미국에 가서 유학하고 온 윤치호도 개화파 사람이었다. 박규수와 오랜 친분을 지닌 구한말 대표적인 개화사상가로 유신환은 박규수와 함께 두 차례나 북경을 사신으로 다녀오기도 했다. 유신환이 일찍 타계한 후 김윤식, 유길준 등은 박규수 문하로 들어갔다.

개화사상을 가진 여러 사람들 사이에는 갑신정변을 일으킨 급진개화파가 있었고, 또 점진적으로 개화를 주장한 온선개화파도 있었다. 임오군란으로 청군이 들어와 민비척족 세력이 갖은 횡포를 부리자, 많은 뜻있는 선비들이 벼슬을 버리고 낙향하였다.

이러한 때에 갑신정변이라는 사건이 터지게 되었고 일본의 힘을 이용해 보려던 정변이, 청국 군대가 일본군을 물리치게 되자 민비척족은 더욱 횡포를 부리게 되었다. 일본군 진압에 큰 공을 세운 중국의 원세개는 이후 조선조정을 좌지우지하였다.

이 대목에서 많은 사학자들이 성급한 정변을 일으켜 대외 의존도를 심화시키는 결과를 가져오게 하였다고 갑신정변을 비판하는 이가 많다. 그동안은 명목상으로만 조공국에 해당하였으나 청국 군대가 한양에 주둔하고 있는 상황에서는 청나라의 속국과 같은 처지에 놓이게 되었다. 그러나 청군은 이미 임오군란의 진압 차 조선에 와서 주둔하고 있었고, 대원군을 청나라로 압송하는 등 청의 횡포는 갑신정변의 결과로 만들어진 상황은 아니었다. 이 상태는 1894년 청일전쟁으로 청나라가 일본에 패할 때까지 지속되었으니, 청을 대신하여 일본으로 나라만 바뀐 것이다.

청일전쟁으로 일본이 청으로부터 얻어낸 이권 중 중국의 요동반도를 다시 청국에 돌려주게 한 삼국간섭에서 러시아의 힘을 보고 당시 조선의 사대부들은 러시아를 업고 일본의 굴레를 벗어나 보려고도 하였다.

이미 조선의 왕조는 임오군란 때 청의 군대를 끌어들여 진압하였고, 갑신정변도 우리 자체의 힘으로 처리하지 못하고 일본군과 청국군의 교전 승패에 의하여 나라의 운명이 결정되는 지경에 이르렀다.

이후 백성들이 들고 일어난 민란과 동학농민군을 스스로의 힘으로 제압하지 못하고 청국과 일본 군대를 동원하여 진압해야 할 정도로 피폐하였고 백성의 신망도 잃어버렸다.

동학농민군의 공적 1호로 지목된 민영준은 민비의 먼 일족으로 민영익을 시종처럼 따라 다니던 인물이었다. 그의 부친 민두호는 돗자리나 팔던 자로 아들의 벼슬을 이용하여 심하게 재물을 긁어모아 백성들로부터 '민쇠갈구리(민철구)'라는 악명을 얻었던 인물이다. 을사늑약으로 자결한 민영환도 동학농민군의 공적에 포함되었던 것을 보면 민비척족에 대한 백성들의 원망이 어떠했으리라는 것은 쉽게 짐작할 만하다. 민영준은 후에 이름을 민영휘로 개명하였던 바, 한일병탄 이후 1925년에 총독부에서 조선 귀족들의 생활상을 조사한 ≪조선귀족약력≫에 따르면 민영휘의 재산은 6천만 엔, 이완용은 3백만 엔으로 나와 있다.

악랄한 방법으로 재산을 모아 악명이 더욱 더렵혀진 이완용의 재산보다 20배가 넘는 것을 볼 때 민비척족의 부패가 얼마나 심했던가를 짐작해 볼 만하다.

을미사변으로 명성황후가 일본인에 의해 죽음을 당했을 때, 유길준이 쓴 영문 편지를 보면 당시 개화파들의 민비에 대한 생각을 읽을 수 있다.

"우리 왕비는 폴란드 존 3세의 왕비 메리나, 프랑스 루이 16세의 왕비 마리 앙트와네트보다 더 나쁩니다. 우리 국민 사이에서는 국왕은 일개

인형이고 왕비는 그 인형을 갖고 노는 사람이라고 말합니다. 그녀가 개혁가들을 모두 살해하려고 하자 대원군이 일본의 도움을 얻어 그녀를 죽이기로 결정했습니다. 대원군이 일본 공사와 협의해 약간의 도움을 청한 것은 큰 실수였으나 달리 방법이 없었습니다."

우리나라의 역사를 더듬어 볼 때 관군에 의하지 않고 민란으로 성공했던 사례는 후삼국을 통일하여 고려를 건국한 왕건 이후로는 한 번도 없었던 것 같다. 왕건도 양길에 이어 궁예로 이어지는 반란국 태봉의 관군으로 정권을 잡아 고려로 국호를 바꾸었지만 신라의 귀순으로 인하여 많은 신라의 귀족이 권력층의 지위에 오를 수 있게 되었나. 반란으로 권력을 획득했지만 권력층의 완전한 물갈이에는 못 미치는 성공사례에 해당한다고 할 수 있다.

중국에서는 민란으로 전 중국을 통일한 경우가 크게 세 번이나 있었다. 더욱이 그 민란의 우두머리가 귀족이 아닌 서민이었기에 지배층의 물갈이가 대폭적으로 이루어질 수 있었다. 한나라 유방, 명나라의 주원장, 현대 중국의 모택동이 서민 출신이었다. 한족이 아니고 이민족에 의한 중원제패도 있어 지배세력의 교체는 더욱 대대적으로 이루어졌다. 몽고족의 원나라, 여진족의 청나라가 들어서서 관리와 환관 등 부패하고 무능한 세력을 일소할 수 있었다. 우리나라와 크게 대조되는 점이다.

우리의 경우는 고려 때 무신의 난이고, 고려 말 이성계의 위화도회군에 의한 역성혁명이며, 심지어 최근의 5·16까지 모두 관에 적을 둔 군인에 의한 사례뿐이다.

갑신정변이 성공하였다면 물밀듯이 밀려오고 있던 외세에 맞서 역사상 처음으로 우리의 힘으로 정국을 개혁하고, 의식화된 젊은이들이 웅지를 펼칠 수 있는 기회가 되었을 것이다. 부패하고 무능했던 지배 세력의 교체도 있었을 것으로 생각되어 이 정변에 관심을 갖게 되었다. 4·19혁명이 젊은이의 피로써 우리사회에 가져왔던 엄청난 변화를 생각할 때 더욱 안타깝다.

갑신정변 주역들의 훗날 처세를 보면 이들이 단순한 정권욕에 불타 정변을 일으켰다고 말할 수 없을 것이다. 일본에 망명했던 이들은 조선 정부가 묄렌도르프를 통해 에도(동경)까지 사신을 보내 갑신역도의 인도를 집요하게 요구하자 일본 정부는 크게 당황하여 암살위협에 시달리는 이들을 방치하고 말았다.

일본의 보호에 실망한 서재필, 서광범, 박영효는 미국으로 망명할 생각이었다. 김옥균은 지인이 많은 일본에 남아 망명생활을 계속코자 했다. 박영효와 서광범은 글씨를 팔아 여비를 벌었다. 서재필은 조선으로 들어가려는 선교사에게 조선어를 가르쳐 주고 3개월 동안 90엔을 벌었다. 미국에 도착한 뒤 얼마 안 되어 박영효는 미국을 떠나 다시 일본으로 와 머무르게 되었고 서광범과 서재필은 미국에서 공부를 하였다.

그 후 10년이 지나고, 1894년 동학농민군의 진압에서 발단된 청일전쟁의 결과 일본의 승리로 돌아가자 일본에 망명해 있던 박영효를 필두로 갑신정변의 주역들이 다시 기회를 갖게 되었다. 갑오경장을 추진했던 세력을 갑오파와 갑신파 등으로 구분하는 학자도 있는데 이 갑신파가 갑신정변을 일으켰던 주역들이다.

김옥균은 청일전쟁 바로 전에 홍종우에게 암살된 뒤였고, 박영효가 갑오개혁을 추진하게 되었다.

1894년 시작된 갑오경장에서 여러 개혁을 시도하던 박영효는 민비와 고종의 반대에 부딪혔다. 결국은 "국왕을 폐위시키고 왕비를 폐서 혹은 시해하려 했다."는 혐의를 뒤집어 씌어 박영효 체포명령을 내리게 된다.

이에 박영효는 일본공사관의 도움을 받아 일본으로 탈출함으로써 또 다시 망명길에 오른다. 그리고 미국에 가서 서재필을 만나 자기 대신 조국에 돌아가 개혁사업을 펼치라고 설득하여, 1895년 12월에 서재필이 고국에 귀환하게 되었다.

가족은 멸문의 화를 당하고 일신만 피하여 미국에 간 서재필은 그 동안 미국에서 갖은 고생과 노력 끝에 미국 동부사회의 상류사회에까지 진출(미국의 뷰캐넌 대통령의 조카딸과 결혼)하여 필라델피아에서 의사로 활동하고 있었다. 한국에 온 서재필이 독립신문을 만들고 독립문을 세우는 등 미국에서 보고 듣고 배운 비를 한국에 이식하려고 갖은 노력을 하였다.

서재필은 1896년 5월부터 약 1년간 매주 목요일 오후 배재학당에서 세계지리, 역사 및 서구의 정치사상을 강의하였다. 이 배제학당 강의에서 이승만, 안창호, 김규식 등의 학생들이 배출되어 이들이 훗날 우리나라 독립에 많은 활약을 하게 된다. 출강한 지 6개월 후부터 약 1년 반 동안 '협성회'라는 이름의 토론회를 조직하여 인도하면서, 학생들로 하여금 '의회통용규칙'에 따라 토론하는 방법을 가르쳤다.(나중에 윤치호에 의해 ≪의회통용규칙≫이라는 책자로 번역 출간됨) 이는 미국의 독립건국에 앞서 벤자민 프랭클린이 필라델피아에서 운영했던 조직체에서 회의규칙을 엄수하여 조직을 운용했던 것과 흡사하였다.

'통상회'라는 이름의 토론회를 통하여 일반시민들이 민주시민으로서 갖추어야 할 교양과 토론 방식 등을 터득하게 하였다. 그 결과 1898년 3월에는 독립협회 회원들이 러시아의 절영도 조차요구에 반대하는 '만민공동회'라는 별칭의 대중 집회를 열어 소기의 목적을 달성하기도 했다. 이렇게 시작된 만민공동회는 그 후 독립협회 멤버들과 일반 시민들이 참여한 대정부 압력 단체로 발전하여 위력을 발휘하였다.

이렇듯 조국독립을 위해 활동하던 서재필이 1897년 고종에 의해 추방되었는데 1897년 200여 명의 학생을 상대로 한 배제학당 연설에서 "사람은 자기의 권리를 유지하기 위해 임금이나 아버지를 죽일 수도 있다."라는 과격한 발언이 화근이었다고 한다.

서재필이 떠난 후 독립협회는 윤치호, 이상재 등이 이끌며 서재필이 떠나기 직전에 주창한 의회설립 필요성을 추진하게 된다.

이러한 의회설립 운동이 수구파들의 모략에 의해 독립협회회원 17명이 투옥되는 사태가 일어나고, 독립협회가 폐지될 위기에 놓이게 되었다. 그러자 만민공동회는 독립협회의 복설과 조병식, 유기환 등 수구파 5흉의 처벌을 요구하는 시위를 하였는데 많을 때는 만여 명이 참여했다. 그러자 고종황제 측에서 급조한 황국협회소속 보부상들과 격렬한 충돌까지 하여 많은 피해를 입었으나 굴하지 않고 집회는 계속되었다. 결국 고종은 만민공동회와 황국협회 대표자를 친히 인견, 독립협회 복설, 중추원 개편개원, 수구파 관료재판 등을 약속하는 대타협을 하기에 이른다. 이때 개원한 중추원 회의에서 투표로 정부의 대신 직을 맡을만한 유능한 인재 11명을 무기명 투표로 선출하였다.

이 11명 명단에 박영효, 서재필의 이름이 보이자 고종은 대노하여 군대를 동원 만민공동회 등의 데모를 강제 해산하고 그동안 독립협회와 만민공동회가 저지른 죄목 11가지를 지적한 후 독립협회를 해산하였다.

해산된 독립협회 회원들은 고종을 퇴위시키고 새 황제를 옹립하고 일본에 있는 박영효를 중심으로 혁신내각을 수립하려는 계획을 세웠는데 사전에 발각되고 만다. 이 음모 사건으로 이승만 등은 종신 징역형을 선고받았다. (이승만은 그 후 미국인 선교사들의 권고로 감형 받아 5년 7개월의 옥고를 치르고 석방되어 미국으로 갔다.) 이렇듯 서재필이 뿌려놓은 자주독립의 기운이 민중에까지 전달되어 활발하게 전개되다가 이후로 수그러들고 말았다.

이후 친일 친러파로 갈라져 시세에 따라 부침하던 위정자들은 러일전쟁에서 일본의 승리로 친일파가 득세하고 을사늑약에 찬성하는 매국노로 이어져 결국 일본에게 병탄되고 말았다.

뒤늦게 고종이 나라를 되찾아 보려고 안간힘을 써 보았으나 국력은 이미 기울어 주변에는 일본의 앞잡이가 되어버린 친일파뿐이고 조선의 운명을 짊어질만한 인물은 없었다.

서재필이 발간한 당시의 독립신문과 독립협회의 활약상이 영국의 여류작가가 쓴 ≪한국과 그 이웃 나라들≫(이사벨라 버드 비숍 저. 이인화 역)에 자세히 묘사되어 있다. 이 책은 영국 여왕이 88올림픽 관람차 한국을 방문하였을 때 노태우 대통령에게 선물로 주었다 하여 더욱 유명해진 책이다. 놀랍게도 이 책에는 청일전쟁이 끝난 직후 일본의 한국침략 야욕을 당시의 누구보다도 정확하게 묘사하고 있다.

두 번이나 조선을 떠나야 했던 서재필에게 또 한 번의 조국애가 끓어올랐으니 1919년에 일어난 3 · 1운동이었다. 서재필은 그때의 감격을 자서전에 이렇게 기록하고 있다.

"3월 1일의 대한독립 만세 소리는 한라산을 넘고 태평양을 건너 미국에까지 들렸다. 나는 필라델피아에서 이 소식을 접했다. 조선의 독립운동이 이같이 급속도로 진전될 줄은 상상치도 못했다. 나는 의사의 메스를 버리고 시험관을 내던진 채 밖으로 뛰쳐나왔다."

그는 곧 상하이임정이 출범한 다음날인 4월 14일에 필라델피아에서 이승만, 정한경 등과 함께 '대한인총대표회의'를 소집, 대회의장에 선임

되어 사회를 맡았다. 회의 명칭을 이렇게 한 것은 미국독립운동 당시 필라델피아에서 두 차례에 걸쳐 소집된 대륙회의를 본딴 것이었다.

3일 동안 진행된 이 대회에는 서재필을 위시해 이승만과 정한경, 조병옥, 장택상, 유일한 등 많은 인사가 참석했다. 이들은 각종 결의안을 채택한 뒤 태극기를 흔들며 시가행진을 하고 독립선언문을 낭독하는 의식을 거행했다. 행진이 끝나고 독립관 내에 보존된 자유의 종을 만져보고 서재필은 관장의 허락을 얻어 1787년 미국헌법선포 당시 초대대통령 조지 워싱턴이 사용했던 의자에 이승만을 앉게 하고 기념촬영을 했다.

이것이 3·1운동 이후 미국에서 벌인 최초의 대규모 조선인 정치집회였다. 이 대회를 조선의 독립운동을 기독교 민주주의 실현을 위한 운동으로 정의했다. 장차 조선을 기독교 민주국가로 건설하겠다는 뜻을 드러낸 셈이다. 이 회의가 기초가 되어 이승만을 중심으로 한 미국내 독립운동이 해방 전까지 지속되었다. 1947년 김규식의 추천으로 서재필이 미군정 고문으로 다시 한국에 왔다. 그의 나이 84세였다. 앞서 미국에서의 '대표회의'에 참석했던 조병옥은 미군정 하에서 서울시경무국장을, 장택상은 수도청장을 맡고 있었다.

대한민국 정부 수립시 이승만의 아집과 독주에 반대한 사람들이 서재필을 대통령에 추대하는 운동이 전개되었으나 국내의 복잡한 정국상황 속에서 자신의 존재가 신생 조국의 앞날에 부담이 되는 것을 원치 않은 서재필은 군정청고문직을 즉시 사임하고 미국으로 돌아가 버렸다.

갑신정변 주역의 한 사람인 김옥균은 불행하게도 청일전쟁 직전에 이홍장을 직접 만나 조국의 장래를 담판하려고 중국에 갔다가 홍종우에게 암살당하였다. 박영효는 갑오개혁을 통하여 나라를 개혁해 보려고 시도하였으나 민비척족과 수구파의 반대로 수포로 돌아갔다.

그러나 서재필의 넘치는 애국심과 조선독립의 열망은 시대의 운이 맞아 미국의 태평양전쟁 승리로 미국에서의 활동이 대한민국 정부수립에까지 그 영향력이 이어졌다. 1951년 서거 후 그는 서울 국립현충원에 안장되어 있다.

갑신정변이 조국의 앞날을 걱정한 열혈청년 개화 인사들이 일본에 이용당한 무모한 행동으로 나라를 혼돈에 빠뜨렸다는 비난도 있다. 반면 애국충정이 넘쳤던 젊은 개화파 지사들이 구렁텅이로 빠져 들어가고 있는 조국을 구하고자 일본을 이용해 보려는 용기 있는 거사였다고 엇갈리는 평을 하는 역사학자도 있다.

* 저자 주: 갑신정변 전후의 내용과 서재필의 국내외 활약 내용은 ≪개화파 열전≫(신동준 저), ≪갑신정변의 역사적 의의≫(유영익 저), ≪서재필 박사의 위대한 일생≫(서재필기념관 발행)을 참조하였음.

나는 세상을 얼마만큼 알고 떠나게 될까

-인간이 신을 발명할 때 역사는 시작되었고, 인간이 신이 될 때 역사는 끝날 것이다 (유발 하라리)

2011년은 공자님 탄신 2562주년이었다. 75대째 가계를 이어온 취저우의 쿵상카이가 이 탄신일 기념식을 주재했다. 곡부의 공자 후손이 장개석을 따라 대만으로 간 뒤여서 남송 때부터 남북으로 나누어졌던 취저우 공자 가문에서 주관하게 된 것이다.

청나라 건륭제는 공주를 황실보다 더 좋은 가문으로 시집보내야 공주가 무사할 것이라는 주술사의 말에 공주를 공자의 후손에게 시집보냈다고 한다. 이를 계기로 공자 가문은 중국 역사에 있었던 사라진 황실 가문보다도 더 유명세를 탔다.

2009년 공자의 가문에서 족보를 편찬하려고 하자 공씨 성을 가진 많은 사람들이 공자의 족보에 등재되기를 원하여 너도 나도 DNA검사를 하여 공자 후손임을 증명하고자 했다.

북경대학의 사회학자 샤쉐롼 교수는 유전자 검사를 통하여 공자의 후손임을 밝히려는 사람들에 대해 "누가 현자(賢者)의 후손인지 밝히는 것보다 유교의 바람직한 면들을 지켜 나가는 것이 더 중요하다."고 했다. 결국 가계도는 유전자 검사에 의하지 않고 족보에 남아 있는 기록으로 편찬하게 되었다고 한다. 생물학적인 진화보다 사회학적인 진화의 중요성이 인정되었다고나 할까.

진화론을 연구하는 학자들에게서 나온 학설로 진화의 방식이 단순한 생물학적인 면만이 아니고 사회학적으로도 인류는 진화한다고 한다. 한때 과거 서유럽에서 사회진화론이 유행하여 강자가 약자를 지배하는 것이 생물학적인 면에서 당연한 것으로 받아들여져 약육강식의 제국주의를 미화했던 적이 있었다. 인종에 우열이 있고 백인들이 유색인종보다 우월하다는 과거의 사회진화론은 이제는 시들었다.

요즈음 진화론자들이 말하는 사회학적 진화론은 과거와는 다른 학설이다.

세포분할에 의한 자기 복제를 하는 DNA 속에 유전자가 자신의 특성을 다음 세대에 전달한다. 이와 같은 현상이 인간의 문화에서도 어떤 아이디어가 한 사람의 뇌에서 다른 사람의 뇌로 개인의 생각과 신념을 전달한다는 주장이다. 유전자와 동일하게 변이, 경쟁, 자연선택 등 유전의 과정을 거쳐 수직적으로 또는 수평적으로 전달되면서 진화하고 있다는 것이다. 특히 인간을 숙주로 하여 문화의 발전에 그 특성을 전달한다는 것으로 리처드 도킨스는 그의 저서 ≪이기적 유전자≫에 그 이름을 '밈(meme)'(모방의 개념을 담고 있는 그리스어에서 따왔으며, 이 단어에는 기억한다는 'memory'의 의미와 프랑스어 'meme'이 포함된다.)이라 명명하고 그 '밈'에 대한 개념을 자세히 설명하였다.

이 '밈'에 의하여 그리스 문화도 전파되어 서구 문명의 꽃을 피웠고, 종교도 '밈'에 의해 오늘날까지 전수되고 많은 사람들의 마음에 믿음을 내려 왔다고 한다. 인류의 진화는 단순한 생물학적인 진화보다 '밈'에 의한 진화가 언어, 문자, 예술 등을 통하여 더 광범위하게 인류의 발전을 가져왔다고 하였다. 수십 억 년 동안 자연선택의 생명체 진화에서 인간은 최상위의 지위를 누리지 못했다. 그렇던 인류가 불과 수만여 년의 짧은 기간에 오늘날 모든 생물을 지배하는 위치에 오르게 된 계기는 밈에 의한 사회적 진화에 의존한 바가 크다는 주장이다.

오늘날 인터넷의 보급으로 전 세계가 자유로운 의사소통이 가능한 하나의 지구촌으로 통합된 이 시점이야말로 인류의 진화는 상상보다 훨씬 더 빠르게 진행될 것으로 예상된다.

인류의 진화는 앞으로 어떻게 전개될 것인가?

≪사피엔스≫의 저자 유발 하라리는 다음과 같이 주장한다.

"40억 년에 걸쳐 이어져 온 자연선택이라는 진화는 오늘날 완전히 다른 종류의 도전에 직면하고 있다. (중략) 브라질의 한 생물예술가는 2000년에 프랑스의 연구소와 접촉해 자신의 설계대로 녹색형광토끼를 주문했다. 프랑스의 연구소는 평범한 흰 토끼의 배아에 녹색형광을 발하는 해파리 유전자를 삽입했다. 그러자 녹색형광토끼가 한 마리 탄생했다. 그는 이 토끼의 이름을 '알바'라는 이름을 붙였다. 이 알바는 지적 설계의 산물이며 앞으로 올 것에 대한 선구자다. 지적 설계 방법은 세 가지로 첫째가 생명공학, 둘째가 사이보그(유기물과 무기물을 하나로 결합시킨 존재), 셋째가 비유기물 공학이다."

비유기물공학은 요즈음 많이 회자되고 있는 AI(Artificial Intelligence) 즉 인공지능에 관련된 진화를 말한다.

첫째, 생명공학에 관하여는 한동안 황우석 박사의 줄기세포 문제로 우리 사회가 떠들썩하였는데 최근에는 잠잠해진 느낌이다. 그러나 이 분야는 여전히 엄청난 발전을 하고 있는 것으로 알려지고 있다. 유전자

변형 문제만이 아니고 배아줄기세포로 양과 개의 복제가 가능하고 이 복제술이 점차 발전하면 인간복제까지 하지 못하리란 법도 없을 것이다. DNA 30억 개 비밀이 다 해독(解讀)될 때 어떤 결과가 나올까 주목된다. 현재 세계 각국에서 인간의 뇌연구는 가장 뜨거운 연구 분야가 되고 있다.

언제 어떤 발전을 가져올지 모른다. 만약 인간의 지능을 높일 수 있는 유전자를 찾아내어 지능을 조작한다면 세상은 어떻게 될 것인가? 남의 마음을 읽을 수 있는 유전자 해독이 가능하게 된다면 타인을 마음대로 조종할 수 있게 되지 않을까? 많은 호기심도 생기고 두려움도 느낀다.

둘째, 사이보그는 여러 분야에서 현재 진행 중이다. 인공심장을 장착한 사람이 늘고 있다. 의족 의수로 인하여 장애를 극복해 가고 있다. 뇌파의 움직임을 감지한 기계가 나타나 그 뇌파의 움직임대로 동작하는 시스템이 구현되었다는 보도가 나오고 있다. 심지어 뇌파에 의해서 다른 방에 있는 물체도 움직였다는 뉴스도 있었다. 힌두교 신처럼 서너 개의 팔을 가질 수 있게도 될 날이 다가오고 있다.

인간의 장기를 하나 둘씩 기계로 바꾸어 감에 따라 10%, 50%, 70%의 사이보그 인간이 나올 수 있다는 소설이 등장하고 있다. 만약 90% 이상의 사이보그는 인간일까? 기계일까? 하는 문제도 곧 등장할 것이다.

셋째, 인공지능 문제는 최근 구글의 알파고(AlphaGo)와 이세돌 간의 바둑대국으로 우리나라 뿐만 아니라 세계적인 관심이 되고 있다. 많은 사람들이 조만간 컴퓨터가 바둑에서 인간을 따라올 수 없을 것이라는 예상을 깨고 세계에서 최고수라는 인간을 눌렀다. 총 다섯 번의 대국 중 4번째 대국에서 이세돌이 이겼을 때 많은 흠을 보인 인공지능을 인간이 이길 수 있으리라는 생각이 얼핏 들기도 했지만 제 5국에서 다시 패하는 모습은 인공지능이 바둑에서 인간을 앞섰다는 생각을 떨칠 수가 없었다.

알파고와 이세돌의 세기의 바둑대국 이후 많은 인공지능과 미래과학에 관련된 교수, 학자들이 각종 매스컴에 나와서 최근 과학의 발전사를 알려주어 우리 사회에 큰 경종을 울려주었다.

우리는 새롭게 한 번 더 미래사회에 닥쳐올 변화를 생각하게 되었고 부랴부랴 정부와 기업합작으로 'AI(인공지능) 연구소'를 만들기까지 하였다.

알파고 제조사 딥 마인드(Deep Mind)를 사들인 구글은 로봇관련회사를 많이 M&A하고 있다. 인공지능 분야에서 세계 최첨단을 향해 질주하는 듯하다. 무인자동차가 곧 출시된다 하고, 아마존의 드론 택배를 앞지르기 위한 노력도 한다. 언제 어떤 제품이 나와 세상을 놀라게 할지 모른다.

요즈음의 뉴스를 보면 진화의 향후 전개에서 생명공학이나 사이보그보다 비유기물공학이 가장 각광을 받고 있지 않나 하는 생각이 든다. 그러나 뉴스는 항상 현재 나타난 것 위주로 보도한다. 언제 어느 때 뇌과학 분야에서 획기적인 발견이 나타나게 될지 모른다.

요즈음 과학의 핵심은 인간의 뇌와 관련된 분야인 듯하다. 머지않은 미래에 인간을 넘어서는 인공지능이나 생물학의 별종이 나타나 인간을 지배하게 될 것이라는 우려가 많다. 그렇다면 그런 두려운 시대가 오기 전에 지금 이 순간 인간보다 더 능력 있는 어떤 존재가 나타나지 않도록 모든 연구를 중단시킬 수는 없을까?

이에 대하여 유발 하라리는 그의 저서에서 다음과 같이 말한다.

"과학자들에게 왜 유전자를 연구하는지, 왜 뇌를 컴퓨터에 연장하려고 노력하는지, 왜 컴퓨터 안에 마음을 창조하려고 노력하는지 물어보라. 당신이 듣게 될 표준적 답변은 십중팔구 '병을 고치고 사람들의 목숨을 살리기 위해서'라고. 이것이 표준적인 정당화다. 아무도 여기에는 토를 달기 어렵기 때문이다. 사실은 정신질환을 치료하는 것보다는 컴퓨터 속에 마음을 창조하는 것이 훨씬 더 극적인 함의를 가지지만 말이다.

길가메시 프로젝트(인간이 죽지 않고 영원히 사는 과제)가 과학의 주력상품인 이유가 여기에 있다. 길가메시 프로젝트는 과학이 하는 모든 일을 정당화하는 구실을 한다.

프랑켄슈타인 박사는 길가메시의 어깨에 목말을 타고 있다. 길가메시를 막는 것은 불가능하기 때문에 프랑켄슈타인을 막는 것도 불가능하다. 우리가 시도할 수 있는 유일한 행동은 이들이 가고 있는 방향에 영향을 미치는 것이다." -≪사피엔스≫(유발 하라리 저, 조현욱 역)에서

무한대로 커버린 인간의 욕망은 죽음까지 극복해 보려는 시도에 이르렀다. 진시황이 찾게 했다는 불로초를 과학의 힘으로 해결하려 노력하고 있다. 이런 와중에 인간을 뛰어넘는 인공지능도 나타날 가능성도 있고, 인간보다 훨씬 뛰어난 로봇이 나타날 수도 있다. 유전공학에서 인간보다 몇 배 뛰어난 두뇌를 가진 별종이 출현될 수도 있다는 주장들이 나오고 있다.

조만간 나오지 않겠지만 50년, 아니 수백 년 후까지 나오지 않으리란 보장은 없다. 마치 알파고가 예상보다 훨씬 빨리 우리 앞에 나타났듯이.

앞으로 전개될 인류의 미래에 대하여 우리는 너무 무관심한 것 같다. 오직 나와 내 가족의 앞날에만 몰두하고 있는 것이 아닌가 하는 생각이 든다.

1905년 아인슈타인이 '특수상대성이론'을 발표했을 때 우리나라는 일본과 '을사늑약'의 체결로 외교권을 박탈당하고 있었다. 세상의 변화와는 담을 쌓고 오로지 국내의 정쟁에만 몰두한 결과였다. 양반들이 유교 경전을 공부하여 수신하고 치국하였으나 자신들의 기득권만 유지하는 데 몰두하다가 나라를 일본에 빼앗기고 만 것이다. 우리나라 수난의 역사를 보면 우리 사회에 분명 어떤 결함이 있지 않을까 의심이 든다. 지금도 고시합격자들이 그들만의 세상을 펼치려는 양상이 많이 보이고 있다.

미국이나 서구의 여러 나라에서는 대학, 연구소, 기업 등에서 유전공학, 사이보그, 인공지능에 관련된 연구가 지속되고 있다. 하루가 새롭게 기상천외한 발명품과 발견이 발표되고 있다. 언제 인간을 능가하는 무엇이 나타나 인류를 지배하지 않을까 걱정하는 서적도 쏟아져 나오고 있다.

우리사회의 '밈'에는 과거 사농공상의 사회계급 생각이 짙게 배어 기술에 대한 관심이 부족한 게 아닌가 하는 생각이 든다.

나는 요즈음 박자세(박문호의 자연과학 세상)의 과학 보급운동이 확산되기를 바라고 그의 책 ≪유니버설 랭기지≫가 많이 읽혔으면 좋겠다는 바람이다.

늦었지만 과학의 중요성을 거국적으로 인식하여 열심히 좇아가는 것이 선진국으로 가는 지름길이 아닐까?

과학의 세계는 알면 알수록 더 많은 의문이 생긴다고 한다. 밝혀지는 원이 커질수록 미지의 원 주변은 더 넓어진다. 아는 것이 정말로 힘이 되고 지식이 가장 큰 자본이 되어가는 세상이다. 아무리 노력해도 다 알 수 없는 세상이 되어가고 있다. 망원경이 발달할수록 우주는 한없이 넓어지고, 현미경이 발전할수록 극미의 세계는 더 많은 입자가 밝혀지고 있다.

지식과 학문의 세계는 끝이 없다. 유한한 짧은 인생을 살다가면서 그래도 아는 데까지는 알다가 가고 싶다.

인류의 진화에 어떤 일이 일어나게 될 지 미래를 잘 그려볼 수 있는 좋은 영감이 떠오르기를 기대하면서 노력하다 가고 싶다.

공자의 세 제자

- 제자는 스승에 의해 길러지고, 스승은 제자에 의해 세상에 알려진다

공자가 그의 이상 정치를 실현코자 제자들과 함께 천하를 주유하고 있을 때, 초나라에서 공자를 초대하였다.

채나라와 진나라 대부들이 이 사실을 알고 의논하였다. 초나라는 대국인데 공자를 초빙해 가면 초나라는 더욱 강성해져 진나라 ,채나라 대부들은 위험해질 것으로 생각하고 노역자를 보내 공자를 가지 못하도록 공자일행을 포위하고 며칠을 보내주지 않았다. 그러나 공자는 태연하게 강독하고 시를 읽고 거문고를 타면서 노래를 부르는 것이, 조금도 위축되지 않았다.

4일 동안을 굶주리자 자로가 식량을 빼앗아 오자고 다른 제자들을 부추겼다. 이를 안 공자가 지금 떠나려거든 다시는 오지 말라고 했다. 그러자 자로가 따지듯이 물었다.

"도덕과 학문이 있는 사람은 굶어도 됩니까?"

"군자는 곤궁해도 평소 자신의 원칙을 지키지만, 소인은 곤궁해지면 분에 넘치는 행동을 하게 된다."

옆에 있던 자공의 안색이 변했다.

"자공아 너는 내가 많이 배워서 그런 것을 안다고 생각하느냐?"

"네, 저는 그렇습니다. 그런데 그렇지 않다는 말씀입니까?"
"아니다. 나는 하나로써 그것을 꿰뚫고 있다."
공자는 제자들이 굶주려 언짢아하는 마음이 있다는 사실을 알고 공자의 생애에서 드물게 직접 제자들에게 질문을 던진다. 논어에도 공자는 대부분 제자의 질문에 대하여 그때마다 적절한 예를 들면서 제자의 수준이나 성격에 맞추어 이해하기 쉽게 답하고 있다. 그런데 이때만은 공자가 직접 제자들에게 질문하는 것이다.
"시편에 말하기를 '코뿔소도 호랑이도 아닌 것이 저 들판에서 헤매고 있구나'라고 했으니 나의 도에 잘못이 있다는 말인가? 내가 떠도는 이유가 무엇 때문이라고 생각하느냐? 자로야!"
"사람들이 인의를 믿지 않아 우리 뜻을 펼칠 수가 없습니다. 사람들은 우리를 신임하지 않습니다. 아마도 우리가 지혜롭지 못하기 때문이 아닙니까?"
"이 정도란 말인가. 자로야! 만약에 어진 사람이 반드시 다른 사람의 신임을 얻을 수 있다면 어찌하여 백이와 숙제 같은 사람이 굶어 죽는 일이 있었겠느냐? 또 만약에 지혜로운 사람은 반드시 가고자 하는 길을 갈 수 있다면, 어찌 왕자 비간처럼 심장을 도려내는 일이 있었겠느냐?"
다음에는 자공에게 똑같은 질문을 했다.
"선생님의 도가 지극히 원대하기에 천하의 그 누구도 선생님을 받아들일 수 없습니다. 선생님께서는 어찌하여 도를 약간 낮추지 않으십니까."
"자공아! 훌륭한 농부가 비록 씨뿌리기에 능하다고 해서 반드시 잘 수확하는 것은 아니며 훌륭한 장인이 비록 정교한 솜씨를 가졌더라도 반드시 일이 잘 풀리는 것은 아니다. 군자가 그 도를 잘 닦아서 기강을 세워 그것을 다루고 계통을 세워 그것을 다스리더라도 받아들여질 수 없을 때도 있다. 지금 너는 너의 도를 닦지 않고서 스스로의 도를 낮추어 서까지 남에게 받아들이기를 구하고 있다. 자공아, 너의 뜻이 원대하지 못하구나."

이번에는 안회에게 또 똑같은 질문을 하였다.

"선생님의 도가 지극히 높고 원대하여 천하의 그 누구도 선생님을 받아들일 수 없습니다. 비록 그렇기는 하지만 선생님께서 추진하여 그것을 행하면 받아들여지지 않아도 무엇을 걱정하십니까? 헤매는 자에게는 길을 알려 주어야 하고 치세의 도를 널리 세상에 알려 주어야 합니다. 이를 향한 우리의 도가 닦이지 않는 것은 우리의 치욕입니다. 그러나 도가 잘 닦여진 인재를 등용하지 않는 것은 나라를 가진 자의 치욕입니다. 받아들여지지 않는다고 해서 무슨 걱정이 되겠습니까? 받아들여지지 않아도 군자의 참 모습이 드러나게 될 것입니다."

안회의 대답에 공자는 기뻐서 웃으며 말했다.

"그렇던가, 안씨 집안의 자제에 이런 인재가 있었던가! 네가 만약 부자가 된다면 나는 너의 가로라도 기꺼이 되겠다."

이런 일이 있은 후 공자는 자공을 초나라에 보내서 교섭하게 하여 초나라 소왕이 군대를 보내 공자 일행을 맞이하였다. 그러나 초나라에서도 대신들의 반대로 오래 있지 못하고, 위나라로 돌아오니 그때 공자 나이 63세였다.

≪논어≫에서도 많이 등장하는 자로는 성질이 거칠고 무용을 좋아했으며 고집이 셌다. 공자는 자로에 대해 이렇게 평했다.

"단 한마디 말로 송사를 처리할 수 있는 사람은 자로뿐일 것이다. 자로는 용기를 좋아하는 점에서는 나보다 위이지만, 사물에 대한 판단력이 부족한 것이 흠이다. 자로와 같은 자는 천수를 다하기 어려울 것이다. 다 떨어진 솜옷을 걸치고 여우나 담비 가죽 옷을 입은 사람과 같이 있어도 조금도 부끄러워하지 않을 자는 자로뿐일 것이다. 자로의 학문의 단계는 당에 머물고 아직 방안에는 들어와 있지 못하다."

자로는 이처럼 용기 있는 인물이지만 학문의 길에서 볼 때는 무인 쪽에 가까웠다. 자로는 일본 막부시절의 무사시처럼 전국을 칼싸움을 겨루며 누비고 다니다가 공자를 만난 후 감명 받아 제자가 되었다. 노나라에 귀국할 때 자로는 위나라의 상징군으로 임명되어 남게 되었다.

위나라에서 태자의 반란이 일어났다는 말을 듣고 공자는 자로가 죽겠구나 하고 탄식했는데 과연 공자의 예상대로 자로가 죽었다. 그의 죽음을 공자는 매우 애통해 하며 다음과 같이 그를 회상하였다.

"내가 자로를 제자로 삼은 후로 세상 사람들이 나를 비방하는 소리를 별로 듣지 못했다."

반면 자공은 위나라 사람으로 공자보다 31세나 젊었고 안회보다도 한 살 아래였다. 제나라에 상단을 두고 많은 돈을 벌어 스승을 모시고 다니면서 여러 제후들에게 공자의 위상이 서게 하였으며 외교에도 능한 현실주의자였다. 언젠가 자공이 공자에게 물었다.

"자장과 자하 중 누가 더 현명합니까?"

"자장은 지나치고 자하는 미치지 못하느니라(과유불급이라는 말의 유래다)."

"그렇다면 자장이 낫다는 말씀입니까?"

"아니다. 지나친 것이나 미치지 못하는 것이나 마찬가지이니라."

한번은 자공이 성공이 무엇인지에 대해서 공자에게 물었다.

"자공아 너는 무엇인가 성취하기를 좋아하니 말해 주겠다. 성공에는 세 가지가 있다. 첫째는 관중과 같이 당대에 공명을 이루어 부귀를 누리는 것이고, 둘째는 백이 · 숙제와 같이 인격을 도야하여 그 모범을 후세에 남기는 것이고, 셋째는 주나라 문왕과 같이 훌륭한 정치로 만백성을 편하게 하여 후세까지 음덕이 미치게 하는 것이다. 너는 도를 밝히는 군자다운 선비가 되어라. 명성을 자랑하는 소인의 선비가 되지 말아라."

자공은 남의 장점을 드러내어 칭찬하기를 좋아했으나 다른 사람의 과실을 감추어 주지는 못했다. 자공은 자주 남을 비평했다. 공자는 그것에 대해 "자공은 사람을 비교한다. 자공아 현명하구나. 나는 그럴 틈이 없다." 남의 일에 이러쿵저러쿵 따지는 자공을 보면서 주위에서 들리는 "자공은 스승을 능가한다."라는 소문까지 다 듣고 있던 공자가 자공에게 깨우쳐 준 말이다.

공자는 재능의 범주를 덕행, 언어, 정사, 문학(文學)의 네 가지로 나누어 제자 열 명을 그 각각에 배치했다.

덕행의 제일이 안회였고, 언어에는 재아, 자공으로 여겨져 자공은 스승으로부터 변설의 재능을 평가 받고 있었다. 노나라 중신이 "자공은 중니보다 현명하다."고 한 말을 한 대부가 자공에게 전했다. 자공이 말하기를 "그래서 어떻다는 거냐? 중니는 험담할 상대가 아니다. 다른 현자는 언덕과 같다. 뛰어 넘을 수가 있다. 중니는 일월(日月)이다. 능히 뛰어 넘을 수가 없다. 사람이 스스로 인연을 끊으려 해도 어찌 일월에 상처를 줄 수 있으랴. 단지 자기 스스로 헤아리지 못함을 드러낼 뿐이다."라고 했다.

공자가 죽은 후 제자들은 3년을 복상했는데, 자공만은 스승의 묘 옆에

작은 오두막을 짓고 다시 3년을 더 복상하여 6년 간이나 복상했다. 공자의 많은 언행이 자공에 의해 증삼과 공자의 손자 자사에게 전해져 후세에 많이 알려지게 되었다.

안회는 41세에 일찍 세상을 떠나 공자가 하늘이 나를 버렸다고 그 죽음을 애석해 한 제자다.

"안회는 한 소쿠리 밥과 한 표주박 물로 허기를 달래며 누항에 산다. 보통 사람이라면 도저히 편한 마음으로 살기 어려울 텐데 안회는 오히려 가난을 즐거움인 양 고치려 하지 않는다. 나와 말할 때면 그저 예! 예! 하며 듣고만 있어 비보처럼 보이지만 물러가 친구들과 수고받는 말을 들으면 도리를 깨닫고 있어 친구들을 계발(啓發)시킨다. 안회는 결코 어리석지 않다. 등용되면 벼슬길에 나아가 당당하게 도를 실행하고, 등용되지 않으면 숨어서 조용히 도를 지킨다. 이것을 행할 수 있는 사람은 안회와 나뿐일 것이다."라고 공자가 그 덕을 찬양했다.

같은 스승 밑에서 공부하여도 각자 자신의 그릇과 학문의 목표와 정진 수준에 따라 스승의 경지를 이해하는 정도는 달랐다. 몇 마디 문답으로 제자의 학문수준을 알아보고 그에 대한 적절한 비유를 들어 제자를 깨우치는 공자님의 모습이 생생하게 그려진다.

사마천은 ≪사기≫에서 공자를 제후의 반열에 올려 ≪공자세가≫를 편찬하였고 ≪중니 제자열전≫과 ≪유림열전≫으로 공자와 그 제자 및 후대의 유림들을 상술하고 있다. ≪제자열전≫에서 공자는 "내 제자 중에 학업을 받고 육예(六藝)에 통달한 사람이 72인으로 모두가 뛰어난 재능을 지녔다. 그 중에서도 덕행으로는 안연이 있고, 정치에서는 염유, 변론에서는 재아, 자공이 있고, 문학에서는 자유, 자하가 뛰어나다. 자장은 편벽됨이 있고, 증삼은 둔하고, 자고는 우직하고, 자로는 다듬어지지 않아 거칠고, 안연은 도를 즐기는데 뒤주가 자주 빈다. 자공은 내 가르침을 따르지 않고 재산을 늘리는 데 힘을 기울이는데, 세상 물정에 밝아 판단이 정확하다."고 평했다.

공자가 세상을 뜬 후 제자들은 각지로 흩어져서 제후들 나라에 가서 유세했다. 크게 된 자는 제후의 사부, 경상이 되고 작게는 사대부 사우(師友)가 되어 가르쳤다. 혹은 은둔하여 나타나지 않는 자도 있었다.

이런 제자들에 의해 공자는 양자강 이남까지 중국 전역에 널리 알려졌으며 오늘날에는 성인의 반열에까지 오르게 되었다.

아버지를 깨우친 아들

2011년 8월 6일자 신문에 런던 북부 토트님에서 폭동이 일어났다는 기사가 실려 세상을 놀라게 하고 있다. 이 지역은 빈민가로 카리브해 출신의 흑인, 아일랜드, 알바니아, 터키계 등 300여 개의 언어를 쓰는 유럽에서도 가장 다양한 인종이 모여 살고 있는 지역이라 한다.

폭동의 주원인이 빈곤과 실업이라고 하니 6대주 5대양에 걸쳐 유니온잭 국기가 휘날리고, 세계의 4분의 1이 자국 영토이던 대영제국이 이 지경에 이른 것을 보면 격세지감을 느끼지 않을 수 없다.

아무리 부강한 나라도 영구히 지속될 수 없고 한 나라가 무너져가는 데는 반드시 그럴만한 이유가 있을 것이다.

아놀드 토인비는 국가의 쇠망에는 외부의 침입과 내부의 부패가 그 원인이라 했다. "내부의 부패는 부유층의 사치와 향락에도 문제가 있겠지만 무엇보다 사회제도에서 수혜를 받지 못하고, 성장사회에 적응하지 못한 자들을 프롤레타리아라 하는데 이들의 저항에 대하여 엘리트 계층이 적절하게 대응하지 못할 때, 문명은 쇠퇴기를 맞이하고 결국은 멸망하게 된다"고 하였다.

영국은 제2차 세계대전이 터졌을 때 옥스퍼드와 케임브리지 대학생들이 너무 많이 자원하여 희생되는 바람에 인재가 모자랄 지경이었다고 한다. 평소에 국가로부터 가장 많은 혜택을 받고 있는 귀족층들이 국가가 위급할 때는 가장 앞장 서야 한다는 노블리스 오블리쥬의 실천적 모범이었다.

그랬던 영국에서 빈부의 심한 갈등으로 폭동이 일어났다는 보도를 보면 아무리 부유하고 강성한 나라도 시간이 흐를수록 지도층이 해이해지고 내부의 비적응자(프롤레타리아)들의 불만이 커져가는 것은 어쩔 수 없는 같다.

우리나라도 런던의 폭동을 강 건너 불구경 하듯 바라보고만 있을 수 없는 것 같다. 사회의 고위층과 부유층들은 이 기회에 나라의 장래를 한번 생각해 볼 기회가 되었으면 한다.

2000년도 더 오래된 중국의 고사다.

주나라를 건립하는데 일등공신이었던 강태공이 제후로 봉해진 나라가 제나라이다. 이 제나라는 강태공의 후손이 물러나고 전씨로 이어졌으나 나라 이름은 그대로 제나라로 부르던 때인데, 이 제나라에서 3대째 재상으로 있던 전영의 아들에게 전문이라는 자식이 있었다. 이 아이는 첩의 몸에서 5월 5일에 태어나 전영으로부터 내다버리라 했는데 그 어미가 아들을 몰래 키웠다. 이 아이가 성장하자 어머니가 전문을 전영 앞에 데리고 나타났다.

전영이 아이를 버리라고 했는데 왜 버리지 않았느냐고 따지자 어머니가 대답을 못하고 쩔쩔매고 있자 전문이 대답하고 나섰다.

"아버지께서 5월에 태어난 아이를 키우지 말라고 하신 것은 무슨 이유에서입니까?"

"5월에 태어난 아이는 키가 문(門)에 닿을 만큼 성장하면 부모에게 해를 입힌다고 하기 때문이다."

"사람은 생명을 하늘로부터 받고 태어나는 것입니까? 아니면 문에서 받고 태어나는 것입니까?"

전영이 답을 못하자 아들 문이 다시 말했다.

"생명을 하늘로부터 받는 것이라면 아버님께서는 조금도 염려하실 것이 없습니다. 생명을 문으로부터 받는 것이라면 문을 높게 만들면 될 것입니다. 문을 높게 만들면 누구도 그 높이까지 클 수는 없을 것입니다."

"좋다. 이제 그 이야기는 그만하자."

전영은 더 이상 얘기할 수가 없어 자식으로 인정하지 않을 수 없었다. 그 후 얼마 지난 뒤에 문은 아버지가 틈이 있을 때를 엿보아 아버지에게 찾아갔다.

"아들의 아들은 무엇이라 부릅니까?"

"손자다."

"손자의 손자는 무엇이 됩니까?"

"현손이다."

"현손의 손자는 무엇이 됩니까?"

"모르겠다."

그러자 전문이 말했다.

"그런데 아버님은 그 알지도 못하는 자손들까지 염려하고 계십니다."

"그게 무슨 말이냐?"

"그렇지 않고서야 어떻게 그렇게 많은 재산을 모아 둘 수 있습니까?

아버님이 알지도 못하는 현손 이후까지 먹여 살리기 위하여 부를 축적해 놓으시면서 왜 이 나라가 존속하지 못하리라는 것은 생각하지 않으십니까?"

"이 나라가 존속하지 못하다니 그런 해괴망측한 말이 어디 있느냐?"

"아버님과 같은 나라의 지도자들이 재산을 축적하는 일에만 몰두하여 자기 자손들의 장래만을 생각하고, 나라의 장래는 안중에도 없다면 나라가 더 이상 존속할 리가 없지 않겠습니까? 나라가 망하고 난 후에 아무리 자손들이 잘된들 무슨 소용이 있다는 것입니까?"

전영으로서는 마음에 찔리는 바가 없지 않았고 자신이 버리라고 했던 자식이 조리 있게 논리를 펴는 것이 대견스럽기도 하였다.

전문의 성토는 계속되었다.

"아버님께서는 나랏일에 관여하셔서 제나라의 재상으로서 오늘날까지 위왕, 선왕, 민왕 세 왕을 모셨습니다. 그 사이에 제나라의 국토는 조금도 넓어지지 않았는데 아버님의 집은 부유하게 되고 만금을 쌓았습니다. 그런데 문하에는 한 사람의 현인도 보이지 않습니다. 소자는 '장군의 가문에는 반드시 장군이 있고 재상의 가문에는 반드시 재상이 있다.'는 말을 들었습니다. 그런데 지금 아버님의 후궁들은 찬란한 비단 옷을 입고 치맛자락을 땅에 끌고 다닐 정도로 사치스러운데 나라의 선비들은 조잡한 옷도 걸치지 못하고 있습니다. 아버님의 노비와 첩들은 좋은 쌀밥과 고기를 질리도록 먹는데, 나라의 선비들은 쌀겨나 지게미도 배불리 먹지 못하고 있습니다. 지금 아버님께서는 이 위에 저축을 더하고 저장하여 그것을 남겨두었다가 돌아가신 후 당신께서 알지도 못하는 몇 대 후손에게 남겨 주시기를 원하십니까?

그와 같은 쓸데없는 일에 마음을 쓰셔서 제나라의 국사가 나날이 파손되어 가는 것을 아버님께서 잊고 계시는 것을 소자는 마음속으로 여간 이상하게 생각하는 게 아니옵니다."

아들의 진지한 충언을 듣고 전영은 깊이 깨달은 바가 있어 전문을 예우하게 되고, 집안일을 떠맡아 빈객을 접대케 하였다. 그러자 빈객은 날로 더 모여들었으며 전문의 명성은 제후들 사이에 널리 알려지게 되었다. 제후들은 모두 사자를 보내어 설공 전영에게 문을 태자로 세우도록 간청했다. 전영이 이를 승낙하였고 전영이 죽자 전문이 대를 이어 설의 영주가 되었다. 이 사람이 바로 유명한 맹상군으로 ≪사기열전≫에 나오는 인물이다.

맹상군은 설 땅에 거주하면서 여러 빈객을 초대하였다. 죄를 짓고 도망친 자까지도 모두 맹상군에세로 모여 들었다. 맹상군은 재산을 내어 놓아 이들을 따뜻하게 대우했다. 그렇기 때문에 천하의 선비를 많이 모을 수 있었고 그 선비들의 후원으로 제나라는 전국시대가 끝나고, 진시황이 천하를 통일할 때 마지막까지 견디어 낼 수 있었다.

노블리스 오블리주의 한 본보기가 아닐까 하여 소개하였다.

국가의 지도자 그룹에서 솔선하여 모범을 보일 때 국민들은 어려움을 참아가며 국가의 안위를 걱정하게 되고, 국가에서 국민에게 시혜를 베푸는 모습이 보일 때 국민은 고통을 감수할 마음을 품게 된다. 국가의 지도자들이 자신의 이익을 추구하는 모습이 조금만 보여도 국민은 그보다 몇 배로 자신의 이익을 민첩하게 추구하려 들고 결국 이전투구로 국가의 위기를 맞게 되었다는 사실을 인류 역사가 증명하고 있다.

우리가 서양에서만 배워온 것으로 알고 있는 노블리스 오블리주의 사상은 2000년도 더 오래 전에 맹상군의 일화는 지배자들의 귀감이 되었다.

"웃물이 맑아야 아랫물이 맑다"는 속담이 있다. 오늘날 사회 전반에 독버섯처럼 번져 있는 부정부패가 바로잡히기 위해서는 지도자들의 솔선을 기대해 볼 만한 고사라 생각된다.

젊은이의 함정, 미인계

－짐승은 먹이를 쫓다 그물에 걸리고, 젊은이는 이성에 홀려 함정에 빠진다

일본의 명치 개혁기 때 '이와쿠라사절단'의 일원으로 서양을 시찰한 후 일기를 남긴 기도 다카요시는 미국에서 겪었던 일을 다음과 같이 썼다. "저는 아내보다 부모를 훨씬 더 중요하게 생각하고 있습니다."라고 했더니 미국의 한 나이 지긋한 노인이 크게 놀라움을 표하더라는 것이다. 기도는 기도 대로 그런 반응에 충격을 받았다고 했다. 이것이 19C 무렵 동·서양의 여성관을 단적으로 보여주는 좋은 사례다.

우리 사회에서도 이제는 부부관계가 가장 중시되고 있다. 유학(儒學)이 국교나 다름없던 조선시대에는 삼강오륜이라 하여 부자(父子), 군신(君臣), 부부(夫婦) 등의 상하관계를 중시하였다. 그러나 요즈음에는 평등한 부부관계를 기본으로 가족이 구성되고 이것이 우리나라 가정의 전형이 되고 있다.

현대에 가까울수록 자연의 순리에 근접하고 있지 않나 하는 생각이 든다.

생명체가 단세포나 암·수 구분이 없던 때에서 성별이 분화되기 시작하였고, 진화가 복잡화되어 갈수록 암·수 구분이 확실하게 되어갔다. 진화과정에서 최상위에 있다고 하는 포유동물은 거의 모두 짝짓기를 위한 축록전 같은 투쟁을 벌이고 있다. 진화의 법칙에서 일차적인 생존의 보존이 확립되고 나면 다음에는 필연적으로 종족을 번식시키는 일로 귀착되고 있는 것이다.

짝을 찾아 후손을 가지려는 본능은 인류에게도 진화의 법칙에서 벗어날 수 없는 필연적인 운명이다. 그리고 종족번식에 가장 좋은 때가 혈기 왕성한 젊은 시기이다. 모든 동물의 권좌가 젊은 수컷으로부터 공격을 받아 세대교체가 이루어지고 있는 것도 이 이치일 것이다. 찰스 다윈도 진화의 법칙에서 자연선택에 성 선택을 추가하고 있다.

옛날부터 사람을 부리는데 생존에 필요한 돈 다음에는, 미인계가 가장 효과적이었던 이유도 이런 동물계의 법칙이 인간에게도 같은 원리로 통했기 때문이었으리라 생각된다.

중국에서 4대 미인으로 오나라의 서시, 한 무제 때 왕소군, 후한 말 초선, 당나라의 양귀비를 들고 있는데 하나같이 비운의 주인공들이다. 남성우위의 시대에서는 미녀들이 영웅호걸의 표적이었고, 교활한 사람들은 이를 잘 활용하여 소기의 목적을 달성하려 했기 때문일 것이다. 미인박명(美人薄命)이란 말이 나오게 된 원인이다.

미인계는 중국인의 전략총서인 36계 중 6편 '패전의 계'에 31번째에 나오는 계략이다. 이 계는 현대 첩보전에서도 많이 이용되고 있음을 영화나 뉴스로 보아왔기 때문에 생략하고 중국의 고사에서 미인계를 찾아 소개한다.

와신상담으로 유명한 월나라와 오나라 사이에 있었던 패권다툼에서 이용당한 미녀 서시에 얽힌 얘기다. 오왕 부차에게 패하여 3년여를 오나라에 끌려가 노예 생활을 하고 온 월왕 구천은 절치부심 복수의 칼을 갈고 있었다.

구천은 복수의 마음을 늦추지 않기 위하여 늘 곁에다 곰쓸개를 두고 음식을 먹기 전에 곰의 쓸개를 핥으면서 스스로에게 "너는 회계산의 수치를 잊었느냐?" 하면서 스스로를 채찍질하였다. 그리고 자신은 직접 밭을 갈아 농사짓고 부인은 직접 길쌈했다. 그는 음식은 고기를 먹지 않고 옷은 화려한 옷을 입지 않았으며 몸을 낮추고 어진사람에게 겸손하고 손님을 후하게 접대하였다. 가난한 사람을 돕고 죽은 자를 애도하며 백성들과 더불어 수고로움을 함께 했다.

당시 대부 문종이 월왕 구천에게 제시한 7가지 계책 중에는 오나라 대신들에게 뇌물을 바치는 것이 제일로 나와 있고, 두 번째가 오나라 곳간을 비우게 하는 것이고, 세 번째에 오왕에게 미녀를 바쳐 방탕한 생활에 빠지게 하는 계책이 들어 있었다.

이 계책에 따라 구천이 대부 범려에게 명하자 범려는 미리 세워둔 계획대로 서시를 오나라에 보낸다. 서시는 월나라 미인으로 아름다울 뿐만 아니라 속내가 깊은 여자로 범려의 사랑을 받고 있었다고 한다.

범려가 서시에게 오나라에 가기를 원하자 서시는 "많은 대신과 관리들이 오나라에 연금되어 있는 것은 저도 잘 압니다. 나라의 일은 큰 것이고 남녀의 감정은 작은 것이겠죠. 제가 어찌 하찮은 몸을 아끼느라 천하 사람들의 바람을 저버리겠습니까." 하고는 흔쾌히 승낙했다고 한다.

범려는 총명한 서시에게 천하대세와 임금을 대하는 예의범절, 여러 상황에 대처하는 임기응변 등을 가르쳐서 오나라로 보냈다.

오왕 부차는 서시의 절세미모에 푹 빠졌을 뿐더라 그녀의 대담함과 뛰어난 견식 또한 오왕을 사로잡기에 충분하였다. 어느 날 오왕이 그녀와 한참 재미를 보고 있을 때 서시가 교태를 머금고 오왕에게 말했다.

"영웅호걸은 이렇게 편안한 후궁생활만 할 것이 아니라 싸움터에 나가서 나라와 백성을 위해 공을 세워야 합니다. 매일 나 같은 사람과 재미만 보고 있노라면 아까운 세월을 허비하고 투지 또한 잃어버리지 않을까요?" 하면서 넌지시 사나이의 마음을 자극하였다. 오왕은 서시의 말에 문득 서시를 존경하는 마음을 갖게 되었다.

"그러면 내가 어찌 해야 하느냐?"

"대왕께서는 천하의 대세를 파악하고 계십니까? 노나라는 세 대부가 죽기 살기로 싸우기만 하고, 제나라는 안영이 죽은 뒤 진정으로 나라를 도울 수 있는 유능한 인재가 없습니다. 초나라는 오나라에 한 번 패한 후 아직 회복하지 못하고 있으며, 진나라는 진문공이 죽은 후로 패왕의 지위를 잃어 버렸습니다. 이렇게 볼 때 천하 제후 중에서 대왕과 겨룰 자는 한 명도 없다고 할 수 있습니다. 이때에 큰 뜻을 이루어 천하의 패자가 되지 않는다면 어느 때를 기다리겠습니까?"

오왕 부차는 그녀의 말에 피가 끓어오르는 듯 했고, 서시에 대해 감탄하여 더욱 사랑하게 되었다.

서시를 이용한 월나라의 미인계는 완벽하게 적중하였다.

오왕 부차는 "배후에 견원지간(犬猿之間)인 월나라를 두고는 결코 오나라는 편안할 수 없으니 먼저 월나라를 치자."는 오자서의 간곡한 만류에도 불구하고 천하 제패에 나섰다. 그 결과 힘에 겨운 전쟁을 치르느라 국력을 소모하였다. 이 틈을 이용한 월나라의 침략을 받아 전쟁에 패하여 결국 오나라는 멸망하고 오왕 부차는 자살하였다.

야사에서는 오나라가 망하는 날 범려는 서시를 구하여 월왕을 떠나 이웃 나라로 갔다고 쓰고 있다.

월왕 구천은 22년 만에 이 훌륭한 미인계로 회계산의 치욕을 씻고 오왕 부차에게 복수하여 와신상담의 고사를 오늘날까지 남기고 있다.

변화맹(Change Blind)

– 한 지식에 통달한 고슴도치형보다는 다양한 지식을 섭렵한 여우형의 학자가 미래를 더 잘 예측한다

얼마 전 일이다.

서울대공원 벚꽃축제장에서 손주에게 주려고 풍선 두 개를 받았다. 집에 오는 길에 한 개가 나무에 걸려 터져 버렸다. 한 개만 가지고 가면 두 손주간 다툼이 있을 것 같아 지나는 애에게 주려고 주변을 찾았다.

마침 애를 안고 있는 젊은이가 있어 풍선을 주었더니 "필요 없어요!" 하는 퉁명스런 대답이 돌아왔다.

친구들 모임에서 이 애기를 했더니 봇물 터지듯 얘기가 쏟아진다. 금연구역에서 담배피우는 젊은이를 말렸다가 부인이 말리는 바람에 봉변을 면했다는 얘기며, 노인에게 시비 거는 젊은이를 말리려다 되레 욕을 먹었다는 얘기며, 지하철에서 다리 꼬고 앉은 자세를 지적했다가 욕설을 들었다는 얘기 등등이었다.

흔히 뉴스에서 접하는 보도가 실제 생활에서 다반사로 일어나고 있었다.

왜 이런 현상이 나타나고 있을까?

이런 비슷한 얘기가 뉴스에 나온 지 오랜 시간이 흘렀지만 갈수록 개선되기보다는 더욱 심각한 문제가 되고 있는 것 같다.

그리고 이런 분위기에 영화나 소설도 이유 없는 젊은이의 분노를 소재로 한 작품이 넘쳐나고 있다. 우리사회에 젊은이의 분노를 불러오는 무엇인가 단언하기 어려운 문제가 나타나고 있다는 조짐이다.

요즈음 '미 투 운동'으로 대변되는 성차별 문제며 대한항공 사주의 한 자녀로부터 발단된 갑질 문제 등 곳곳에서 봇물 터지듯 사건이 폭주한다. 그러나 이를 바라보는 시각에 있어서는 세대 간, 성별 간 시각차를 보인다.

젊은 세대와 나이든 세대 간 공감대가 전혀 다른 것 같다. 세대간에 서로 이해하려는 노력보다는 서로 불신과 비난으로 자기늘 주장만 되풀이 하니 점차 틈이 벌어질 수밖에 없다.

60대 전후세대는 유교문화 속에서 자라왔다. 알게 모르게 유교문화가 몸에 배어 있다. 은연중에 남녀 차별적인 의식이 있고 남아 선호 사상이 남아 있다. 지금은 많이 줄어들었지만 이 세대의 특징은 조상의 제사를 중시한다. 따라서 자신의 제사를 지내줄 남아를 선호하다보니 남녀의 차별을 어느 정도 수용한다

지금은 해방 후 서구교육의 영향으로 깨우친 노인 세대가 많다. 그러나 아직도 조선시대의 유교전통이 남아 있는 그 이전 세대는 과거 조상의 제사에 여자가 참여하지 못했던 풍습이 남아 있다.

이 세대는 대를 이어간다는 미명하에 남성 우위의 사고가 몸에 배어 있다. 이 할머니 할아버지들이 바로 명절증후군을 유발하는 세대다.

젊은 세대는 서구문화의 영향을 많이 받으며 자라왔다. 남녀평등 사상과 남녀구분 없이 똑 같은 부모의 유산을 상속받을 권리를 가지고 있음을 안다. 가족의 유대를 강조하는 문화는 많이 엷어지고 개인주의의 사고에 젖어있다.

요즈음에는 남자는 대학 보내고 여자는 가정형편으로 못 가게 하는 장남 위주의 가족문화는 사라진 지 오래다. 사회는 이렇게 평등사상이 보급되고 있는데 아직도 옛날의 생각에 젖어 사는 세대가 함께 공존하고 있다.

지금 여성들은 이런 문화에 극렬하게 저항하고 있다. 시댁에 구속받는 결혼도, 자녀에 얽매이고 싶지 않아 애 낳기도 싫어한다. 횡포 부리는 남자와의 연애도 싫다고 한다. 이러한 추세가 세계적으로 확산되고 있어 머지않아 균형이 잡히는 날이 올 것으로 믿어진다. 점차 개선되리라 생각되지만 그 과정에서의 진통은 피할 수 없을 것이다.

남녀평등만이 문제가 아니다. 사상문제만 하여도 그렇다.

공산주의 맹주를 자처하던 소련이 무너진 지도 30여 년이 가까워 온다. 그런데 우리사회에는 아직도 이념논쟁에서 한 발짝도 나아가지 못하고 이념에 물든 사람들이 많다. 머리에 박힌 생각은 이렇게도 바꾸기 어려운 것인가 하는 생각이 든다.

북한의 체제를 상종할 수 없는 이념의 대결로만 바라본다면 세상의 변화는 없을 것이고 우리는 영구히 분단된 채로 서로 총을 겨누며 전쟁의 공포 속에서 살아야 할 것이다.

남한 국민 중 몇 명이나 북한의 독재체제를 수용하고 싶은 사람이 있을까? 자유를 누려본 사람이라면 그 권리를 쉽게 포기하지 않을 것이다.

주사파가 정권을 잡았다고 떠들어 대지만 과연 주사파 몇 사람의 힘으로 대한민국을 북한에 넘길 수 있다는 논조는 아무래도 사리에 맞지 않다. 그런데 대다수 국민의 생각은 아랑곳 않고 계속해서 자기의 주장을 고집하는 사람들이 아직도 존재하고 있다.

현재의 남북한 분단 상황을 어떻게라도 개선해 보려는 노력을 빨갱이들이 나라를 북한에 넘기려는 수작이라고 막말하는 얘기가 일부의 동조를 얻고 있는 것은 무엇 때문일까? 세상에는 자본주의 공산주의 두 이념만이 있는 게 아니고 수백 개의 이념이 존재한다.

해방 이후 계속되어온 철저한 '반공교육'으로 그 세대에게는 머릿속 깊이 박혀 있는 사상이 되었다. 만약 통일이 되더라도 북한에도 남한과 같이 '반 자본주의' 정서가 많을 것인데 통일 후에도 이 두 이념 대립은 상당기간 진통이 있을 것이다.

세상의 변화는 어떻게 오는 것일까? 소비에트공화국은 어떻게 그렇게 쉽게 무너져버렸을까? 공산주의가 자본주의와의 대결에서 패배한 것이라면 중국과 베트남은 왜 공산당 정치체제를 유지하면서도 자본주의 경제를 수용하여 경제 발전을 하고 있을까? 더욱이 공산당 정부의 베트남은 미국과의 전쟁에서 어떻게 승리할 수 있었고 그 후에도 그 체제를 계속 유지할 수 있었을까?

독일 통일은 또 어떻게 그렇게 빠르고 쉽게 이루어졌을까? 물론 수많은 노력과 어려움이 있었겠지만 우리가 보기에는 쉽게 이룬 통일처럼 느껴진다.

북한은 베트남이나 중국과 같이 독재정권을 유지하면서 경제발전을 가져올 수 있을까? 북한이 비핵화하고 중국이나 베트남처럼 공산당 독재정권을 유지하면서 경제는 자본주의를 수용한다면 대한민국에 이로울까 해로울까?

북한이 비핵화를 하고 전쟁에 대한 긴장상태가 완화된 평화로운 상황에서 북한이 남한의 뒤를 밟는 경제발전을 한다면 앞으로 이는 우리민족의 발전에, 또는 통일에 도움이 될 수도 있지 않을까?

이런 복잡한 현상을 '복잡계(複雜系) Complex System'라 하여 연구하는 학자들이 있다. 물리학, 경제학, 진화론의 생명현상에서 많이 연구되고 있다.

진화론의 생물현상을 보면 단세포의 생물에서 어떻게 개미가 생기고 코끼리가 생겼고, 어떻게 새우와 고래 같은 차이가 나타나게 되었을까? 도저히 알기 어려운 이런 문제를 신에게 돌려버리면 편안하겠지만 신과 과학의 전쟁은 아직 끝나지 않은 듯하다.

≪언싱커블 에이지(The AGE of the Unthinkable)≫(조수아 쿠퍼 라모 저, 조성숙 역)≫에서는 페르 박의 '모래탑 가설' 즉 모래탑은 한 차례 강한 충격을 가할 때만이 아니라 핀 하나만 떨어뜨려도 붕괴할 수 있다고 복잡계에 대하여 설명하면서 그 예로 모래탑 실험을 들고 있다.

실험장치를 만든 후 모래알을 하나씩 위에서 떨어뜨리면 처음에는 원추형의 탑이 만들어지다가 어느 상황에 이르면 갑자기 그 탑이 무너져 내린다는 것이다. 왜 모래탑이 무너지는지 어느 시점에서 무너지는지 알 수 없다는 것이다.

"모래탑이 언제 무너질지를 알려면 모래입자들이 서로 이루는 관계의 시스템을 계산해 내야 하는데 모래 한 알이 추가될 때마다 그 관계의 시스템은 그때마다 달라진다. 모래 한 알 한 알이 변수이고 그 한 알 한 알의 관계 역시 변수이다. 그러니 그 변수를 계산하기는 거의 불가능에 가깝다."

세상의 많은 일들이 이 복잡계와 관련이 있어 세상의 변화가 하나의 큰 사건만으로 이루어지는 것이 아니고 단순한 하나의 작은 현상에서도 큰 변화가 나타날 수 있다고 저자는 주장한다.

그러므로 세상사는 거대한 프로젝트에 대한 연구만으로 세상의 일을 재단하는 것은 대부분 실패할 수밖에 없다는 것이다.

변화에 대한 예측 능력은 어떻게 생기는 것일까?

필라델피아 와튼스쿨의 필립 테틀록 교수는 ≪슈퍼예측(Super forecast)≫에서 "경제위기나 국내의 정치위기 상황이 닥칠 때마다 내로라하는 전문가들이 자신 있게 내놓은 예측의 적중률이, 사실은 다트를 던지는 원숭이와 별반 다를 게 없다."는 충격적인 연구 결과를 세상에 발표했다.

그는 그리스 시인 아르킬로코스(Archilochos)가 "여우는 많은 것을 알지만, 고슴도치는 중요한 것 한 가지를 안다."고 표현했던 말을 빌렸다. 미래에 대해서 확신에 가득한 예측으로 빅 아이디어를 내놓는 전문가들을 '고슴도치'로, 약간은 소심하지만 보다 절충적인 제안들을 내놓은 전문가들을 '여우'로 비유하고 있다. 그리고 예측의 적중률은 고슴도치형인 하나의 지식에 깊이 있는 전문가보다 다방면의 지식을 알고 있는 여우형 사람들의 예측률이 높다고 했다.

중대한 변화에 대해서는 그들의 예측이 들어맞는 경우도 많았지만 전체적으로 보면 자기갱신이 빠른 여우형 전문가들에 비해 한참 뒤떨어진다고 했다.

많은 분야의 세계가 복잡계로 되어가고 있는 현실에서 어느 하나의 전문지식만을 고집하다보면 대세를 놓칠 가능성이 많다는 얘기일 것이다. 그런데도 과거의 자기경험이나 지식으로 확신에 차 있는 사람들은 끝까지 자기 고집만을 부리고 있다.

이런 부류는 젊은이보다 노인세대가 더 많다.

그들은 과거에 자기소신대로 행하여 성공해 본 경험을 강조하고, 다른 사람에게도 자기 확신을 되풀이하여 주입시키고자 노력한다.

변화가 싫고 과거로 회귀하려는 사람들이다. 이런 사람들은 세상 어디든지 있다. 이들의 문제점은 다른 사람의 입지를 많이 생각하지 않고, 감정이입에 대한 생각이 부족하다는 것이다. 역지사지(易地思之)를 해보고 다른 사람의 입장에서 한번 생각해 보아야 다른 사람의 의견도 참작하게 된다.

그런데 남의 얘기는 아예 들어보지도 않으려 하고, 듣더라도 자신의 머릿속에 이미 그려놓은 범주에 꿰맞추려 하고 오직 자신의 고정관념만을 계속 강조하려 든다.

로봇 공학 분야의 인간에 대한 연구에서는 실제로 계산이나 추론, 결정은 기계가 더 잘 하는데, 기계가 못하는 것은 감정을 교류하는 것, 감정이입을 못하고 타인의 희로애락을 파악하지 못한다는 것이다.

침팬지 같은 영장류도 어려워하는 부분은 다른 개체의 마음을 읽는다든가, 다른 동료들의 마음을 헤아린다든가 하는 부분을 못한다는 것이다. 시행착오를 통한 스스로의 학습은 일부 가능하지만 다른 침팬지의 행동을 보고 배우는 사회적 학습이 안 된다는 것이다.

우리도 깊이 생각해 보아야 할 때가 되었다.

더불어 사는 세상에서 나만의 사상을 고집하고 남에게서는 전혀 배우려고 하지 않는다면, 사회발전은 더딜 것이고 오히려 더불어 사는 사회에 폐단만 가져오는 것은 아닌지 한번쯤 숙고해 보아야 한다.

타인에 대한 감정이입 없이 배려할 줄 모르고, 오로지 자신만의 신념으로만 살고, 변화를 모르는 사람을 '변화맹'이라 부른다.

색(色)과 글을 모르는 사람을 색맹, 문맹이라 부르는 말에 빗대는 말이다. '변화맹(變化盲)'에서 하루 빨리 깨우쳐 '변화명(變化明)'으로 세상의 발전대열에 합류하여 살기 좋은 사회가 왔으면 하는 바람이다.

세계사에 나타난 특이한 선거제도

– 90세 치매노인도 가진 투표권을 17~18세의 청년에게도 주면 어떨까

세계역사에 나타나는 여러 종류의 선거제도는 흔히 알고 있는 바와 같이 다수결로 결정하는 것만은 아니었다.

우리나라 역사에도 신라의 '화백'이라는 특이한 회의 제도가 나온다. "화백은 진골 출신으로 생각되는 대등으로써 구성되고 상대등을 의장으로 하는 회의체이며, 여기서 왕위의 계승, 대외적인 선전포고, 불교의 수용과 같은 종교적 문제 등 국가의 중대사가 결정되었다. 화백회의는 만장일치에 의하여 의결하는 것이 원칙 이었고, 특히 국가의 중대한 일을 결정할 때에는, 동서남북의 청송산, 피전, 우지산, 금강산 등 신령한 장소를 택하였다고 한다." –≪한국사 신론≫(이기백 저)에서

우리가 알고 있는 그리스의 도시국가 스파르타에서의 원로원구성도 특이한 선거 제도였다. 스파르타의 원로원은 30명으로 구성되었는데, 2명의 왕을 제외하면 28명으로 구성되었다. 왕을 제외하고 원로원의원 중 결원이 발생할 때에는 선거에 의하여 뽑았는데, 그 방식이 아주 특이하다.

우선 원로원의원 후보는 단순히 발이 빠른 사람이나 힘이 센 사람을 뽑는 것과는 달리, 가장 어질고 현명한 사람을 임명하여야 했기 때문에,

평생 동안 국익을 위해 훌륭한 업적을 쌓고, 원로가 되고 나서도 신임하기에 부족함이 없어야 했다.

원로가 된 사람은 국가의 최고 권력을 맡아 모든 시민의 생명과 이익을 좌지우지하며, 국가의 중대사에 대한 권한을 행사할 수 있었다. 그렇기 때문에 원로원 의원 후보는 60세 이상의 사람들 중 덕망 있고 훌륭한 사람들을 골라 임명하도록 규정하였다. 그래서 이 원로가 되기 위한 경쟁은 모든 경쟁 중에서도 가장 경쟁률이 셌으며 그것은 격렬한 쟁탈전으로 까지 이어졌다.

원로의원 선거 방법은 다음과 같이 진행되었다.

시민들을 한 곳에 모두 소집하고 선거 기록을 하는 사람 몇 명을 선거장 근처 건물에 가둔다. 그들은 밖을 볼 수 없고 밖에 있는 사람들도 그들을 볼 수 없다. 단지 밖에서 들리는 시민들의 환호성 소리만 들을 수 있었다. 그러고 나서 원로 의원 후보자들은 제비를 뽑아 결정된 순서대로 시민들 앞을 조용히 지나간다. 그러면 사람들이 환호를 보내는 것이다. 이 때 건물 안에 갇힌 기록자들은 한 사람씩 지나갈 때마다 환호성의 크기를 기록해 마지막에 발표한다. 물론 그들은 어느 후보자의 기록을 적었는지 알 수 없고, 단지 첫 번째, 두 번째, 세 번째, 하는 식으로 순서만 기록할 뿐이다. 이 때 가장 많은 환호를 받은 사람이 정식으로 원로원의 일원이 되었다. -≪플루타르크 영웅전≫에서

역사상 가장 독특한 선거제도는 베네치아 공화국의 원수를 뽑는 선거일 것이다. 어쩌면 권력의 본질을 가장 잘 알고 있었기 때문에 베네치아 공화국에서 원수가 시민을 배반한 경우는 6백 년 동안 오직 두 번 밖에 없었는지도 모른다.

1172년부터 원수는 공화국 국회에서 선출하고, 그것을 시민 대 집회가 승인한다는 형식으로 만들었다. 그 전까지는 누군가 한사람이 제청한 인물에게 금방 몇 사람이 찬성하고, 그 기세로 전 시민이 와하고 결정해 버리는 예는 몇 번이나 있었다.

인구 약 15만 명의 조그만 도시 공화국으로 당시에는 그런 대중의 직접 민주공화제가 가능할 법도 하였다. 그러나 그 후 원수 선출 방식에는 아주 독특한 투표 방식이 적용되었다.

창설된 공화국 국회는 우선 4명을 뽑고 그 4명이 100명의 의원을 1년 임기로 뽑는 것이다. 이 방식은 개혁 이전에는 세부적인 것은 자주 바뀌었어도 우선 몇 사람이 뽑히고 그 사람들이 전체 의원을 뽑는 방식에는 변함이 없었다. 계급별은 전혀 문제가 되지 않았다. 당시는 아직 국정의 최고기관은 (비록 결의된 사항을 사후에 승인 받기 위한 것일 뿐이지만) 역시 시민대집회였던 것이다.

시민대집회에서 뽑게 되면 일반에게 이름이 알려진 화제의 유력자가 뽑히기 쉽다는 위험이 있다.

이 유력자가 시민대집회를 좌지우지하여 시민들의 의견을 자기들에게 편리한 방향으로 몰고 가는 것은 의외로 간단하였기 때문에 다수의 집회에서 공정한 선택을 할 수 있다고 믿지 않았던 베네치아인들은 유권자까지도 뽑았던 것이다.

방법은 추첨과 선거를 뒤섞은 베네치아의 독자적인 방식이었다.

추첨이라면 공정을 기할 수 있을지 모르지만 적당하지 않은 인물도 뽑히기 쉽다. 그렇다고 해서 선거만으로는 선거 운동의 폐해를 피할 수 없었기 때문이다. 원수의 선출이 공화국 국회에 맡겨졌다고는 하더라도 의원 전원에게 선거권이 있었던 것은 아니다.

우선 공화국 국회의원 중에서 제비로 30명을 뽑는다. 그 30명을 제비뽑기로 9명으로 줄인다. 이 9명이 40명을 선거한다. 선출된 40명 중에서 제비로 12명을 남긴다. 그 12명이 25명을 선거한다. 25명은 제비뽑기로 9명으로 줄인다. 9명은 다시 45명을 선거하고, 선출된 45명은 제비로 11명으로 줄인다. 남은 11명이 41명을 선거하고, 이 41명이 겨우 원수를 뽑는 유권자가 될 수 있는 것이다. 원수는 이 41명 중 25표를 획득해야만 비로소 당선되는 것이다.

10회에 걸쳐 선거와 제비뽑기를 반복하여 겨우 원수를 뽑을 수 있었다.

신중을 기한 나머지 복잡하기 짝이 없지만 패자 부활전의 논리도 간직하고 있는 점이 특색이다. 그렇지만 이토록 까다로운 절차를 통해 뽑힌 원수에 대해서마저도 권력을 통제할 필요가 있다고 베네치아인은 생각하고 있었던 것 같다.

순수한 상인인 지아니의 원수 시절에 보좌관은 2명에서 6명으로 늘어났다. 6구에서 1명씩이지만 그들 보좌관과 의논하지 않고는 아무것도 할 수 없다는 것을 명확하게 법제화하였다.

원수의 가족인 사람은 보좌관이 될 수 없다는 것도 정해져 있었다. 더구나 임기는 1년이고 계속해서 재선되는 것은 인정되지 않았다. -≪바다의 도시 이야기≫(시오노 나나미 저)에서

또 하나의 독특한 투표제도는 폴란드의 선거에 의한 군주제이다.

왕위가 빌 때마다 귀족회의는 후계자를 선출하였는데, 항상 최고액의 뇌물을 제공하는 이가 선출되고, 때로는 외국인이 될 때도 있었다.

한번 선출되면 왕은 이미 귀족회의에 왕의 대권을 이양하는데 동의

하였으므로 왕은 완전히 무력화되었다. 이 귀족회의는 거부자유권(liberum veto)이라는 유명한 제도를 몹시 아꼈다. 어떤 의원이든지 '나는 원치 않는다.'라고 소리 지름으로써, 또 동료가 좇아 나와서 생각을 고치도록 하기 전에 빨리 회의장을 빠져나옴으로써 제안의 토의를 반대할 수 있었다. 이 귀족회의는 서구적 의미로서의 의회가 아니라, 하나의 집회에 지나지 않았으며 각자가 다 권력자로 자처하였다. 그러므로 모든 결정에는 만장일치가 필요하였다. 이와 같이 허술하게 조직된 폴란드 국민국가에는 정규군도 외교단도 없었다.

영국의 젠트리계급이나 프러시아의 융커계급과는 달라서 권력 있는 귀족은 왕에 봉사한다는 생각은 전혀 없었다. 즉 자기사회계급에 대한 것을 제외하고는 어떠한 충성의식도 없었다. 결국 폴란드는 프러시아, 오스트리아, 러시아에 의해 분할되는 비운을 맞이하게 되었다. -≪세계문화사≫(브린튼 크리스토퍼 울프 저, 민석홍 이보형 역)에서

미국의 대통령 선거도 독특한 선거제도의 하나로 들 수 있다.

이 제도는 승자독식제도로 미국 내 50개 주에서 각 주별로 투표하여 대통령 후보 중 한 표라도 많이 얻은 후보가 그 주의 선거인단 (상원의원 2명과 그 주에서 선출된 하원의원 수) 전원의 표를 가져가는 제도이다

선거인단 수는 각주별로 상원 2명씩 100명과 하원의원 총 435명, 워싱턴주 하원의원 3명, 합하여 538표 중 많은 선거인단 수를 확보한 후보가 대통령에 당선되는 제도이다.

이밖에도 독특한 선거제도에는 '콘클라베'라는 추기경단(최대 120명)이 모여 교황이 선출될 때까지 계속해서 투표하는 로마교황의 선출 방식도 있다.

근대 의회민주주의의 요람이라는 영국에서도 선거권의 유래는 간단하지 않았다. 1867년에 개정된 선거개정법에는 바라에 사는 호주에게만 투표권을 주었다. 호주라 함은 주택을 소유하고 있거나 주택세를 지불하며 일정한 장소에 거주하는 사람을 말한다. 그러나 이때의 선거법에는 농촌에 거주하면서 재산에 대한 권리주장이 없는 사람, 즉 조그마한 부동산도 가지고 있지 않거나 심지어는 은행거래가 없는 사람들에게는 투표권을 주지 않았다.

이러한 사람들은 투표권을 행사하여 타인의 재산을 탈취할 뜻이 있다 하여 무책임한 사람들로 생각되었던 모양이다.

1885년 개정선거법에는 셋방에 사는 사람, 이동근로자, 그리고 여자는 투표권이 없었다. 또한 한 선거구에 사업재산이 있고, 다른 선거구에 집이 있는, 수 천 명의 유권자는 두 번 투표를 할 수 있었다.

옥스퍼드 및 캠브리지의 졸업생들은 특별한 대학 선출의원을 위하여, 두 번 투표할 수 있었다. 사실 여기저기에 재산을 가지고 있는 대학졸업생은 빨리 투표소를 돌아다닐 수 만 있다면 많은 투표를 할 수 있었다.

1918년 주요한 선거개정법이 실시됨으로써 비로소 복수투표는 두 가지 표로, 즉 재산표와 대학표로 제한되었다. 그러나 1885년 경 영국은 명백히 정치적으로는 민주주의 국가이었다. -≪세계문화사≫에서

1868년 명치개혁을 이룬 일본에서의 선거의 내용을 보자.

1890년 7월1일 제1회 중의원의원 선거가 치러졌다. 선거는 헌법 반포때인 1889년 11월에 천황의 이름으로 내려진 중의원의원 선거법 규정에 의해 시행되었다. 홋카이도, 오키나와, 오가사와라 제도를 제외한 일본 전국의 선거구에서, 3백 의석을 뽑는 선거였다. 선거권은 엄격하게 제한

되었다. 여성은 투표할 수 없었다. 남성에게는 연령, 거주, 재산에 따라 자격이 주어졌다. 그런데 25세 이상으로 해당 부 현에 1년 이상 영주자로 거주하며 국세를 적어도 15엔 이상 내고 있는 사람이어야 했다.

4천만 명 중 45만 365명이 오직 인구의 약 1.14%만이 투표할 수 있었다. 기권을 하더라도 법적제재는 없었으나 투표자격이 있는 자의 93.9%가 투표했다. 이는 선거에 대해 국민들이 지대한 관심을 가졌음을 의미한다. −≪명치천황≫(도널드 킨 저)에서

우리나라는 1948년에 정부 수립당시의 선거 시작부터 현대 민주국가에서 실시하는 보통, 평등, 직접, 비밀 투표 원칙을 다 갖춘 선거를 실시하였다.

우리의 자발적인 노력에 의한 것이 아니고 UN 감시 하에 투표가 가능한 지역(소련 점령지역 제외)에서만 실시되는 선거로, 일약 선진국에서 부여되고 있는 모든 민주 방식의 선거제도가 도입되었다.

투표의 중요성이 국민에게 널리 인식되기도 전에 남녀노소 불문하고 모든 성년자에게 주어졌다. 투표권을 쟁취하기 위한 선진국의 피나는 투쟁 과정과는 달리 어느 날 갑자기 찾아온 행운이었다.

북한에서 요즈음 보도되고 있는 100%투표율에 100% 가까운 지지를 받는 선거를 보면, 우리가 누리고 있는 선거권의 중요성을 새롭게 느끼게 된다.

지금 만약 용기 있는 젊은 정치인이 "90세 치매노인도 가진 투표권을 왜 17,18세의 청년에게는 주지 않는가!" 하는 캐치프레이즈를 들고 젊은이 표몰이에 나선다면 우리 사회는 어떤 반응을 보일까?

우리가 누리고 있는 현재의 투표권이 격렬한 투쟁을 통해서 성별, 재

산유무, 학력, 연령 등에 의한 차별을 없애고 얻어낸 것이었다면 오늘날 과 같이 투표율이 낮지도 않을 것이다. 그리고 투표에 더 신중을 기하여 후보자들이 당선만을 위하여 남발한 공약도 당선된 후 쉽게 위반하는 일이 많이 줄어들 것이다.

우리의 선거 풍토를 보면서 로토 복권 같이 쉽게 얻은 행운은 꼭 축복이 되는 것만은 아니라는 생각이 든다.

선한 인간, 악한 인간

– 마음이 내 것이고 선하다면 왜 원하지 않은 악한 생각도 떠오를까

사회에서 끔찍한 사건이 터질 때마다 과연 인간은 어떤 존재이기에 이렇게도 모진 행동을 할 수 있을까 하는 탄식이 절로 나올 때가 있다.

요즈음 같이 사회가 각자의 이익을 위해 전력투구할 때의 모습을 보면 인간의 본성에 회의가 느껴진다.

부동산 가격의 급등에 의하여 형성되었다고 하여도 과언이 아닐 정도로 갑작스레 이루어진 우리사회 부유층의 자화상을 보면 시사하는 바가 많은 것 같다. 모든 수단을 동원하여 지키려고 하는 기득권자들은 사회 정의에 대한 배려가 부족한 듯 보이고, 못가진 자에 대한 처신은 무관심하고 냉혹하다.

반면 부와 권력을 가진 자에 대한 일반인의 증오는 극에 달하고, 자신들의 이권을 위한 투쟁에는 물불을 가리지 않는다.

정치지도자로 임명된 사람들의 청문회에는 위장 전입이 단골 메뉴가 되고 있다. 흔히 하기 좋은 말로 자녀 교육을 위하여 모르게 아내가 한 것으로 치부하면 그냥 슬그머니 넘어 가고 있으며, 임명권자도 이 정도는 큰 흠이 아닌 것으로 넘어 간다.

웃물이 맑아야 아랫물이 맑은 법, 지도층 사람들이 위법을 대수롭지 않게 여길 때, 먹고 살기에 급급한 서민들의 입장에서 보면 범법도 그렇게 대단한 부끄러움이 아닌 것으로 여기게 된다. 오래 전부터 우리 사회에서는 유전무죄(有錢無罪) 무전유죄(無錢有罪)라는 소문이 나돌고 있다.

인간은 원죄를 짓고 에덴의 동산에서 쫓겨났다는 성경의 기록은 사람은 자유로운 상태에 놓일 때 악에 물들기 쉽다는 것 같다.

불교에서는 인간은 누구나 청정한 불성을 가지고 태어나는데, 오욕칠정(五慾七情)에 가려 불성이 흐려지고 있으므로 욕정을 벗어나면 본래의 청정한 자아로 돌아가 성불 할 수 있다고 한다. 인간은 본래 선하다고 보는 듯하다.

일찍이 성선설을 주창 했던 맹자는 이렇게 말하고 있다.

"인간은 태어나면서부터 인의예지(仁義禮智)의 네 가지 싹을 갖고 태어난다. 네 개의 손발을 지니고 있는 것처럼 이 네 개의 새싹을 지니고 있다. 그럼에도 불구하고 자기는 인의예지의 덕 같은 것에 관계가 없다고 단정한 것은 자신에게 상처를 입히는 짓이다."

반면 성악설을 주장한 순자는 "인간의 본성은 악이다. 선한 성질은 후천적인 수양 결과일 뿐이다. 인간에게는 선천적으로 이익에 의해서 좌우되는 일면이 있다. 악한 인간의 본성을 막기 위해서는 인간의 본성을 선으로 향하게 하여야 한다. 그 일을 위해서는 확고한 규범을 세워 사람들을 가르쳐 인도해야 한다."고 했다.

거기에서 순자가 세운 규범이 '예(禮)'와 '의(義)' 두 가지였다.

순자는 이(利)를 탐하는 인간의 본성에 대한 생각을, 제나라 재상으로 예의염치와 법치를 병행 실시하여 주군을 춘추시대 첫 패자로 만든 관중의 사상을 이어 받았다고 한다.

공자가 사회규범으로서 주장한 '인(仁)'이나 맹자가 여기에 덧붙여 주장한 '인의(仁義)'는 각 개인의 내면에 관한 것이었는데 반하여, 순자가 주장한 '예'와 '의'는 외면으로 세상을 살아가는 과정에서 확립되어 있는 규범이다.

순자는 이 규범을 확립해 인간의 성정을 규제하고 그 성정이 향하는 방향을 통제하고 조절해야 한다는 것이다.

인간의 내면적인 개인입장이 아닌 외부적인 면에서 볼 때 인간사회는 필연적인 투쟁이 따른다.

재화의 다툼이건, 지위의 다툼이건, 동물세계와 같은 번식의 다툼이건, 이 다툼은 생존경쟁의 면에서 볼 때 필수적인 다툼이라 하셨다.

순자는 이 생존경쟁의 투쟁을 염두에 두고 인간 사회를 보고 성악설을 강조 한다. 이 성악설의 주장이 종래의 유학사상과의 결정적인 차이이다.

순자는 본래 유가였다. 그러나 이 인간의 본성은 본래 악이라는 '성악설'을 주장하여 공맹의 성선설에 배치되어 유가에서 갈라져 나가게 되었던 것이다.

인간의 본성에 대하여 독일의 철학자 칸트의 말을 들어 보자.

"우리는 동물적인 본능과 충동에 바탕을 둔 욕구 외에도 특히 인간적인 지위, 명예, 부, 장수, 등 대체로 이 세상의 행복을 좇느라 여념이 없다.

그러나 '이렇게 하고 싶다' '저렇게 하고 싶다'고 발버둥 칠 때 다른 한 쪽에서 들려오는 '이렇게 하면 안 된다' '저렇게 해서는 안 된다' '이렇게 해야만 한다.' '저렇게 해야 한다.'는 목소리에 누구나 부딪히게 되는데 이것이 사람마다 가슴 깊은 곳에서 우러나는 양심의 소리다."고 했다.

칸트는 별이 빛나는 밤하늘을 쳐다보고 인간의 허무한 유한성에 견주어 우주의 광대무변함에 경탄했고 다른 한편으로 양심의 소리에 감탄과 숭배와 존경심으로 가득 차올라 "의무여! 너는 숭고하고 위대한 이름이로다. 하늘에는 별들이 내 가슴에는 이 양심의 소리가 나를 감동시킨다." 고 외쳤다.

그래서 칸트는 무엇보다도 우선 도덕의 학문이 필요하다고 ≪실천이성비판≫을 저술하였다.

도덕철학은 별난 취미나 철학자의 잠꼬대가 아니라, 모든 사람이 올바르게 살기 위해 빼놓아서는 안 된다는 것이다.

선한 본성을 원래부터 가지고 있다는 성선설과 같이, 양심의 목소리인 도덕적 의무도 인간의 마음에 본래부터 가지고 있는 것이라고 하는, 칸트의 인간본성에 대한 지론도 성선설에 가깝다 하겠다.

과거의 학설에 대하여 새로운 주장들이 나오고 있다.

그것은 최근 급속하게 발전하고 있는 분자 생물학이다.

"도덕적 본능의 기본적 기원은 협동과 배신간의 역동적 관계이다. 어떤 종에서든 본능이 형성되는 진화과정에서 중요한 요소는 이 같은 협동과 배신의 역동성에서 발생하는 긴장을 명확히 판단하고 충분히 조작할 수 있는 높은 지능이다. (중략) 도덕적 소질이 유전된다는 증거 외에 협동성향을 지닌 개인들이 일반적으로 더 오래 살아남고, 더 많은 후손을 남긴다는 풍부한 역사적 증거도 있다. 여기서 예측할 수 있는 것은 진화의 역사가 진행되는 동안 협동행위를 하도록 만드는 유전자들이 전체 인류에서 우세하게 되었을 것이라는 점이다. 이러한 과정이 수천 세대를 내려오면서 반복되면 도덕 감정은 불가피하게 생기기 마련이다." -≪통섭≫(에

드워드 윌슨 저, 최재천 장대익 역)에서

최근에 일본 NHK 방송에서 4년여에 걸쳐 취재한 책을 발간했다. '마음은 내 것인데 왜 내 마음대로 되지 않을까?'라는 부제(副題)로 ≪휴먼(HUMAN)≫이란 이 책에서 "어떤 부류의 집단이 생존경쟁을 이기고 살아남았을까?"라는 주제에 대하여 볼스박사의 실험과 그에 대한 견해를 실었다.

볼스 박사는 기본적으로 '인간성은 선천적이라는 생각은 비과학적이다.'라고 여기고 있다.

"인간성은 변합니다. 욕망이 우리에게 행복이나 슬픔이나 분노를 느끼게 하는 원인입니다. 어떤 욕망을 품을지 그것은 문화에 따라 다릅니다. 그래서 경제학자는 때로 타인이 무엇을 원하는지 연구자가 관여할 일은 아니라고 생각해 왔습니다. 그러나 인류에게는 문화를 초월한 어떤 종류의 공통점이 있습니다. 나는 거기에 관심이 많습니다."

부족문화는 후천적인 것으로 그 이전에 오랜 시간 호모 사피엔스의 역사를 거슬러 올라가 문화 이전의 공통성을 찾기 위한 실험으로 박사는 4만~2만년 전의 기간을 정하여 컴퓨터로 아래의 4개의 집단을 가정하여 시뮬레이션 실험을 하였다.

1) 집안 식구에게 이기적이고 대외적으로 우호적인 집단
2) 집안 식구에게 이기적이고 대외적으로 비우호적인 집단
3) 집안 식구에게 이타적이고 대외적으로 우호적인 집단
4) 집안 식구에게 이타적이고 대외적으로 비우호적인 집단

우선 고고학과 민족학의 정보를 토대로 집단의 크기, 전쟁빈도, 인구, 부족간의 영역, 집단끼리의 싸움, 등을 설정하였다. 그리고 전쟁에 지면

그 집단은 소멸하고, 이긴 집단은 자손을 남긴다. 20~30년마다 세대가 바뀌는 것을 가정하여 진화과정을 재현 하였다.

이 실험 결과 4)에 속하는 집단이 오랜 진화 과정을 거쳐 오는 동안 살아남았다는 것이다.

이 실험을 한 볼스 박사는 이 집단이 살아남은 이유에 대하여 그룹 간의 싸움이 있을 때 4)집단의 멤버는 전사가 된다.

어느 군대나 우수한 전사란 집단의 이익을 중시하도록 훈련된 사람이라는 것이다. 솔선해서 앞장서는 사람, 전투에 제일 먼저 뛰어 나가는 사람이다.

이 용감함이 생물학적인 입장에서 보면 이타적이라는 것이다.

이상 인간성에 대하여 주마간산 격으로 평소에 가졌던 의문에 대하여 동서양의 사상을 더듬어 보았다. 최근에 생물학의 진화 연구에 대하여 석학들과 지식인들 사이에는 부정적인 주장을 하는 사람도 많고 특히 종교적인 차원에서 부정하기도 한다.

"인간의 본성은 환경 탓이고 타고난 재능이나 기질 따위는 없다. 인간의 악한 본성은 본래 사람들 안에 들어있는 것이 아니고 부패한 사회체제로부터 온다. 그리고 인간에게 고귀한 정신은 생물학과는 무관하며 경험을 얻고 선택을 내리는 인간의 능력은 인간의 생리적 구조와 진화의 역사로는 설명할 수 없다." 이런 주장들이 인지과학, 신경과학, 행동발생학, 진화심리학, 등의 연구에 의하여 점차 반증되고 있다고 한다. -≪과학의 최전선에서 인문학을 만나다≫(존 브록만 저, 안인희 역)에서

앞서의 시뮬레이션에 참가했던 볼스 박사의 말을 더 들어보자.

"우리는 자신에게 관대하고 타인에게는 호전적인 유전적 경향이 있습

니다. 그것이 우리 유산이지만 반드시 우리의 장래는 아닙니다. 우리 인간은 문화적인 동물입니다. 편견이나 인종차별, 종교적 편협성을 극복할 수 있습니다. 실제로 그런 사례는 미국을 포함해 여러 곳에 많습니다. 이 점에서 우리는 역사에 묶여 있다고는 생각하지 않습니다. 역사는 바꿀 수 있습니다."

진화론에서 주장하고 있듯이 유전자의 분석으로 많은 사실이 더 밝혀진다면 인간은 선성, 악성, 그렇지 않으면 양성의 유전자를 다 함께 가지고 있는 것으로 판정이 날지도 모른다.

그러나 현재까지 밝혀진 바로는 이기적인 면과, 이타적인 면 즉 악성, 선성 양면을 다 함께 가지고 살아가는 존재가 현재 인류의 모습이라는 것이다.

미래의 인류는 어떤 모습으로 전개될 것인가 생각해 보면서, 오늘의 우리나라 현실에 비추어 보면 악성만 유난히 많이 나타나고 있는 것은 아닌지 자못 불안한 마음이 든다.

중립(中立)과 중용(中庸)

– 중립은 중용으로 혼동되어 옹호도 되지만, 기회주의로 매도되기도 한다

그리스의 7현인 중 한 사람인 솔론이 실시한 개혁법 중 내란에 관한 특이한 법조항이 있다. "내란이 있었을 때 어느 편에도 가담하지 않고 중립을 지킨 사람은 시민권을 박탈한다."는 조항으로 ≪플루타르크 영웅전≫ 솔론편에 나온다.

조국이 겪고 있는 괴로움을 외면하는 것은 비겁한 행동이고, 옳은 일을 하는 사람들의 편이 되어 도움을 주어야 한다고 생각 했으며, 어느 편이 이기는가를 주시하며 위험을 피하는 것은 옳지 못하다고 생각했기 때문이라고 했다.

미국의 케네디 대통령은 자신의 저서 ≪용감한 사람들(profiles in courage)≫에서 국론이 분열되어 있을 때, 어느 편에도 가담하지 않고 승패를 기다리다 이긴 자 편에 서는 자는, 지옥불에서도 가장 뜨거운 자리를 차지할 사람들 이라고 인용한 글을 싣고 있다.

공자님은 중용에 대하여 사람들은 다 "나는 지혜롭다고 말하나 중용을 택하여 한 달을 제대로 지켜내지 못한다. 천하의 어떤 국가도 평화롭게 다스릴 수 있다. 작위와 녹봉도 사양할 수 있다. 서슬 푸른 칼날도 밟을 수 있다. 그러나 중용에는 능 할 수 없다."고까지 극언하였다.

"도가 행하여 지지 못함은 총명한 자는 지나치고 우매한 자는 미치지 못하기 때문이다. 어진 자는 지나치고 못난 사람은 미치지 못하는구나." 고 탄식하셨다.

서양에서는 일찍이 그리스의 철학자 아리스토텔레스가 도덕적 탁월성 즉 품성의 덕과 관련해서, 중용을 덕으로 보는 이론을 전개 하였다.

그는 어떤 행위든 행해지면 미흡하거나 과도할 수 있는데, 이 둘 중에 어느 편에 속하는 행위든 적절한 행위가 되기 어렵다고 보았다.

덕스러운 행동은 이 두 극단의 중간 어딘가에 있다. 그러니까 불굴의 용기는 분별없는 심략성도 아니고 겁에 질린 위축도 아니다.

이런 중용지덕 설이 정직은 미덕이지만 정직이 큰 거짓말과 작은 거짓말의 중간으로는 정직함이 될 수 없다는 분석적인 서양학풍에서 난관에 봉착했다.

중립과 중용의 사전적 해석으로는 중립은 '어느 편에도 치우치지 않고 중간적 입장을 지킴'이라 되어 있다.

중용은 '과하거나 부족함이 없이 떳떳하며 한쪽으로 치우침이 없는 상태나 정도'로 되어 있어 다소 애매하다.

어느 때는 중립이 중용과 혼동되어 선호되기도 하고, 어느 때는 중립이 기회주의로 매도되기도 한다.

하버드 대학 교수 마이클 샌들은 ≪정의란 무엇인가(Justice)≫의 저서에서 '중립'에 대해서 다음과 같이 말하고 있다.

"우리는 흔히 정치와 법은 도덕과 종교적 논쟁에 휘말리지 말아야한다고 생각한다. 강압과 배타성을 우려해서다. 다문화 사회의 시민들은 도덕과 종교에 이견을 보인다. 정부가 이런 이견 사이에서 중립을 지키기란 불가능 하지만 좀 더 적극적으로 시민의 삶에 개입해야 한다. 최근

10~20년 간 우리는 시민의 도덕적 종교적 신념을 존중하는 것은, 그 신념을 모른 채하고 방해하지 않으며 공적 삶에서 그것을 가급적 언급하지 않는다는 뜻이라고 생각해 왔다. 그러나 이런 식의 회피에서 나온 존중은 가짜이기 십상이다. 반발이나 분노를 유발한다는 이유로 공개 담론을 줄이고 이 뉴스에서 저 뉴스로 숨어 다니며 추문이나 자극적인 기사 또는 시답잖은 소식에 매 달린다."

중립을 지키기 어렵다하여 방기하고 있다는 비평이다.

우리나라도 위의 비평에서 자유로울 수 없다. 특히 사회의 지도자라 하는 사람들이 의견이 분분할 때 점잖게 논쟁을 피하거나, 양비론(兩非論) 양시론(兩是論)을 들고 나와 적절하게 얼버무린다. 중용지덕이라며 함부로 어느 편에 서지 않는다. 그렇게 하는 것이 점잖은 사람들이 하는 모범인양 행세한다.

중용을 빗대어 중론(衆論)의 도출을 피하고 있다.

좋은 의견이 모아질 수 없다. 언쟁만 심하게 하다가 금방 그 논쟁은 다른 뉴스에 파묻혀 버리고 또 새로운 이슈로 넘어가 버린다.

우리사회에서는 요즈음 대부분 모임에서 정치와 종교문제는 얘기하지 말고 다른 화제만 얘기하자고 한다. 정치 얘기하다보면 논쟁이 격화되고, 결론도 나지 않고 서로 싸우다가 의만 상하니, 아예 얘기를 꺼내지 않는 게 좋다는 것이다. 얼마나 심각하게 우리사회가 의견대립이 심한지 잘 보여주고 있는 한 단면이다.

토론의 전당이라는 국회를 보아도 그렇고, TV에 토론자로 나온 교수나 국회의원들을 보아도 그렇다. 미리 가지고 온 의견 외에는 전혀 상대의 의견을 들으려 하지 않고 자기 주장만 강요하다 끝내고 만다.

이런 현상은 가족 간의 모임에서도 그렇고, 가까운 사람들의 친목 모임에서도 본다. 그래서 여러 모임에서는 연예인들의 가십성 스캔들만 회자되고, 스포츠의 승패에 열광하고, 우스갯소리와 음담패설만 유행하고 있는 것 같다.

언론기관도 까다로운 문제는 깊이 다루려 하지 않는다. 문제가 복잡하고 대립이 심한 이슈는 정치인의 입을 빌려 보도한다. 야당 모 의원이 이런 발언을 했고, 여당에서는 이런 의견이라 보도하면 모든 비난은 정치인에게로 돌아간다. 정치인은 당론에 따라 비난을 감수하고라도 의견을 개진하지 않을 수 없다. 그러다보니 다양한 국민의 욕구를 정치적으로 해결히기 이렵고, 고스란히 전 국민의 불만내상이 되어 이당도 저당도 국민의 지지를 받지 못하는 현상이 나타난다. 양극의 의견을 조절하여 중도적인 의견수렴이 거의 불가능한 상태에 이르고 있다.

소통을 강조하지만 중론을 모으는 훈련이 안 된 상태로는, 국민들의 의사소통에 의한 합의로 건전한 사회발전을 기대하기 어려운 현실이다.

극단적인 표현으로 정치가 삼류라면, 그 정치인을 뽑은 국민도 삼류에 해당한다. 수많은 문제들이 조금씩 해결되는 기미는 보이지 않고, 암처럼 잠복해 있다가 어떤 사건이 발생하면 평소의 자기 성향에 따라 의견이 갈라진다. 그러다가 언론에서 보도를 중지하고 또 다른 이슈를 크게 보도하면 과거의 문제는 해결되지 않은 채 덮이고 새로운 문제를 가지고 또 세상은 들끓는다.

정치 지도자들은 자기들의 필요에 따라 언제든지 새로운 뉴스를 만들어 세상을 다스려 가고 있다.

이슈거리는 얼마든지 산재해 있고, 적절한 시기에 터트리기만 하면 매스컴에서는 알아서 적절한 해설을 붙여 보도해 준다.

이미 깊게 파인 골이어서 터트리기만 하면 온 국민이 양쪽으로 갈라져서 서로의 주장만 강조하기에 급급하고 있다.

타계하신 김수환 추기경님의 '내 탓이오' 하시던 구호가 생각난다.

내가 먼저 양보하지 않고는 풀기 어려운 숙제라는 것을 이미 알고 계셨다. 갈등의 근저에는 개인의 이해타산과 집단이기주의가 전제되기 때문이다.

타협의 전제조건은 내가 먼저 한발 양보하는 마음에서 시작된다.

양보의 마음은 언제 생기는가? 마음이 너그러워질 때이다.

마음이 너그러워 질 때는 언제인가? 풍족함을 느낄 때이다.

언제 풍요함이 생기는가? 욕심을 버리고 마음을 비울 때다.

무엇을 어떻게 양보하여야 할까? 타인에 대한 배려와 타인의 입장을 먼저 고려하여야 한다.

누가 먼저 양보해야 하는가? 가정이 평안하려면 웃어른이 양보하고, 많이 가진 형제가 먼저 양보해야 하듯이, 사회의 평화에도 많이 가진 자가 먼저 양보해야 한다. 강자가 약자에게 먼저 손을 내밀어야 한다.

얼마 전에 강지원 변호사가 TV 강연에서 좋은 말씀을 했다.

"테니스 코트에서는 선수들은 좌건 우건 중앙선 양쪽에만 있을 수 있고 중간에는 심판만이 양쪽으로 나눈 선(Line) 상에 있을 수 있다. 선수는 중앙선에 가까운 사람 먼 사람은 있을 수 있지만 한 가운데는 설 수 없다. 그러면서 '좌향좌'나 '우향우'가 아니라 "중향중!"이라는 구호를 만들어 서로 마주 보면서 경기하듯 토론의 경우에도 가운데로 의견접근을 해보면 좋겠다."고 하였다. 서로가 좌향좌 우향우로 멀어져만 가는 우리 사회의 극단적인 분열상을 해결코자 하는 고심 끝에 나온 발상이었으리라 생각된다.

중용이 지키기 힘들다하여 외면하는 것도 안 되지만, 극단의 의견을 방치하고 사회통합을 이루려는 노력을 포기하는 것은 더욱 문제가 많다.

확실한 의견을 서로 제시하여 사회나 국가에 좋은 방향을 찾아가는 노력은 개인간, 법인간, 기업간, 지역간, 사회 집단간, 종교간, 정당간 뿐 만 아니라 모든 분야에서 시도되어야 한다. 중론을 지향하는 시도에 긍정적인 생각을 갖는 마음이 중요하다.

그래야만 한 울타리 안에서 살아가는 사람끼리 보다 더 좋은 사회를 만들어갈 수 있다. 의견이 다르다고 멀리하고 같은 의견을 가진 사람들끼리만 뭉치면 사회를 분열시키는 결과만 가져와 끊임없는 투쟁의 연속이 될 것이다.

상호신뢰가 없다보니 타협이 어렵고, 시위와 투쟁으로 대신한다.

지금도 각종시위와 노사분규로 우리가 치루는 사회비용은 이루 말할 수 없이 많다. 더 이상의 분열로 온 국민이 극단으로 가기 전에, 상대의 의견에도 일리가 있고, 남의 의견도 경청하여 타협의 습관이 몸에 베어들도록 모두의 노력이 있어야 한다.

"조용한 것은 그대로 조용히 있게 할 수 있다. 아직 일어나지 않은 일은 쉽게 그것을 예방할 수 있다. 아직 적은 것은 이내 없앨 수 있다. 모든 일은 그것이 아직 모습을 드러내기 전에 대처하는 것이 좋다. 무질서가 시작되기 전에 규율을 바로 세워라. 큰 나무도 어린가지에서 시작되고 구층탑도 작은 벽돌 한 장에서 시작된다. 천리 길도 한 걸음 부터다." 노자가 한 말이다. 지금 우리 세대가 새겨들어야 할 명언이다.

각박한 현실에서 이런 원론적인 얘기에 귀 기울일 사람이 몇이나 있을까마는 그렇더라도 이런 노력은 지속적으로 이어져야 한다는 생각에 졸견을 말해 본다.

티끌이 모여 태산이 되고, 시냇물이 흘러 큰 강을 이룬다.

천도(天道)란 있는가! 없는가!

세상을 살다보면 꼭 사필귀정(事必歸正)만은 아닌 때가 많다.

충신과 효자만이 복을 받고, 정의의 사도만이 부귀영화를 누리는 것은 아니라는 사례를 주위에서 얼마든지 볼 수 있다.

평생을 노력하고도 뜻을 이루지 못하는 사람도 있고 우연한 기회에 복권당첨 같은 행운이 찾아와 일생이 잘 풀리는 사람도 주변에서 본다.

이러한 세상사에 대하여 동양 역사 기술의 아버지라 일컫는 사마천은 ≪사기열전≫에서 모두(冒頭)에 천도란 있는 것인가 의문을 제시하고 있다.

사마천의 불우한 일생에 대하여는 익히 알려져 있듯이 바른말을 하다 한 무제에게 궁형을 당하는 수모를 겪고도 끝내 사기 130편을 기록하였으니 그 삶과 기록이 얼마나 치열하였으리라 가히 짐작이 간다.

그가 쓴 사기에서 본기와 세가에서 기술하지 않았으나 각국에서 활약했던 유명한 인물들에 관한 내용을 열전으로 70편을 썼는데 그 제 일편이 백이 열전이다.

그 백이 열전에 “과연 천도란 사사로움이 없으며 언제나 착한사람의 편을 드는가? 천도라는 것이 과연 있는 것인지, 그리고 있다면 과연 옳은 것인지 그른 것인지?" 하고 물으며 세상의 이치에 대하여 공자를 빌리고 선비를 빌려 자신이 겪은 세상에 대하여 기술하고 있다.

백이 숙제가 서로 왕위를 양보하다 은나라를 떠나 주나라에 갔다.

문왕이 은나라 주왕을 치려하자 "부왕의 장례도 다 치르기 전에 전쟁을 하려 하니 이 어찌 '효'라 할 수 있으며 신하의 몸으로 군주를 죽이려 하니 이 어찌 인이라 할 수 있겠습니까?" 하고 간하였다.

이에 문왕의 신하들이 백이숙제를 죽이려 하자 여상(강태공)이 이들은 의로운 사람들이다고 하여 죽이지 않고 데려 가게 하였다. 그 후 문왕이 은나라를 평정하자 주나라에 살지 않겠다고 백이숙제는 수양산에 들어가 고사리를 캐 먹으며 연명하다가 굶어 죽었다.

공자는 제자 70인 중에 안연이 학문을 좋아하는 사람이라고 극찬을 하였는데 그 안연은 술지게미와 쌀겨조차도 배불리 먹지 못하다가 일찍 세상을 떠났다.

반면 도척은 제나라 도적인데 날마다 수많은 사람을 죽이고 사람의 간을 회쳐 먹고 포악무도한 짓을 하고 수천 명의 도당을 모아 천하를 횡행하였지만 천수를 다하고 죽었다. 사마천은 천도에 대하여 의문을 제시하였다.

"앞에서 말한 두드러진 예 말고도 근세에 이르러서도 소행이 방종하여 도를 벗어나 오로지 악행만을 저지르고서도 종신토록 호강하며 부귀가 자손에까지 이어지는 예도 적지 않다. 이와는 달리 한 발짝을 내 딛는데도 땅을 가려서 밟고 발언하여야 할 때에만 정당한 말을 하며 항상 대로(大路)를 걸으며 공정한 일이 아니면 분발하지 않는 등 시종 근직하게 행동하면서 살아가는 사람도 오히려 재앙을 당하는 일이 이루 헤아릴 수 없이 많다. 나는 매우 당혹하지 않을 수 없다"고 한탄 하였다.

공자는 이런 말도 했다.

"부귀가 뜻대로 얻을 수 있는 것이라면 나는 천한 마부의 일이라도 사양하지 않겠다. 부귀가 천명이어서 나의 뜻과는 상관없는 것이라면 나는 내가 좋아하는 바에 따라 도를 행하고 덕을 닦을 뿐이다. 추운 겨울이 되어 다른 초목이 조락(凋落)한 후에야 소나무와 잣나무가 언제나 푸르름을 잃지 않는다는 것을 안다."

추사 김정희가 제주도에 귀양 가 있을 때 변함없이 자기에게 정성을 보인 제자 이상적에게서 느낀 바를 그려낸 눈 속에 외로이 서있는 '세한도'의 소나무가 공자의 말씀을 회상한 것이었으리라.

온 세상이 혼탁한 후에야 청렴한 선비가 비로소 드러난다는 말이다.

이것은 속인들은 부귀를 중하게 여기지만 청렴한 선비는 부귀를 가볍게 여기고 순리에 따르기 때문에 항상 좋은 결과만 있는 것은 아니다.

그래서 천도는 꼭 순리에 맞게 청렴하고 선량한 사람만을 세상에 드러내어 상을 주는 것에 의문을 제기한 것이리라.

"용간 데 구름일고 범간 데 바람일 듯 성인이 나타나면 천하 만물이 그를 우러러 본다. 백이숙제가 비록 어지나 공자의 칭찬하는 말을 얻어서 그 이름이 더욱 드러났으며 안연이 비록 학문에 독실하였으나 파리가 준마의 꼬리에 붙어서 천리를 갈 수 있듯 공자의 칭찬을 얻어서 그 덕행은 더욱 현양(顯揚)되었다. 바위굴에 은거하는 고상한 선비라도 나아가고 들어감에 때의 운 불운이 있다. 두메에 살면서 품행을 닦고 이름을 남기려 하는 사람이 학덕 높은 성현을 만나지 못한다면 어떻게 이름을 후세에 남길 수 있겠는가."고 사마천은 쓰고 있다.

후세에 명성의 드러남도 그 사람의 덕행에 비례하는 것은 아니라는 얘기다. 세상사가 도에 맞게만 전개되지도 않고 도리에 맞는 일만이 세상에 알려지는 것도 아니다.

그렇다면 오늘의 현실에서 새삼스럽게 도를 얘기하는 것은 무슨 의미가 있을까? 어떻게 살아야 한 세상 의미 있는 삶을 살았다고 할 수 있을까? 혼자서 반문해 본다.

세상에서 일어나는 많은 비리를 볼 때마다 천도를 생각해 보고 사마천이 부르짖던 탄식을 되 내이지 않을 수 없을 때가 있다.

사마천이 세상사의 도리를 '천도'를 빌려 탄식한 그 도란 도대체 무엇일까?

공자가 말씀하신 "아침에 도를 깨우치면 저녁에 죽어도 좋다.(朝聞道면 夕死라도 可矣)"라 했던 '도'는 무엇을 말씀하려고 하셨을까?

〈대학〉(사서 중 한 권)에서 말하고 있는 '격물(格物)' 즉 세상 만물의 이치에서 그 뜻을 찾을 수 있을까?

부처님이 6년 고행 끝에 얻은 깨달음을 천도의 길에 맞추어 볼까?

돈오돈수(頓悟頓修)이건 돈오점수(頓悟漸修)이건 고승들이 깨우쳤다는 해탈의 경지가 우리가 흔히 말하는 '도'를 깨우친 것일까?

예수님이 말씀하신 '천국으로 가는 길' 에 세상의 도가 포함되어 있을까? 아니면 뉴튼이 수학적으로 밝히고자 했던 우주법칙에서 천도를 찾아볼까? 찰스 다윈의 진화법칙에서 혹 천도의 길을 찾을 수 있지 않을까?

아놀드 토인비는≪역사의 연구≫에서 춘추 전국시대의 혼란기를 거치고 중국문명이 밀려가 찾아든 곳은 진리와 생명의 길 즉 "우주가 작용하는 길이자 궁극적으로는 신(추상적 철학적 의미의 신)을 뜻하는 도 이었다."고 아래와 같이 썼다.

"도란 떠도는 배와 같아서 이쪽으로도 갈 수 있고 저쪽으로도 갈 수 있다."고 표현하고 서양의 '자유방임(自由放任)'의 여신과 같은 우연과 필연의 두 얼굴을 가진 사상으로 설명하고 있다. 그러면서 허버트 피셔가 쓴 ≪유럽역사≫의 서문에 쓴 다음의 글을 인용하고 있다.

"하나의 지적 흥분 속으로 …… 나는 아무래도 잠길 수가 없었다. 나보다도 총명하고 학식이 풍부한 사람들이 역사 속에서 하나의 줄거리, 하나의 리듬, 하나의 미리 정해진(영적인) 형상을 인정하고 있다. 그러나 그러한 조화가 나의 눈에는 보이지 않는다. 나의 눈에 보이는 것은 오직 파도가 잇달아 밀려오듯이 잇달아 일어나는 돌발 사건이나 독특한 사실이기 때문에 결코 일반적 결론을 내릴 수 없는 하나의 중대한 사실 뿐이고 또한 역사가는 전개되는 인간의 운명 속에서 우연한 것과 예견할 수 없는 작용을 인정해야 한다는 역사가에게 유일하고도 안전한 규칙 뿐이다."

죽을 때까지 애써 찾다보면 혹시나 도의 깨우침이나 의미가 명확해지는 때가 나에게도 찾아와 주는 행운이 있기를 빌어 본다.

평창에서의 망언

– 조슈아 쿠퍼 라모

미국에는 기술계에 중대한 기여를 한 인물에게 100만 달러를 수여하는 위원회가 있다. 일테면 기술계의 노벨상인 셈이다. 그동안 이 위원회의 수상자는 빌 게이츠도 아니고 스티브 잡스도 아니다. 그들은 이미 거부가 되어 있어 수상을 바라지 않고 돈을 필요로 하지도 않는다. 그래서 근본적이고 대단히 중요한 기여를 했지만 그들만큼 유명해지지 못한 사람들 중에서 선정하여 상을 수여한다.

이 위원회의 위원장이 바로 평창 동계올림픽 때 부당한 발언으로 우리가 분노하는 조수아 쿠퍼 라모다.

그는 ≪뉴스위크≫와 ≪타임스≫ 등에서 저널리스트로 활약했고 타임스에서는 최연소 부편집장까지 지냈으며 '미국의 외교정책을 발전시키는 젊은 지도자 상'을 수상한 미국의 엘리트이다.

중국 전문가로 베이징과 뉴욕을 오가며 활동하는데 칭화대학 겸임교수를 겸하고 있기도 하다. 그가 2004년에 주장한 새로운 중국의 민주주의 모델 '베이징 컨센서스' 즉 정치적 자유화를 강요하지 않으면서 시장경제 요소를 최대한 도입하는 중국식 발전 모델을 소개한 인물로 우리에게 알려진 사람이다.

2008년 베이징 하계 올림픽 때에는 중국 담당 분석가로도 활약한 인물이다.

내가 조슈아 쿠퍼 라모를 알게 된 것은 그가 평창올림픽에서 망언이 있기 전 그의 저서 ≪제7의 감각, 초연결지능≫(THE SEVENTH SENSE, 정주연 역)를 읽고 감명 받은 바 있어 그를 근래에 보기 드문 자연과학을 이해하는 인문학자로 그에 대하여 많은 관심을 가지고 있었던 터였다.

≪제7의 감각≫에서 그는 앞으로 세상은 제7의 감각을 가진 자가 지배하게 될 것이라 했다. 제6의 감각을 미리 가졌던 나폴레옹과 아인슈타인이 전쟁과 과학에서 타인이 도저히 따라갈 수 없는 능력을 발휘하였듯이. 그러면서 육감이 아닌 제7감은 어디에서 올 것인가 하는 문제에 대하여 그는 네트워크로 연결되어 있는 오늘의 현실에서 어떻게 하면 이 네트워크 전반(그는 'Topology'라는 표현을 쓰고 있다)을 터득하여 직관으로 이것을 이용할 수 있는 감각을 가진 자가 다음 세대의 부와 권력을 가지게 되는 카스트 제도의 브라만이 될 것이라 말하고 있다. 저널리스트로서의 촉을 유감없이 발휘하고 있는 그의 저사의 글을 보자.

"2010년 12월 튀니지에서 시작된 시위가 리비아 트리폴리, 시리아 다마스쿠스로 퍼져 나가 전 북유럽을 휩쓸었다. 여러분은 동영상과 문자메시지라는, 과거에는 보이지 않던 기술이 만든 연결선을 따라 분노가 이동하며 북아프리카 전체의 안정을 무너뜨리는 광경을 보았다. 이후 2년 동안 이집트, 튀니지, 리비아, 예멘의 지도자들이 권력에서 밀려났다. 그들의 이름은 안정의 상징이 아니라 부정부패의 대명사가 된다. (중략) 새로운 종류의 정치적 에너지, 사람들과 생각들의 연결방법, 이용하기 쉽고 파괴적인 힘이 나타난다. 그 힘을 낙관적인 젊은이들만큼 잔

인한 근본주의자들도 활발히 이용하는 것 같다. 민주주의 혁명인가? 아니다. 혁명인가? 그렇다. 혁명인 것은 분명하다."

이런 현상에 대해 스페인 사회철학자 마누엘 카스텔(Manuel Castells)은 인류학자가 머나먼 곳에 사는 새로 발견된 부족에 대해 기록하듯 치밀하게 수십 년 동안 네트워크를 조사, 분류하고 설명하느라 애를 써왔다.

1990년대 말 그의 연구 성과는 우리가 사는 세상의 뼈대를 새롭게 설명했다. "빠르게 변화하고, 통신과 기술이 지배하며 새로운 방식으로 연결되는 '네트워크' 사회는 인류에게 질적으로 다른 경험이다."라고 말했다.

당연히 그는 그런 변화가 정치에 어떤 영향을 주는지에 궁금해 했다.

2014년 하버드 대학 연설에서 카스텔은 "우리는 지금 새로운 형태의 사회운동이 탄생하는 것을 목격하고 있습니다."라고 청중들에게 선언했다.

정보기술이 거대하고 빠른 사회적 파도를 일으키는 와중에 보이지 않던 이 운동은 순식간에 저항할 수 없는 흐름이 되었다. 그런 운동은 정치적 변화나 경제적 정의를 요구했으며, 심지어 어떤 이들은 그런 열성에는 다소 어울리지 않는 기술 이전 시대로의 회기를 주장하기도 했다.

이런 나라들에서 변화를 바라는 새로운 저항세대는 대부분 기존 조직들에 거의 전혀 만족할 수 없었다.

정당에서는 썩은 냄새가 났다. 언론은 억만장자의 소유이거나 그들이 통제했다. 즉각적 접속에 익숙한 세대는 삶이 느려터진 속도로 붕괴된 구조물 속에서 전개되는 것을 참을 수 없었다. 그리고 어쨌거나 다른 선택지가 존재했다. 그들은 이미 트위터와 페이스북, 유튜브를 통해 익힌 것이 있었다.

수십 개 도시에서 계획도 없고 통제되지도 않은 채 시위가 일어났다.

바스티유 습격에서부터 노동운동에 이르는 수백 년 동안의 집단적 대중운동이 연결행위로 대체되었다. 만난 적도 없고 전혀 다른 역사와 욕구를 가진 사람들이 광속의 비트 혹은 분노에 의해 뭉쳤다.

이런 현상은 2008년 빠르게 퍼져나간 금융위기의 역학을 닮고 있다.

세계는 지구상의 모든 나라가 금융과 기술로 연결되어 한날한시에 절벽에서 굴러 떨어지는 진정한 의미의 전 세계적 금융위기를 그때까지는 겪은 적이 없었다. 3개월 동안 세계경제를 지탱하는 필수부문이 5%나 위축된 전무한 사건이었다. 그 경제적 위기와 같은 충격이 빠르게 유포되듯 사회적, 정치적 연쇄반응은 훨씬 더 빠르게 서로를 모방하며 더 요란하고 더 복잡한 결과를 유발하면서 발생하는 것 같았다.(≪제7의 감각≫에서 주 내용을 인용)

이 책을 읽으면서 우리나라에서 전개되었던 촛불 시위도 이 운동의 일환이었다고 생각되었다. 뚜렷한 주체 없이 서울과 여러 지방에서 들불처럼 시위가 일어나 대통령이 탄핵되고 새로운 대통령이 탄생되는 각본 없는 드라마가 불과 1~2년 사이에 전개되었다. 과거 같으면 도저히 상상할 수 없는 일이 일어난 것이다. 가히 네트워크의 세상을 실감하게 되었던 것이다. 이런 네트워크의 세상을 일찍이 터득하여 변화의 감각을 가졌던 사람이 빌 게이츠이고, 스티브 잡스이고, 구글을 일으킨 세르게이 브린과 레리 페이지라고 저자는 그의 책에다 쓰고 있다. 이 네트워크로 얽히고설킨 세상에서 보통 사람들은 도저히 알 수 없는 것을 깨달은 사람들, 즉 제7의 감각을 가진 사람은 전혀 새로운 세상을 만들어

낼 수 있다고 했다.

이 네트워크 알고리즘(Algorithm)을 확실하게 파악하면 세상의 부와 권력은 물론 모든 정보를 알 수 있는 그야말로 빅 브라더의 지위에도 오를 수 있다는 것이다. 이 네트워크로 시공간이 좁혀져 있고 인공지능이 나와 세상 만물을 연결하는 세상에서 향후 미래의 국가 간 성패가 결정될 것이라고 저자는 진단하고 있다.

앞에서도 말했지만 그는 중국 통이다.

춘추전국시대 합종책을 주장했던 소진이 머리카락을 천장에 묶어 잠이 오면 잡아당기게 하고, 칼로 허벅지를 찔러가며 공부하여, 수백 년 동안이나 전쟁에 시달리던 때, 20여년의 기간 전쟁을 멈추게 하는 지혜를 터득했다는 사실도 그의 저서에는 소개되어 있다.

금나라에 쫓겨 양자강 이남으로 도피한 남송의 수도 임안에서 세상사와 예술을 통달한 르네상스 시대의 교양인처럼 중국에서도 소동파 같은 시인이 있어 송나라 문화를 일으킬 수 있었다는 내역도 소개하고 있다.

그의 저서에는 2014년 세계 해킹대회에서 대한민국의 이정훈이라는 깡마르고 명랑한 청년이 애플의 사파리, 구글의 크롬브라우저를 비롯한 지구상에서 가장 중요한 프로그램 몇 개를 PWN(I owned you 에서 온 말로 시스템을 지배하다 소유하다는 뜻)하여 22만5천 달러를 받아 갔다는 글을 쓸 정도로 한국에 대하여도 잘 알고 있다.

이렇게 동아시아의 전문인으로 자타가 공인한 사람이기에 평창에서 한 발언을 주목하지 않을 수 없는 것이다.

"일본이 한국을 1910년부터 1945년까지 강점했지만 모든 한국인들은 일본이 문화, 기술, 경제적으로 매우 중요한 본보기였다고 말하게 될 것"이라 했다(Japan, a country which occupied Korea from 1910 to 1945.

But every Korean will tell you that Japan is a cultural and technological and economic example that has been so important to their own transformation)

일부 한국인이 아니라 모든 한국인이 일본이 본보기였다고 생각할 것이라 했다. 한국의 어떤 뉴 라이트도 감히 할 수 없는 발언을 한국의 잔치에 와서 재를 뿌리는 망언을 한 것이다. 라모는 어디에서 이런 말을 듣거나 읽어서 그런 발언을 서슴없이 하였을까 의문을 가져보지 않을 수 없다.

우리나라에서는 역사학계와는 달리 경제학계에서는 심심찮게 이런 식민지근대화론 같은 주장이 제기되고 있다. 식민지배 기간의 통계를 인용하여 자신들의 주장에 대한 논거로 제시하는 경향이 있다.

당시 일본제국주의에서 발표한 통계 이외에는 어떤 비판적인 조사도 없었던 것을 감안하면 무조건 통계에 의존한 논리는 거부감을 준다.

만약 라모가 모든 한국인이 일본이 한국 발전의 본보기가 되었다고 한 표현이 한국의 뉴 라이트들의 얘기를 듣고 그런 발언을 했다면 한국의 뉴 라이트들에게 문제가 있다고 본다. 그렇지 않고 혹시나 일본인이나 일본의 어떤 후원단체의 지원을 받은 사실이 있어 일본에 우호적인 생각으로 이런 발언했다면 일본의 세계적 외교에 대하여 우리는 이번 일을 계기로 새로운 인식을 하여야 할 것이다.

어느 지인에게서 들은 얘기인데 일본의 국제무대에서의 로비는 대단하다고 한다. 외국의 저명인사들은 특히 미국의 정계 학계 등의 인사들은 일본에 많이 초대되고 있으며 일본에 다녀온 뒤에는 일본에 대한 호감을 가질 수 있도록 다방면에서 호의를 베푼다고 한다. 이런 호의에는 민관이 따로 없다는 것이다. 지금 국제무대에서 일본과 우리를 비교해 볼 때 깊이 생각해 보아야 할 대목인 것 같다.

우리는 국내의 정쟁에 너무 몰두하다보니 외부로 눈을 돌릴 여유를 가지지 못하는 것이 아닌가 안타까운 생각이 든다.

'일본군 위안부' 문제를 유네스코에 등재하지 못하는 것도 일본의 자금력이 유네스코 존립에 영향을 주기 때문이라는 보도는 일본의 돈이 세계에서 어느 정도 전 방위적으로 위력적인 영향을 끼치고 있는지 가늠하게 해 준다.

북한의 비핵화가 이슈가 되어 세계적으로 관심이 고조되고 있다. 한반도에서 전쟁이 일어날 것 같은 위기감이 감돌고 있었다. 다행히 평창동계올림픽을 계기로 남북한의 소통이 이루어져 한숨을 돌리고 있다.

그런데 일부 보수 세력들은 촛불시위로 세상이 바뀌었는데도 과거로 회귀하기를 바라는 것 같은 집회를 하고 있다. 태극기를 들고 성조기를 들고 일부는 일장기까지 들고 행진한다.

현 정부에 대한 불만의 표시겠지만 일본은 과거의 잘못에 대하여는 일언반구의 반성도 없이 위안부 문제와 독도 영토권 주장으로 우리 심기를 늘 불편하게 한다. 최근에는 반도체 주요제품 수출문제까지 야기하여 우리를 자극하고 있다.

라모는 중국의 임제종이 일본의 한 종파의 뿌리가 되었다는 사실도 알만큼 일본에 대하여도 잘 알고 있는 식자다. 자신도 16세부터 임제 수련을 했다고 밝히고 있다. 이 종교의 특징이 '순간적인 깨달음'을 추구하고 있다. 제7의 감각도 이런 순간의 깨달음으로부터 오는 것이라 생각하는지도 모르겠다. 우리나라 불교에서도 '돈오돈수'라 하여 순간에 세상만사를 깨우치는 경지에 도달하기 위해 오랜 시간을 명상하며 정진하기도 한다.

조수아 쿠펴 라모가 어떤 의도로 그런 발언을 했는지는 알 수 없다. 중국, 한국, 일본에 대하여 조예가 깊은 아시아 통으로 알려진 사람으로서 일본이 탈아 입구로 일본을 개조하여 그 경제력이 서구에 필적하였듯이, 한국도 일본을 모델로 경제가 발전하였으나 앞으로 일본을 능가하는 국가가 되어 가고 있다는 의도로 한 발언이었다면 그나마 한국인으로서 어느 정도 수용할 수 있을 것 같다.

제2부

해외생활과
여행에서 바라보는
세상

직접 하는 로마관광과 TV로 보는 것은 어떤 차이가 있을까

–자연 경관 여행과 유적지의 관광은 같지 않다

어느 술자리에서 내가 캐나다 토론토에 주재원으로 있을 때 나이아가라폭포를 계절마다 볼 수 있었다고 자랑했다. 그러자 옆에 있던 친구가 나이아가라폭포를 본 사람과 안 본 사람이 무슨 차이가 있느냐고 반문했다. 그 친구야 농담 삼아 한 얘기겠지만 가만히 생각해 보니 그동안 많은 여행을 한 나에게는 충격으로 받아들여졌다. 무조건 많은 곳을 다니면서 보는 여행은 삶에 큰 변화를 주지 못하는 게 아닌가 하는 회의마저 들었다.

요즈음 TV채널에서는 여러 곳의 세계 명승지를 방영하고 있어 가보지 않고도 웬만한 곳은 보게 된다.

중국의 자금성이나 만리장성은 방영한 지 이미 오래 되었고, 소주, 항주, 시안 등의 유적지는 물론 장가계, 원가계, 계림 등의 명승지와 소수민족의 거주지인 윈난성 구석구석까지 전문 여행가의 행적을 방영하기도 했다. 또 동남아의 여러 나라를 넘어 남미의 이과수 폭포며, 노르웨이의 피오르드 해안도 방영했다. 크로아티아의 국립공원, 프랑스 파리는 물론 여러 소도시며, 스페인의 수도 마드리드와 바르셀로나는 물론 남쪽 그라나다 유적지까지 보여 주기도 한다. 그리스 옛 유적지며

산토리니 등 여러 섬과 이태리의 나폴리 주변 소렌토 해안까지 보여주기도 한다.

이렇게 TV로 미리 많은 관광지에 대한 사전지식을 갖고 하는 여행은 처음 보는 신선감은 없을지 몰라도 더 많은 것을 보고 느낄 수도 있겠다는 생각이 든다. 일부 방송에서는 테마여행이라 하여 도시나 관광지의 구석구석을 방영하고 있다. 현지에서 리포터가 미리 준비해 둔 대로 안내를 받아 사실상 짧은 여행에서는 만나보기 어려운 현지인의 생활상과 음식문화 가족관계 등이 소개되어 관광의 의미를 다채롭게 간접으로 경험시켜 주고 있다.

여행의 목적 중 미지의 세계를 경험한다는 것이 가장 큰 흥분과 설렘을 주는 것이라 주장하는 사람도 있겠지만 여행의 의미는 다방면에서 찾을 수 있다. 신혼여행과 같이 인생의 중요한 터닝 포인트가 되는 여행도 있고, 가족과 함께하는 휴가여행, 친구들과 함께하는 즐기기 위한 여행도 있다. 그때마다 여행의 의미는 달라질 수 있다고 본다.

모든 여행이 경이로운 자연경관만 보는 것도, 수학여행 가듯이 배우는 것만을 목적으로 하는 것도, 여행의 진정한 목적은 아닐 것이다.

그렇더라도 여행은 일상으로부터 일탈하여 경험하지 못했던 새로운 세상과 새로운 사람들과의 만남이라는 의미에서 삶의 폭을 넓혀주고 있다.

그래서 넓은 세상을 두루 보고 관찰하여 좁은 세상에 갇혀 있던 고정관념을 깨뜨릴 수 있는 좋은 길이라 생각되어 옛날부터 젊은 날의 여행을 권장하였던 것이다.

실제 경험 없이 책이나 남의 얘기로만 배우는 것보다 백문이 불여일견(百聞而不如一見)이라는 속담이 여행에서 배우는 것을 두고 하는 말 같다.

요즈음 은퇴 후 여유가 있는 사람들은 여행으로 노년기를 보내고 있다. 중국이며 동남아며 유럽의 여러 나라와 이집트, 그리스, 이태리는 물론이고 성지순례로 중동 지역의 이스라엘과 터키까지 섭렵하고 있다.

젊은층은 동호인끼리 무전여행도 하고, 히말라야도 오르고, 중국의 오지인 돈황 같은 사막지대, 사막 중의 사막이라는 사하라사막, 잉카문명의 유적지인 페루의 마추픽추까지 간다.

여행이 유행의 물줄기에 편승하고 있다는 느낌이다.

나는 내가 받았던 질문을 던져보고 싶다.

"로마에 가서 직접 체험하는 것과 TV로 보는 간접체험은 어떤 차이가 있을까?"

요즈음은 교육도 시청각교육이라 하여 보고 듣기를 동시에 하여 효과를 높이고 있다. 현장 실습으로 직접 현장에 가서 체험하여 학습효과를 높이기도 한다. 여행도 이와 같은 것이라 생각된다. 단순히 보고 듣는 것과는 달리 오감으로 직접 접하고 느껴보는 것은 가장 효과적인 인생체험일 것이다.

운동과 마찬가지로 직접 몸으로 하는 것과 구경하는 것의 차이와 같이, 여행에서 직접 현지를 체험하면서 보는 것과 앉아서 TV로 보는 것과의 차이일 것이다. 구한말 테니스를 하고 있는 서양인을 보고 어떤 양반이 "무엇 때문에 땀 흘리며 저 고생을 하느냐? 하인들 시키지 않고!"라고 했다.

오래 전부터 서양에서는 '보는 스포츠에서 직접 하는 스포츠'로 운동이 생활화되었듯이 관광도 이와 같이 변하고 있다. 아마추어 운동가들이 사회 저변에 많게 되어 프로 스포츠도 더욱 활성화되었다. 여행도 소득이 높아진 후로 여행 전문인의 여행기를 읽는 것보다 직접 체험하는 사람이 늘고 있다. 직접 체험하는 여행에서 얻는 바가 더 많기 때문이다.

80년대 초에 내가 런던 연수 가던 길에 로마시내 구경 후 가까운 '티볼리'를 방문했었다.

로마제국에 대하여 짤막한 지식밖에 없었는데 친구가 꼭 가보라고 해서 들른 것인데 현지 설명서에 '하드리아누스 황제 별장'이라 적혀 있었다.

'하드리아누스 황제'가 로마 말기 5현제의 한 분이라는 것밖에는 몰랐던 나는 다른 나라를 침략하여 많은 재물을 착취해서 이렇게 아름답고 거창한 별장을 만들었구나 하는 느낌만 가지고 돌아왔다. 물론 당시에도 시간적 여유를 가지고 가이드의 안내를 받았다면 그 기회에 로마제국 역사며 황제들의 생활상이며 많은 것을 배웠을 것이고 로마에 대한 인식이 많이 달라졌을 것이다. 그러나 시간에 쫓겨 주마간산으로 휙 보고 지나친 결과, 귀국한 후에도 로마를 구경하기 전이나 후가 별다른 차이 없이 로마의 거대한 유적, 유물들만이 대단하다는 느낌만 남아 있을 뿐이었다.

내가 여행할 당시에도 서양의 노부부들이 함께 가이드의 안내를 받으며 진지하게 질문하던 모습이 인상에 남았다. 그 뒤 한국에 돌아온 후 나는 로마역사에 대하여 많은 흥미와 관심을 갖게 되었고, 로마문명에 대하여도 단순하게 상상하던 것과 거대한 유적유물을 보고 온 후의 로마 인식에는 큰 변화가 있었다.

마침 이탈리아에서 공부한 일본인 시오노 나나미가 쓴 ≪로마인 이야기≫가 시리즈로 매년마다 한 권씩 15년에 걸쳐 출간되었다. 흥미롭게 전권을 섭렵하고 나니 로마 역사가 좀 더 자세하게 다가오는 것 같았다.

그 책을 읽으면서 '하드리아누스 황제'의 위대함과 그렇듯 화려한 별장을 지을 수 있는 로마황실의 부(富)도 알게 되었다. 단순한 오락경기장으로만 알았던 '콜로세움'이 처음에는 황제가 시민들의 인기를 얻기 위하여 지었으나 나중에는 할 일이 없어진 로마병사와 시민들의 불만을 '빵과 서커스'로 달래던 장소라는 것도 알게 되었다.

사전 지식 없이 관광할 때는 건축물이나 유적지를 보고 마음대로 생각하고 느꼈는데, 많은 역사를 알고 난 후 내가 편견을 가지고 멋대로 해석했다는 자책감이 들었다. 그럼에도 젊은 날의 여행은 자신의 울타리를 벗어나 우물 안 개구리를 면하고 세상을 넓게 볼 수 있는 좋은 기회임에는 틀림없다.

영국에서 시작된 산업혁명을 강조하면서 리버풀을 흑항(黑港)이라 배웠던 생각에 영국은 전 국토가 공장지대로 가득할 것으로 예상하였다. 그러나 기차로 런던에서 스코틀랜드에 있는 네스호까지 기차로 달리면서 보았던 풍경은 푸른 잔디로 덮여진 한가한 농업국가 같은 모습이어서 얼마나 당황했던가.

아무런 지식 없이 하는 유적지의 관광여행은 농담 삼아 말했던 친구의 말대로 보나 안 보나 별 차이가 없다는 것도 새삼 생각하게 되었다.

자연경관은 오감으로 느껴보는 것이라 사람에 따라 별 차이가 없겠지만 (물론 시인이나 화가 음악가 등 감성이 뛰어난 예술가를 제외하고) 긴 역사를 가진 도시나 유적지는 사전 지식의 있고 없음에 따라 관광의 의미에 많은 차이가 난다는 것도 알게 되었다. "아는 만큼 본다."는 여행의 진리를 깊이 깨닫게 되었던 것이다.

여행기로는 괴테의 ≪이탈리아의 기행≫ 같은 문학 작품이 유명하다. 그러나 일반인에게 많은 영향을 준 여행기로는 아마 베네치아의 상인 마르코 폴로가 아버지를 따라 중국(당시는 몽고족인 원나라가 지배하던 때로 서양인을 우대하고 있던 때이다.)을 다녀간 후 쓴 ≪동방견문록≫일 것이다.

이 책을 읽은 많은 서양 사람들은 동양에 가면 노다지를 캘 수 있다는 환상에 젖었다. 콜럼버스가 신대륙을 발견한 것도 이 견문록을 읽고 동양에 가려던 꿈을 추구하여 이루었다고 한다.

우리나라에 표류하였다가 돌아간 ≪하멜 표류기≫도 있지만, ≪동방견문록≫이야말로 동양의 신비한 풍물을 좀 과장되게 표현하였으나 서양인에게 중국에 관한 상세한 내용을 처음으로 소개하였다는데 큰 의미를 부여할 수 있을 것이다.

우리나라에도 청나라 건륭제 때 사신을 따라 갔던 박지원이 부강한 중국의 모습을 기록한 ≪열하일기≫ 같은 좋은 여행기가 있다. 이 책에서 박지원은 중국과 조선사회를 비교하면서 여러 방면에서 뒤처진 우리의 사회상을 ≪허생전≫이며 ≪호질≫등에서 양반들의 비틀어진 모습을 적나라하게 풍자하여 당시의 조선사회를 깨우치려는 선각자의 모습을 보였다.

여행기의 하나로 내가 큰 감명을 받은 책이 프랑스의 토크빌이 1831년에 미국에서 9개월 간 체류하면서 보고 들었던 내용을 기록한 ≪미국의 민주주의(Demdcracy in America)≫이다.

토크빌은 이 책에서 신대륙에 상륙한 유럽인들이 어떻게 미국이라는 사회를 만들어가고 있는지 초창기의 정착사회에서 민주주의의 원초적 행태를 제도와 습속의 측면에서 상세하게 분석하여 기록하고 있다. 그러면서 자신이 프랑스 귀족의 한 사람으로서 느끼는 심정을 미국을 여행하고 나서 솔직하게 쓰고 있다.

"이 세상이 중요한 사람과 하찮은 사람, 부자와 빈자, 유식한 사람과 무식한 사람으로 가득 차 있을 때, 나는 후자는 무시하고 전자에 대해서만 주시했고 이 사람들이 나의 기분에 맞았다. (중략) 전지전능하고 영원한 하느님은 반드시 피조물 전체를 응시하고, 비록 한꺼번에 모든 것을 통찰함에도 불구하고 인류 전체와 개별 인간을 명확하게 통찰하신다. 하나님의 눈에 가장 기쁜 것은 소수 사람의 특이한 번영이 아니라 인류 전체의 복지라는 것을 우리는 알고 있다. 나에게 인간의 쇠퇴로 보이는 것이 하느님의 눈에는 발전이다. (중략) 그래서 나는 이 하느님의 관점까지 내 자신을 끌어 올리며 이 하느님의 관점에서 인간사를 관찰하고 판단하려고 노력하고자 한다."

토크빌이 미국을 여행하면서 시민들이 조국 프랑스보다 평등하게 살면서도 번영을 누리고 있음을 관찰하고 난 후 나온 결론이었다.

40여 년 전(1789년의 대혁명) 피를 흘리며 일어났던 대혁명 후의 프랑스가 왕정과 공화정으로 아직도 다툼이 끝나지 않고 있을 때다. 신대륙의 신선한 발전상에 깊이 감명 받아 쓴 책이 이 여행기이다. 이 책은 여행기라기보다는 정치학에서도 권위 있는 책 제목과 같이 민주주의에 관한 하나의 위대한 역작으로 읽히고 있다.

같은 프랑스인으로 앙리레비가 쓴 여행기로 ≪아메리칸 버티고:American Vertigo≫가 있다. 우리말로 쉽게 번역한다면 '미국의 환상'이다.

레비는 토크빌이 여행했던 때보다 170여 년이 지난 후, 2005년에 토크빌이 여행한 방식으로 1년여 동안 15,000마일의 대장정을 단행하였다. 반미주의자로 자처하던 그가 미국을 여행하고 나서 토크빌이 '미국의 민주주의'에서 간파한 '개인주의'가 여러 모로 변질된 양상을 되뇌고 있다.

"나는 오늘날 미국의 쇼핑센터와 초대형 교회와 자선단체들을 둘러보면서 다시 한 번 확인할 수 있었다. 세심하게 신경을 써 주면서 또한 완고하고 세밀하게 정리되어 있으면서도 절대적인 그것들의 보호자 행세를 하는 무한권력은 사람들을 아동기에 고착시켜 생각하는 수고마저 제거해버리는 독재적 힘으로 변절될 위험을 다분히 가지고 있었다."

먼저 본 사람의 뒤를 따라가면서 과거와 현재를 비교해 보는 것도 여행의 또다른 즐거움일 것이다.

이 여행기를 읽고 선구자가 본 것을 회상하면서 새로운 또 다른 면을 볼 수 있다는 것은 나를 뿌듯하게 함도 알았다. 스스로는 생각하지 못했던 것을 여행기를 읽으면서 회상하는 건 한 즐거움이고 깨우침이다.

"101번 고속도로. 뒤이어 그 유명한 1번 고속도로. 연안을 따라가는 이 도로는 책들에서 너무나 자주 보아서인지 고속도로를 타 보기도 전에 이미 잘 알고 있는 것 같은 느낌이 든다. 열기와 속도, 사막, 바다위의 하늘, 장 프랑스와 리오타르가 말한 이 '태평양의 벽'은 저기 저 산이 벽이라는 건지, 아니면 모래밭 위의 절벽들이 벽이라는 건지, 그도 아니면 뭍으로 떨어지는 저 거대한 흰 파도들이 그렇다는 건지 모르겠다는 생각이 문득 뇌리를 스친다." 캘리포니아의 태평양 연안을 차로 달려 보고난 후의 앙리의 독백이다.

LA에서 샌프란시스코를 이어주는 길은 3개가 있는데 소련의 후르시초프도 미국 방문 때 부러워했다는 5번 고속도로가 내륙에 거의 직선으로 나 있다. 이 여행기에서 쓴 것과 같이 태평양에 가까이 101번 고속도로가 있고, 바닷가에 가장 가까이에는 1번 도로가 있다. 나는 LA에 주재원으로 있을 때에 이 1번 도로와 101번 도로도 여러 번 달려보았다. 그러나 이 여행기를 읽기 전에는 태평양의 벽이라는 것을 한 번도 생각해보지 못했다. 이 여행기를 읽고 나서 과거를 회상하며 느낄 수 있었다. LA에서 4년 가까이를 살았으나 LA에는 중심이 없고 시내전체를 조망할 수 있는 곳이 없다는 사실도 이 책을 읽으면서 깨우칠 수 있었다.

LA에 살면서 여행했던 여러 관광지가 새롭게 떠올랐고, 젊었을 때 미국생활에서 느꼈던 많은 일들이 주마등처럼 머릿속을 스쳐 지나갔다. 여행은 하는 동안에도 삶의 활력소가 되지만 많은 세월이 흐른 후 테이프를 되감듯 과거를 뒤돌아보는 것도 젊은 날의 감정이 되살아나는 흥분을 준다.

이태리 티볼리의 아름다운 분수 정원

이태리 티볼리의 아름다운 분수 정원

태평양 연안의 LA 근교 바닷가 모습

미국의 서부 일대 자동차 여행

– 여행은 단조로운 일상에서 벗어나 동경의 세상을 몸소 체험하는 것이다

2005년에 여행했다는 앙리 레비의 미국 여행기를 읽으며 지난날을 회상하는 계기가 되었다. 1988년 미국에서 귀국하였을 때 부탁받아 썼던 글이 생각났다.

≪광대하고 저력 있는 나라, 미국≫이라는 제목으로 쓴 글이다. 젊은 날 짧았던 안목도 반성하면서 거기에 썼던 글 한 대목을 옮긴다.

"(전략) 미국인은 편안한 생활이 지속되다보니 성취 욕구는 줄고 조금만 어렵거나 귀찮은 일도 하지 않으려 하고, 쾌락의 생활 이외에는 근면 절약의 정신을 찾아보기가 점점 어려워져 가고 있다. (중략) 귀국 무렵에는 장거리 여행보다 LA 주변의 아름다운 공원이며 태평양 연안을 끼고 멕시코 국경까지 뻗어 있는 1번 도로를 따라 바닷가를 드라이브하는 즐거움을 만끽하였다. 어디를 가든 누구나 쉬고 놀기 좋게 꾸며진 이 지상낙원이라는 나라가 이제는 오랜 안락에 취해서 의욕을 잃고 비틀거리고 있다는 느낌에 때로는 안타까운 생각이 든다."

1980년대 미국의 적자는 눈덩이처럼 커가고 일본은 미국에 대한 무역 흑자로 라이징 선(Rising Sun)으로 일본 국기의 태양을 빗대어 미국은 지는 해고 일본은 떠오르는 해라고 요란하던 시기이다. 그러나 얼마의 세월이 지나지 않아 미국은 다시 일어나고 일본은 잃어버린 10년에서 이제는 20년의 세월을 허덕이고 있다.

젊은 날 신문과 방송의 보도 내용만으로 세상의 흐름을 판단했던 어리석음이 그대로 나타나 있다. 얼마의 세월을 더 살고 더 공부하고 더 노력해야 세상의 흐름을 읽어낼 수 있을까, 나이 들수록 두렵기만 하다.

국내에서는 자가용이 없이 지내다 LA에서는 출퇴근 수단으로 차가 필요하여 현지에서 운전면허를 받아 차를 샀다. 운전이 익숙해질 무렵이 되자 국내에서 할 수 없었던 가족과 함께하는 자가용 여행을 즐기곤 했다. 주말과 공휴일이 이어지는 날이면 장거리 여행을 하였고 특히 여름휴가에는 미국의 서부 일대를 관광할 수 있었다.

당시 미국은 오늘날 우리나라와 같이 주 5일 근무제여서 금요일 저녁에 출발하면 9박 10일간 휴가를 즐길 수 있었다. 나는 여행에 앞서 트리플에이(AAA)보험회사에서 여행 안내와 함께 제공해 주는 미국 전역의 자세한 지도를 공부하여 어디든 거리낌 없이 다니곤 했다.

미국 전역에 걸쳐 국도나 고속도로가 모두 남북으로는 홀수, 동서로는 짝수번호가 매겨져 있다. 시내의 길도 이와 같다. 그래서 나침반만 차에 싣고 지도를 공부하여 대충 가야할 방향을 알고 떠나면 분기점에서 표시된 동서남북(EWSN)의 방향을 맞추면 되었다.

생소한 곳에서 동서남북 표시가 없이 가는 방향의 도시 이름만이 보일 때는 생소한 도시 이름에 당황하고 길을 잘못 드는 경우도 종종 있었다. 잘못된 경우에는 나침반으로 방향을 수정하여 길을 찾아 갔다.

미국의 지도에는 태평양 연안 북쪽 캐나다에서 미국을 지나 멕시코까지 길게 남북으로 로키산맥이 뻗어 있다. 이 로키산맥과 캘리포니아주 사이에 시에라네바다산맥이 있다.

이 네바다 산맥 주변으로 애리조나주, 유타주, 네바다주에 캐년 지대가 펼쳐진다. 이 서부 로키산맥과 동부의 애팔레치아산맥 사이가 미국의 대평원이다. 미국을 차로 달리다 보면 넓은 국토가 텅 비어있다는 느낌이 든다. 그 넓은 땅에 자동차도로만이 동서남북 사방팔방으로 잘 닦여져 있을 뿐이었다.

나는 장기연휴(금요일이나 월요일이 휴일일 때)를 이용하여 마카로니 웨스턴 영화에서 보았던 미국 서부 일대를 찾아 다녔다.

LA에서 비교적 가까운 사막지대인 호수아트리와 하신톤 마운틴 등 오랜 풍상으로 기념비같이 우뚝우뚝 솟아있는 붉은 바위며 돌다리 같아서 이름 붙여진 브릿지캐넌 등을 구경 다녔다. 나중에는 그 유명한 그랜드캐넌, 자이언트캐넌, 브라이스캐넌 등 먼 곳까지 찾아다녔고, 많은 캐넌이 밀집되어 있는 캐넌 랜드까지도 답습했다.

지상에서 가장 덥고 아무 생물도 살지 못한다는 죽음의 계곡(Death Vally)도 가 보았다. 그곳은 해발보다 낮은 곳으로 지각변동에 의해 바다가 호수로 변했다가 수분이 증발되고 소금만 남아 일대에 식물이 살지 못하는 죽음의 계곡이 되었다. 기온이 미국에서 최 고온까지 올랐다는 기록이 게재되어 있었고, 사방 천지에 널려있는 소금밭에서 소금도 떼어서 정말로 짠지 맛도 보았다.

미국 체류 첫해의 여름휴가는 사우스다코타주에 있는 러시모어 국립공원까지 갔다. 고등학교 교과서에 실려 있던, 나다니엘 호손의 소설 '큰 바위 얼굴'의 모델이 실제로 있다 하여 예닐곱 개의 주를 거치는 거리를 멀다 않고 달렸다. 그러나 실제의 큰바위 얼굴은 동부에 따로 있다는 사실을 나중에야 알았다. 학창시절에 읽었던 스토리가 생각나서 한 번 모험을 감행했던 것이다.

러시모어 산 국립공원까지는 직선으로 왕복 거리만 계산해도 3,000 마일(4,800km)이다. 10일을 달려도 하루에 500km를 달려야 한다. 이곳은 초대대통령 조지 워싱턴, 3대 토마스 제퍼슨(미국 헌법 초안 작성), 16대 에이브러햄 링컨, 25대 시어도어 루즈벨트(파나마 운하 개통) 등 미국 역사에 위업을 남긴 4명의 대통령 얼굴을 바위에 조각해 놓고 있다.

이곳이 서부 개척 당시 가장 격렬하게 저항하던 인디언의 성지라는 것도 나중에 알게 되었다. 멀리 떨어진 조망대에서도 대통령들의 얼굴이 또렷이 보일 정도로 크게 조각되어 있다. 처음에는 유명한 서부 개척자들을 조각하려다 대통령으로 바뀌었다고 한다.

지금도 그곳의 인디언들은 보호구역(Indian Reservation)에서 초라하게 살고 있다. 최근에는 이곳 보호구역에 유명한 인디언 추장 크레이지 호스의 말 탄 동상을 새기고 있는데 현재 완성된 두상만 해도 4명 대통령 얼굴을 합한 것보다 더 크다고 한다.

지나는 길에 19C 말기까지도 일부다처제가 허용되었던 모르몬교(한국에서는 '예수 그리스도 후기 성도교회'로 불린다)의 총본산 건물이 있는 솔트레이크 시티도 관람하였고, 서부에서 제일 크다는 그레이트 솔트레이크(Grate Salt Lake)도 보았다. 국내에서 하지 못했던 자동차로 드넓은 미국 땅을 정신없이 누비고 다녔다.

2년째 여름휴가에는 그보다 더 먼(나중에 LA에 도착하여 살펴보니 3,900 마일 거리가 찍혔다.) 옐로우스톤 국립공원까지 다녀왔다.

전해의 경험이 있어서 더 멀리까지 계획한 것이다. 이곳은 세계에서도 가장 넓은 간헐천 지대로 미국에서 가장 먼저 국립공원으로 지정된 곳으로, 우리나라 경기도 만한, 미국에서 가장 넓은 공원이다.

살아있는 자연박물관이라 할 정도로 달리는 도로 위에 물소가 나타나기도 하고 많은 야생동물이 살고 있으며 우거진 숲, 지천에 온천수가 흐르고 있다. 여기저기에서 뿜어져 나오는 유황연기며 2시간여 간격마다 분수에서 물이 솟구치듯 땅속에서 솟아 올라오는 온천물을 경탄의 눈으로 보면서 실제로 보기 전에는 믿기 어려운 경관이었다.

지금도 옐로우스톤에서 시애틀까지 달렸던 기억이 생생하다.

천관우 씨가 대평원을 지나며 썼던 여행기에서 "기차는 원의 중심을 달린다."는 표현이 떠올랐다. 일정에 쫓겨 1,000여 Km를 하루에 달리는데, 지평선을 넘고 나면 밋밋한 구릉이 나타나고, 또다시 끝없는 벌판이 이어진다. 끝을 모르게 펼쳐져 있는 망망대해 같은 넓은 대지에 펼쳐진 옥수수밭과 밀밭은 미국의 풍요로움을 말해주는 것 같았다. 몇 시간을 달려야 한 번씩 나타내는 몇 채의 농가는 인력으로 농사짓기에는 도저히 감당하기 어려울 것 같은 넓은 땅이었다. 비행기로 씨 뿌린다는 말을 비로소 실감할 수 있었다.

도시에서는 느껴볼 수 없는 광활한 미국의 내륙을 달리면서 프랑스에서 자기들의 국토 배양력으로 1억의 인구를 감당할 수 있다고 호언장담했다는 글을 읽은 바 있었다. 그에 비한다면 미국의 국토로는 10억의 인구도 충분히 감당할 수 있겠다는 생각을 해 보았다. (프랑스 국토는 미국의 텍사스 주의 크기와 비슷하다.)

내가 미국에서 본 것은 무엇일까?

미친 듯이 미국의 여러 곳을 헤매고 다니면서 보고 느낀 것은, 광활한 땅에 다양한 사람들이 부와 여유를 누리며 살고 있다는 것, 미국사회의 법을 어기지 않으면 누구든 자유롭게 살 수 있다는 것, 관광지나 유원지가 부자는 부자 대로 서민은 서민 대로 즐길 수 있다는 것이었다.

여행을 하면서 평화로운 미국의 여러 면모를 보면서 우리나라와 비교해 보았다. 그러나 그것만이 전부가 아니고 미국의 실체는 과연 무엇일까? 어떤 마력이 있어 아직도 세계 여러 나라 사람들이 꿈을 찾아 이 땅에 오기를 원하고 있을까? 떠오르는 질문을 자문자답 하면서 나는 미국의 광활한 대지를 달리고 또 달렸다.

여행의 의의를 생각할 때 나는 앙리 레비를 또 한 번 떠올려 본다. 비버리 힐스의 자택에서 샤론 스톤을 만나서 나눈 대화를 생각해 본다.

미국에서도 가장 호사스럽고 유명 배우들의 집이 즐비하고 울타리 안에 골프장 한두 홀도 있다는 큰 저택이 있는 곳이다.

"지금 우리가 있는 이 지역, 금도금을 한 게토 안에 살고 있다고 말할 수밖에 없다. 이 지역과 사우스 센트럴이나 와츠 같은 재난 지대들 간의 극명한 대조를 받아들이기가 점점 더 힘들다. … 문제는 부시예요. 무식하고 한심한 인간이죠. 어디 가서 같이 맥주 한 잔 하기도 어려운 작자인데, 결국 대통령이 되었으니…."

영화 ≪원초적 본능(Instinct)≫에서 관능적인 여배우로 섹스의 심벌로만 알았던 여배우가 반전주의자라는 사실도 이 여행기를 통하여 알게 되었다.

외국인과의 인터뷰에서 자국의 대통령을 바보로 비난할 수 있는 미국에서 나는 4년여를 보냈으나 미국의 실상을 알아보지 못하고 겉돌기만 하다가 온 나 자신에 대한 자괴감마저 들었다.

아무리 많은 경관을 보고 관광지를 헤맸어도 거기에 살고 있는 사람들과의 소통이나 사귐 없이는 그들의 진상을 알기는 어렵다는 생각을 갖게 된다.. 하물며 주마간산격으로 스치듯이 지나가는 여행으로 한 나라의 실상을 안다는 것은 눈 감고 코끼리 만지는 꼴이었다.

흔히들 삶의 질에 대한 얘기를 하면서 이제는 국가보다 어떤 도시에 사느냐가 중요하다고 한다. 한 도시의 시민들의 삶을 알아보기 위해서는 거기에 사는 사람들과 접촉하고 의견을 들어보아야 한다. 그리고 여기저기 박물관이며 시장이며 관광지 등을 찾아보고 시민들과 접촉해 보며 그들의 삶을 경험해 보지 않고는 한 도시를 알 수 있다고 말할 수 없을 것 같다.

겉모양만 본 것이나 홍보 요원화되어 있는 관광안내인의 말만 듣고서 그 도시에 사는 사람들 삶의 질을 얘기하는 것은 부족함이 많고, 또 사실과도 부합하지 않을 수 있다는 생각이다. 그러고 보면 여행도 보고 듣고 생각하고 느끼며 마라톤하듯 달려가는, 인생이라는 길 위를 자신의 노력으로 풍성하고 아름답게 마음의 뜰을 가꾸어가는 하나의 여정이 아닐까 싶다.

기차와 같이 종착역을 향하여 단선의 레일 위를 달려가는 단조로운 길을 벗어나 미지의 새 세상을 보면서 때로는 고되고 힘든 우리의 일상을 잊고 잠시 일탈하여 머릿속으로 그리고 있는 환상의 세상을 체험해 본다는 것이 여행의 참다운 맛이라는 나름대로의 결론도 도출해 본다.

*러시모어의 큰바위 얼굴과 옐로우 스톤 및 LA 주변 경관

로스앤젤레스의 추억

- 재물을 모아 호사를 누리고 살다간 부호들의 흔적

구름 없이 맑은 날에는 내가 살고 있는 아파트에 앉아서도 석양의 지는 해를 볼 수 있다. 처음 이사 왔을 때는 낮은 산 너머로 떨어지던 해를 볼 수 있었는데 그동안 고층아파트가 늘어나 산은 가려지고 아파트 사이로 해가 넘어간다.

누가 말했던가 석양을 보는 횟수만큼 삶도 성숙해진다고. 우리 아파트가 서남향이고 14층이어서 건너편 산으로 넘어가는 해가 아닌 아파트로 넘어가는 태양을 보게 된 것이다. 대수롭지 않은 해넘이이지만 매일같이 보는 데서 작은 기쁨을 누린다.

저녁노을로 주변을 붉게 물들이며 넘어가는 해를 바라보고 있으면 문득 LA에서 지냈던 시절이 떠오른다.

1984년 LA올림픽이 있던 10월에 LA지점으로 발령받아 가게 되었다.

올림픽이 끝나자 올림픽 특수를 기대했던 많은 교민들이 올림픽 조직위에서 너무 많이 남발한 상표권 장사로 많은 손해를 입었다. 그래서 교민사회에서 올림픽위원회를 상대로 고소한다는 등 소요가 있었으나 결과는 신통치 않았고 결국은 여기저기서 부도업체가 생겨났다.

매일같이 본사로부터는 연체를 줄이라는 독촉을 받고, 해결할 방법이 요원한 현지상황 때문에 암울한 심정으로 하루하루를 보내고 있었다.

LA 저녁 퇴근시간이면 서울에서는 아침 출근시간이다. 뚜렷한 실적이 없어서 무거운 마음으로 본사의 질책 통화를 기다리면서 석양을 바라보았다. LA는 지진이 자주 발생하는 지대여서 몇 군데 고층빌딩 군이 있을 뿐 낮은 건물이 사방으로 넓게 퍼져 있다. 우리 사무실이 앙리 레비가 ≪아메리칸 버티고≫에서 표현한 대로 서부 연안을 통틀어 가장 높은 74층짜리 '퍼스트 인터스테이트 월드센터' 건물의 56층이어서 먼 바다까지 보였다.

우리 사무실에서 의자만 돌려 앉으면 바로 태평양 바다 속으로 빠져들어가는 해를 직접 볼 수 있었다. 해가 바닷물에 닿은 뒤 완전히 바다 속으로 들어가 보이지 않을 때까지는 3분 정도 시간이 걸린다. 할리우드와 붙어 있는 LA는 연중 비오는 날이 드물고 날씨 좋기로 유명하다. 그래서 나는 매일 해넘이를 볼 수 있었다.

LA는 여러 면에서 많은 특성을 가지고 있는 도시다.

앙리 레비의 표현을 빌리면 "LA에는 아테네인들이 모든 도시의 원칙으로 삼은 아이소노미(동일항)법칙이 작동하는 출발점으로서의 중심이 없다. 베버리 힐스, 할리우드, 베니스, 차이나타운, 코리아타운, 리틀 사이공, 리틀 도쿄, 말리부, 잉글우드, 피코 유니언(이쯤해 두자. 공식적으로 LA에는 84개의 지역구가 있고 120개국 언어가 사용된다고 한다.)의 주민들이 일정 거리를 두고 대칭을 이루는 핵심부 같은 것을 LA에서는 전혀 찾아볼 수 없다. (중략) 팽창하고 늘어나는 도시, 끊임없는 횡설수설 같은 도시, 굼뜨고 게으르지만, 은밀하게 날뛰는 거대한 짐승 같은 도시. (중략) 이 도시의 5개 행정구역(오렌지, 리버사이드, 산 베르나르디노, 벤추라, 로스앤젤레스)의 그 엄청난 크기 때문일까?

로스앤젤레스 구역 하나만도 주민 9백만 명(LA 전체 인구는 1,500만 명이다)에 동에서 서로 70Km, 북에서 남으로 80Km에 걸쳐 펼쳐져 있기 때문일까? 아니면 다른 도시와 딴판으로, 애초부터 지진 때문에 평평해진 그 지반 때문일까? 분명한 것은 파리의 노트르담사원같이 사방을 조망할 수 있는 지점들이 존재하지 않는다는 사실이다."

장황하게 앙리 레비의 글을 인용하는 것은 과문한 탓인지는 몰라도 LA에 대하여 이렇게 정확하고 생생하게 묘사한 글을 나는 여태 보지 못했다.

서울이 인구는 많지만 600평방킬로미터 남짓하다(서울은 가로 20km 세로 30km, LA는 가로 70km 세로 80km).

LA는 계획도시답게 거리는 바둑판 모양으로 잘 정비되어 있다. 야경을 보면 거리의 불빛 모습이 정말로 표현하기 어려울 정도로 장관이다.

코리아타운은 80년대 말 당시에는 동서로는 8가, 9가, 10가(올림픽 브로버드)이고 남북으로는 윌셔와 웨스턴 사이에 있었다. 차이나타운이나 리틀 도쿄는 일정 바운더리가 있었는데 코리아타운은 넓게 펼쳐 있어 정확하게는 어디서 어디까지라고 잘라 말할 수 없었다. 주재원들은 한인타운에서 멀리 떨어진 주택가에서 살아서 한국식품 을 사려면 한인타운까지 가야 했다.

당시에는 전철도 없었고 시내버스의 노선도 많지 않아 자가용으로 출퇴근하였고 시장도 차로 가야만 해서 옆집 직원과 한 대의 차로 동승하여 출퇴근하고 한 대는 집에서 사용하였다.

서울에서 찾아온 방문객은 대부분 듣고 온 대로 디즈니랜드나 유니버설 스튜디오의 안내를 부탁한다. 디즈니랜드는 오렌지카운티에 있는데 가고 오는 교통이 복잡하고 거리도 멀었다.

장기여행객은 주말에 주로 안내해 주었고, 주중에는 가까운 할리우드에 있는 유니버설 스튜디오로 안내했다. 위의 글에서도 보았지만 가볼만한 곳은 여러 곳에 흩어져 있어 안내하기가 여간 불편하지 않았다.

실제로 LA에서 교통만 좋다면 가볼만한 곳은 수없이 많다.

철도사업으로 큰 돈을 번 헌팅턴의 집이 이제는 '헌팅턴 라이브러리'로 일반에 공개되고 있었다. 다운타운에서 비교적 가까워 짧은 일정의 여행객은 이곳으로 안내했다. 이곳은 실제로 120에이커(약 14만 평)나 되어 하나의 저택이라 하기에는 터무니없이 넓어 대강만 보아도 많은 시간이 소요된다. 이곳에 동해 표기가 있는 세계지도가 있어 국내신문에 보도된 바도 있다.

많은 조각품이 즐비하게 늘어서 있고, 중국과 일본 등 여러 나라의 정원을 만들어 놓았고, 식물원도 방대하지만 여러 종류의 선인장만을 모아놓은 곳, 장미만을 모아놓은 정원도 있어 명칭과는 달리 단순한 도서관이 아니다.

도서관에는 60여만 권의 책이 비치되어 있다 하고 여러 위인들이 직접 쓴 편지 등도 많이 비치되어 있다고 한다. 전부를 구경하기에는 대개 시간이 촉박하여 여러 번 가 보았지만 내부까지 전체를 다 구경하기는 어려웠다.

그 외에도 유명한 '폴 게티 박물관'이 있다. 석유 재벌로 유명한 폴 게티가 수집한 미술품과 조각품 그리고 엄청나게 큰 건축물 등 정말로 돈을 번다면 이 정도는 되어야 부호라 할 수 있겠다는 생각을 했다. 이곳을 박물관이라고도 하고 갤러리라고도 한다. 유럽의 유명한 화가의 대작 등 많은 미술품이 시대별로 전시되어 있다. 정원도 아름답게 꾸며져 꼭 한번 가볼만한 곳이다. 이곳은 무료로 개방되어 학생들의 단체 관람이 많다. 가까이에 산타모니카 해안이 있어 박물관에서 내려다보는 전망이 매우 아름답다. 돈을 벌어 살아생전에 호사를 누리다가 죽어서는 사회에 기증하여 일반 시민도 함께 즐길 수 있어 본인도 사회도 모두에게 이로움이 되고 있다.

이런 전통 있는 나라가 건강하고 발전하는 사회가 되지 않을까 생각되었다.

1980년대만 하여도 우리나라 여행자는 지금같이 관광객보다는 사업차 미국에 오는 사람이 많았다. 이들은 지금처럼 세계도시의 구석구석까지 알고 있는 사람이 그리 많지 않았다. 그래서 대개는 LA에 오면 할리우드에 가서 유명한 배우나 가수들의 손도장 등을 보고 싶어 했고, 아카데미 시상식이 개최되는 붉은 카펫의 건물을 보고 싶어 했다.

그래서 유니버설 스튜디오와 할리우드 거리의 안내는 주재원에게 일상화되어 있는 일이었다. 베벌리 힐스의 고급 주택가며 산타모니카의 해변을 보고 싶어 하는 사람은 그래도 여행을 많이 다녀본 사람이었다.

더 많은 시간이 있는 지기들은 골프 한번 치고 가는 것을 선호했다. LA에서 남쪽 샌디에이고 가기 전에 있는 '토리파인' 북쪽으로 산타바바라 근교에 있는 '샌드 파이퍼' 가 태평양을 끼고 필드가 전개되어 아름다운 골프코스로 유명하다. 그러나 이 코스는 너무 유명하여 예약이 어려웠다.

그럴 때면 미국까지 온 친구 접대가 소홀한 것 같아 LA에 사는 교민의 힘을 빌려 가까스로 예약하기도 했다.

리틀 도쿄나 차이나타운을 가보자는 친구는 거의 없었다. 코리아타운에 가면 한국 관광객이 좋아할 만한 물건은 다 비치해 놓은 선물가게가 많았다. 대개는 비행기 타기 직전에 이곳에 들러 급하게 선물들을 사가는 이가 많았다.

지도에서는 LA 근교처럼 가깝게 보여서 샌디에이고에 있는 시월드(Sea World)를 안내해 달라는 부탁을 하는 친구도 있었다. 그러나 거리가 240Km나 떨어져 있어 하루 일정으로는 좀 멀었다. 남한 면적보다 100여배나 큰 미국을 지도상으로 보고 가까운 거리로 착각하는 경우가 더러 있다. 캘리포니아주만 하여도 대한민국(남한)의 4배이다.

80년대까지만 하여도 자동차 회사의 로비로 전철이 개통되지 않아 LA에서는 한 집에 성인 수만큼 차량을 보유하고 있다고 하였다. 그래서 교통이 혼잡하였고 주말에 외부에서 LA로 들어올 때는 항상 교통체증이 심했고, LA의 하늘은 스모그로 시커멓게 보였다. 그러나 도로가 잘 정비되어 있고 거미줄같이 하이웨이가 서로 연결되어 있어 LA를 떠나올 무렵에는 주변의 광활하고 사막 같은 특이한 풍광과 여러 관광지를 즐길 수 있었다.

동쪽으로 가면 라스베가스를 거쳐 그랜드캐넌에 갈 수 있고 북쪽으로는 샌프란시스코를 가는 길에 킹스 파크, 세코이아 파크, 요세미티국립공원 등 많은 관광지를 즐길 수 있었다. 남쪽으로는 샌디에이고에 이어 멕시코 접경도시 티화나에 이른다. 샌디에이고 가는 해안 길은 세계 10대 절경 해안의 하나로 불릴 정도로 대단히 아름답다. 차로 달리다 보면 태평양 바닷물의 색깔이 시시각각 다채롭게 변하는데 석양 무렵에는 장관이었다.

캘리포니아주가 미국의 31번째 주가 된 해는 1850년이다. 1846~1847년에 있었던 멕시코와의 전쟁으로 빼앗은 땅이다. 그래서 이곳에는 스페인어의 지명이 많이 남아있고 가톨릭문화 흔적인 성당 등 유적도 많고 히스패닉 사람도 많다. 그러나 그들은 이제 주인행세를 할 수 없고 값싼 노동력을 제공하고 어렵게 살고 있을 뿐이다.

인디언도 지키지 못했고 멕시코인들도 이 땅을 지키지 못했다. 자신의 능력이 없으면 좋은 땅일수록 남의 먹이가 된다는 역사를 새삼 되새긴다. 승자들만이 즐길 수 있고 그들이 주축이 되어 그들의 입맛에 맞게 세상을 만들어 간다는 진리를 깨우치게 한다.

LA 일대를 여행 다니며 혼자서 느껴 보았던 감상이다.

미국과 캐나다의 동부지역 자동차 여행

– 아름다운 나이아가라 폭포도 마음가짐에 따라 달리 보인다

1980년대 초 나는 35세 되던 해, 처음으로 런던 로이즈뱅크 연수차 해외 나가는 비행기를 탈 기회가 있었다.

당시 은행에서는 외국은행들이 코레스계약 유치를 위해 일 년에 수십 명씩 미국과 유럽, 일본은행에서 초청하는 기회를 이용하여 직원 연수를 시키고 있었다. 나도 그 바람을 타 연수 기회를 가질 수 있었다.

생애 처음으로 하는 해외 나들이는 정말로 나를 흥분시켰다. 두 번 다시 갖기 어려운 이 기회를 잘 이용해야겠다고 생각했다. 타 은행 직원과 둘이서 런던을 가는 길에 홍콩, 방콕, 싱가포르, 로마를 거쳐 런던에 도착했다.

런던까지의 왕복 요금에 조금만 보태면 미국으로 돌아올 수 있는 세계 라운드 티켓을 살 수 있다는 먼저 다녀온 친구의 조언을 듣고 자비로 추가요금을 보태서 미국을 거쳐 돌아오는 티켓을 샀다. 그래서 3개월의 연수를 마치고 뉴욕과 LA를 경유하여 귀국하였다.

여러 도시를 구경하고 나니 지도에서는 큰 도시는 큰 동그라미로 나타내고 작은 도시는 작은 동그라미 또는 점으로 표시한다.

그런데 실제로 가서 본 나라들의 도시는 각양각색이고 천차만별이었다. 홍콩과 싱가포르를 어떻게 같은 동그라미로 표시할 수 있으며 로마와 LA가 똑같은 동그라미 크기로 표시될 수 있을까 하는 생각을 했다. 가능만 하다면 많은 도시들의 실제 면모를 보고 싶었다. 특히 바다를 끼고 있는 항구도시의 아름다운 해안선은 지도로써는 도저히 표시할 수 없다는 생각을 하였다.

바닷가에서 자란 나는 지금도 해안선에 서서 바라보는 망망대해 수평선을 그리워하며 동경하고 있다.

LA에 근무할 때 샌디에이고까지 가는 아름다운 해안 길을 틈만 나면 가족과 함께 달리곤 했다. 샌프란시스코를 가거나 올 때도 바쁘지 않으면 5번 하이웨이를 타지 않고 늘 바닷가를 끼고 있는 101번이나 1번 도로를 달렸던 것도 바닷가를 동경하는 내 마음의 발로였다.

옐로 스톤을 다녀올 때도 가던 길로 오지 않고 시애틀을 경유하여 태평양 연안을 따라 LA까지 내려왔다. 지도에서 거의 일직선으로 표시된 태평양 연안이 어떻게 생겼을까 하는 호기심에서였다. 북태평양의 바다는 어떻게 보일까? 태평양 연안은 모든 해안선이 LA 근교와 같은 모습일까? 늘 가지고 있던 궁금증을 풀어보고 싶었던 것이다.

중학시절 세계지리를 처음 배울 무렵 내 또래의 사촌형과 지도에서 이름 찾기(지도에 표시된 가장 조그맣게 표시된 이름을 대고 누가 빨리 찾는가 하는 놀이로 '안도라'니 '산마리노'니 상대가 찾기 어려운 조그맣게 쓰여져 있는 나라나 도시 이름을 부르는 게임이다)를 하고 놀던 때부터 세계지도를 보면서 넓은 세상에 대한 관심이 싹 텄는지도 모르겠다.(당시에는 세계지도책이 많지 않았고 책도 작아 지명을 찾기가 힘들었다.)

1991년 캐나다 토론토 지점으로 발령을 받았다. 태평양 연안에 대한 궁금증을 그 해안가를 달려보며 어느 정도 해소했던 경험이 있던 나에게 토론토에 가게 되자 이번에는 대서양 연안은 어떨까 하는 호기심이 발동하여, 태평양 연안과 비교해 볼 수 있는 좋은 기회라는 생각이 들었다. 미국의 전도를 놓고 보면 태평양의 해안선은 샌프란시스코 주변만 조금 굴곡이 있고 거의 일직선으로 그어져 있는데 반하여 대서양 연안은 만과 반도가 많아 굴곡이 심하다.

실제로 대서양 연안은 캐나다 북쪽에서부터 플로리다 남쪽 끝에 있는 키웨스트(KeyWest)까지 직선이 없고 굴곡진 해안선을 볼 수 있다. 그래서 LA에서 태평양 연안을 달렸던 것과 같이 여름휴가를 이용하여 대서양 연안을 달려보기로 마음먹었다.

첫 해의 여름휴가는 캐나다 북동쪽 연안을 둘러보았다. 이곳은 우리나라에서도 인기리에 방영된 캐나다 여성작가 몽고메리의 자전적 소설 ≪빨간 머리 앤(Anne of Green Gables)≫의 배경이다. PEI(Prince Edward Island) 섬을 거쳐 노바스코샤 주를 돌았다.

≪빨간 머리 앤≫은 사실 일본판 번역에서 그대로 인용된 제목인 것 같고 제대로 번역하면 ≪초록색 집의 앤≫이 더 원문에 가까울 것이다. 지붕에서 친구들에게 호기 부리다 떨어진 일이며, 앤을 길러준 양부모는 부부가 아니고 남매지만 앤을 사랑하고 교육에 엄격한 그 집에 얽힌 사연이 많다. 비슷한 예로 서울대 안삼환 교수는 괴테의 ≪젊은 베르테르의 슬픔≫도 ≪젊은 베르테르의 고뇌≫로 번역하는 것이 좋겠다고 했다. 이 ≪베르테르의 슬픔≫ 역시 일본식 번역이라는 것이다. 단순하게 이루지 못한 사랑에 대한 슬픔만으로 베르테르가 자살한 것이 아니고 당시의 신분제도며 젊은 날의 괴테가 품었던 여러 사회제도에 대한 불만

을 표현하는 데는 슬픔보다 고뇌가 적합하다고 설명했다. 이제는 일본 강점기 때 일본판 번역을 그대로 옮기는 잔재에서 벗어날 때도 되지 않았나 생각해 본다.

실제로 PEI섬은 일본 관광객이 많고 요즈음은 한국 관광객도 늘고 있다고 한다. 저자가 살았던 초록 지붕의 생가도 보존되어 있고 서재며 쓰던 여러 유품들이 잘 보관되어 있어 함께 여행한 우리 아이들이 두고 두고 좋은 추억이 되었다고 한다.

PEI은 온 섬의 토양이 붉은 색으로 감자 생산지로도 유명하다. 대서양 연안의 풍부한 해산물도 싸게 맛볼 수 있었고 고급 가족실 보텔을 헐값으로 빌릴 수 있어서 긴 여행의 피로를 잠시 풀 수 있는 행운도 누렸다.

다음으로 들른 대서양 연안의 캐나다 동북쪽의 노바스코샤 주는 사람이 손에 들고 있는 방패 모양의 형상을 한 곳이다. 주 수도인 핼리팍스 항구는 유럽과 무역이 한창일 때는 대단히 번창했다고 했다. 배를 타고 나가서 실제의 고래를 볼 수 있다는 곳을 찾아 종일을 달려갔으나 불순한 기후로 배가 뜰 수 없어 쓸쓸히 돌아섰던 아쉬움이 선명하게 남아 있다. 멀리 달려 지친 상태로 한적한 시골 식당에 들렀을 때 동양 사람은 처음 보았다는 듯 식당 안 사람들이 우리 가족을 쳐다보던 일 등이 아련한 추억으로 떠오른다. 돌아올 때는 미국의 동쪽에서 가장 북단에 있는 메인 주를 경유했는데 벌써 단풍이 아름답게 물들어 가고 있었다.

캐나다 체류 다음 해에는 헤밍웨이가 즐겨 지냈던 플로리다 주의 맨 남쪽에 많은 섬으로 연결된 키웨스트까지 갔다. 토론토에서 그곳까지 왕복했을 때 마일리지는 6,000km를 넘었다. 태평양 연안에 말리브비치가 있다면 대서양에는 마이애미비치가 있다.

대서양 연안도 해안가는 아름답다고밖에 달리 표현할 말이 없다. 달리기로 작정하였기에 마이애미에서 한나절만 구경하고 틈틈이 바닷가를 들르고는 갈 길을 재촉했다.

올랜드에 들러 디즈니월드를 방문했을 때는 LA에서 보던 디즈니랜드보다 그 규모가 훨씬 커서 며칠을 머물러도 다 보기 어렵겠다는 생각이 들었다. LA의 디즈니랜드는 2개의 테마파크로 되어 있는데 비하여 이곳은 테마파크가 4개나 되었다.

LA에서 많이 보았으니 이곳은 맛만 보고 지나치지 않으면 일정에 차질이 생겨서 더 머물자고 졸라대는 애들을 달래어 테마 하나만 보고 키웨스트로 향했다. 뉴욕에 근무했던 직원이 꼭 한번 가 볼만한 곳이라 하여 대서양 연안도 구경할 겸 감행했던 것이다.

플로리다주는 미국에서 가장 남쪽에 해당되는 지역으로 서부 캘리포니아 주보다 위도가 더 낮고 기후가 대단히 덥다. LA의 기후도 덥지만 그곳은 습기가 적어 그늘에 가면 서늘한데 이곳은 습도까지 높아 우리나라 여름 같은 후덥지근한 무더위였다. 대낮에는 에어컨을 켜고 달려도 너무 더워서 큰 곤욕이었다. 그래서 낮에는 관광지나 유원지에서 쉬고 저녁시간과 새벽 시간을 이용해서 달렸다.

새벽에는 도로에 차도 적고 상쾌한 공기를 마시며 달리는 기분이 좋았다. 6시경부터 10시까지 정신없이 달리고 나면 하루에 가야 할 예정코스의 반 이상을 갈 수 있었다. 그러고는 여유 있게 나머지 예정 거리를 달렸다.

차창 밖으로 스치는 주변의 나무들을 보면 칡넝쿨이 나무 꼭대기까지 감싸고 올라가는 모습이 마치 귀신의 숲을 지나가는 느낌이었다.

키·웨스트에 이르는 길에는 듣던 대로 여러 개의 섬을 다리로 연결하여 바다 위를 달리는 것 같은 기분을 만끽할 수 있었다. 쿠바가 바로 가까이에 있는 이곳은 아열대 기후로 덥지만 바다를 즐기기에는 그만이었다.

그곳까지 가서 그냥 돌아설 수 없어 카리브해 관광유람선을 탔다. 유람선은 배 밑바닥을 유리로 만들어 바다 속을 훤히 들여다 볼 수 있었다. 물이 너무 맑아서 해초며 헤엄쳐 다니는 물고기며 바다 밑바닥까지도 훤히 보였는데 바다 밑 수심이 대단히 얕아 보였다.

헤밍웨이가 머물렀다는 집도 방문하였으나 저녁 늦게 도착하여 내부는 구경하지 못했지만 ≪바다와 노인≫을 이곳에서 썼으리라 추측해 보았다. 그가 썼던 ≪누구를 위하여 종은 울리나?≫와 ≪무기여 잘 있거라≫의 영화장면들이 회상되었다.

이렇게 나의 대서양 연안 답사는 끝났다.

1987년 LA에 근무할 때 여름휴가 때 나이아가라 폭포와 동부지역 보스턴에서 뉴욕을 거쳐 워싱턴까지는 이미 자동차로 여행한 바 있었기에 미국 동부도 얼추 보았다고 할 수 있다.

동부지역 여행에서 미국과 캐나다를 오갈 때마다 들렀던 나이아가라는 나에게 여러 가지 추억과 애환이 있는 곳이다.

이리호에서 온타리오호수로 흘러넘치는 물이 폭포를 이루고 있는데

오대호로 불리는 미국과 캐나다 국경을 이루고 있는 5개의 호수를 합한 크기는 총 25만 평방킬로미터가 넘어 우리 한반도보다 넓고, 그곳을 개척한 영국의 본토보다 넓다. 미국의 제조업이 한창일 때는 이 5대호에 떠있는 배가 지중해의 배 톤수를 능가했다고 한다. 미시간호수 하나만

미국 땅에 속하고 나머지 4개 호수는 그 호수 중앙선을 미국과 캐나다의 국경으로 하고 있다.

나이아가라폭포도 반으로 나뉘어 국경을 이루고 있다. 이 폭포가 떨어지는 강도 그 가운데가 미국과 캐나다의 국경이 되고 있다. 폭포구경 유람선이 미국에서도 뜨고 캐나다에서도 뜬다.

5대호는 서로 연결되어 배가 자유롭게 다닐 수 있다. 다만 이리 호와 온타리오호만 나이아가라폭포로 연결되어 배가 대서양으로 빠져 나갈 수 없어 양 호수 사이에 운하가 뚫려 있다. 폭포 높이는 50m로 이리호에서 떨어진 폭포수는 짧은 나이아가라 강을 따라 온타리오호에 이른다.

산에서 바다로 흘러들어가는 것이 보통 강이라 불리는데 호수에서 호수로 이어지는 이곳도 강이라 부른다. 50km 정도의 짧은 강이지만 그 강의 중간쯤에 나이아가라폭포가 있다. 그리고 그 강 위에는 무지개다리(Rainbow Bridge)가 놓여 캐나다와 미국을 연결하는 육교가 되고, 그 다리 중간이 미국과 캐나다의 국경선이다. 이 폭포의 낙차를 이용하여 수력 발전을 하는데 캐나다는 인근 지역에서 쓰고 남아 많은 전력을 미국에 수출한다.

나이아가라 강 주변 경관은 매우 아름답다.

이 나이아가라 강을 따라 온타리오호수까지 가는 캐나다 쪽의 강변에는 포도밭 등 넓은 농지가 펼쳐있고 앤티크 가게가 즐비한 오래된 도시도 있다.

미국 독립전쟁 당시 독립군과 영국 군대 간에 전투가 있었다는 설명문도 곳곳에서 볼 수 있다. 그 강이 끝나고 온타리오 호수에 접하는 곳에 조그마한 골프장이 있어 동네 주민이나 지나는 과객들이 골프를 즐기는 모습을 볼 수 있다. 5대호 중에서 가장 작다는 온타리오 호수도 수평선이 끝이 안 보이게 넓다. 바람이 불어 커다란 파도가 일면 이곳이 호수가 아니고 바다 같은 느낌이 든다.

토론토 근무 때 약 150km 거리쯤 되는 나이아가라폭포를 자주 가야 했던 이유는 폭포의 아름다움을 구경하기 위한 것은 아니었다. 캐나다 교민의 안타까운 사연이 거기에 있었기 때문이다.

1980년대 후반 세계적인 부동산 붐이 꺼져갈 때인데 정보가 부족한 많은 교민들이 막차를 탔다. 버라이어티 숍이나 슈퍼마켓을 운영하여 모아놓은 자금을 모텔이나 상가 건물에 투자하였다가 손해를 본 것이다.

나이아가라폭포 인근에 우리 은행으로부터 일부 금액을 대출 받아 모텔을 샀다가 파산(Bankruptcy)하게 된 교민의 모텔을 정리하는 일로 자주 가게 되었던 것이다.

경기가 좋을 때는 많은 관광객들로 폭포 주변의 숙박업소들은 호황을 누리고 있어서 많은 교민이 이곳의 숙박업에 투자하였다. 성수기에는 폭포 주변에서 숙소를 구하지 못한 관광객들은 인근 도시인 해밀튼이나 미시사가는 물론 토론토에까지 가서 숙소를 구해야 했으므로 폭포 주변의 숙박료는 부르는 게 값이었다.

특별히 정한 협정 요금이 없어 폭포에 가까운 곳일수록 비싸고 그곳부터 숙박이 채워지고 빈방을 찾아 주변지역으로 숙소를 찾아간다. 일반 관광객도 많지만 신혼여행을 다녀간 커플이 추억을 회상하여 찾아온 손님도 있다고 했다. 혼자 투숙하는 사람들을 보면 혹시 이혼한 사람이 옛날이 그리워 찾아온 것은 아닐까 하는 생각도 든다는 주인의 말이 생각난다.

마릴린 먼로가 출연한 영화 ≪나이아가라≫가 유명해져 더 많은 사람들을 이 폭포로 불러 모았다고 했다. 영화로 만든 스토리가 이 아름다운 자연경관에 의미를 부여했다고나 할까?

나이아가라폭포도 내 마음의 상태에 따라 보는 느낌이 달랐다.

LA근무 때 여름휴가 차 가족과 함께 왔을 때가 가장 즐거운 기억으로 남아있다. 힘차게 쏟아지는 폭포수에 감탄한 것은 물론 어린 자녀들에게 좋은 추억을 만들어 준다는 생각에 가슴 뿌듯한 감동마저 느꼈다.

토론토에 근무할 때는 관리모텔에 먼저 들르고 난 다음에 폭포관광에 나서니 항상 마음이 무거웠다. 머나먼 이국땅에서 외로움을 견디며 땀 흘려 번 재산을 잘못 투자하여 순식간에 물거품처럼 날려버린 교민들, 교민과 은행이 모두 큰 손실을 입게 된 처지니 마음 무겁고 착잡하기 그지없었다. 그때 바라보는 나이아가라폭포는 그저 하염없이 떨어지는 한 가닥의 물줄기일 뿐이었다.

그러고 보면 여행이 모든 사람에게 기쁨만 주는 것은 아니다.

아름다운 자연 경관이건 유적지건 평온한 마음 상태로 여행을 하여야 기쁨도 느끼고 유적지의 진수도 살필 수 있다는 사실을 깨우쳤다. 평소에 기쁘게 사는 사람이 여행도 즐겁게 할 수 있다는 생각이 들었다.

여행으로 일상의 지루함을 잠시 잊을 수는 있어도 삶의 무게를 다 보상 받을 수는 없다는 것이 여행에 대한 요즈음 나의 생각이다.

8 31 '93

8 31 '93

해외여행 후 남는 아쉬움

– 즐거운 여행일수록 표현하지 못하는 아쉬움과 가보지 못한 곳에 대한 동경이 따른다

누구든 살면서 한두 가지 실수는 했을 것이다. 별로 대단치 않은 얘기지만 털어놓는 것은 독자들이 나 같은 우를 범하지 않기를 바라는 마음에서다.

연수차 런던에 가던 길에 로마에서 하루의 일정이 남아 어디를 가보면 좋을까 고심하던 중 같이 동행했던 분이 카프리 섬에 가자고 하여 덩달아 따라 갔다.

그때 우리에게 제시된 또 하나의 추천은 폼페이였다. 역사에 흥미를 가지고 있던 나는 폼페이에 가고 싶었으나 다음에 또 기회가 있겠지 하는 마음으로 카프리 섬으로 갔다.

나폴리에서 출발하여 소렌토를 지나 카프리 섬에 배를 타고 가는 여행은 정말 좋았다. 지중해의 남색 빛 바닷물이며 소렌토를 지날 때 '돌아오라 소렌토'를 들으며 가던 기억은 30년이 지난 지금도 생생하다.

여행 후 나중에 안 사실이지만 카프리 섬은 로마제국의 2대 황제 티베리우스가 은거하던 곳이어서 지금 생각하면 잘 가보았다는 생각이 든다. 그러나 '폼페이 최후의 날' 등 폼페이 얘기만 나오면 지금까지도 가보지 못한 그곳에 대한 아쉬움이 남아 있다. 좋은 기회를 한 번 놓치고 나니 30년이 지난 지금까지도 아직 가지 못하고 있다.

또 한 번의 실수가 독일에서 있었다.

런던에서 3달 동안의 연수가 끝나갈 무렵 2주일의 휴가를 얻어 유럽 대륙을 '유로 레일' 패스로 여행하였다. 처음으로 하는 해외여행이었고 이런 기회가 두 번 다시 오기 어렵겠다는 생각에 그 기회를 최대한 살려 보기로 작정하였기에 무리한 여행을 감행하였다.

1982년만 해도 여행을 하고 나면 여권은 본인 소지가 허락되지 않았고 본사에서 일괄 보관했다. 독일이 통일되기 전이어서 독일에서 서베를린을 여행하게 되면 여권에 공산국가에 다녀왔다는 기록이 남게 되어 나쁜 인상을 줄 우려가 있으니 가지 않는 것이 좋을 것이라는 주변 친구들의 충고에 베를린도 가지 못했던 시절이었다.

여행은 런던 빅토리아 광장에서 시작되었다.

빅토리아역에서 기차를 타고 영국의 남부 항구 포케스톤까지 가서 거기서 타고 간 기차가 바로 배안으로 들어갔다. 기차를 실은 배가 도버 해협을 건너 도착한 곳은 벨기에의 오스텐 항구였다. 처음으로 기차를 싣고 가는 배를 보았는데 당시만 하여도 직접 눈으로 보지 않고는 상상하기 어려운 광경이었다.

당시에는 도버해협 터널이 뚫리기 전이어서 영국과 유럽을 배로 연결하던 때였다. 벨기에의 오스텐에서 곧바로 타고 간 기차가 수도 브뤼셀로 갔고 거기에서 유럽 여행은 시작되었다. 벨기에, 네덜란드, 덴마크, 노르웨이. 스웨덴을 거쳐 독일에 도착했다. 코펜하겐에서 노르웨이 오슬로를 갈 때도 기차를 배에 태웠다. 오슬로에서 스웨덴의 스톡홀름까지도 계속 기차를 이용할 수 있었다. 주로 낮에는 관광하고 밤기차를 이용하여 다른 도시로 이동하는 시간표를 짰다.

함부르크를 거쳐 프랑크푸르트에 도착했을 때 그곳에서 또 로마에서와 같은 갈림길에 놓이는 상황이 벌어졌다.

하이델베르크와 로렐라이 두 코스 중 하나를 택일해야 했다. 혼자서 하는 여행이어서 내 머리에 언뜻 '로렐라이 전설'에 얽힌 노래가 떠올라 로렐라이 코스를 선택했다. 라인 강을 따라 배를 타고 로렐라이 언덕을 지날 때 들려오던 독일 민요를 들으며 주변의 아름다움을 구경하였다. 그러나 지금도 하이델베르크 대학을 들러보지 못한 마음은 늘 아쉬움으로 남아 있다.

나는 방문하는 도시마다 제일 먼저 찾는 곳이 박물관이고 그 다음에는 그 도시에 있는 유명 대학을 찾아간다. 지금도 나는 30년 전에 가보고 싶었던 두 곳을 가보는 꿈을 꾸면서 지내고 있다.

오래 전의 추억을 반추하며 그 동안 변했을 모습을 혼자서 그려본다.

알프스 몽블랑 봉우리의 겨울 전경이며, 취리히와 제네바의 아름다웠던 호수와 주변 마을들의 빼어난 경관들은 늘 가슴 한켠에서 젊은 날의 추억을 아름답게 해주고 있다.

나는 여행을 하면서 시간이 날 때면 여행지의 풍경이며 겪었던 일들을 집에 있는 아내에게 서신으로 보내곤 했는데 지금의 여정이 훗날 당신과 함께 이곳을 여행할 수 있다면 좋겠다는 내용이었다.

유럽은 위도가 높아 겨울에는 일찍 해가 진다. 저녁이 되면 어두워져 관광하기 어려웠다. 그래서 기차 시간을 기다리는 동안 대합실에서 그 날 관광한 것에 대한 메모 겸 글을 썼다.

그때 아내에게 보낸 편지 중에 "혼자 조용하게 사색하고 싶은 곳은 제네바이고, 당신과 함께 보내고 싶은 곳은 니스다. 지금 나의 여행은 즐거움이라기보다는 애들이 크면 들려주기 위한 어려운 답사를 하는 심정으로 유럽 여러 나라를 헤매고 있다."고 써보내기도 했다.

여행에는 두 가지 의미의 여행이 있다. *여행(journey)과 *관광(tour)이 그것이다. 그때 나는 즐거운 관광이 아닌 별 준비도 없이 떠난 여행이었다.

오늘날의 관광상품을 만들어 내고 판매함에 있어서 진정한 개척자는 영국의 관광 사업가 토마스 쿡이다. 사실 내가 '유로레일 패스'로 여행을 시작할 수 있었던 것도 토마스 쿡 사(社)에서 발간한 여행가이드 책자를 보고 계획을 세울 수 있었다.

영국과 유럽을 통틀어 기차와 코치투어 시간표가 일목요연하게 표시되어 2주일의 계획으로 여러 국가와 도시를 볼 수 있는 계획을 세웠던 것이다.

당시만 하여도 코치투어(Coach Tour)라 하여 버스 패키지투어를 하는 것이 일반화되어 있었다. 그러나 코치투어는 비싸고 내가 가보고 싶은 곳이 포함되지 않아 나는 별도의 모험적인 여행을 단행했던 것이다.

토마스 쿡이 처음 패키지여행을 상품화했을 때의 에피소드를 소개한다.

1865년 어느 잡지에 소개된 이태리 주재 영국 영사의 글이다. 패키지 여행에 대하여 "나이와 성별에 관계없이 40~50명의 관광객을 일정한 요금을 받고 런던에서 나폴리까지 여행시켜주는 새롭고도 증가 추세에 있는 악덕행위"라고 표현하면서 쓴 비난 글이다.

"지금 이탈리아의 도시들은 그러한 사람들로 가득 차 있다. 그들은 떨어져 있는 법이 없기 때문에 안내인과 함께 수십 명씩 떼 지어 다니는 것을 볼 수 있다. 그 무리는 가축 떼처럼 보인다. 나는 벌써 세 무리의 가축 떼를 만났는데, 이전에는 전혀 보지 못했던 촌스러운 사람들이었다. 남자들은 대부분 늙었고 어둡고 수심이 있어 보였고, 여자들은 약간 젊고 여행에 들떠 있으며 경박하고 약삭빠르고 헤프게 웃었다."

이 글에 대하여 토마스 쿡은 그의 여행을 "인간의 발전을 촉진시키기 위한 도구"라고 부르면서 응수하였다. 그는 자신의 여행을 비난한 사람들을 사이비 신사라고 하였다.

"그러한 비판자들은 몇 세기 이전에 속하는 낡은 사람들이다. 흥미로운 장소들이 일반인들의 즐거움에 대해서는 차단되고 단지 사회에서 선택받는 소수의 사람들만을 위해서만 존재해야 한다는 것은 얼마나 어리석은 생각인가. 오늘날과 같은 진보의 시대에 그처럼 배타적인 우스갯소리를 한다는 것은 너무나 시대에 뒤떨어진 것이다. 충만함과 아름다움으로 가득한 이 신(神)의 지구는 민중을 위해 존재하는 것이다. 철도나 증기선은 과학이라는 공통된 광명의 결과이며 이것 또한 민중을 위해 존재하는 것이다. 훌륭한 사람, 고결한 마음을 가진 사람이라고 한다면, 그들이 이미 자신들이 경험한 즐거움을 다른 사람들이 즐기는 것을 보고 기뻐해야 한다." -≪미국사의 숨은 이야기≫(D.J. 부어스틴 저, 이보형 역)에서

오늘날 돌이켜 볼 때, 150년 전의 토마스 쿡 주장이 완전한 승리를 거두었다. 모든 나라의 대중이 세계의 구석구석을 값싸게 관광을 즐길 수 있는 것도 이러한 선견지명이 있는 사람이 용기 있게 비난을 무릅쓰고 길을 만들어준 혜택을 오늘날 우리가 누리고 있는 것 같다.

미국과 캐나다에서 지낸 시간이 해외여행 같았다는 생각도 들어 많은 다른 나라 여행을 못한 것에 대한 보상이라 위안도 삼는다. 자연경관이 좋은 미국과 역사의 유적이 많은 유럽과는 차이점이 있어 죽기 전에 한 번은 꼭 두 곳을 비교해 보는 즐거움을 만끽하고 싶다.

유로레일로 런던에 올 때 들렀던 로마에서 시내를 제대로 구경하지 못하여 로마를 다시 찾았다. 전에 보지 못했던 '포로 로마노'도 가보고 온종일 로마 시내를 헤맸다. 세상을 호령하던 장군과 정치가들의 조각상이 거리에 즐비하게 서 있었다. 원로원 등 주요 건물들은 완전하게 복원되지 못한 채 무너진 돌기둥이 여기저기 흩어져 있었다. 골로세움을 본 감격은 지금도 기억에 생생하다. 이때처럼 나의 무능을 실감해 본 적도 없었다. 나는 그림도 잘 그리지 못하여 감동을 그림으로 표현할 수 없다. 물론 음악적인 재능이 없어 그 감흥을 멜로디로도 표현할 수 없다. 게다가 시적인 재능도 없어 시로도 표현하지 못한다. 그렇다고 문장력이 있지도 않아 이 웅대하고 거대한 경기장을 어떻게 표현할 수 없었다. 어떻게 할 수 없어 그저 사진만 찍을 뿐이었다.

나는 자문해 본다.

사람마다 감격적인 예술품, 웅장한 건축물, 경이로운 자연 경관을 보았을 때 느끼는 감정의 강도는 같을까? 아니면 그 사람의 취향에 따라 차이가 있을까? 느낌의 강도는 같은데 그 느낌을 표현하는 능력이 다른 것인가?

어떤 사람이 다른 사람들에게 감동을 불러일으킬 묘사를 가장 잘 할 수 있을까? 감탄을 표현하는 방법으로 문학이나 그림이나 멜로디 등 어느 것이 가장 효과적일까? 시, 그림, 음악으로 표현해도 그것 역시 말을 이해하고, 그림을 보고, 음악을 듣는 사람의 감상 역량에 따라 다를까?

웅변할 때 연사는 청중을 감동시키려면 자신이 120% 흥분해서 얘기한다는데 경치나 유적의 묘사는 어떻게 해야 할까?

내 경우는 그저 표현할 길이 없어 아쉬움으로 감탄사만 연발할 뿐이었다.

며칠 뒤 파리에 들렀다가 베르사유 궁전을 보았을 때 또 한번 감탄사를 연발하지 않을 수 없었다. 이과수폭포를 보고 루즈벨트 대통령 부인이 "우리 나이아가라폭포는 어쩌나!" 한탄했다는 얘기가 실감났다.

당시만 하여도 우리나라 경복궁은 재건되지 못한 채 초라한 상태였다.

덕수궁 석조전과 베르사유 궁전을 비교해 보았을 때 루즈벨트 영부인의 말이 떠올랐고, 근세조선의 국력이 그 정도밖에 되지 못하였구나 하는 생각이 들었다.

≪열하일기≫에서 연암도 산해관을 지나 영평성 성루에서 아득히 너른 들판을 보면서 황사 김황원이 평양의 부벽루에 올라 지었다는 글이 회상되었다.

성 따라 질펀한 강물이 끝없이 흐르는데
아득히 너른 들판 저 편엔 산들이 점점
(長成一面溶溶水 大野東頭點點山)

라는 시구를 짓고 나서 아무리 골똘히 생각해도 나머지 구절을 더 이을 수가 없어 통곡하고 부벽루를 내려왔다는 글을 옮기면서 좋은 시가 아니라고 평한다.

"질펀하다(溶溶)란 큰 강의 형세를 표현하는 말이 못되고 '아득히 너른 들판(大野)'이란 겨우 40리밖에 안 되는데 아득하다 할 수 있겠는가? 만약 중국 사신이 이 너른 들판이라는 두 글자를 본다면 틀림없이 웃을 것이다."라고 쓰고 있다.

나는 찾아 다녔던 도시마다 그 지역의 명소를 사진으로 촬영한 엽서를 샀다. 훗날 애들이 자라면 내 설명으로는 잘 표현하지 못하지만 그곳에 다녀왔다는 것을 알리고 얘기해 주고 싶어서 가능한 많이 사 모았다.

내가 유럽을 다녀온 뒤 15년 후, 1997년 두 딸이 여름방학을 이용하여 유럽을 무전여행하고 와서 아버지가 사온 엽서와 현장에서 본 경치가 많이 변해 있더라는 말을 들었다.

그 동안 몇 권의 앨범으로 보관된 옛날 사진과 엽서를 애들이 찍어온 사진과 대조해 보면서 15년 만에 많이도 변했음을 실감했다. 한편 내가 지난날 했던 고생이 헛되지 않았다는 생각이 들어 혼자 흐뭇한 미소도 지어 보았다.

애들은 북유럽을 생략하고 대신에 동유럽의 체고슬로바키아, 폴란드, 헝가리 등의 나라를 여행할 수 있었고 베를린도 다녀왔다고 하여 여행이 정말 자유로워졌다는 것을 실감하였다.

나도 꼭 다시 한 번 유럽을 가서 변화된 모습을 확인해 보고 젊은 날 고생했던 그때의 감정을 되살려 보고 싶다.

늙으면 젊은 날의 추억을 먹고 산다는 말이 요즈음 나를 두고 하는 말 같다.

* 여행과 관광

여행(journey)을 의미하는 'travel'은 원래는 고난, 일, 고통을 의미하는 'travail'이라는 라틴어에서 유래되었다고 한다. (중략)

여행을 한다는 것은 힘들고 고통스러운 것이었다. 과거에 여행자는 적극적인 활동가였다.

19세기 초에 새로운 영어 단어가 나타났는데 그것은 특히 미국적 견지에서 세계 여행의 변화된 성격을 이해할 수 있는 실마리를 제공해 주었다.

그것은 투어리스트(tourist)란 말이다. 현재 미국어 사전에는 투어리스트란 말을 '즐거운 여행을 하고 있는 사람'으로 풀이하고 있다. (중략) 여행자(traveler)는 무엇인가 일을 하는 사람이고, 관광객은 즐거움을 찾는 사람이다. 즉 여행하는 자는 사람을 찾아, 모험을 찾아, 경험을 찾아 힘차게 나아갔다.

반면에 관광객(tourist)은 수동적이다. 즉 관광객은 흥미로운 일들이 그에게 나타나기를 기대한다. 관광객은 '관광(sight-seeing)'을 가는 사람이다. 돈을 지불하여 여행을 살 수 있게 됨으로써 사람들은 다른 사람들로 하여금 자기들을 위해 즐겁고 흥미로운 일들을 일으키도록 만들 수 있게 되었다.

그러므로 사람들은 한 달, 한 주, 한 나라를 도매로 살 수 있고, 하루 혹은 한 개의 해외 수도를 소매로 살 수 있게도 되었다. -≪미국사의 숨은 이야기≫(D.J. 부어스틴 저, 이보형 역)에서

3부

돈으로
다스려지는
세상

돈이 말하는 세상

지금 눈만 뜨면 뉴스에서 가장 크게 부상되고 있는 것이 세계경제 대국 1, 2위 미국과 중국의 무역전쟁 관련 내용이다. 단순한 두 나라의 경제전쟁 같지만 그 파급효과가 전 세계에 미칠 파장에 대한 관심이 크기 때문이다. 특히 우리나라와 같은 무역의존도가 높은 나라는 강 건너 불구경하듯 지켜만 볼 수 있는 처지가 아니고 바로 눈앞에 닥친 불똥이다.

미국은 왜 25%라는 과중한 관세를 부과하며 무역전쟁을 시도할까? 미국이 소비에트공화국을 몰락시키고 일본을 무너뜨리고 다음 차례로 중국을 겨냥할 수 있는 힘은 어디에서 오는 것일까? 예전처럼 전쟁을 일으켜 소련이나 일본을 제압한 것도 아니다. 단지 경제적 압박을 가했는데 스스로 무너진 형국이다.

세상은 이제 총칼을 앞세운 죽이고 빼앗는 무력 투쟁이 아니다.

일찍이 미국은 그 방대한 군사력으로 하루에 일억 불씩 써가며 핵무기만 제외하고 모든 무기를 투입하는 전쟁을 치르고도 베트남에서 물러서야 했다. 그러나 소련과 일본에는 총 한 방 쏘지 않고 두 나라의 추격을 막았다.

이런 경험이 있는 미국이 이제 그 화살을 중국에 겨냥하고 있다. 소련과 일본을 무너뜨린 힘의 근원은 군사력이 아닌 경제력이었다. 주지하는 바와 같이 미국의 경제력은 세상을 압도하여 왔다.

지금은 많이 약화되었지만 제2차 세계대전이 끝났을 때 미국은 전 세계 생산의 반을 차지하던 나라이다. 지금도 모든 신제품의 시험대는 미국 시장이다. 이 시장에서 호평을 받으면 그 신제품은 세상 곳곳에 널리 보급되고 여기서 악평을 받거나 주의를 끌지 못하면 곧 도태되는 현상이다.

라스베이거스에서는 매년 CES(국제전자제품 박람회)가 열린다. 세계 최첨단 IT제품이 총 출연하여 경쟁을 벌인다. 작년까지만 하여도 중국 제품이 많은 눈길을 끌었다는데 2019년에는 미국 IT회사인 MAGA(MS, Apple, Google, Amazon)제품이 돋보였다고 한다.

중국의 IT산업이 대세인 듯하자 미국에서는 제2의 '스푸트니크 쇼크'라 하여 중국에 대한 견제 심리가 강하게 일어났다.

전자제품 쇼에는 우리나라의 삼성, LG, 일본의 소니, 중국의 알리바바 등 세계 유수의 회사가 매년 시제품을 선보인다.

여기에서 성공여부가 결정된다. 이와 같이 세계의 시장 역할을 하고 있는 나라가 미국이다.

일본도 1980년대 연간 천억 불 이상의 흑자를 내다가 미국의 압력에 의해 '플라자 회담'으로 불리는 협상에서 거의 배 가까운 엔화 절상으로 미국시장에서 경쟁력을 잃었다.

1980년대 미의사당 앞에서는 일본 전자제품 범람에 일부 의원들이 도끼로 일본의 소니 TV를 박살내는 모습도 보였다.

지금 미국에서 중국에 가하는 압력도 쉽게 짐작해 볼 만하다. 중국과의 무역에서 미국은 막대한 적자를 겪고 있다. 단순한 무역 전쟁만이 아니고 첨단기술 경쟁까지 곁들어 있는 것이다. 중국 IT산업의 대표 주자 '화웨이'에 대한 견제를 보면 이해할 수 있다.

중국에 대한 견제에는 여야가 따로 없다. 공화당이건 민주당이건 중국산 제품의 범람에 대하여는 이의 없이 견제를 가하는 데 동조하고 있다.

이런 힘의 배경에는 미국이 세계 제일의 시장이 되고 있기 때문이다. 2017년도 미국 GDP는 19조, 중국은 12조 달러이다. 중국은 미국에 5천억 불 수출하고 미국은 중국에 1천5백억 불 수출한다. 미국이 큰소리칠 만하다. 미국의 중국 견제에 대하여 유로국가도, 일본도, 영국도 캐나다도 다 함께 동조한다. 혹시나 자국의 대미 수출에 불똥이 튀지 않을까 염려해서다.

세상은 소비시장의 크기에 의해서 좌우된다. 이제는 무력이 아닌 경제 전쟁이란 말이 실감나는 것이다. 아무리 러시아에서 핵무기를 많이 만들고 미사일 능력이 월등하여도 세상을 호령할 수 없다. 핵무기로 싸우는 전쟁은 곧 공도동망(共倒同亡)의 길이기 때문에 전쟁으로 승부를 가릴 수 없게 되었다.

이런 '금권천하'에서 우리도 세상을 바라봐야 한다.

지금 우리나라에서는 '소득주도형성장'에 대하여 논쟁이 한창이다. '수출주도형성장'에 대항하는 방안으로 나온 대책이었다. 대기업 위주의 수출위주정책에서 중소기업에 기회를 많이 주자는 한 방안으로 나온 정책이다. 해외시장에 많이 투자하고 있는 대기업보다 국내 고용도 늘려 국내소비 시장도 키워 보겠다는 의도다.

같은 맥락인 '경제민주화'가 한때는 보수 정당의 구호가 된 적도 있다.

2008년 '서브프라임사태' 전의 미국경제 정책에 대하여 '채무주도형 성장'이란 말도 있었다. 부동산 가격이 오르면 그만큼 대출 여력이 생겨 주택담보 대출의 증가로 소비를 늘린다는 것이다.

미국 사회에서는 저축보다는 소비가 미덕으로 알고 여러 분야에서 문화생활을 즐기는 패턴이 생활에 젖어 있어 효과가 있었다. 그러나 지나친 파생상품의 범람으로 결국은 사태가 악화되었고 정부에서 개입한 후에야 뱅크 · 론 사태를 진압할 수 있었다. 알려진 바로는 미국의 금융산업이 미국 전체 경제에 미치는 영향이 거의 40%에 달한다고 한다. 실리콘 밸리와 월가의 금융산업이 미국 경제를 이끌어 왔다.

이 두 분야는 고도의 지식산업으로 양안(태평양과 대서양) 지역을 제외한 내륙지방의 농업과 과거의 노후 산업들은 몰락의 지경에 이르렀다.

이를 잘 파고들어 트럼프는 뉴욕주와 캘리포니아주에서의 열세에도 불구하고 대통령에 당선될 수 있었다.

그렇다고 과거 산업으로 다시 회귀하기에는 용이하지 않다. 4차산업 혁명이라는 물결이 세상에 창궐하는데 최첨단의 선진국이라 자처하는 미국이 이를 방관할 리 없다.

중국과의 무역 전쟁도 중국에서 바짝 따라오고 있는 첨단산업에 대한 견제도 당연 포함되어 있다. 소비증가를 위하여 신제품 등의 첨단산업으로 그나마 미국은 아직까지 세계 1등 국가를 유지하고 있다.

우리나라도 수출만으로 더 이상 경제성장을 이루기에는 국제경제가 만만치 않다. 미 · 중 무역전쟁으로 각국의 관세가 40%가 될 경우 세계 무역의 70%가 급감할 것으로 노벨 경제학상을 받은 뉴욕 시립대 교수 크루그먼은 예고했다.

우리도 이에 대한 준비가 필요하다.

국내의 소비시장을 넓히고 무역도 다변화해야 한다. 어디에서 이 소비시장을 찾을 것인가 다 함께 머리를 맞대고 노력해야 한다.

중국은 서북 공정으로 내륙지방의 개발과 농촌 사회에서 그 길을 모색하고 있다. 우리도 지속적인 성장과 고용 확대를 위하여서는 농촌이건 대북철도 연결이건 어디에선가 탈출구를 찾아야 한다.

'틴베르헨의 법칙'이 있다. N개의 정책목표를 달성하려면 N개의 정책수단이 있어야 한다는 것이다. 정책수단이 충분하지 못하면 정책목표를 달성하기가 불가능하다는 것이다.

국제 경제학에서는 오래 전부터 '트리펜 딜레마' 이론이 있다. 기축통화 국가는 수출이 많으면 유동성 부족으로 국제경기 침체를 불러온다. 수입으로 외환 적자가 심화되면 통화 발행이 늘어 유동성이 풍부하게 되어 국제 경제는 활발하게 되지만 기축통화 가치가 떨어지고 그 국가의 재정이 빈약해진다는 이론이다. 오늘날 미국 경제를 보면 잘 알 수 있다.

'불가능한 삼위일체'이론도 있다. 어느 나라도 자유로운 자본이동, 환율안정성, 독립적인 금융정책이라는 세 가지 목표를 동시에 달성할 수 없다는 것이다. 재정건전성과 복지문제 역시 상충된다. 성장률과 고용율의 목표 달성도 역시 동시에 이루기 어렵다. 따라서 정책을 비판하기가 아주 용이하다.

고용률을 강조하는 정부에는 성장률의 미흡함을 공격하면 된다. 복지를 강조하는 정부에 대하여는 재정건전성을 공격하면 된다.

그동안 한국경제를 이끌던 경제학자들은 이제는 어떤 정책도 여러 목표를 동시에 달성할 수 없다는 사실을 잘 알고 있다. 국민들의 눈높이가 크게 올라간 지금은 어떤 정책도 다수 국민을 만족시키기 어렵다. 그런데 경제인들은 자신의 학파 또는 지지정당의 취향에 맞게 이론을 전개하고 자신들의 이론으로 소기의 목적을 달성할 것처럼 주장한다.

오늘의 현실에서 노벨 경제학 수상자 수십 명을 불러다 한국 경제를 맡겨도 국민들이 바라는 목표를 달성하기 어렵다. 그런데 그동안 뒷전에서 그들이 만들어준 이론을 앵무새처럼 떠들던 정치인 언론인만 국민들의 질타를 받고 있는 현상이 오늘 우리나라 세태다.

언제부터 우리의 삶에 돈이 이렇게 큰 비중을 차지하게 되었을까?

말할 필요도 없이, 모든 생물은 살기 위해서는 먹고 사는 문제가 가장 큰 이슈이다. 전 세계인이 모두 서구와 같은 현대적 문화생활을 즐길 수 있기에는 지구촌의 한정된 자원으로는 불가능하다. 이 먹고 사는 문제를 어떻게 해결할 것인가가 곧 현대적 용어로 경제학이다. 소통과 여행이 자유롭게 된 현대에서 세계인들은 선진국의 생활상을 보고 누구나 그렇게 살고 싶어 한다.

자연스럽게 돈이 말하는 세상이 되어가고 있는 것이다. 시간이 흐를수록 더욱 돈의 힘이 강해질 것이다. 인간의 창조물 가운데 '말' 다음으로 강한 도구가 되었다는 '돈'이 우리 인간을 지배하는 세상이 되어 간다는 얘기다. '하이퍼 제국'이 오면 돈이 즉 시장이 모든 것을 삼킬 것이라고 ≪미래의 물결≫ 저자 자크 아탈리는 말했다. 국가니 민족이니 하는 개념이 사라진다는 의미이다.

우리의 현실로 돌아가 보자.

자신들은 경제도, 외교도, 안보도 잘할 것처럼 떠들어대며 모든 정책을 비난하는 정치인이나 이를 확대 재생산하여 보도하는 언론인의 논조를 보면 분노만 커진다. 국민들을 위한다고 외치지만 자신들의 이익을 위한 외침으로 들린다. 세상은 결코 우리나라에 유리한 방향으로 흘러가고 있지 않다.

모든 나라가 국익을 위하여서는 여야가 따로 없이 매진하고 있는데 우리의 현실을 보면 답답하기 그지없다. 사소한 말로 온 나라가 편을 갈라 싸우고 있는 모양새다.

모든 집단이 '집단이기주의'에 빠져 있다. 권력기관만이 아니다. 공무원이, 국회가, 검찰, 경찰이, 법원 판사가, 지방자치단체가, 심지어 종교집단까지도 음으로 양으로 자신들의 이익을 추구한다. 어느 집단이건 그들 이익에 반하는 말이나 행동은 전 집단원이 나서 뭇매를 때린다.

집단에 속하지 않는 사람들이 정말로 살아가기 힘든 요즈음이다.

가히 '이익집단'이 활개 치고 돈이 가장 큰 소리를 내면 사회를 리드하고 있는 양상이다.

국제금융은 힘없는 국가를 가차 없이 '양털 깎기' 한다

외국자본에 의해 한 나라의 경제가 수탈당하는 것을 양털 깎기 당했다고 표현한다. 한 나라의 경제가 양의 털갈이마냥 온통 외부의 자본에 의해 수탈당했다는 의미다.

IMF 환난으로 '양털 깎기'를 당하고 그 위기를 가장 먼저 벗어난 나라는 한국이라고 중국인 ≪화폐전쟁≫의 저자는 우리나라를 높이 평하고 있다. 금모으기 등으로 국민의 애국심을 유발하여 용이하게 질곡을 벗어났다는 것이다.

환자를 주로 상대한 의사의 눈에는 세상 사람들이 정상인보다 환자로 더 많이 보일 수도 있다. 범죄인을 주로 다루는 형사나 검사의 눈에는 세상 사람들이 범죄와 무관해 보이지 않을 수도 있을 것이다. 금융업에 30여 년을 종사한 나의 눈도 사람들이 돈 위주로 처신한다는 생각에 물들어 있지 않나 생각해 본다.

그렇지만 돈의 세상을 경험하였기에 세상사를 돈의 창에 비추어 보려 한다.

오늘날 자본주의의 '자본'이라 할 수 있는 부는 영국이 해외에서 거두어들인 막대한 부가 그 원천이라 할 수 있을 것이다. 이때야말로 세계의 시장을 상대로 국내에서 생산되는 잉여제품을 해외시장에 팔아 막대한 부를 축적할 수 있었던 것이다.

해외에서 원료를 값싸게 가져다가 국내에서 생산한 제품을 되팔아 막대한 이윤을 남겼는데 이 방식은 스페인이나 포르투갈이 남미에서 식민지를 착취하던 방식과는 전혀 달랐다. 그 나라에서 기술을 습득하기 전까지 영국은 계속 부를 쌓아갈 수 있었고 그 당시 이루었던 영국의 막대한 자본은 지금까지도 세계 곳곳에서 그 위력을 보이고 있다.

지금은 미국이 세계 자본의 최강자로 부상하고 있다. 영국의 뒤를 이어 미국은 독립과 더불어 무한한 영토를 얻었고 이의 개척을 위한 자본은 다다익선이었다. 철도, 도로, 항만, 운하개통, 발전소 건립, 전화선 개통 등 기업가들은 막대한 부를 이루었고 소수의 몇 사람에게 부가 편재되어 '독점금지법'까지 만들어지게 되었다.

투자처가 있고 돈을 벌 수 있는 기회가 있는 동안은 자본은 투자처를 찾아 계속 부를 쌓을 수 있었다. 그러나 투자처가 줄어들어 돈벌이가 막히게 되면 자본은 다른 길을 찾았는데 돈이 돈을 버는 방법이다. 그 좋은 사례가 외환투기로 나타났던 것이다.

세계시장의 개척이 줄어들고 국내에서 마땅한 투자처를 잃은 자본이 찾아다닌 곳이 허약한 국가의 화폐를 공략하는 것이었다. 1992년 9월 EU에 가입했지만 유럽 통화에는 가입하지 않았던 영국 화폐의 공략으로 소로스(Soros)는 9억5천만 달러를 벌었다고 한다.

여기에서 재미를 본 국제자본은 동남아 국가들에 대한 공략에 나섰다. 태국, 인도네시아, 한국 등이 그 '양털 깎기'를 당한 희생양이 되었다. 얼마의 부를 빼앗겼는지조차 모른다.

우량기업의 주식이 헐값에 넘겨졌고 투매로 나온 부동산을 거두어 경제 회복기에 처분한 이익은 미처 계산할 수도 없었다.

IMF를 겪었던 우리는 누구보다 이를 실감하고 있다.

1997년 말 우리나라에서 IMF에 구제금융을 요청하는 미증유의 사태가 일어난 후 이홍구 총리가 했던 말이 우리를 크게 깨우치게 한다.

"저는 한국의 OECD가입이 승인되고 국민 1인당 연간소득이 1만 달러에 이르렀던 1995년 당시 국무총리직을 수행하고 있었습니다. 우리는 당시 마침내 우리가 해냈다고 생각했습니다. 그리고 고등학교를 우수한 성적으로 졸업했기 때문에 대학에 진학해서도 우등생이 될 것이라 생각했습니다. 하지만 한 단계에서 요구되는 자질과 그 다음 단계에서 요구되는 자질은 매우 다른 것이었습니다.

우리는 우리가 그토록 자랑스럽게 생각했던 관료조직이 긍정적으로 작용하기보다는 오히려 걸림돌이 되고 있음을, 당시에는 깨닫지 못했습니다. 그때까지 우리는 제조업 더하기 수출이 곧 경제성장 및 성공이라는 등식에 따라 살아 왔습니다. 이것이 틀렸음을 1990년대 말엽 경제위기를 통해 배웠습니다. 그러나 수업료가 너무나 비쌌습니다.

우리는 공산주의자들이 본 손실이 곧 자본주의의 손실이기도 했으며, 자본주의의 승리는 곧 자본이 권력을 장악하는 것임을 배웠습니다.

1990년대는 자본의 세계화가 급속도로 진행된 시기였습니다. 그러나 글로벌 자본시장을 다룰 수 있는 기관을 육성하지 못했습니다. 우리에겐 글로벌 자본시장을 다룰 수 있는 메카니즘이 없었습니다.

우리는 무방비 상태였습니다. 우리는 은행들을 마치 국가의 서비스 기관쯤으로 여겼습니다. 정부의 연장선상에 있다고 말입니다.

우리는 돈을 가지고 돈을 벌어서는 안 된다고 생각했습니다.

돈은 실물을 만들어내는 데서 벌어야 하는 것이라고 생각했습니다. 따라서 은행의 직분은 성장을 촉진시키는 것이었습니다. 은행들은 정부 관료조직의 일부였습니다.

우리는 은행들과 자본흐름이 새로운 경제의 심장이고 피이기 때문에, 이를 개혁하든지 아니면 죽어야 함을 이해하지 못했습니다.” -≪렉서스와 올리브나무≫(토마스 L. 프리드만 저, 신동욱 역) p.288

좀 길지만 당시 총리의 심정을 구구절절이 표현하였기에 전체의 글을 옮겼다. 당시 금융에 대한 한국인 전반의 생각이 축약되어 있다. 금융업의 중요성을 미처 깨닫지 못했던 것에 대하여, 총리로서 느꼈던 절실한 뉘우침이고, 탄식이었던 것을 이 글을 통하여 알 수 있다.

그 다음에 나타난 자본의 방향이 미국에서 있었던 ‘서브 프라임대출’ 사건이었다. 자본이 그 본연의 기업투자를 찾지 못하면 그 폐해는 여러 곳에서 나타난다. 그리고 자본은 선한 곳을 찾는 것도 아니고 허점이 보이는 곳을 언제나 공략하여 더 많은 돈을 버는 속성을 가지고 있다.

미 재무성에서 발행하는 채권은 세계의 자본이 선호하는 상품이다. 투자하기 안전한 곳으로 미국의 국채만큼 좋은 투자처는 없기 때문이다. 안전성과 적당한 수익성이 보장되기 때문이다. 중국의 그 막대한 외환 보유고의 상당량이 미국 국채에 투자되고 있는 실정을 보면 알 수 있다. 그러나 미국의 국채발행도 한계가 있다. 마침 1971년 미국의 닉슨 대통령이 발표한 달러의 태환을 없애버리자 화폐의 발행이 늘어날 수 있게 되었다.

이에 편승하여 새로운 채권의 활성화로 나타난다.

1970년 처음 등장한 모기지 담보부 채권(Mortgage Backed Securities:

MBS)이 그것이다. 따라서 금융기관은 이 MBS 채권을 시장에서 적당한 금리를 받고 팔아 부채계정에서 없애 버린다. 은행의 회계는 일반기업 회계와 달리 자산과 부채가 반대 개념이다. 은행은 다시 계정에서 사라진 금액만큼 대출을 늘릴 수 있다.

은행대출은 다 알다시피 신용창조기능(예금에 대한 지불준비금이 10%이면 최대 9배까지의 신용창조를 할 수 있다.)이 있어 대출은 대출을 낳는다.

MBS가 채권화되기 시작하자 다른 자산도 줄지어 채권화되었다. 이른바 자산 담보부 대출(Asset Backed Securities: ABS)(참조 1)이다. 미래의 캐시 플로를 담보로 한 자산은 모두 같은 생각으로 증권화가 되었다. 신용카드 미수금, 자동차 론, 학생대출, 비행기, 선박 여타 부동산등의 임대소득이 포함되었다.

2007년까지 이러한 ABS 시장규모는 19.8조 달러에 이르렀다고 한다.

국제적인 자본이 얼마가 되는지 아무도 알지 못한다. 로스차일드가의 자본은 50조 달러에 이른다고 ≪화폐전쟁≫의 저자 중국의 쑹훙빙은 말하고 있다. 이러한 국제금융기관의 막대한 부에 대한 인식이 없는 여타 국가들은 그들의 횡포에 무방비 상태라는 것이다. 이러한 무방비 국가군에는 한국도 물론 포함되어 있다고 저자는 주장한다.

우리나라의 금융업은 국제 금융자본가 같은 자본축적의 기회도 없었고, 지금도 산업자본이 금융업을 영위하는 것에 대한 엄격한 제한이 있다.

요즈음은 산업자본, 금융자본의 구분이 어렵게 되어 있다. 기업의 미래 투자를 위한 자금도 일시적인 금융자본이 될 수 있다.

기업들의 축적된 자금은 어떤 형태로 지니고 있어야 하고 쌓이는 국민연금, 교원연금 및 각종 펀드자금 등 막대한 자금은 어떻게 그 가치를 유지하고 늘려갈 것인가? 믿을 만한 금융기관이 없고, 특히 1997년 외환 사태로 우리 금융업의 처참한 모습을 겪고 난 다음부터는 각 기관마다 직접 펀드매니저를 두고 각개전투를 하고 있는 양상이다.

자본의 속성상 소자본은 대자본의 먹잇감에 불과하다는 사실을 알아야 한다.

과거 일본의 전철을 밟지 않아야겠는데, 선진화된 금융기관이나 전문금융인도 만족할 만큼 양성되지 않았다. 그렇다고 전문금융업이나 금융인이 금방 길러지는 것도 아니다. 두 번이나 금융 사태를 겪고도 개선된 면모를 보이지 못하고 있는 우리 현실이다. 부동산이나 국채, 주식만으로 자산의 가치를 유지하기 어렵다.

과거 300년간의 통계로 볼 때 자본의 성장률(r)은 경제성장율(g)보다 늘 높았다. 이 자본이 활개를 펴고 날 때 일반 근로소득자는 절망을 느낀다.

"도토리 열 번 굴러도 호박 한 번 구름만 못하다."는 속담이 있다. 우리가 일상에서 느끼고 있듯이 집값이 한 번에 수억씩 오를 때 일반 서민이 근로소득을 저축하여 어떻게 주택을 마련할 수 있겠는가? '세습자본주의'가 만연하면 젊은이에게는 희망이 없다고 ≪21세기의 자본≫을 쓴 피케트는 말한다.

프랑스에서 1789년 대혁명이 일어난 후 발간된 발자크의 소설 ≪고리오 영감≫ 주인공인 라스티냐크를 빗대어 '라스티냐크 딜레마'란 용어가 생겼다. 당시 파리에는 5만여 개의 좋은 직장이 있었다고 한다.

기존 사회체제에서 성공하여 좋은 직장에 취업하면 서민보다 10배 잘 살 수 있다. 부자 상속녀와 결혼하면 25배 더 잘 살 수 있다. 능력이 뛰어난 젊은이는 어느 길을 택할까 딜레마에 빠졌다는 것이다. 200여

년 전 프랑스에서 보여주었던 사회현상이 오늘날 우리의 젊은이도 누구나 생각해보게 하는 유혹이 아닐 수 없다.

일본에서 소프트 뱅크를 설립하여 일본 IT업계에서 굴지의 입지를 구축한 손정의는 회사 직원을 뽑을 때 누가 사회를 개혁하는데 가장 적합하다고 생각합니까? 묻는다고 했다. "정치인입니까? 공무원입니까? 기업인입니까? 기업인이라고 생각하면 저와 함께 합시다."고 설득하여 정치인도 채용하고 종교인도 채용하여 기업의 중추 역할을 맡겼다고 한다. ≪손정의 300년 왕국의 야망≫에 있는 글이다.

손정의가 가장 존경하는 스승이고 애플의 창업자 스티브 잡스도 실의에 빠졌을 때 찾아와 조언을 받았다는 사사키 다다시는 혼자보다 함께하는 기업 정신, 더불어 사는 세상을 교훈으로 일러주었다는 일화가 이 책에 쓰여 있다.

돈이 판치는 현재의 상황을 극복하고 새로운 세상을 만들 수 있을까? 아니면 한 치의 양보도 없는 기득권자의 세상에 계속 끌려갈 것인가? 이는 비단 우리나라만의 문제가 아니고 세계의 모든 국가에서 터져 나오는 울분이고 한숨이다. 역사의 현장에서는 절벽에 부닥친 중대 고비는 반드시 새로운 길이 만들어져 왔다.

현명한 대처가 우리나라 젊은이로부터 반드시 나오리라 믿고 싶다.

유대인의 경제관(유대인 의정서 : 시온 프로토콜)

-학자가 초대되지 않은 식탁은 하느님의 축복을 받을 수 없다

한동안 세상을 주름잡던 일본이 어느 날 갑자기 세상의 주목에서 사라지게 된 계기가 바로 1990년에 있었던 일본의 금융파동이다. 이 일본의 금융참패가 일어나기 3년 전 1987년에 출간된 ≪유태인 의정서(Jewish Protocol)≫(야지마 긴지(矢島鈞次) 저, 정성호 역)에서 저자는 일본의 금융참패를 예언하고 있다.

이 책에 실린 노르웨이 국적의 정치학과 연구생과 암스테르담의 한 카페에서 저자가 나눈 대화 한 토막을 보자.

"네덜란드도 이젠 끝장이 난 것 같아요."

"천만의 말씀입니다! 끝장이 난 것은 오히려 일본입니다."

"무슨 소리를 하는 거요! 일본은 흑자로 남은 외화를 어떻게 줄일까 고민하고 있는 나라인데…."

"그건 벌써 옛날 얘기입니다. 눈에 보이는 물건을 만드는 시대는 끝났습니다. 지금 우리들이 생각하고 있는 것은 눈에 보이지 않는 물건을 만드는 일입니다. 이제부터는 그런 시대입니다."

"눈에 보이지 않는 물건이라니, 그게 도대체 뭐요?"

"그것은 군사와 금융 시스템입니다. 그 노하우를 생각하고 있으면 그 것만으로도 자연히 돈이 들어옵니다. 그 다음은 '예스, 노'하고 고개만 움직이는 것만으로 텔렉스가 움직여서 금전처리가 전부 자동적으로 됩니다. 그러한 눈에 보이지 않는 기술의 노하우가 경제의 주류가 되려고 하는 시대입니다. 그러니까 현재 일본이 무역마찰 등으로 자동차나 컬러 텔레비전이 성공하고 있는 것처럼 보이는 것은, 미국이나 유럽이 눈에 보이는 가공 산업을 단념하고, 10년 후의 경제시장을 향해 산업경제 방향의 대 전환을 도모하고 있는 공간을 메우고 있는 것뿐으로, 일본의 장래는 앞으로 10년밖에 없다는 말입니다."

"……."

"그러니까 일본은 끝장이 난 겁니다."

일본 학생으로부터는 도저히 들어볼 수 없는 날카로운 세계 분석론을, 연구생이라고는 하지만 젊은 학생에게서 듣고 나서 크게 깨닫는 바가 있었다.

그 이틀 후 비엔나에서 똑같은 얘기를 과거 일본 교토대학의 연구생으로 생활한 적이 있는, 독일인 친구에게서 들었다.

렘브란트의 명작 ≪세 그루의 나무≫는 단순한 풍경화인데 뭉게구름을 일본인은 하얗게 그리는데 그 그림에는 검은 곳이 있고 번개구름을 포함한 뭉게구름으로 되어 있는 것에 대한 얘기를 나누다가 나온 얘기다.

"세계의 움직임이라고 하는 것은 항상 번개와 구름을 포함하고 있네. 유럽의 역사라고 하는 것은 서로 이웃한 열강이 힘을 겨루는 상태에서 평화가 유지되어 왔거든. 그렇기 때문에 하얗고 평화로운 구름을 그린다는 것은 있을 수 없는 일이지. 구름이라는 것은 언제나 번개구름을 포함하고 있는 것이라고 유럽인은 생각하고 있거든."

그러한 유럽의 긴장감을 훌륭하게 묘사하고 있는 것이 바로 렘브란트의 ≪세 그루의 나무≫라는 것이다.

얘기 도중 독일인 친구는

"일본의 현재상태가 금세기 -앞으로 15년- 말까지 계속될까하는 우려를 우리는 일본에 대해서 품고 있네. 일본은 한 가지 사실을 깨달아야 하네. 일본 민족은 사물을 직선적으로만 생각하거든. 그래서 자동차가 잘 팔리면 자동차를, 텔레비전이 잘 팔리면 텔레비전만 열심히 만드는 식으로, 좋은 물건을 싸게 효율적으로 만들어내기만 하면 된다고 믿고는 물건을 만드는 데 열을 올려 왔지. 그런데 그런 물건의 뒤에는 반드시 돈이 있다는 사실을 깨닫지 못하고 있네. 그것이 문제란 말일세."

"일본도, 경제를 생각하는데 있어서 중요한 것은 물건을 만드는 것만이 아니라는 사실 정도는 알고 있네. 고금리에 대해서 어떻게 하면 좋은가, 엔고 현상이 나타나서 수출이 곤란하게 되는 때는 어떻게 대처할 것인가 등등, 금융 면에도 손을 쓰고 있다네."

"그것은 단순히 완성되어 있는 시스템 안에서 얼마나 교묘하게 하느냐에 불과하네. 시스템에 놀아나고 있는 것일세. 그러한 세계경제를 움직이는 금융시스템이나 노하우는 결코 자연 발생적으로 생기는 것도 아니며, 선의나 정의에 의해서 움직이는 것도 아닐세. 특정한 인간들의 사정에 의해 만들어지고 움직이는 것일세."

"그렇다면 그것은 어느 나라에서 그렇게 하고 있단 말인가?"

"미국일세! 닉슨 쇼크가 좋은 예가 아닌가? 월남 전쟁에 의해서 미국의 단기달러 채무잔고(빚)가 500억 달러에 도달해 있을 때 미국의 실재

금보유고는 102억 4천6백만 달러의 분량밖에 없었네. (중략) 금 · 달러의 교환은 불가능하게 되었지. 그래서 미국의 지도자들은 금과 달러의 태환을 단절하는 '닉슨쇼크'를 단행하고 세계통화시스템을 억지로 '석유 · 달러 본위제'로 바꾼 것일세." (하략)

그러면서 저자는 그 누구도 얘기하지 않았던 세계의 참다운 모습을 해명하고, 미국을 움직이는 배후에는 유대인이 도사리고 있으며, 일본의 금융참패에도 유대인이 깊숙이 관여하고 있다는 것이다.

이제부터 앞날을 살아갈 우리들 일본인과 일본이 나아가야 할 길을 탐구하는 목적으로 이 책을 지술한다고 쓰고 있다.

내가 이 책을 처음 읽은 때는 우리나라가 1997년 IMF 환난을 당하기 3년 전이었다.

일본이 금융 위기를 당하고 나서 금방 회복될 것으로 생각되었기에 이 예측이 대단한 것으로 간주하지 않았다. 그러다가 일본의 침체가 지속되고 우리가 금융위기를 당하고 나자 이 책을 다시 보게 되었다.

우리는 유대인의 얘기만 나오면 노벨상을 연상하고, 인구 천삼백 만에 불과한 민족이 어떻게 그렇게 많은 상을 독차지할까 생각한다. 우리는 유독 노벨상과 관련된 과학 분야에서는 유대인에 대한 경외심을 감추지 않고, 유대인이 세계적으로 미치는 영향력을 생각한다. 미국에서 정치자금 모금으로 정가에 대한 로비파워, 월가의 금융시장, 석유자원, 식량자원, 세계의 광물자원, 언론과 연예계 등에 미치는 영향력에 대하여 어떨 때는 과도하게 평하기도 하고, 어떨 때는 불순한 음모론까지 얘기하고 있다.

과연 유대인은 어떤 민족이기에 세계의 많은 나라들로부터 견제와 질시를 받아왔고 그 저력은 어디에 뿌리를 두고 있기에 여러 주변국으로부터 경계를 받는 것일까? 수많은 저서가 있고 수많은 나라에서 이에 대한 연구가 진행되고 있다.

여기에 기술하고 있는 ≪유태인 의정서≫도 그 중의 하나로 유대인에 대한 음모론이라고 반박하기도 하고 한편으로는 유대인의 과거행적으로 볼 때 있을 법한 의제라고 보기도 한다.

어느 게 사실인지는 아직까지도 오리무중(五里霧中)이다.

프로토콜은 1905년 러일전쟁이 한창일 때 – 러시아혁명 전야의 시기에 – 러시아인 세르게이 닐스에 의해 그의 책 부록으로 최초로 세상에 알려졌다. 1897년에 스위스의 바젤에서 개최된 제1회 시오니스트 회의의 결의에서 발췌했다고 한다. 정식 이름은 ≪시온현자의 프로토콜≫이라고 되어 있다. 이름 그대로 유대인의 최고 두뇌회의에 의해 결정된 의사록이라 하겠다. 당시 미국에서 대통령을 꿈꾸며 정치활동을 하던 헨리 포드가 인종차별주의 의도로 널리 세상에 퍼뜨렸다고 알려져 있기도 하다.

여하간 유대인에 관련된 결의안이라는 점에서 살펴보고, 이런 사고가 지금으로부터 100년도 전에 나왔다는 점에서 얼마나 시대를 앞서가고 있나 가늠해 볼 수 있다. 우리나라에서는 같은 해 미국에서 온 서재필 박사가 창간한 한글판 독립신문이 바로 1년 전에 발간되어 처음으로 소수의 백성이 관가의 비행이나 세상의 소식을 접할 수 있었던 시기이다.

어떤 음모론자의 아이디어에서 나왔다 하더라도 세상의 흐름을 이렇게 다양한 방면에서 깊이 있고 정확하게 터득할 수 있을까 하는 점에서 경탄하게 되고 두려움마저 느끼게 된다.

≪시온의정서(Jewish Protocol)≫는 총24장으로 구성되어 있다. 그 중

몇 대목을 발췌하여 소개한다.

- 능변가가 기염을 토하는 일이나 신문기자가 사실을 쓰는 것과 동시에 어리석은 이론을 나열해 놓는 권리를 가지는 것은, 하층 노동자에게 어떤 이해관계가 있을까? 공화제 아래에서의 권리는 가난한 사람에게는 풍자적일 뿐이다. 왜냐하면, 그날그날 먹고사는 일에 쫓기고 있는 관계로 그 권리를 이용할 수가 없기 때문이며, 고용주나 혹은 그 동료들이 결탁하면 통상적 수입을 확실히 잃게 되기 때문이다.(제3 프로토콜)
- 그들이 스스로 무엇인가를 고안해 내지 않도록, 우리는 향락이라든가, 유희, 음악이나 성욕, 그리고 민중클럽 등의 방면으로 선동하여 유도하지 않으면 안 된다. 이것에 의해서 민중의 머리를 그쪽으로 돌려야 한다. 또한 신문의 힘으로 예술이나 각종 스포츠에 의한 경쟁을 제의할 것이다. 이것들에 대한 흥미는 우리가 비유대인과 싸워야 할 모든 문제로부터 그들을 견제한다. 그리하여 차츰 독창적 사색의 습관을 떠난 세상 사람들은 우리에게 공명하게 된다. 왜냐하면, 우리만이 새로운 사조(思潮)의 선동자로 되기 때문이다.(제13 프로토콜)
- 경제생활에서 우월성을 획득하기 위한 격심한 투쟁과 시장에서의 부단한 투기는 인정이 메마른 각박한 사회를 출현시키게 될 것이다. 그리고 고상한 정치나 종교에 대하여 혐오감을 느끼고, 돈을 벌려는 집념만이 유일한 생활의 보람이 될 것이다. 그들은 돈으로 얻을 수 있는 물질적 쾌락을 좇고 돈을 우상시할 것이다." (제4 프로토콜)

저자는 프로토콜 24장을 일일이 예를 들어 설명하면서 세상의 은밀하면서도 복선적인 책략에 대하여 단선적 사고에 젖어 있는 일본인에게 이 책을 통하여 경각심을 불러일으키려 하고 있다. 한국인은 일본사람들이 쉽게 속내를 보이지 않는다고 비난하고 있다. 일본인보다 더 직설적이고, 쉽게 감정을 드러내는 우리에게도 참고가 되지 않을까 생각된다.

"돈이 없으면 아무것도 할 수 없는 세대가 요즈음 세대이다. 이 세대는 일본인이 돈을 물 쓰듯 하던 1955년경에 태어나 1965년 일본경제의 절정기에 어린 시기를 보내어 돈을 쓰는 일밖에는 모르고 자라났다. 돈이 없으면 단 하루도 살 수 없다. 이상하게 금전지향이 강한 세대이다. 직업도 일의 내용보다는 급료의 액수로 선택하는 세대이다. 섹스산업으로 태연스럽게 남자를 상대로 부끄러워하는 기색도 없이 돈을 버는 것이 이 세대의 아가씨들이다. 그 이유는 간단하다. 돈 때문이다."

저자의 눈에 비친 현 일본사회에 대하여 경고하는 신랄한 비판이다.

우리나라 현 젊은이들은 위의 비판으로부터 자유로울 수 있을까? 그리고 우리의 기성세대는 이런 애정 어린 비난을 우리나라 젊은이들에게 자유롭게 말할 수 있을까? 나 스스로에게 반문해 본다.

금융의 힘을 빌려 독일을 통일한 비스마르크

지금 양승태 전 대법원장의 적폐청산으로 나라가 시끄럽다. 이는 과거 일제강점기에 일본의 신일본제철(현 신일철주금)에서 노역했던 임금을 배상하라는 소송에 대법원장이 관여해 판결을 늦추었다는 것이다.

이 제철회사는 과거 일본이 청일전쟁의 승리로 청국으로부터 받은 배상금 2억 냥(약3억 엔)으로 세워진 철강회사에서부터 시작된 회사이다. 청일전쟁의 승리로 한반도를 독차지하려던 계획이 러시아의 등장으로 방해를 받게 되자 일본은 러시아와의 전쟁에 돌입했다.

전비가 충분하지 않아 주전파와 주화파로 의견이 양분되었으나 당시 집권자들은 영일동맹을 믿고 런던에서 전비를 마련하기 위한 채권을 발매할 계획이었다. 그러나 그 계획은 런던의 채권 시장에서 외면당했다. 이러한 때 미국의 야코브 시프가 주선하여 당시 8천2백만 파운드라는 거액의 채권을 판매하여 전비에 충당할 수 있었다. 그 후 몇 차에 걸쳐 2억 파운드나 되는 전비조달 채권을 인수하여 일본의 승리에 크게 기여하였다.

야코브 시프는 유대계 미국 금융가로 당시 러시아에서 유대인을 박해하자 러시아에서 발행한 채권의 인수는 방해하면서 일본을 지원하여 러시아의 패망을 부추겼다. 전후 그는 일본 천왕으로부터 작위도 받았다.

세상의 많은 사건들을 금융면에서 바라보는 관점은 정치중심의 역사관에서 민중의 편에서 바라보는 사관으로 변하면서 일반 민중들에게 가장 많은 영향을 준 경제생활이 역사의 한 축으로 등장하는 한 계기가 되었다.

경제생활의 발전에 따라 화폐가 등장하였다. 이 화폐의 변천사가 또 민중들의 생활에 지대한 영향을 주어 오늘날의 화폐 자본주의에까지 이르렀다. 따라서 표면에 직접 등장하지 않고 역사의 주역들을 활동하게 한 돈이 어떻게 작동하였는지 살펴보는 것은 세상을 바라보는 한 척도임에는 틀림없다.

오늘날 대부분의 자본은 산업혁명에서 막대한 부를 축적한 기업들이 쌓은 재산이 그 주축을 이룬다. 그러나 세계의 금융자본 형성은 산업혁명 이전에도 이미 있었다.

중세 이탈리아에서 르네상스를 일으킨 메디치가는 고리대금업과 환전상으로 큰돈을 벌었다. 메디치가를 일으킨 조반니는 흑사병이 온 사회를 휩쓸 때 부동산을 샀다. 얼마 뒤 흑사병이 끝났을 때, 미리 사 두었던 부동산이 크게 오르자 이를 팔아 거부가 되었다.

이렇게 모은 재산으로 1397년 조반니가 1만 플로린(한화 약 80억 원)으로 피렌체에 메디치은행을 설립할 때 55%의 지분을 가졌다. 조반니가 사망할 때 메디치은행의 자본금은 15만 플로린에 이르렀다. 조반니의 유산은 9만 플로린이 넘었다.

메디치은행의 주 수익원은 환어음 결제였다. 수익률은 연간 24~25% 정도였다. 메디치은행은 런던, 로마, 제네바. 밀라노, 베네치아 등에 지점을 두고 활동했다. 전성기 때는 국내외에 72개의 지점이 있었다고 한다. 로마에서는 교황청의 금고 역할을 했고 교황청의 소유인 톨바 광산에서 생산되는 백반의 수출독점권도 가졌다.

해외지점에서 양모를 수입하여 만든 옷을 다시 수출하는 무역업도 하였는데 이때 양모에 광택을 내고 착색을 하는데 백반이 중요한 광물이었다.

막대한 재산을 남긴 조반니는 귀족도 아닌 피렌체에 온 이민자의 한 사람에 불과했다. 많은 돈을 번 후에도 귀족들로부터는 무시당했다.

상인들이 자기들만의 카르텔을 만들어 자기들만의 이익을 추구할 때 조반니는 피렌체의 선하고 훌륭한 시민들을 존경하는 일에서 즐거움을 찾으면 시민들은 우리 가문을 그들의 안내자로서 빛날 수 있도록 해줄 것이라는 유언을 남겼다.

현실의 시민공동체를 중시하는 가치관을 남겼고 후손들이 이를 잘 지켰다. 후손들이 조반니의 유언에 충실하여 시민들에게 봉사하는 교회당도 지었고 동방박사 경배 행사(당시에는 크리스마스 데이가 없었다)도 주최하여 시민들로부터 존경 받게 되었고 나중에 피렌체 공화정의 주인이 되었던 것이다.

르네상스의 예술품은 이러한 메디치가의 가훈에 따라 귀족들이 천국만을 대상으로 찬양하고 있을 때, 현재 살아가고 있는 인간들을 중시하는 예술품이 만들어지는 인본주의 사상의 토대가 되었다. 미켈란젤로 라파엘 등 유명한 예술가들이 줄지어 나타나 르네상스 문화를 일으켰다. 금융 자본이 역사에서 그 빛을 발하는 훌륭한 전례로 남았다.

1867년 러시아에서 알래스카를 720만 달러에 팔겠다는 제안이 왔을 때 미국에서는 찬반양론으로 의견이 나누어졌다. 그러나 윌리엄 국무장관 등 선각자들이 강력 주장하여 이 땅을 구입하였다. 오늘날 그 땅은 아무리 많은 돈을 준다 하여도 러시아는 팔지 않을 것이다.

돈의 위력이 정말 대단하다는 사실은 알래스카 땅 구입 이전에 미국에서는 이미 전례가 있었다. 미국의 루이지애나 지역은 원래 프랑스 식민지였으나 7년 전쟁에서 패하여 스페인에 넘어간 땅이었다. 그러다가 1800년 나폴레옹의 기세에 눌려 프랑스에 다시 반환된 땅이다.

영국과의 전쟁이 한창일 때 영미동맹을 두려워하여 나폴레옹은 1803년 미 · 프랑스 평화조약을 체결하고 이 땅을 1,500만 달러에 매각하였다. 나폴레옹의 의중을 미리 간파한 제퍼슨 대통령은 주변의 반대를 무릅쓰고 영국의 금융재벌 베어링가의 힘을 빌려 채권을 발행하여 잽싸게 구입에 서명하였다. 260만 평방킬로의 땅을 헐값에 사들인 것이다. 미래를 내다볼 줄 아는 현명한 지도자의 결단이었다.

만약 현재 북한에서 휴전선의 북방한계선 땅(약 500평방킬로미터)을 천억 달러(약 110조 원)에 팔겠다는 제안이 오면 우리나라 국회에서는 어떤 일이 일어날까? 예상컨대 진보와 보수 진영으로 이념이 갈라진 정당들은 찬반으로 밤을 새워가며 투쟁할 것이다. 미래와 국가대계(國家大計)를 위한 의견 개진보다는 당리당략에 몰두하는 졸견만이 난무할 것이다.

'브뤼메르 18일'(1799년 11월 9일)로 알려진 나폴레옹의 쿠데타도 스위스 금융재벌의 자금지원이 있었다고 알려지고 있다.

1789년 혁명이 일어난 후 10년이 지나면서 경제적 혼란과 광란의 단두대 살인극을 거치면서 시민들은 혁명에 피로감을 느끼게 된다. 이 쿠데타의 실질적 기획자는 시에에스 신부이고 자신이 통령으로 되기 위한 예비단계로 자신과 나폴레옹, 로제 뒤꼬 3인으로 하는 통령정부를 선포

한다. 그러나 후일 나폴레옹 군대의 압력에 의해 물러날 수밖에 없었다. 이 쿠데타를 지원한 말레, 호팅거, 미라보 등 스위스 은행가문은 나폴레옹 정권에서 프랑스 은행의 최대 주주가 될 수 있었다. 이렇듯 돈의 위력은 배후에서 막대한 영향력을 행사한다.

워털루 승전을 하루 전에 알게 된 런던의 네이선 로스차일드는 이 승전의 정보를 이용하여 증권시장에서 막대한 부를 취하였다는 사실은 오래 전부터 인구에 회자되어 온 얘기이다.

나폴레옹이 워털루에서 웰링턴에게 패한 후 유럽 권력의 중심은 오스트리아 합스부르크 왕가에게로 돌아갔고 메테르니히는 왕가를 대표하여 권력을 행사했다. 합스부르크 왕가와 연줄이 닿았던 로스차일드가에는 절호의 기회였던 것이다. 비인 회의에서 결정된 전쟁배상금 채권의 발행, 매각 등을 관장하여 많은 이익을 취하였다.

비스마르크만큼 금융자본의 힘을 절감한 정치인도 없을 것이다.

분할된 독일 연방을 통일하는데 결정적인 역할을 한 이가 철혈재상 비스마르크다. 당시 독일 통일은 합스부르크 왕가를 중심으로 광범위한 통일국가로 과거 신성로마제국의 부활을 꿈꾸는 오스트리아와, 프로이센을 중심으로 게르만 민족의 통일을 주장하는 부류의 두 갈래로 나뉘었다.

독일 통일을 위하여 비스마르크는 오스트리아와 전쟁을 준비하려는데 의회에서 전비를 승인하지 않았다. 한 자유파 의원이 비스마르크를 향해 왕과 의회에 사기를 치고 있다는 말에 결투를 신청하기까지 했다.

비스마르크는 융커 귀족 출신으로 은수저를 물고 태어난 포부가 크고 과감하고 대단한 열정과 군센 성격의 소유자였다. 학창 시절 그는 27차례의 결투를 치를 만큼 대단한 배짱을 가진 인물이었다. 결국은 전쟁으로 오스트리아를 누르고 독일의 통일국가를 프로이센을 중심으로 이룩하는데 성공하였으나 그 과정에 있어 많은 전쟁비용에 시달려야 했다.

그는 덴마크와의 전쟁에서도 전비의 중요성을 실감하였고, 오스트리아와의 전쟁에서는 전비의 부족으로 승리하고도 즉각 철수해야만 했다. 금융의 중요성을 실감한 그는 유럽 금융의 대부인 로스차일드 가문의 도움을 얻고자 자신의 재정고문인 블라이 흐뢰더를 로스차일드 가문에서 소개받아서 재정을 용이하게 했다. 그는 1870년 프랑스와의 보불전쟁에서 승리하여 이들 금융가문의 배후 조정으로 50억 프랑이라는 거액의 배상금을 받아냈고, 알자스 로렌 지방까지 할양받는 쾌거를 이루었다.

명치개혁 후 일본의 이와쿠라 사절단이 프로이센을 방문하여 비스마르크 수상을 만났다. 당시 명치개혁 3걸로 치는 오쿠보 도시미치는 비스마르크로부터 감명을 받아 그를 롤모델로 삼았다는 일화가 있다.

도시미치가 암살되자 그 뒤를 이토 히로부미가 이어서 대장성을 맡았고 그는 청일전쟁 후 시모노세키 조약에서 청나라로부터 2억 냥의 배상금 이외에 타이완, 요동반도, 한반도를 차지하는 조약을 체결했던 것이다.

로스차일드가는 비스마르크 이외에도 유대인 출신 디즈레일리가 영국 재상이 되는데 많은 기여를 하였고, 처칠의 부친과도 친교가 있어 윈스턴 처칠에게도 많은 후원을 아끼지 않았다고 한다.

금융의 힘은 정치가에게만 작용하는 것은 아닌 것 같다. 미국은 금융의 충분한 지원으로 실리콘 밸리에 많은 인재를 불러온다. 인재들의 신기술에 엔젤 투자를 하여 새로운 벤처기업을 탄생시키고 이들을 부자로 만들어낸다. 사람은 충분한 대가가 있을 때 전력을 다한다. 그래서 나는 '금융이 창조의 불쏘시개'라는 ≪금융으로 본 세계사≫에서 천위루가 한 말에 동감한다.

소비에트공화국 몰락의 교훈

소비에트공화국(USSR)은 왜 그렇게 쉽게 또 빨리 무너졌을까?

그동안 서구와 미국에서 이에 대하여 많은 연구가 있었으나 발표된 대부분은 서구의 민주주의와 자본주의 체제가 공산체제보다 우월한 결과로 냉전에 승리할 수 있었다는 의견이 많았다. 그러나 새로운 견해로 소련에서 실제로 살아보면서 일했던 러시아 전문가 데이비드 고츠(David Kotz)와 프레드 웨이어(Fred Weir)는 소련 관리 수백 명을 인터뷰한 결과를 발표했다.

"소비에트 체제가 놀랍도록 평화롭게 돌연사한 원인은 대다수 엘리트들이 나라를 버렸기 때문이라는 최종 분석이 나왔다." -≪언싱커블 에이지≫(조슈아 쿠퍼라모 저, 조성숙 역)에서

당시 엘리트들은 누구인가. '노멘클라투라'(러시아어로 명단)라고 칭하는 군 장교, 교수, 공직자들이 주축이다. 공산당의 정치국원이 최상위계층의 권력기구였다면 그 밑에서 실제 인민의 일상사를 다스리는 계급은 이들이었다.

이들은 공산당 서기장 고르바초프가 노멘클라투라의 권리와 특권을

보호해 주던 체제를 개혁하기 시작하자 이들 특권계급은 소련의 결속 상태를 유지하는 것보다 분열시키는 것이 득이라 생각했다고 한다. 그래서 이들은 체제가 개혁·개방의 일환으로 국영기업이 민영화될 때 잽싸게 변신하여 공공사업분야, 언론, 석유, 제조업 등 경제전반을 장악하여 막대한 부를 쌓았다. 이를 바탕으로 정치권과 결탁하여 오늘날 우리가 부르는 러시아의 올리가르히가 되었다.

대통령을 두 번이나 역임하고 있는 푸틴도 전직 KGB 엘리트 요원이었다. 그는 막대한 부와 권력을 함께 쥐고 있다. 가히 이념보다는 경제적 이득이 세상을 지배하고 있다는 주장이 옳다는 사실을 증명이라도 하는 것 같다.

프로이센과의 전쟁에서 패하고 나폴레옹 3세가 물러난 후 새로 성립된 국민의회에서 왕당파는 다수를 점하여 독일에게 많은 배상금을 주고라도 그들의 기득권을 지키려는 왕정복구를 추구하였다. 이에 파리 시민이 반기를 들고 구성한 정치세력이 '파리코뮌'이다.

≪화폐전쟁≫에서는 '쌀뒤주 옆에서 굶어죽은 파리코뮌'을 소개하고 있다.

수십 억 프랑이 있는 파리은행을 옆에 두고 겨우 1,600만 프랑만 대출받은 파리코뮌은 2개월을 버티다 해산되는 비운을 맞았다.

그 2개월 동안 파리코뮌의 혁명가들은 제빵공의 야간작업 폐지, 고용주의 갑질 제거, 공장을 노동조합에 양도, 교육의 세속화와 무상교육 및 교사들의 처우개선 등 노동계급이 겪었던 그 동안의 열악한 처지를 개선할 자질구레한 일에만 모든 시간과 정력을 소모하며 몰두하고 있었다. 그러나 이 기간 동안 배후에서는 베르사이유 정부와 국제금융가들이 비스마르크와의 교섭으로 프로이센에 50억 프랑의 전쟁 배상금을 주기로 합의하고 군대를 모집하여 사태를 진압하였던 것이다.

금융에 대한 지식이 전혀 없는 당시 혁명세력의 실상이었다.

우리는 금융에 대하여 깊이 생각하지 않고 그저 경제학자들의 분석에 그러려니 하며 스쳐 지나간다. 잃어버린 20년이라 했던 일본의 추락을 우리는 그저 1985년 9월 22일에 있었던 '플라자합의'에 의하여 일본과 독일의 화폐가치 절상의 결과로만 치부한다. 자국의 화폐가치 절상은 무역의 가격 전쟁에서 불리하다는 것은 틀림없다. 그러나 이 합의 결과 즉시 일본의 수출 경쟁력이 하락했던 것은 아닌 것으로 알려지고 있다. 당시 일본의 기술력은 세계에서 가장 앞서 나갔고 다른 나라에서 금방 따라잡았던 것도 아니다.

문제는 이윤을 추구하는 기업이 축적된 막대한 자본을 가지고 더 이상의 기술을 개발할 것인가, 아니면 이 자본을 어떻게 하여 더 많은 이윤을 추구할 것인가, 하는 기로에서 자본의 이윤 추구에 더 몰두했다는 사실이다.

축적된 막대한 자본으로 부동산을 구입하고 재무기술을 습득하여 주식, 채권, 펀드 등 자본을 굴려 이윤을 창출하는 방면에 기술개발보다 더 많은 투자를 하였다는 것이다. 당시 일본의 부동산은 오르고 주식가격은 천정부지로 올라 기업만이 아니고 일반 시민들도 조금만 여유 있는 사람들은 부를 누릴 수 있었다. 일본의 자본은 세계 방방곡곡을 누비며 세계 부동산을 휩쓸었다. 고가의 미술품과 골동품을 싹쓸이 하였던 것도 다 엔화 가치의 절상으로 빚어진 결과였다. 당시에 일본은 미국의 록펠러센터도 사들이고 태평양 연안의 '페이블 비치' 골프 코스도 사들였다.

1985~1989년까지 일본 제조업이 금융시장에서 벌어들인 돈은 1조 9,100억 엔인 반면 매출이익은 1조 2,100억 엔이었음이 훗날 알려졌다.

축적된 자본이 활개를 칠 때 그 자본의 힘은 일시적으로는 일반인에게도 혜택이 돌아간다. 일본에서도 일반시민들이 자신의 집값이 오르고 소액 주식투자에도 이익이 돌아오자 편승하여 부를 느끼게 되었던 것이다. 그러나 경제의 한 축인 기업이, 특히 많은 근로자를 고용하고 있는 제조업이 기술에 대한 투자를 등한시할 때도 회사의 수익구조는 좋아질 수 있다.그러나 생산성이 약화되면 자연 고용이 줄고 종업원의 실업으로 나타날 수밖에 없다. 경영이 점차 악화되는 과정이 나타날 수밖에 없는 것이다.

국제적인 경쟁력 약화로 지속적인 수출의 길이 막혀 생산이 위축된다. 따라서 임금은 계속 오를 수 없고, 신기술이 개발되지 않으면 점차 기술을 갖춰가는 후발주자인 저임금의 후진국에 밀릴 수밖에 없는 결과가 초래되는 것은 당연한 사실이다. 과거 영국, 미국 등 선진국이 걸어온 과정이었다.

지금의 미국을 지탱하는 힘도 실리콘 밸리의 기술과 뉴욕 월가의 금융의 힘이다. 그러나 점차 그 힘이 줄어들어 트럼프의 등장도 가능했다고 본다.

제조업의 경쟁력 약화는 그 피해가 고스란히 근로자와 아직 경제활동을 못하고 있는 다음 세대에게로 넘어간다. 일본도 부모 세대가 자식세대보다 더 부자가 되었다. 부를 상속 받지 못한 후손은 가난이 대물림되는 현상이 나타났다. 최근에야 일본이 정신을 차리고 분발하여 나서고 있다.

우리도 일본의 전철을 지금 그대로 답습하고 있다. 집값이 올랐다고 반기는 사람들도 많지만 대다수의 사람들이 빈곤층이 되고 있다. 아예 집 가질 꿈을 못 꾸는 젊은이가 늘고 있다.

자본이 축적된 기업은 기술개발보다는 부동산과 금융에 더 많은 관심을 보인다. 이윤의 극대화가 자본의 속성이기 때문이다. 더욱이 AI가 등장하고 있는 현대산업에서는 기술개발도 근로자 고용보다는 자본집약적인 4차 산업 쪽에 더 많은 비중을 둔다.

실업이라는 어느 나라나 겪고 있는 암울한 시기가 도래하고 있는 것이다. 부동산으로 부를 이룬 사람은 부동산에 대한 집착을 버리지 못한다. 이들에게 새로운 벤처 투자를 요구하는 것은 무리다. 재벌 기업만이 기술개발의 밑천을 제공할 수 있다.

이들의 자본을 유입하기 위한 마중물을 정부에서 유인하고 있다. 그러나 정부의 재정보다 훨씬 많은 돈을 가진 재벌들이 가랑비마냥 뿌려주는 돈에 유혹될 리 없다. 이들을 돈으로 유인하는 길보다 다른 유인책이 필요하다고 본다.

이 길을 찾는 것이 지도자들이 짊어져야 할 숙명이고 위대한 사명이다.

조직은 환갑 시기에 최대 역량이 발휘된다

– 배움은 젊은 세대의 몫이고, 후원은 성공한 노인세대가 할 일이다

대만의 인문학자 보양(1920~2008)에 따르면 중국 역사상 83개 정권이 명멸했다고 한다. 그 가운데 60년을 넘긴 왕조는 14개다. 16.9%의 생존율이다.

첫 통일국가 진나라는 15년 만에 중국지도에서 사라졌다. 통일 후부터 계산이다. 양나라 55년, 오나라 58년, 남조의 송 59년 등이 짧은 왕조였고, 60년을 넘긴 14개 왕조 중에서도 원은 100년을 못 넘겼다. 서한, 당, 요, 명, 청 5개 왕조만이 200년을 넘겼다.

역대 중국 각 왕조의 개국 60년은 어땠을까?(*참고)

대체로 번성기에 해당된다. 중국 역사에서 대표적인 태평성세는 17번 있었다. 그 가운데 7번이 건국 60주년 전이고 10번이 60주년에 걸쳐 있다. 합하면 절반이 넘는다. 건국 60주년은 대체로 각 왕조의 황금기였던 셈이다.

우리나라 역사에서도 고려와 근세조선 건국 60년은 황금기에 해당한다. 고려는 6대 성종의 시기로 문물의 제도가 정비된 시기이고, 조선은 세종의 시기로, 역사상 가장 번성했던 때의 한 시기로 문화의 전성기였다.

2013년은 대한민국 건국 65년째다. 현재 우리나라는 개국 이래 최대의 호황을 누리고 있다. 과거 역사에서 우리나라가 세계만방에 널리 알려져 오늘날과 같이, 국제무대에서 크게 활약한 시기는 일찍이 없었다. 전쟁으로 폐허가 된 나라가 완전히 탈바꿈된 모습으로 국제무대에 나서리라고 아무도 상상하지 못했을 것이다. 오죽하면 영국의 한 기자는 한국전쟁 취재차 와서, "한국에서 민주주의가 싹트는 것은 쓰레기통에서 장미를 찾는 것과 같다."고 혹평했을까.

그런데 우리나라가 반세기 만에 경제적으로 자립하고 완전하다고는 할 수 없지만 그래도 아시아 국가에서는 드물게 야당에 의한 정권교체가 이루어져 민주국가에 한 발 다가선 국가로 태어난 것은 누가 뭐라 하더라도 경이적인 일이 아닐 수 없다. 더욱이 군사력을 길러 다른 나라를 침탈하여 부를 쌓은 것도 아니다. 또 갑작스레 광산이나 유전이 발견되어 노다지가 나온 것도 아니다. 순수하게 우리의 노력으로 이루어낸 값진 경험이고 역사인 것이다.

무엇이 이런 기적 같은 일을 일어나게 했을까?

많은 학자와 저널리스트의 이에 대한 연구 분석과 보도가 있지만 딱 들어맞게 설명할 수 있었던 연구 분석은 과문한 탓인지 아직까지 보지 못했다.

우리나라는 긴 역사를 가진 문화민족이지만 그 동안 계속해서 외세에 억눌러 지내왔다. 지정학적으로 강대국이 주변에 있어 끊임없는 침략에 시달렸다. 중국의 영향에서 벗어나자 일본에 병탄되어 한 세대를 넘는 탄압을 받았다. 일본으로부터 해방과 동시에 남과 북에 미군과 소련군이 진주하여, 냉전의 최첨단에서 격심한 사상논쟁의 혼란기를 겪는다.

곧이어 6·25전쟁과 자유당 독재를 겪는 등 수난의 연속이었다. 그러다가 민중이 들고 일어나 4·19혁명으로 잠시 민주국가를 세웠으나 곧이어 5·16에 의한 군사정권을 맞았다. 군사정권 시대에 경제개발 5개년 계획이 세계의 경제사조와 시의 적절하게 맞아떨어져 오늘의 부를 이룬 바탕이 되었다. 남과 북이 한 민족임에도 해방 후 미국과 소련에 의해 남북으로 갈라져 서로 다른 체제 속에서 경쟁하여 왔다.

자본주의 체제가 공산주의와의 대립에서 우위에 선 결과가 우리에게 발전을 가져올 수 있는 하나의 원동력이 되었던 것도 부인하지 못할 것이다.

다방면에서 연구 결과가 많이 나오겠지만 우리는 아직도 발전이 멈추고 정상에 서서 과거를 회상하는 국가가 아니다. 아직도 더 발전할 가능성이 많은 미래를 향해 달리는 겨우 환갑을 지난 신생국가에 불과하다. 60여 년 만에 소멸해 버린 많은 국가의 전철을 밟지 않으려면, 불만과 회의를 잠시 접어두고 미래의 발전에 매진하는 마음을 가지고 계속 전진하여야 한다.

개인, 기업, 국가도 60년의 세월은 의미를 부여할 만한 시간인 것 같다.

한 인간으로 볼 때 환갑의 나이는 분명 쇠퇴기임에는 틀림없다. 성장이 멈추고 인체의 모든 세포가 생성되는 수보다 죽는 수가 더 많기 때문이다. 그러기에 60대가 넘어서면 노년기라 부른다. 현재 세계적으로 65세 이상을 노년층으로 분류하여 통계도 작성한다. 그 나이에는 육체적으로도 쇠퇴기에 들어서고 정신적으로도 새로운 생각보다는 과거의 경험을 거울삼아 매사를 판단하기 쉽다. 그러기에 현실의 생활에서도 사리판단의 기준이 과거 경험에 근거하는 바가 많다.

급속히 변화하는 현실과는 항상 일정한 괴리가 생길 수밖에 없다.

386세대가 보릿고개 세대의 배고팠던 경험을 이해하기 어렵듯이, 노년기의 사람들도 신세대의 인터넷 문화를 이해하기가 쉽지 않다. 그래서 노인과 젊은이 사이에는 세대 간 갈등이 자연스레 생긴다.

기업도 60년 이상을 지탱하기란 쉽지 않다. 우리 속담에 "부자 3대 못 간다."는 말이 있다. 급변하는 사회에서 조금만 변화에 적응이 늦어져도 곧 도산으로 이어진다. 재벌이라 불리는 기업들이 지난 60년 동안 얼마나 많은 부침이 있었는지 살펴보면 금방 알 것이다.

개인이든 기업이든 국가든 항상 기득권자와 새롭게 성장하는 신진세력 사이에는 끊임없는 암투가 따르고 그 암투 속에서 발전이 이루어진다.

괴테는 "인간은 노력할 때는 방황하고 그 방황 중에 발전한다"고 했다. 권위가 몸에 스며드는 순간 개인이건 기업이건 국가건 발전은 멈춘다. 권위가 체질화되면 개인은 더 이상의 노력을 하지 않는다. 그동안 얻은 과실만을 누리려 한다. 신세대의 생활방식을 못마땅해 하고 과거 자신들의 성공사례만 강조한다. 기업은 그동안 쌓아온 성과만을 내세우며 과거 성공적 조직문화를 지속하려 한다. 다른 아이디어를 채택하지 않으려 하고, 새로운 기술과 제도 도입에 회의와 거부감을 갖는다.

국가는 항상 지난 성장기의 기득권자가 만들었던 제도를 유지하려 하고, 변화해 가는 세태에 맞게 법과 제도를 고치려 하지 않는다.

과거 성공사례로 인한 자기 과신이 결국 자신의 발목을 잡아 패망하게 되는 아놀드 토인비가 말한 휴브리스(Hubris)가 찾아온다.

한 세대만 지나도 – 요즈음은 점차 그 속도가 빨라지고 있다 – 반드시 찾아오는 변화를 대개는 싫어한다. 과학 문명의 발전 속도는 세대 간의 생활 방식을 급속하게 변화시킨다.

컴퓨터의 보급에 따른 인터넷 이용만 보아도 금방 알 수 있다.

신세대의 타이프 습관과 노인세대의 필기 습관에서부터 차이가 난다. 글쓰기 방식의 차이는 아날로그와 디지털 방식의 사고 차이로 이어진다. 컴퓨터뿐만 아니라 휴대폰 등 신제품은 다 타이프 위주로 만들어진다. 자연히 노인세대가 뒤질 수밖에 없다. 과거의 몸에 밴 습관이 어찌 하루아침에 고쳐지겠으며 노력한다고 금방 실력이 늘 것인가. 수십 년 동안 해오던 사고의 방식도 하루아침에 쉽게 바뀌기 어렵다. 이러한 변화에 따른 적응 능력은 개인은 물론이고 기업 국가 등 거의 모든 조직체에서 나타난다.

새롭게 배우기 힘들고, 고치고 난 후의 결과가 두렵고, 새로운 것들에 적응하려면 또 다른 각고의 노력을 해야 하기 때문이다. 과감하게 새로운 변화를 받아들여야 개인이나 기업, 국가가 지속적인 성장을 할 수 있다.

어차피 찾아오게 되는 변화를 두려워하여 세월이 흐르면 낡은 건물 속에서 함께 쓰러져 죽는 것보다는 용기 있게 리모델링을 하여야 한다.

과거의 성공했던 경험에서 과감하게 뛰쳐나와 새로운 패러다임에 맞는 신지식과 기술을 습득하여 쉬지 않고 개혁을 해야 한다.

18개월마다 2배로 집적회로 용량이 늘어나는 '무어의 법칙'을 깨뜨리는 삼성의 '황의 법칙'이 계속해서 이 땅에서 나와야 한다. 누가 신지식을 쉽게 배울 수 있고, 변화를 과감하게 추진할 수 있을까?

배움은 젊은이의 몫이고, 용기를 내어 추진하는 힘은 성공을 이루었던 경험자의 몫이다. 성공을 경험한 개인과 큰 성과를 거두었거나 부를 쌓은 기업과, 국가의 기득권 세력에서부터 먼저 용기가 나와야 한다. 그래야만 경험도 살릴 수 있고, 신세대를 강력하게 독려도 할 수 있다.

이 성공 집단에 의한 과감한 결단력만이 지속적인 경제적 부와 사회, 국가의 발전을 보장할 수 있는 것이다. 세계 첨단을 달리는 미국에서 지속적으로 신기업의 부상을 보면 알 수 있다.

신생기업이 성공하여 오늘날 큰 부를 형성하고 사회의 새로운 변혁을 가져온다. 컴퓨터의 혁명을 가져온 MS, 애플, 구글, 아마존 등이 그렇다.

이후에도 세상의 누구와도 소통할 수 있는 SNS의 대표기업 저커버그의 페이스북, 등 수많은 신생기업이 줄을 이어 나타나 하루가 다르게 세상을 변화시키고 있다.

이러한 줄지은 기업들의 탄생에는 먼저 성공한 기업의 후원이 크다. 그리고 많은 부를 쌓은 사람들의 벤처기업 투자와 엔젤투자 등 과감한 지원이 배후에 있는 것이다. 이들이 발전의 동력에 불을 붙이고 기름 역할을 하고 있다. 부동산 투기에만 눈독들이고 있는 아시아의 부자들과 다른 점이다.

조그만 성공에 만족하여 반짝하고 멈춘다면 더 이상의 발전은 없다. 개인도, 기업도, 국가도 앞서 달리다 넘어져서 다시는 일어나지 못하는 사례를 우리는 많이 보아왔다.

지속적인 발전을 보장하는 것은 세대를 이어가면서 주자를 바꿔가며, 쉬지 않고 달리는 계주경기와 같은 것이다. 세대 간 갈등이 어쩔 수 없이 나타나는 현상이라 하더라도 발전을 지속하려면 성공한 사람들의 결단이 있어야 신 · 구세대가 동반하여 성공하는 성공신화를 이어 갈 수 있을 것이다.

* 참고 : 서한 개국 60주년(BC146년)은 경제의 치세다. 고조선에 한사군을 설치한 한 무제의 선친이다. '문경지치'로 불리는 태평성세였다. 진나라를 반면교사 삼아 가혹한 법률을 없애고 단순화하여 '무위이치(無爲而治)'를 국정 패러다임으로 삼았다. 노장사상이 사회의 주류였다. 진나라가 망하고 초와 한이 싸웠던 오랜 전란기를 겪고 난 후의 사회의 바람이었으리라 생각된다. 한고조가 천하통일 후 제일 공신으로 치하했던 재상 소하가 만든 법규를 후임자인 조참이 그대로 따른다는 '소규조수(蕭規曹守)'가 관행이었다.

당나라 건국 60년(AD678)은 '정관지치'가 끝나고 고종 이치가 황제였던 때다. 이 고종 황제 때 신라가 당나라와 합작하여 백제와 고구려를 멸하였던 시기이다. 중국 역사상 유일무이한 여황제로 등극하는 측전무후가 발호했다. 조정은 혼란했지만 사회는 안정됐다. 훗날 양귀비와의 염문으로 유명한 현종의 '개원지치' 기초가 됐다는 평가를 받는다. 요나라와 북송의 60주년은 외교적으로 안정돼 내치에 힘쓰던 시절이었다.

원나라 60주년(1331)은 반란의 시절이었다. 대형 토목공사가 이어졌고 한족과 소수민족의 무장 봉기가 끊이지 않았다.

명나라의 환갑(1428)은 관리들의 부패가 극심했다. 명의 베트남 20년 지배가 이해에 끝장났다.

중국의 마지막 왕조 청의 60주년(1704)은 강희 43년이다. 일련의 경제 개혁 조치가 이어졌다. 오랑캐라고 무시하던 청 황제의 헌신적인 통치로 명의 부패가 청산되었다. 전국이 안정되고 평화로운 물류의 소통으로 민생이 윤택해졌다. 이해에 로마 교황이 천주교도들에게 중국 풍습을 금지시켰다. 강희제는 대노했고 서방과의 문화 과학기술 경제교류가 중단됐다. -대만의 인문학자 보양의 저서에서 인용

국부론과 화식열전

- 곳집이 차야 예절을 알고, 의식이 족해야 영예와 치욕을 안다

세상에서 가장 뛰어난 장사꾼 기실을 가진 민족은 유대인과 중국인이라 한다. 유대인은 작고 숨기기 좋은 보석상에서 그 유래를 찾고 중국인은 만인이 즐겨 먹을 수 있는 음식업에서 그 유래를 찾을 수 있다.

현재 유대인은 미국에서 그들의 기질을 유감없이 발휘하여 다 방면에서 위세를 보이고 특히 금융업에서는 타의 추종을 불허하고 있다.

중국인은 세계 어느 곳이든 차이나타운을 만들고 그 곳에는 반드시 중국인 식당이 명성을 떨치고 있다.

이 두 민족에게는 오래 전부터 전해오는 역사서가 있다.

유대인에게는 구약 성서와 탈무드가 있고 중국인에게는 사기가 있다.

사마천은 사기를 편찬하면서 ≪사기열전≫ 70편중 69번째에 화식열전 편을 썼다. 이 글이야 말로 자신의 정치, 인물, 인생관 등 모든 사상이 집약되어 있다.

지금부터 2천백 년 전에 자신이 사관으로 있으면서 터득한 중국인의 지혜와 경제관을 요약하여 쓴 글이다.

"사회 규모가 클수록 분업이 잘 이루어진다. 분업이 발달 할수록 경제 규모도 커지게 되고, 동참하는 사람 모두에게 이익이 된다."

국부론에서 아담 스미스가 한 말이다.

"사 · 농 · 공 · 상은 백성의 의식(衣食)의 근원이고, 이 근원이 크면 백성은 부유해지고, 근원이 작으면 백성은 빈곤하게 된다."

'분업의 이익'에 대하여 사마천은 국부론보다 천팔백 년 전에 이미 말하고 있는 것이다.

또 경제는 '보이지 않는 손(Invisible Hand)'에 의해서 자연스럽게 움직인다는 스미스의 논리도 사기열전에서는 '물자는 도와 자연의 이치' 대로 움직인다고 쓰고 있다.

사기 ≪화식열전≫편 첫마디에 인간의 본성에 대하여 쓰고 있다.

"신농씨 이전의 일은 나도 알지 못하지만 '시경' '서경'에서 말하고 있는 우와 하 이후로는 모든 사람들이 귀와 눈은 아름다운 소리와 아름다운 빛깔을 좋아하여 듣고 보려 한다. 입은 소와 양 따위의 좋은 맛을 보려하며, 몸은 편하고 즐거운 것을 좋아하고, 마음은 위세와 영화를 자랑하고 있다.

그리고 그와 같은 습속이 백성의 마음에 스며든 지 오래다.

아무리 노자의 현묘한 이론을 들고 나와 집집마다 들려주어도 도저히 감화시킬 수는 없다.

최선의 위정자는 백성의 마음에 따라 다스리고, 차선의 위정자는 이득으로써 백성을 이끌고, 그 다음의 위정자는 백성을 가르쳐 깨우치고, 또 그 다음의 위정자는 힘으로써 백성을 바로 잡고, 최하의 위정자는 백성과 다툰다."

얼마나 세상을 투철하게 관찰하여 쓴 글인가.

이 몇 마디만 읽더라도 사마천이 얼마나 당시 세태의 흐름을 잘 알고 있었나 미루어 짐작할 수 있다.

위정자들이 베풀어야할 도리가 무엇인가를 알고 있었다.

정치의 요체가 곧 백성을 배부르게 하는 것이라고 화식열전에서 우리를 깨우치고 있는 것이다.

농민은 식량을 공급하고, 나무꾼은 자재를 공급하며, 공인(工人)은 이것을 제품화하고, 상인은 이것을 유통 시킨다.

이 네 부류의 사람(농민, 나무꾼, 공인, 상인)은 백성의 의식의 근원이다. 근원이 크면 백성은 부유해 지고 근원이 작으면 백성은 빈곤하게 된다. 이 네 부류의 사람은 위로는 나라를, 아래로는 가정을 부유하게 한다.

이러한 일은 위로부터의 정치 지도나 기회(기일을 정해서 모두 모여 작업하는 것)에 의해 행해지는 것은 아니다.

사람들이 각기 저마다의 능력에 따라 그 힘을 다하여 그 원하는 것을 손에 넣는 것 뿐이다.

그런 까닭에 물건 값이 싼 것은 장차 비싸질 징조이며, 비싼 것은 싸질 징조라 하여 적당히 사고판다. 각자가 그 생업에 힘쓰고 일을 즐기는 상태는, 물이 위에서 낮은 곳으로 흐르는 것과 같아 밤낮을 쉬지 않는다.

빈부라는 것은 밖에서 빼앗거나 주는 것이 아니고, 결국은 그 사람의 재능 여하에 달린 것이다. 기교 있는 사람은 부유하고, 기교가 모자라는 사람은 가난한 것이다. 태공망이 제나라 제후로 봉해 졌을 때, 그 영내의 토지는 염분이 많고 습했으며 주민도 적었다.

그래서 태공망은 부녀자의 일(재봉, 길쌈 등)을 장려하고 공예의 기술을 잘하게 하며, 또 각지에 물고기와 소금을 인출하여 있고 없는 것을 서로 유통하게 했다. 그러자 사람들과 물건이 모여 들었다.

그리하여 제나라는 천하에 관 허리띠 옷 신발을 공급하게 되어 부유해졌다.

그렇게 되자 부강한 제나라에 대하여 동해와 태산 사이의 제후들은 경의를 표하여, 소매를 여미고 옷깃을 바로 잡으며 참조했던 것이다.

그 후 제나라는 관중이 재상을 맡으면서 물가를 맡아보는 기관과 재화를 맡아보는 기관을 두어 국가가 부강해져 제환공은 춘추시대 첫 번째로 천하의 패자가 되었던 것이다.

관자는 "곳집이 차야 예절을 알고, 의식이 족해야 영예와 치욕을 안다"고 말했다. 예(禮)는 재산이 있으면 생기고 재산이 없으면 사라진다.

그러니까 군자가 부유하면 즐겨 그 덕을 행하고, 소인이 부유하면 그 힘에 맞는 일을 한다.

못은 깊어야 물고기가 있고, 산은 깊어야 짐승이 살듯이, 사람은 부유해야만 인의가 따른다. 부유한 사람이 세력을 얻으면 더욱 세상에 드러나고, 세력을 잃으면 빈객도 줄어들어 쓸쓸하게 된다.

이런 일은 오랑캐나라에서는 더욱 심하다고 사기에는 쓰여 있다.

중국 속담에 "천금을 가진 자의 아들은 시장에서 죽지 않는다."고 했는데 그것은 정녕 빈 말이 아니다. 그래서 천하 사람들은 화락하여 모두 이익을 위해 모여들고, 얽히고설키며 모두 이익을 좇아 떠난다.

저 천승을 가진 왕, 만가를 가진 제후들, 백가를 가진 대부들까지도 오히려 가난을 근심 한다. 하물며 일반 서민은 말해 무엇 하겠는가.

이상으로 미루어 볼 때, 현인이 궁정안에서 지혜를 꾀하고 조정에서 논의하며, 신의를 지키고 절개에 죽는 것이나, 세상을 피해 숨은 고결한 선비가 명성을 천하에 높이 알리는 것도, 결국 귀착하는 것은 부귀이다.

그러므로 청렴한 관리도 오랫동안 일하는 가운데 영전하여 더욱더 부유하게 되고, 폭리를 탐하지 않는 상인도 결국에는 부유하게 되는 것이다. 부하고자 하는 것은 사람의 본성이다. 배우지 않아도 누구나 부를 바란다. 그러므로 장사가 싸움에 임하여 성을 공격해서 맨 먼저 오르고, 적진에 뛰어들어 적을 물리치며 적장의 목을 베고 적기를 빼앗으며, 자진해서 화살과 돌을 무릅쓰고 끓는 물과 뜨거운 불의 어려움도 피하지 않는 것은, 그 목적이 후한 상을 받는데 있기 때문이다.

여가가 남아도는 귀공자가 관과 칼을 장식하고, 수행하는 수레와 말을 따르게 하는 것도 부귀를 과시하기 위한 꾸밈인 것이다.

의술이나 그밖에 여러 가지의 기술을 생업으로 삼고 있는 사람이 노심초사하여 능력을 쥐어 짜내는 것도 막대한 사례를 얻으려고 하기 때문이다.

관리가 교묘하게 억지를 부리며, 법문을 곡해하기도 하고, 도장과 문서를 위조하여 형벌마저도 피하지 않는 것은 뇌물에 탐닉한 때문이다.

농, 공, 상들이 각자 저축과 이식에 힘쓰는 것은, 하나같이 부를 구하고 재물을 불리려 하기 때문이다.

부를 쌓는 일이라면 지혜와 능력을 다하는 것이 상도라, 힘을 다 짜내지 않으면 남에게 이익을 넘겨주는 일을 초래하게 된다.

집이 가난하고 어버이는 늙고 처자는 어리고 철따라 조상의 제사도 지내지 못하고, 친척과 친구들로부터 음식과 의복까지 신세를 지고 있는데 자신은 어떻게 해볼 수 없는 지경에 이르러도 부끄러운 줄 모르는 사람은, 이미 갈 때까지 다 간 사람이다. 그러므로 무일푼인 사람은 노동을 하고, 다소의 재산이 있는 사람은 지혜를 써서 더 늘려서 많게 하려 한다. 이미 많은 재산을 가진 사람은 시기를 노려 더욱더 비약을 꾀하려 한다.

이것이 이식의 대강이다.

생계를 꾸려 나가는데 몸을 위험에 던지지 않고 수입을 얻으려 하는 것은 현인이 한 결 같이 힘쓰는 바이다.

그러므로 농업으로 부를 얻는 것이 최상 책이고, 상업에 의한 것이 그 다음이고, 간악한 수단으로 부를 잡으려 하는 것이 최 하책이다.

대개 서민들은 상대방의 부가 자기 것의 열배가 되면 이를 헐뜯고,

백배가 되면 무서워하여 꺼리며, 천배가 되면 그의 심부름을 기꺼이 하고, 만 배가 되면 그의 노복이 되는데 이것은 만물의 이치이다.

대체로 가난으로부터 부를 얻는 데에는 농은 공에 못 미치고, 공은 상에 미치지 못 한다. '공예나 자수를 하기 보다는 시장에 나가 장사를 하라'는 말은 상업이 가난한 사람들에게는 부를 얻는 가까운 길임을 뜻한다. 무릇 절약과 검소에 힘쓰고 몸을 움직여서 노동하는 것은 생활을 다스리는 정도다.

그런데 부자는 반드시 독특한 방법으로 돈을 모은다.(*참고 1)

부를 얻는 데는 일정한 직업이 없고, 재물에는 일정한 주인이 없다.

재능이 있는 자에게는 재물이 모이고, 못난 자에게는 재물이 홀연히 흩어지고 만다. 천금을 모은 집은 한 도시를 영유한 군주에 필적하고, 거만의 부를 가진 자는 왕자와 즐거움을 같이 한다. 그들이야말로 이른바 늘 써도 줄지 않는 영지를 지닌 제후가 아니겠는가!

이어서 그는 중국의 지역 별로 생산품의 산지를 기술하고 있다.

무릇 천하에는 물자가 아주 적은 곳도 있고 풍부한 곳도 있다.

그리고 백성들의 습속은 그것에 영향을 받는다.

예를 들면 소금의 경우 산동에서는 해염을 식용으로 한다. 산서에서는 암염을 식용으로 하며, 영남 사북(사막의 북쪽)에도 원래부터 소금을 생산하는 곳이 있어, 그 곳의 백성들은 그것을 식용으로 하고 있다.

물건과 사람의 관계는 대체로 이러한 것이다.

개괄하여 말하면 양자강 이남 초, 월의 땅에는 토지는 광대한데 인구는 적고, 쌀을 주식으로 하고 생선으로 국을 끓여먹는다.

지형상 물자가 풍부하여 기근의 염려가 없다.

그런 까닭에 주민들은 게으르게 되어 그날그날을 그럭저럭 살아가며 저축도 없는 가난한 사람이 많다. 이러한 사정으로 강남에는 춥고 배고픈 사람도 없을 뿐 아니라, 또한 천금의 부자도 없다.

반면 기수 사수의 북쪽지역은 오곡과 뽕 삼을 재배하고 가축을 사육하기에 적당하다. 그러나 토지가 좁고 인구가 많은데다가 자주 홍수와 가뭄의 피해를 입기 때문에 주민들은 자진해서 저축을 한다. 그러므로 이 지역 사람들은 농사에 힘을 기울이며 농민을 매우 중히 여기고 있다.

황하 유역 사람들도 이와 마찬가지이나 또한 상업도 경영하고 있다.

제나라 조나라에서는 지혜와 상술을 쓰며, 기회를 보아 이익을 도모하며, 연나라 대나라에서는 농사와 목축을 업으로 하고 양잠에도 힘쓰고 있다.

≪사기의 화식열전≫에는 부에 대한 중국인의 생각을 잘 묘사하고 있으며 이 밖에도 부에 관련된 사례와 민담도 많이 소개하고 있다.

'와신상담'의 주역이었던 범려가 오나라를 정벌한 후 월왕 구천을 떠나 도나라에 가서 천금을 벌어 부의 대명사인 '도주공'이 된 이야기도 자세하게 나와 있다. 천하를 다스리는 지혜와 부를 이루는 지혜는 사람의 마음을 헤아릴 줄 안다는 면에서는 같은 능력이라는 생각이 든다.

※참고 1: 거부가 된 사례 9가지

– 농사는 재물을 모으는 데에는 탐탁한 것이 못 되지만, 진양은 농사

에 의해 한 주의 제일가는 부호가 되었다.
- 무덤을 파헤쳐 공물을 훔치는 것은 나쁜 일이지만, 전숙은 그것을 발판으로 몸을 일으켰다.
- 도박은 나쁜 놀이이지만 환발은 그것에 의해 부자가 되었다.
- 행상은 남자에게 천한 직업이지만 옹낙성은 그것에 의해 부유하게 되었다.
- 기름장수는 부끄러운 장사이지만 옹백은 그것에 의해 천금을 벌었다.
- 음료 장수는 하찮은 장사이지만 장씨는 그것에 의해 천만 장자가 되었다.
- 칼을 가는 것은 보잘것없는 기술이지만, 질씨는 그것으로 호화로운 음식을 즐겼다.
- 양의 위를 삶아 말려 파는 장사는 단순하고 하찮지만, 탁씨는 그것으로 종과 말수레를 거느리는 신분이 되었다.
- 말을 치료하는 의사는 대단치 않은 기술이지만, 장리는 그것으로 인해 종을 쳐서 노비를 부를 정도의 대저택에서 살았다.

이것은 모두 한결 같은 마음으로 재화 증식에 힘쓴 결과라 할 것이다.

미래의 리더는 경제를 알아야 한다

- 작은 주머니에는 큰 물건을 넣을 수 없고, 두레박 끈이 짧으면 깊은 우물물을 퍼올릴 수 없다

세계화가 한창인 요즈음 글로벌 시대에는 영토 확장이 아니고 경제적 이익 추구를 위하여 수단과 방법을 가리지 않고 있다. 전 국민의 지혜가 다 동원되는 총력전 양상으로 전개된다.

과거 약소국을 식민지화했던 제국주의가 제2차 세계대전과 함께 끝나게 되면서 뚜렷하게 나타나는 현상으로 현재도 그렇고 앞으로도 크게 변하지 않을 것이다. 따라서 앞으로 전개될 경제전쟁의 양상을 알아보는데 주력해야 한다.

앨빈 토플러는 ≪미래쇼크≫에서 1990년에 ≪권력이동(Power Shift)≫을 출판하여 권력을 폭력, 부, 지식 세 종류로 나누었다. 완력을 저품질권력(low-quality power), 돈을 중품질권력(medium-quality power), 지식을 고품질권력(high-quality power)으로 구분하였다.

봉건시대의 리더는 어떻게 하면 완력으로 사람들을 복종하게 하여 자신의 뜻하는 바를 성취할 것인가에 몰두하였다. 그리하여 강력한 군대와 경찰력으로 국민을 따르게 하고, 타국을 침략하여 영토를 넓히고 재물을 착취하여 자국민을 부유하게 하면 영웅으로 추앙을 받았다. 그야말로 저품질권력이 판치던 때였다.

리더의 요건은 군과 경찰과 같은 완력 조직을 잘 만들어 유능하게 운영하는 것에 초점이 맞추어졌다. 민주주의와 자본주의 시대에는 완력 대신 돈이 지배력을 가지게 되었다. 돈을 많이 가진 사람이 리더가 되는 데 유리한 조건을 갖추었다. 현재 미국에서 경제 관념이 뛰어난 유대인이 두각을 나타내는 결정적 요인도 여기에서 한 단면을 찾을 수 있는 것은, 선거에 의한 리더의 선출에 있어 돈의 역할이 중요해지고 있기 때문이다.

고품질의 권력은 지식에 의한 설득력에 있다. 스파이(Spy) 세계에서 이성(異性)과 돈으로 설득할 수 없는 사람은 오직 '대의명분' 만으로 설득할 수 있다고 한다. 사람을 설득하고 이해시키고 뜻을 같이하도록 회유하려면 그 사람의 인생관이나 우주관, 가치관 등 폭넓은 의사소통이 없이는 불가능하다는 얘기다.

개인이나 국가 간에 폭력이나 이해타산 대신에 고차원의 이상을 함께 실현하자는 협상을 통하여 윈 · 윈 하는 방안을 제시하여 설득한다.

국제간 외교에서도 이런 안목을 갖춘 리더십이 요구된다. 협조를 모색하는 길은 여러 방면에서 높은 차원의 협상기술과 능력이 필요하다. 그리고 점차 힘, 돈, 지식이 동시에 협상력이 되어가고 있다. 이 3자를 어떻게 적절하게 구사해야 할 것인가는 현대 리더가 갖추어야 할 능력이고 이것이 곧 리더십이고 지도력이다.

"지식, 그 자체가 최고 품질 권력의 원천일 뿐만 아니라 물리력과 부의 가장 중요한 요소이기도 하다. 다른 말로 표현하면 지식은 금권과 완력의 부속물이 아니라 이제는 본질적 요소가 되어가고 있다. 실제로 지식은 이제 궁극적인 증폭좌(Amplifier)가 되었다. 이것이 우리 앞에 놓여 있는 '권

력이동'의 핵심 문제이다." -≪권력이동≫(앨빈 토플러 저, 이규행 감역)에서

권력이동 다음의 앨빈 토플러의 저서가 ≪부의 미래≫이다. 부의 이동이 곧 권력의 이동이 되어가고 있다는 것이다. 모든 개인이나 국가가 부를 좇아 전력투구할 때 이를 가장 잘 쟁취할 줄 아는 사람이 리더가 될 가능성이 많다.

세계 최부국이라는 미국에서 부의 창출은 어디에서 이루어지고 있을까? 단연코 실리콘밸리와 뉴욕의 월스트리트 금융가이다. 한 마디로 부의 원천은 과학 지식산업의 대명사인 실리콘밸리의 컴퓨터 및 인터넷 산업과 뉴욕의 금융산입이다.

실리콘밸리의 부의 창출에 대하여는 애플, 구글, 아마존, 테슬라 등 우수한 기업이 우리에게 너무나 잘 알려져 있어 재언할 필요가 없을 것이다. 월가에서 창출되고 있는 부는 일반적인 상상을 훨씬 초월한다. 가장 비근한 예로 중국의 마윈이 알리바바를 뉴욕 증시에 상장시켜 일약 세계의 거부 대열에 올라선 것만 보아도 짐작할 수 있다.

"인터넷 시대와 세계화를 겪으면서 돈은 정말로 미쳐 날뛰고 있다. 오늘날 헤지펀드를 통해, 또는 골드만삭스 파트너로 일하면서 2천만, 3천만, 혹은 4천만 달러를 연봉으로 챙겨가는 30대들이 있습니다. (중략) 그들은 큰돈을 배팅하는 세계적 도박사들로서 전 세계를 함께 돌아다니고 있고, 그들과 전 세계 나머지 사람들과의 격차는 엄청나게 벌어졌습니다." -≪플루토 크라트≫(프릴 랜드 저, 박세연 역)에서

금융이 세상의 부를 좌지우지하고 있어 빈부의 격차는 갈수록 벌어지고 있다. 일반 서민들의 불만이 팽배하고 있다. 지난 미 대선을 보더라도 뉴욕주와 캘리포니아주에서는 클린턴이 압도적으로 우세했지만 여타

지역, 특히 미 중북부의 농업과 과거 공업지대에서 트럼프의 승리가 대선 결과를 결정지었던 한 요인이다.

지식산업이 미 전역에 퍼지지 않았고, 또 앞으로도 승자 독식으로 엄청난 부자와 나머지 가난한 소시민의 갭은 쉽게 메워질 것 같지 않다는 것이 많은 경제학자들의 주장이다. 그리고 실제로 이번 미국의 대선에서 보여주고 있는 것이다.

지식이 부의 원천이 되고 있지만 그 부는 소수의 사람에게 집중되고 있다. 이 부의 원천을 찾아 이를 활성화시키고 어떻게 하면 이 부를 가능한 많은 사람들에게 혜택이 돌아가게 할 것인가 그 길을 찾아내는 것이 앞으로 리더들의 과제일 것이다.

세상 여기저기에서 부의 편중현상에 대하여 불만이 쏟아져 나오고 있다. 부의 효율적인 분배에 대하여 리더는 분명한 안목이 있어야 할 것이다. 이런 세상의 흐름과는 전혀 아랑곳하지 않고 아프리카, 중동, 남미 여러 나라에서는 독재자들이 백성들의 고혈을 짜는데 혈안이 되어있고 끝없이 탐욕에 몰두한다. 이런 부류의 독재자나 탐욕스러운 사람들을 목표로 살고 싶은 사람도 있겠지만 그런 목표를 가지고는 현대의 문명국가에서는 리더나 지도자의 모델은 될 수 없다.

미국의 빌 게이츠는 마이크로소프트를 설립하여 번 돈을 자신과 부인의 이름을 딴 '빌 앤드 멜린다 게이츠재단'을 만들어 세계 여러 나라의 빈곤을 퇴치하는 교육에 투자하고 있다. 워런 버핏은 자신의 돈 대부분을 게이츠 재단에 기부했다. 빌 게이츠가 자신보다 효율적으로 돈을 쓸 수 있을 것 같다는 이유에서다.

아프리카 독재국가 지도자와 이들의 차이점은 어디에서 오는 것일까?

많은 학자들이 이에 대한 답을 교육에서 찾고 있다. 아리스토텔레스는 태어나서 7세까지는 가정교육, 7세에서 사춘기까지는 신체와 영혼에 관한 교육, 사춘기에서 21세까지는 지성의 활동을 촉진시키는 교양교육을 중점적으로 가르쳐야 한다고 했다.

맹자도 "아무리 총명하더라도 배우지 않으면 깨닫지 못한다."라고 했다. 배우고 가르치는 것은 단순한 지식만 쌓아가는 것이 아니다. 그 지식을 활용하는 식견(識見)을 가질 수 있을 정도가 되어야 한다. 더 나아가 식견에 신념(信念)을 가져야만 여러 사람을 이끌 수 있는 리더가 될 수 있다. 그리고 신념은 식견과 경험에 의하여 몸에 배어드는 자기 확신이다. 인류의 발전에 보탬되는 바람식한 신념은 특히 어린 시절 교육에 달려있다.

지금의 교육은 과거와는 그 양상이 확연히 다르다.

영국에서는 초등학교에서 인터넷에 웹을 설치하는 법을 가르친다고 한다. 초등학교에 취학하기도 전부터 영어에 몰두하고, 수학을 과외하고, 음악, 미술 학원을 보내는 우리나라 교육과는 많이 다른 모습이다.

미래의 세계가 어떻게 변모할지 부모 세대에서 많은 식견이 있어야 할 것 같다. 말하기 쉽게 창조경제니 경제민주화니 말하지만 그동안 우리 정부에서는 창조와 경제 민주화와는 거리가 있었다.

지난 정권도 4대강 개발이라는 토목공사에 국력을 소진하였고, 이번 박대통령 정부에서도 지식산업과는 거리가 멀었다. 지도자로서 시대의 흐름을 제대로 파악하지 못한 결과가 아니었나 생각된다. 아니면 주변에 훌륭한 참모가 없어서일지도 모른다.

인공지능(AI)을 필두로 4차 산업혁명은 그야말로 과학의 전성시대가 전개될 양상이다. 이러한 세상에서 누가 어떤 기업이, 어느 나라가 가장 앞서서 세상을 이끌 기술과 제품을 만들어 부를 독점하게 될까 숨죽이며 세상의 많은 사람들이 불안하고 초조한 마음으로 주시하고 있다.

미래의 지도자를 선택할 때 눈 여겨 보아야 할 대목이다. 과거 우리가 경험했던 시대와는 전혀 다른 딴 세상 같은 시대가 전개될 양상이다. 산업혁명이 시작된 지 200년이 넘게 지나서야 1980년에 앨빈 토플러가 ≪제3물결≫을 쓰면서 '정보통신혁명'이라 일컫는 3차 산업혁명 용어가 나오고 실제로 혁명이 불어 닥쳤다. 그런데 불과 한 세대(약 30년)가 지나자 벌써 4차 산업혁명이라는 용어가 나타나기 시작하고 있으며 사회 전반이 태풍전야 같은 상황에 놓여 있다.

너무도 빠른 변화 속에서 오늘의 현실을 제대로 파악하기 힘들다.

지도자로 나서려면 급변하고 있는 현실에서 닥쳐올 미래에 대한 나름 대로의 견해와 미래의 시뮬레이션을 펼칠 정도의 실력은 갖추어야 하지 않을까.

앞으로 다가올 세상에서 우리 자녀들은 어떻게 대비하도록 해야 할까? 세상 모든 나라가 이에 대한 교육을 걱정하고 있다. 분명 미래에 대한 명견을 갖춘 사람만이 훌륭한 리더가 될 수 있을 것이다.

과거 동서양의 뛰어난 리더요 전략가였던 제갈량과 맥아더 두 사람이 자녀의 앞날에 대한 간절한 소원을 보면서 미래의 지도자상을 생각해 본다. 국가 발전에 자녀들이 기여하기를 바라는 마음으로 위대한 지도자가 남긴 글이다.

* 제갈량의 계자서(誡子書)

무릇 사람의 행동은 차분함으로 자신을 수양하고 근검절약으로 덕을 기르는 것이다. 맑고 투명하지 않으면 뜻을 바로 세울 수 없으며, 냉정하지 않으면 멀리 내다볼 수 없다.

모름지기 배움이란 차분해야만 뜻을 지극히 할 수 있다. 타고난 것이 아니라면 노력해서 배우지 않으면 안 된다. 노력하여 배우지 않으면 재능을 넓힐 수 없고, 뜻을 세우지 않으면 배운 바를 성취할 수 없다. 게을러서는 분발하여 정진할 수 없고, 사납고 급해서는 좋은 품성을 가질 수 없다. 나이는 세월과 함께 흘러가고 세웠던 의지도 시간과 함께 사라져 끝내 아무것도 이루지 못한 채 허름한 초가집만 처량하게 지킨다면 그때 가서 후회한들 때는 늦으리라.

*아버지의 기도 －맥아더

내게 이런 자녀를 주옵소서.
약할 때 자기를 돌아볼 줄 아는 여유와,
두려울 때 자신을 잃지 않는 대담성을 가지고
성실한 패배에 부끄러워하지 않고 태연하며,
승리에 겸손하고 온유한 자녀를 내게 주옵소서.
생각할 때에 고집하지 않게 하시고 주를 알고 자신을 아는 것이
지식의 기초임을 아는 자녀를 내게 허락하옵소서.
원하옵나니 그를 평탄하고 안이한 길로 인도하지 마옵시고
고난과 도전에 직면하여 분투 항거할 줄 알도록 인도하여 주옵소서.

그리하여 폭풍우 속에서 용감히 싸울 줄 알고
패자를 관용할 줄 알도록 가르쳐 주옵소서.
그 마음이 깨끗하고 그 목표가 높고 장래를 바라봄과 동시에
지난날을 잊지 않는 자녀를 내게 주옵소서.
또한 생활의 여유를 갖게 하시어 인생을 엄숙히 살아가면서도
삶을 즐길 줄 아는 마음과 교만하지 않은 겸손한 마음을 갖게 하소서.
그리고 참으로 위대한 것은 소박한 데 있다는 것과
참된 힘은 너그러움에 있다는 것을 새기도록 하소서.
그리하여 그의 아비 된 저도 헛된 인생을 살지 않았다고
나직이 속삭이게 하소서.

(2017. 1. 9)

돈 때문에 이혼까지 늘어나는 세태

–결단력 있는 부인의 아름다운 내조(內助)

IMF 환란 이후 우리사회에 일어나고 있는 큰 변화는 실업으로 인한 이혼이 늘어나고 사회 전반에 경제문제가 가장 큰 이슈로 등장했다.

대통령 선거에서도 김대중 대통령의 대중경제공약, 이명박 대통령의 747공약(7% 경제성장, 1인당 GDP 4만 달러, 7대 경제대국), 박 대통령의 경제민주화(빈부격차 축소) 공약이 주효하여 당선되었다.

교육의 방향도 취업 결과에 따라 학교순위가 평가되고, 초등, 중등교육에서 대학교 선택까지 취업을 향한 행진을 하고 있다.

요즈음은 대학도 취업준비를 위한 도서관 자리 잡기 쟁탈전이 벌어질 정도로, 낭만의 대학생활이 먼 추억으로 사라졌다고 한다.

결혼시장에서도 배우자 선택에서 돈이 1순위가 되고 있어 가히 '황금만능사회'라 할 만하다. 직장 선택의 순위도 크게 바뀌었으니 실직이 없는 공무원과 교사가 최상위 그룹으로 부상하고 있다.

사회 곳곳에서 창조를 외치고 있지만 실직의 아픔을 경험한 사람들은 안정이 보장된 직업에 매달리고 있다. 나이 들어도 실직이 없는 변호사 의사 등 전문 면허를 취득하여 안락한 생을 누리겠다는 방향으로 젊은 사람의 관심이 쏠리고 있다. 젊은 세대도 그렇고 조언하는 부모 세대도 그렇다.

취업이나 실직이 비단 개인의 문제보다는, 사회, 경제 등 제반문제에서 비롯되고 있음에도, 한 가정의 입장에서 볼 때에는 실직이 없는 직장이 최우선 순위에 오르고 있다. 더욱이 요즈음은 맞벌이가 보편화되어 여자도 남자와 같이 경제적 자립을 할 수 있게 되었다. 그 결과 부부가 함께 취업을 하는 풍토여서 한때 많이 벌 수 있는 직업보다는, 적더라도 오래 다닐 수 있고, 요즈음 많이 회자되는 연금이 많아 노후가 보장되는 직장을 선호하게 되어 퇴출이 없는 직장이 더욱 각광을 받게 되었다.

황혼이혼 문제는 가정경제의 파탄에서만 오는 것은 아니고 일본에서도 이미 오래전부터 있어 왔던 하나의 추세 같다.

얼마 전까지만 해도 유교사상의 잔재로 남자 우선 사회에서 남자가 취업이 용이하여 가정경제는 남자에 의존하던 시대여서, 여자들이 의사표현을 못하고 눌리어 지내왔다. 가사와 육아는 사소한 일로 간주되어 아녀자의 일로 여겨 왔고 돈 벌어오는 남편이 '바깥양반'으로 불리던 시대였다

이런 전통이 계속 이어져 오다 어느 날 갑자기 찾아온 남편의 실직으로 가정경제에 어려움이 찾아왔다. 그러자 그동안 억눌려 지내며 자신의 의견에는 조금도 경청하지 않던 남편에 대한 서운함과 분노가 폭발하여 부부간 다툼이 잦아지게 된 일면도 있다.

부부가 함께 이룬 재산은 이혼할 때 적절하게 배분된다는 법과 판례로, 여자도 자신들의 권리를 어느 정도 알게 된 사회분위기도 일조를 했다.

전처럼 남편의 발언권이 유지될 수 없게 되었다.

부인도 자신의 뜻을 강하게 표현하다보니 의견 다툼이 잦게 되고 큰

싸움으로 번져 결국 이혼에까지 이르게 되지 않았나 생각해 본다.

젊은 부부의 이혼율 증가도 경제적 자립이 가능하게 되어 여성의 이혼 소송이 과거에 비하여 많아진 것도 부인하기 어려울 것이다. 그러나 곰곰이 생각해 보면 기성세대에서는 남편의 실직으로 가정경제가 어렵게 된 것은 부부공동의 책임이라 할 수도 있다.

부인도 가정 경제에 대하여 일말의 책임이 전혀 없었던 것은 아니다. 남편의 월급을 절약하고 저축하며, 만약의 경우를 대비할 필요도 있었다. 과거 어느 시기에는 남편의 월급이 부인의 통장으로 입금되던 때를 생각해 볼 때, 모든 책임을 남편에게만 돌리기도 쉽지 않은 일면도 있다.

앞날을 내다보지 못한 점은 부부가 마찬가지였다. 가정만이 아니고 온 나라가 다 환난을 예측하지 못했던 것이다. 우리나라에는 그동안 '맹모삼천지교'나, 밤에 불을 끄고 어머니는 떡 썰고 아들은 글 쓰는 대결로 아들을 깨우친 한석봉의 어머니에 대한 이야기, 신사임당의 아들 교육 등 주로 어머니의 아들 교육에 관한 얘기가 많이 전래되어 온다. 이러한 풍조는 '치맛바람'이니 '대치동엄마'니 하여 오늘날까지 이어져 오는 것이 아닌가 하는 생각이 들 때도 있다.

'헬리콥터 맘'이니 '마마보이'니 하는 신조어도 이런 풍토에서 나왔다고 생각된다. 물론 바보 온달과 평강공주처럼 부인의 내조로 바보를 장군으로 성공시킨 미담도 전혀 없는 것은 아니다.

여기에 소개할 아내의 내조에 대한 고사는 앞으로의 세대는 어머니보다는 부인의 영향력이 더 많아질 것 같아서다. 그리고 좋은 부부관계는 서로를 잘 관찰하여, 장점은 격려하고 용기를 북돋아주고, 단점은 감싸고 배려해 주는데 있는 것이 아닌가 하는 바람도 있다.

중국의 춘추시대 제나라 재상 안영의 마부 이야기다.

안영이 외출할 때 그 마부의 처가 문틈으로 남편의 거동을 내다보는데 자기 남편이 수레 위에 큰 차양을 씌우고 마차의 앞자리에 앉아 사두마에 채찍질하는 흉내를 내며 의기양양한 듯 자못 만족스런 표정이었다. 저녁이 되어 남편이 돌아오자 아내는 남편에게 이혼하겠다고 했다.

이유를 물어본 즉 "안자 대감은 키가 6척(척은 현재 길이로 약 23cm)도 못 되지만 일국의 재상으로 이름을 날리고 있습니다. 지금 소첩이 그분 외출하는 모습을 살펴보니 깊은 생각에 잠긴 듯 겸허한 모습이었습니다. 그런데 당신은 키가 8 척이 넘으면서도 남의 마부가 되어 만족스러운 듯 뻐기시니 소첩은 그런 남자의 곁을 떠나고자 합니다."

그 충고를 들은 후부터 마부는 반성하여 늘 겸허한 태도를 지니게 되었다. 안영이 이상하게 여겨 그 까닭을 묻자 마부는 숨김없이 사실대로 말했다. 안영은 느낀 바 있어 그를 천거하여 대부로 올려 주었다.

이 고사는 마부 부인이 평소 자기 남편에 대한 세심한 관찰과 현명한 충고로 남편의 생활 태도를 바꾸어 높은 벼슬자리에까지 오르게 한 얘기이다.

서양 못지않은 서구화가 이루어진 오늘날 우리나라에서도 여성이 여러 분야에서 많은 능률을 올리는 시대에 이르렀다.

농업과 공장에서는 강한 힘의 남자가 각광을 받았다. 그러나 요즈음은 힘으로 하는 일은 기계에 많이 의존하게 되고, 상호간 소통이 중요한 시대로 접어들고 있다. 소통에는 부드러운 정서를 가진 여성이 남성보다 유리한 면이 많다. 일의 성과에서 여성이 남성 못지않은 기여를 할 수 있게 되었다.

세계적으로도 여성이 총리를 맡아 (영국의 대처나 독일의 메르켈) 남자 못지않은 두각을 나타내기도 하는 추세다. 그러나 일부 나이든 사람이나 보수적인 생각이 굳은 이들은 아직도 과거의 타성을 벗지 못하고 전통적인 남자 우위의 생각을 쉽게 바꾸지 못하고 있다.

그 결과 여러 곳에서 성차별 문제로 충돌하고 있음은 주지의 사실이다. 성희롱 문제에서도 의견의 차이가 많고, 취업에 있어 군 경력 가산점제, 직장 내에서 승진문제, 육아휴직 문제 등 앞으로도 얼마간 이 문화의 충돌은 지속될 것이다. 특히 명절증후군이라 부를 만큼 설이나 추석을 지낸 후 부부간의 갈등이 많다. 아직도 나이든 어르신과 젊은 여성들이 느끼는 남녀에 대한 인식의 차이에서 오는 한 단면이다.

이럴 때 부부간에 허심탄회하게 사려 깊은 대화를 나눌 수 있다면 갈등이 의외로 쉽게 해결될 수도 있다는 생각이 든다. 당연히 상대의 입장을 먼저 배려해 보는 역지사지(易地思之)가 선행되어야 서로 이해하고 좋은 충고가 따를 수 있게 될 것이다.

깊이 생각하고 현명하게 대처하여 우리 사회 전반에 남녀 간 평등하고도 합리적인 생각과, 우리 고유 전통인 여성의 부드럽고 자애로움이 잘 조화를 이루는 사회가 하루 빨리 왔으면 하는 바람이다. 모두가 노력한다면 다음 세대에서는 이로 인한 갈등으로 인한 국력 낭비가 줄어들 것이다.

아무리 독선적이고 고루한 생각에 젖어 있는 사람도 앞서의 예와 같이 현명한 부인들의 진심어린 내조가 있다면 대부분의 남편들은 부인의 얘기에 귀 기울이지 않을 수 없을 것이다.

진부한 얘기로 들리겠지만 어제가 없이 오늘이 있을 수 없다. 몸에 배어 있는 오랜 전통이 진통 없이 하루아침에 바뀌기는 쉽지 않다.

부부가 합심하여 현명하게 대처한다면 행복하고 아름다운 가정을 이루리라 생각되어 옛 고사를 옮겨 보았다.

오늘날 우리의 현실은 돈 때문에 결혼까지 마음대로 할 수 없고, 돈 때문에 많은 부부가 이혼까지 하는 시대를 살고 있다. 젊은 남녀가 서로의 사랑과 열정만으로 가정을 못 이루고 방황하고 있다.

이 안타까운 현실을 생각할 때, 옛날의 고사가 젊은이들에게 실정 모르는 천진한 노인의 잠꼬대로 읽히지 않을까 두렵다. 그러나 한편으로 생각해 보면 돈만으로 결혼해서 잘 산다는 보장은 없다.

앞서의 예와 같이 가난하게 시작한 부부도 서로 뜻을 모아 노력하면 잘 살지 못할 이유가 없다. 혼자 살기도 힘들고, 결혼해서 살기도 힘든 과정이라면 가정을 이루는 쪽이 더 낫지 않을까? "백짓상도 맞들면 낫다."는 속담이 있듯 기쁨은 나누면 배가 되고 슬픔은 나누면 반감된다고 한다.

어느 시대에나 젊은이들의 불만은 있었다. 항상 기득권자들은 자신들의 기득권을 유지하기 위한 방비를 했고 새롭게 커가는 젊은이들은 이에 대항하여 투쟁하여 왔다. 젊은 청춘 남녀가 인생의 황금기에만 만끽할 수 있는 연애, 결혼 등을 포기한 삶을 살아간다고 하면 얼마나 서글픈 이야기인가?

역사는 늘 예상한대로만 지속되는 것은 아니다. 모든 자연 원리가 사이클이 있듯이 순환한다. 겨울이 지나면 반드시 봄은 온다.

과거의 역사에서 가장 천대받던 노비도 오늘날에는 떳떳한 국민이 되었다. 오늘 비록 좀 가난하더라도 계속해서 가난해야 한다는 법이 있는가. 가난의 굴레를 벗어나기 힘들다고, 순간의 젊은 혈기로 결혼마저 포기하거나 이혼을 택하는 것보다는 조금 참고 앞날의 설계를 가꾸는 지혜를 키워가야 한다.

뜻이 있는 곳에 길이 있다. 젊음의 열정과 용기를 앞세워 배필을 찾고,

배우자와 뜻을 함께 가꾸고, 주변의 가족 동료와 힘을 합하여 희망의 길을 찾다 보면 반드시 길이 있다.

자살하는 용기라면 무엇인들 못하겠는가? 머지않은 시기에 인구 감소 현상이 나타난다고 인구학 연구자들은 말한다.

일본의 100% 취업도 인구 감소 현상의 일환이다. 부모덕으로 부자인 젊은이가 결코 자랑스러운 것이 아니듯, 젊은이가 가난한 것은 내 자신의 잘못이 아니므로 부끄러운 일이 아니다. 젊은이는 열정이 없고, 게으르고, 용기 없는 것만 부끄러워해야 한다. 더욱이 젊은 남녀가 부부의 연으로 결합하여 현명한 길을 찾아 매진한다면 두 배의 힘이 솟아나게 될 것이다.

누가 무어라 해도 젊음은 인생의 황금기이고 그들이야말로 미래의 대한민국 주역이다.

젊은이에게 축복이 있기를 빈다.

행복도 돈 많은 순서대로일까

-우리가 쓰는 돈의 대부분은 남을 흉내 내는데 쓰인다(에머슨)

하버드 대학교수 마이클 샌델은 ≪돈으로 살 수 없는 것들≫에서 '우정'이나 '노벨상' 등은 돈으로 살 수 없다고 썼다.

이외에도 돈으로 살 수 없는 것들에 '명문대 입학권' '사람의 생명' 등 돈으로 살 수 없는 것과 시장거래에 부적합한 많은 사례 등을 열거하고 있다.

미국경제학자 사무엘슨은 행복은 물질의 소비를 욕망으로 나누는 값, 즉 H(Happiness)=MC/D(Material Consumption/Desire)이라 했다. 또한 아리스토텔레스는 그의 저서 ≪니코마코스 윤리학≫에서 덕과 정의로운 삶 등 여러 방면에서 고찰한 '행복 = 실현/바람'이라 했다.

모두 다 행복은 우리가 바라는 욕망 즉 정신적 요소가 들어 있다.

최근에 미국의 심리학자 마틴 셀리그만(Martin Seligman)은 그가 주장하는 '긍정심리학'에서 행운의 법칙이라는 새로운 행복 공식 H=S+C+V를 발표했다. 즉 행운(H : Happiness)은 이미 설정된 행운의 범위(S : Set Size)와 개인의 상황(C : Cirsumstances), 그리고 자신의 상황을 개선시키기 위한 자발적 노력(V : Voluntary Control)이라는 세 가지 요소의 조합으로 이루어진다는 것이다.

행복이 단순히 서로 다른 범주에 속하는 요소들을 합산하여 그 양이 클수록 행복도가 높다는 이론이지만 여기에서도 개인의 노력이라는 요소가 들어 있다. 여러 공식에서와 같이 모든 행복의 조건에는 반드시 몸과 마음의 만족을 포함하고 있음을 볼 수 있다.

행복이라는 말 자체가 곧 형이상학적인 정신세계인 것이다.

지금은 고인이 된 웃음 전도사였던 연세대 의대 황수관 교수는 강의 중 사람에게서 엔도르핀이 가장 많이 나올 때는 오르가즘의 순간과 웃음보가 터졌을 때인데 보통 때의 3천 배가 넘게 많이 나온다 했다. 일상에서 모든 사람이 느낄 수 있는 한순간의 쾌감도 행복한 순간임에는 틀림없을 것이다.

또 어떤 여론조사에서 사람이 제일 행복한 순간이 어느 때인가 하는 질문에 '사랑하는 사람과 분위기 좋은 곳에서 맛있는 음식을 먹을 때'라는 응답이 가장 많았다는 보도도 있었다.

행복의 느낌이란 생존의 절대 요소인 먹는 순간과 번식의 무의식적인 욕구인 이성과 함께 하는 순간을 은연중에 말하고 있는 것은 아닐까.

우리의 뇌는 10여 층의 피질로 둘러싸여 있는데 진화과정에서 생존본능을 지배하는 피질이 먼저 만들어져 가장 안쪽에 있고 새로운 능력이 첨가될 때마다 한 층씩 생겨났다는 뇌 연구가의 글을 보았다. 그리고 진화의 과정에서 영장류로 분화되기 전부터 생겨난 본능은 우리의 의지와 관계없이 작동한다고 한다.

행복도 어쩌면 의식적으로 느끼기보다는 피질의 안쪽 깊숙이 있는 무의식적인 감정의 흐름이 아닐까 하는 생각도 든다.

의도적으로 '나는 지금 행복하다'고 이성적으로 생각한다고 행복해지는 것은 아니기 때문이다. 과거 어느 순간에 지극히 기쁘고 즐거웠던 일들이, 한참 지난 후에 갑자기 떠오르는 영상에 그 때가 행복했다고 느껴보는 감정이 아닐까?

많은 소설의 스토리 중에 어린 시절에 어머니에게서 느꼈던 아련한 추억이나, 젊은 시절에 맛보았던 첫사랑의 짜릿했던 순간을 행복의 절정으로 묘사한 작품을 많이 볼 수 있다.

러시아의 국민시인 푸시킨은 그의 시에서 "현재는 힘든 것, 마음은 미래에 사는 것, 그리고 지난날은 그리워진다."고 썼다.

행복에 대한 생각은 많은 사람에 의해 달리 표현되고 있다.

염세철학자 쇼펜하우어는 "위대한 정신들에게는 최소한 일상의 진부한 악마인 지루함은 면제된다."고 표현하여 즐거운 시간을 역설적으로 표현했다.

"천재는 남들이 다른 일을 할 때보다 훨씬 큰 기쁨을 창작의 순간에 느낀다."고 니체는 말했다.

"창작과정은 천재를 다른 사람들이 도달하기 어려운 아주 깊은 체험의 장으로 이끌고, 이 체험은 그에게 비할 바 없는 쾌감과 만족감을 제공한다."고 리안 아이슬러는 말했다.

아인슈타인도 모든 위대한 예술가들은 어떤 의미에서는 행복한 사람들이라 했다.

"예술가는 창작이 성공하는 순간에 지상의 다른 행복과는 비교가 안 되는 행복감을 경험한다. 물질적으로 지독하게 가난했던 슈베르트도 그런 행복감을 무척 자주 누렸을 게 틀림없다. 베토벤도 행복한 음악가였다. 비록 귀가 먹고 물뇌증으로 고통 받고, 아무짝에도 쓸모없는 조카로 골머리를 앓았지만 말이다. 사람들은 그를 보고 비극적인 운명의 거장으로 떠올리고 싶겠지만 그보다 틀린 말은 없다."

베르디는 그의 작품이 참담한 실패로 끝났을 때 "우리 같은 불쌍한 딴따라들은 수고와 생각과 환희를 돈 몇 푼에 팔라고 강요당한다. 반면에 관객은 단돈 3리라만 내면 휘파람을 불며 우리를 야유할 권리를 살 수 있다."고 스스로를 폄하하였다. 그러던 그가 1860년 오페라 ≪가면무도회≫가 성공한 뒤에는 "오롯이 혼자서 나 자신과 악보와 씨름하고 있노라면 심장이 떨리고 눈물이 쏟아지고, 형언할 수 없는 기쁨이 온 몸으로 번진다."고 했다. −≪만들어진 승리자들≫(볼프슈나이더 저, 박종대 역)에서

이러한 행복의 순간을 돈으로 산다는 것 자체가 애당초 불가능한 일이며, 이 행복의 순간은 다른 무엇과도 바꿀 수 없는 지고지순한 정신적 세계다. 그런데도 돈으로 살 수 없는 행복을 찾아 우리는 한 평생을 돈 버는 데 낭비한다. 물론 돈이 없어 기본생활이 되지 않으면 아예 행복을 운운하는 것 자체가 불가능하다. 그래서 돈 버는데 몰두하다 보면 자기도 모르는 사이에 주객이 전도되어 행복은 멀어져 있고 돈의 주인이 되지 못하고 돈에 끌려가고 있는 자신을 발견하게 된다.

'군자역물, 소인역어물(君子役物 小人役於物)' 이는 성악설을 주창한 순자의 유명한 물질관이다. 즉 군자는 물질을 자유로이 부릴 수 있지만, 소인은 물질에 의하여 자신이 부림을 받는다는 말이다.

돈이 많다고 돈의 주인이 아니고, 돈이 적다고 돈의 노예는 아니다. 행복의 척도는 돈의 많고 적음이 아니고, 자신이 역물이냐 아니면 물역이냐에 달려 있는 것이다.

그리스 현인 솔론이 아테네 왕위를 사양하고 여행을 떠났을 때 리디아의 왕 크로이소스는 찬란한 왕궁과 온갖 보물을 보여주며 세상에서 자기가 제일 행복한 사람이라 자랑했으나 솔론은 그의 말에 동의하지 않았

다. 그러나 얼마 후 크로미소스가 페르시아의 키루스 왕에게 패하여 죽음에 이르렀다.

그때야 그는 솔론의 혜안을 헤아리며 외쳤다.

"행복이란 손에 넣을 때 기쁨보다 잃었을 때의 불행이 더 큰 것이다. 그 행복이 내게 있었을 동안은 좋았지만 실속 없는 소문뿐이었는데, 그것을 잃고 나니 무서운 고통과 돌이킬 수 없는 불행만 남았다."

실제로 우리는 돈으로 행복을 살 수 없다.

아무리 고급 주택과 별장을 가지고 살더라도 가정의 화목함과 가족 간의 사랑은 돈으로 다 해결할 수 없다.

어머니의 사랑을 돈으로 샀다는 말을 들어본 적 있는가?

자식 사랑을 돈 때문에 한다는 사람 보았는가?

형제간 사랑이 돈 때문에 생기는가?

학우 간 우정도, 죽마고우의 옛 정도 시간이 흘러가면서 쌓이는 것이지 돈으로 살 수 있는 것은 아니다.

많은 책을 사서 화려한 장서를 꾸밀 수 있지만 그 책을 읽고 느끼는 기쁨은 돈으로 살 수 없다.

비싸고 좋은 악기를 사서 가질 수는 있지만 그 악기를 연주하면서 느끼는 행복감은 돈으로 해결할 수 없다.

비싼 음악회에 갈 수는 있지만 음악을 듣고 멜로디의 감흥을 즐기는 쾌감은 돈으로 살 수 없다.

밀레나 세잔느의 그림을 억만금을 주고 살 수는 있지만 그림을 감상하면서 느끼는 만족감은 돈으로 해결할 수 없다.

질병을 돈으로 치료할 수 있지만 건강은 돈으로 살 수 없다.

장수를 누리고 싶지만 생명의 연장은 돈으로 할 수 없다.

세상의 좋은 명승지를 찾고 유적지를 답사하는 여행은 돈만 있으면 편안하게 관광할 수 있지만 진정한 여행의 맛은 돈만으로는 안 된다. 산과 들, 흐르는 강이 수억 년의 세월을 거쳐 오늘의 경관이 만들어진 연유를 생각해 보는 마음 없이, 잠깐 보고 스치는 눈의 쾌락은 순간일 뿐이다.

유적지에서 옛날의 생활과 오늘날의 우리 삶과 비교해 보면서 맛보는 자족감은 평소의 노력이 있어야 한다.

인류의 발전과정을 더듬어 보고 오늘날 인류의 생활을 비추어보면서, 자신과 주변을 돌아볼 수 있는 여유와 깨달음은 돈으로 살 수 있는 일은 아니다.

미인과 많은 돈을 주고 데이트 할 수는 있어도 진정한 사랑을 돈으로 산다는 보장은 없다. 가슴 깊은 곳에서 우러나는 진정 행복한 사랑의 감정은 말초 신경의 자극에서 오는 순간의 쾌락으로는 얻을 수 없기 때문이다.

페르시아의 시인 사디는 말했다.

"황금의 띠를 두르고 남의 종이 되기보다는 자신의 노동으로 얻은 빵을 편안한 마음으로 먹는 것이 낫고, 노예처럼 허리를 굽실거리기보다는 한 조각의 빵으로 만족하는 것이 낫다."

겉으로 보이는 화려한 생활 속에 비극이 숨겨 있을 수 있고, 소박하고 질박한 삶 속에 풍성하고 행복한 즐거움이 감춰 있을 수 있다. 행복은 객관적인 평가로 결정되는 것이 아니고, 모든 사람이 스스로 해결해야 할 자신만의 영원한 숙제인 것이다.

현재 화폐에 의한 가격체계는 타당한 것일까

경제학에서 전제하고 있는 것은 첫째가 완전경쟁시장이고, 두 번째가 모든 경제주체는 이성에 입각하여 합리적 경제활동을 한다는 것이다. 확실한 공리에 기반을 두어 수학이 오늘날 과학의 튼튼한 토대가 되었음에 비하여 경제학은 그 가정부터가 불확실하여 모래탑과 같이 쌓았다가 쉽게 허물어진다.

완전경쟁시장에서는 수요 공급에 따라 상품가격이 결정되고 화폐의 수요 공급에 따라 이자율이 결정되고 노동력의 수요 공급에 의해 임금이 결정된다는 것이다. 그러나 오늘날 우리가 처하고 있는 주택시장의 투기 현상이나, 화폐의 대량 발행에도 금리는 비례해서 변동하지 않는 것을 보면 가정에 의문이 생긴다.

임금의 결정도 수요 공급의 법칙에 의하지 않는다는 생각이 든다. 경제학이 가정부터 애매하듯 그 실상도 점차 믿기 어려워지고 있다.

만약 완전시장이 존재한다면 세상은 어떻게 바뀔까?

'데이터 자본주의'에서는 현재와 같은 미비한 정보시스템 아래에서 화폐로 표시되는 가격에 의하여 모든 것이 결정되고 있는 오늘날의 자본주의경제시스템이 끝나고 새로운 세상이 온다고 한다.

가격 결정에 영향을 주고 있는 모든 요소에 대한 정보가 빅 데이터에 의해서 소상하게 밝혀진다면 현재의 가격체제가 유지되기 어렵다는 것이다.

가격 문제는 사실 화폐 경제의 근간이고 자본주의를 뒷받침하는 뼈대이다. 물물교환의 불편함을 도와주던 매개체로 실물화폐가 통용되었다. 그러다가 어느덧 그 매개체인 금이나 은은 사라지고 정부와 중앙은행에서 찍어내는 종이 화폐가 대세가 되어 거의 모든 국가에서 오늘날의 경제 주역 역할을 하고 있다.

화폐에 의한 가격체제는 이대로 영원히 지속될 수 있을까?

최근 비트코인이 등장했다. 정부나 중앙은행, 금융회사의 개입 없이 온라인에서 개인과 개인 간의 거래에서 직접 돈을 주고받을 수 있도록 암호화된 가상화폐다.

공교롭게 서브프라임 사태가 발생한 직후인 2009년 개발되었다. 2013년 독일에서, 2017년 일본에서 공식적인 지급결제수단으로 인정했다. 우리나라에서는 공식적인 결제수단으로 인정받지 못하고 있다.

그동안 국제결제 수단으로 사용되던 달러가 1971년 태환을 정지한 이래 회의가 일어나기 시작했다. 먼저 발표한 글에서 보았듯이 미국에서 서브프라임 사태가 발생한 후 얼마인지도 모를 만큼 대량의 달러가 발행되었으나 달러는 세계의 시장에서 아무런 일도 없었다는 듯이 통용되고 있다.

달러에 대한 의구심으로 IMF에서 인출되는 SDR(Special Drawing Right)이나, EU의 유로화, 일본의 엔화, 중국의 위안화 등이 국제결제수단으로 등장하고 있다. 그러나 달러에 이르기에는 시기상조라는 국제적 컨센서스(Consensus)가 있어 완전한 대체는 이루어지지 못하고 있다.

2008년 있었던 서브프라임 사태 이후 미국의 경제적 위상은 자꾸 흔들리고 있는 실정이다. 미국의 위상을 일신할 새로운 모습이 보이지 않고, 세계경제를 이끌어 갈 수 있는 새로운 패자가 나타나지도 않는다면 여러 강대국 통화가 공용으로 사용될 수도 있을 것이다.

화폐의 기능에 이상이 온다면 가격의 표시를 무엇으로 하여야 할까? 아니 세상의 모든 것은 꼭 가격으로 매겨질 수 있는 것일까? 모든 정보가 집약된 것이 가격이고 그 가격은 거의 완벽한 것이라는 믿음이 있기 때문에 그 가격으로 세상의 모든 것이 거래되고 있다. 그러나 화폐로 표시되어 시장에서 거래되는 가격이 터무니없는 정보에 의하고 있다는 것도 사실이다.

지금까지 우리는 이 가격체제에서 우리의 경제성장은 매년 몇 %로 성장해 왔고 지금 국민소득은 3만 달러에 이르고 있어 선진국 문턱에 다다르고 있다는 식으로 평하고 거기에 맞추어 생각이 굳어 있다.

세계의 거의 모든 나라가 이렇게 달러로 평가된 국민소득에 의하여 선·후진국으로 구분하고 그 평가를 대부분의 나라에서 수긍하고 있는 것 같다. 그러나 세상의 모든 것은 가격이 매겨져야 하고 그 가격은 화폐단위로 표시될 수 있는 것일까?

결혼생활의 즐거움 : 3,000 (단위 달러)
깊은 몰입에서 오는 창작의 기쁨: 2,000
형제간의 우애: 1,000
친구간의 우정: 1,000
예술 감상의 기쁨: 1,000
자식들과의 화목한 가정생활 : 1,000
스포츠의 즐거움 : 1,000
합계 : 10,000

위의 가격은 내가 임의로 매겨본 것이다.

혹자는 위의 가격보다 훨씬 많거나 적게 매길 수 있을 것이다. 자신의 철학에 따라 중요도가 다를 수 있기 때문이다.

보이지도 않고 거래할 수도 없는 것에 대하여 뚜렷한 근거도 없이 가격을 매겨 본들 무슨 소용이 있을까? 그렇더라도 이런 주관적인 가격 매김은 단순한 한 개인의 문제에 불과할까? 만인이 나름대로 세상사에 대하여 가격을 매긴다면 세상은 어떻게 될까? 자신이 자신만의 가격을 매겨 자기 소득에 보태어 삶의 의미에 다양성을 부여하는 것은 전혀 무의미한 것일까?

한 발 더 나아가서 생각해 보자. 주말마다 행해지는 목사나 신부, 스님의 설교는 값이 있을까? 신자들은 제각각 합당하다고 생각되는 금액을 자발적으로 헌금한다. 자기가 감명 받은 만큼 또는 여러 이유로 알맞은 금액을 헌금할 것이다.

성직자만이 아니다. 대학교수의 강연, 유명 인사의 연설, 미국 등 전임대통령과의 만찬, 노벨상 수상자와의 면담, 음악가의 공연, 작가나 예술인들의 강연이나 초대도 다 일정한 비용을 지출하는데 이것도 일종의 주관적인 값에 해당한다고 볼 수 있다.

컴퓨터 바이러스 퇴치용으로 안철수 백신이 무료로 공급되어 안철수가 정치인으로 나오게 된 계기가 되었던 일도 있다.

지금 구글에서는 궁금한 모든 것에 대한 검색을 무료로 이용토록 하고 있다. 구글에서는 검색은 무료인 대신 검색에 접촉하는 사람들에게 하는 광고를 통하여 회사의 이익을 만들어 내고 있다.

최근에 로빈후드 마켓(Robinhood Markets)에서는 초단타 매매기법(증권거래)으로 100만 명에게 수수료 없이 거래하도록 하여 이익을 취하게도 했다.

비영리로 많은 사람에게 혜택이 가도록 하는 운동의 일환이다.

앞에 예를 든 내가 매긴 가격도 얼마든지 시장에서 가격으로 거래 시킬 수 있다. 부부생활이나 사랑의 기쁨을 만들어 주는 체험을 강연이나 글로 발표할 수도 있다. 심리학적으로 연구할 수도 있고 의학적으로 기쁨을 만드는 호르몬을 연구할 수 있을 뿐만 아니라 이런 호르몬을 약으로 만들어 판매할 수도 있다.

위와 같은 나의 생각에 비난이 쏟아진다면 현재 시장에서 통용되고 있는 가격체계에는 문제가 없고 우리는 그 가격에 만족하고 살아야 하는가? 세상의 모든 가격은 합리적이고 타당한 것인가?

요즈음 우리사회에 가장 큰 문제로 등장하고 있는 주택가격은 어떻게 결정되고 있을까? 단순한 수요공급의 원칙에 의하여 결정된다고 믿는 사람은 아무도 없을 것이다.

최근 이태리에서 시작되어 유럽에 번지고 있는 1유로(한화 1,250원)의 주택은 어떻게 나올 수 있는 가격일까?

더 나아가 정규직과 계약직의 임금격차는 어떻게 결정되고 있는가?

가계대출 규모가 1500조에 달한다는데 왜 이자율은 변하지 않고 있을까?

끝없는 질문이 계속될 수 있다.

만약 이러한 질문에 대한 답변을 빅 데이터가 소상하게 가격결정 과정을 알려준다면 사람들의 소비생활에는 분명 변화가 올 것이다.

현재도 인공지능의 출현으로 많은 정보가 우리 실생활에 들어와 있다. 머지않은 장래에 현재의 화폐에 의하여 표시되고 있는 시장의 가격체계 경제가 흔들리게 될 것으로 예측하는 사람이 늘고 있다.

현 자본주의 이후의 세상을 생각해 보는 사람들이다.

만약 비트코인에 의한 거래로 개인 간의 결제가 이루어질 때 금융기관의 기능은 그대로 유지될 수 있을까? 아니 화폐의 가치저장 기능이 흔들린다면 우리의 부는 무엇을 어떻게 저장하고 무엇을 어떻게 후손에게 상속시킬 수 있을까?

금이나 은 등 귀금속만이 가치저장 수단이 될 수 있을까? 가격 변동이 클 것으로 예상되는 채권이나 주식으로 가능할까? 토지는 그 수량이 한정된 것이기에 이를 통하여야 가능할까? 가격체계가 흔들려도 부동산 가격만은 절대적으로 유지될 수 있을까? 가치관도, 직업도, 삶의 방식도 선호도가 바뀌어 가는 세상에 특정 거주지의 주택가격만 계속 상승할 수 있을까?

인공지능의 발달로 인간의 지적 기능마저 많이 의존하게 될 것으로 예측된다. 미국의 빌 게이츠는 부유세 주장에 이어 로봇세까지 들고 나온다. 직장을 잃은 많은 사람들에 대한 대비책이다. 이미 핀란드나 네덜란드에서는 전 국민에게 기본소득을 주는 방향에 대하여 실험하고 있다. 이 제도의 실시가 국민의 근로의욕을 저하시키지 않을까 하는 우려에서다.

기본소득에 대한 취지는 국가가 국민들에게 최소한의 인간다운 삶을 누릴 수 있도록 조건 없이 전 국민에게 똑같은 금액을 나누어 주자는 아이디어다.

2016년 스위스에서 매달 성인에게는 우리 돈으로 3백만 원 18세 미만에게는 78만 원의 기본소득을 주자는 방안이 국민투표에서 부결된 바 있다. 만약 우리나라에서 의식주를 해결할 수 있는 기본소득을 전 국민에게 일정액 주자고 어떤 정치인이 주장하고 나온다면 우리 사회의 반응은 어떨까?

온 세상이 다가올 미래에 대한 대비책들을 정치인들이 앞서 강구하고 있는데 우리 정치인들의 관심 사항을 듣다 보면 한심스러운 때가 있다.

세상의 변화에는 관심이 없고 오직 정권탈취에만 집착하여 그들만의 세계에 갇혀 그들만의 리그를 펼치고 있다.

국민들의 의사를 대변해야 할 사람들이 극히 편협한 의견을 세상 사람들이 다 동조하고 있는 것처럼 떠들어댄다.

정치인들이 앞으로 디가올 선거전에 대비하여 현 정부의 경제정책을 공격하는 것은 일면의 정당성이 있다. 그러나 그들에게 논리를 제공하는 경제학자들은 바른 의견을 제시해야 한다.

여론에 편승하여 보수와 진보로 나뉘어 상대를 공격만 하면 국민경제는 좋아질 수 있는가?

자본주의에서 만능으로 여기던 시장경제가 흔들리고 있다. 모든 정보가 공개되면 현재의 가격시스템 유지가 쉽지 않을 것이다. 경제주체들의 소비도 더 현명해져 화폐가격의 위력도 줄어들지 모른다.

소수의 엘리트가 카르텔을 형성하여 돈을 바탕으로 세상에 군림하는 그들만의 세상을 만들어도 오래 지탱하기 어려울 것이다. 자본주의 최대 권력자로 세상을 호령하던 금융자본도 정보의 빅데이터라는 괴물에 의해 영향력이 점차 줄어들 것이라는 주장이 나오고 있다.

세상의 모든 정보가 많은 이에게 공유되고 있는 요즈음에는 투명하고 깨끗한 시스템만이 살아남을 수 있을 것이다.

모두가 인간답게 더불어 잘 사는 세상을 바라기 때문이다.

흙수저들의 반란

– 경제학자 중 국가의 화폐발행권이라는 성스러운 권력에 대하여 논하는 학자는 왜 드물까

2008년에 미국에서 있었던 서브프라임 대출파동은 주택가격 폭락으로 이어져 주택채권 부실화로 발생된 금융공황이었다. 주택채권을 담보로 엄청나게 많은 금융 파생상품을 만들어 세계의 은행들에게 팔았다가 주택가격의 하락으로 주택채권 가격이 폭락하였던 것이다.

얼마의 파생상품이 연관되어 있는지도 모를 만큼 많은 파생상품이 동시다발로 백지화될 위기를 맞은 것이다.

이 상황을 연방준비은행에서는 모기지대출 양대 산맥인 패니메이(Fannie Mae)와 프레디 맥(Freddie Mac)에 무제한 지원을 보장하고 화폐발행으로 해결하였다. 그러나 금융 경색은 어쩔 수 없었고 1997년 말 우리나라에서 있었던 IMF 환난과 같은 일이 벌어졌다.

미국의 3대 자동차 회사인 GM, 포드, 크라이슬러가 무너지고 리만 부라더스가 파산하고 수많은 기업이 도산하는 등 미국경제가 휘청거리고 직업을 잃은 실업자가 양산되었다.

그런 위기를 불러왔는데도 월가에서 활약하던 금융인들은 보너스를 챙기고 퇴직 위로금을 터무니없이 많이 받는 일이 벌어졌다. 시민과 정치인들이 월가를 개편해야 한다는 소리가 요란하였으나 세월이 흐르자 월가는 다시 옛 모습을 찾아가고 서민들의 고통만 가중되고 말았던 것이다. 한동안 "월가를 점령하라"는 구호가 요란하였으나 지금은 시든 듯하다. 이렇게 쌓였던 시민들의 분노가 미국 대선에서 민주당에서는 센더스 후보에게, 공화당에서는 정치계의 아웃사이더인 트럼프 지지로 나타났다. 더욱이 힐러리 클린턴의 선거자금이 월가에서 많이 기부되고 있다는 사실이 미국서민들을 분노케 했다.

서민의 지원금만으로 선거를 치르는 센더스가 여러 주에서 힐러리 클린턴에 앞서는 현상도 같은 맥락으로 봐야 할 것이다.

또 하나 이상한 현상이 있다.

우리가 지금까지 알고 있는 상식으로는 화폐공급이 늘어나면 물가가 오른다는 피셔(Fisher)의 화폐수량설(PT=MV)을 믿어 왔는데 이번 미국에서의 무제한 화폐공급에도 불구하고 물가가 오르는 인플레이션이 일지 않고 있는 현상이다. 정부의 적정통화에 대한 이론은 현실과는 괴리되어 있는 것 같다. 하기야 벌써 MMT(Modern Money Theory)를 받아들여 미국 일본 등에서는 금리를 대폭 인하하여 양적 완화를 실시하고 있다.

금융파생상품 문제가 터졌을 때 미국사회가 요란했고 그 여파는 세계로 번져 가히 금융 대공황이 오지 않나 불안했었다.

이 문제를 미국에서는 무한정의 달러 공급으로 경제공황을 막았다.

여타 EU와 일본 등 세계 각국에서도 저금리와 화폐공급에 의한 유동성완화로 경제공황까지는 이르지 않고 해결하고 있는 듯이 보인다.

그렇지 않다면 표면에 나타나지 않는 경제적 부작용이 밑바닥에 흐르고 있어 트럼프의 막말이 먹혀들고 있는 것은 아닌지 모르겠다.

최근 필리핀에서 대통령에 당선된 두테르테 대통령도 서민의 지지로 당선되었다. 부패한 마르코스의 뒤를 이어 대통령이 된 전 아키노 상원의원의 부인 코라손 아키노도 역시 부호의 집안으로 부패척결은 하지 못하였다. 현 대통령 노이노이 아키노도 코라손 아키노의 아들로 부호 집안인 마르코스와 아키노 가에서 대통령직을 교대하고 있지만 서민들의 생활은 악화일로를 걷고 있다. 기다려도 개선되지 않는 고난에 국민들의 분노가 선거로 표출되었다. 우리가 볼 때는 막말에 해당하는 "범죄자 10만을 처형하겠다."는 구호로 국민의 지지를 받았다고 할 수 있다.

1962년 필리핀의 국민소득은 $210이었고 당시 우리나라는 $110에 불과 했다. 당시 장충체육관을 필리핀에서 지었다는 사실은 우리 모두가 기억하고 있다. 통일벼(IR-667)를 개발하여 우리의 보릿고개를 해결한 허문회 교수도 당시 우리보다 품종개량기술이 앞섰던 필리핀의 국제미작연구소(IRRI) 초청을 받아 필리핀에서 7년여의 연구 끝에 성공하였던 것이다.

이 다수확 품종의 볍씨개량으로 우리나라에서는 수확량을 늘리는데 크게 기여했으나 정작 필리핀에서는 이를 보급시키지 못했다. 그 원인은 권력자들이 국민보다는 자신들의 사욕에 사로잡혀 보급시키지 않았기 때문이다.

2015년 필리핀의 국민소득은 2,951달러이고 한국은 27,512달러이다.

무엇 때문에 반세기만에 이런 반전이 일어나게 되었을까?

"모든 동아시아 주요 국가의 정부들은 일정한 단계에서 자국의 제조업을 육성하려고 노력했다. 동북아시아 국가들이 거둔 성공과 동남아시아 국가들이 겪은 처참한 실패는 작은 경제적 차이로 좌우됐다. 그 중 가장 중요한 차이는 '수출규율'의 존재 혹은 부재(不在)다. (중략) 동북아시아 정부들도 소모적이고 쓸데없는 수많은 프로젝트에 금융부문을 동원했고 한국은 특히 대출 결정을 둘러싼 뇌물로 악명이 높았다. 그럼에도 수출규율을 토대로 제조업에 충분히 헌신했기 때문에 더 넓은 맥락에서 동북아시아 정부들은 금융체제 성과를 개선하는 일을 후일로 미룬 채 수십 년 동안 산업부문의 학습 곡선을 꾸준히 오르게 하는 유용한 프로젝트에 자금을 투입했다. (하략) "-≪How Asia Works, 아시아의 힘≫(조 스터드웰 저, 김태훈 역)에서

이 책에서 동북아시아는 한국, 일본, 대만, 중국을 지칭하고 그 나라들에 대한 분석 중 한국에 관한 분석에는 박정희 대통령의 수출 독려에 대한 내용이 많이 수록되어 있다. 동남아시아는 태국, 필리핀, 말레이시아, 인도네시아 등에 대한 분석이 요약되어 있다.

필리핀 사람들이 1980년대 필리핀 경제를 무너뜨린 원인이 소위 도스리(DOSRI 임원, 관료, 주주, 이해관계자에게 제공된 대출)이고 금융계는 방탕한 특수 관계인 대출 때문에 무너졌다고 비난한다. 그러나 이 책의 저자는 그것은 궁극적 원인이 아니라 근시적 원인이었다고 보았다. 그보다도 빌려간 대출이 한국 등 동북아시아에서와 같이 수출기업으로 흘러가 국제경쟁력을 기르는데 사용하지 않고 부동산 등의 국내투자에 몰두했다는 것이다. 그 결과 국제적인 경쟁력을 갖춘 기업은 나타나지 않고 국내에 군림하는 괴물만 등장했다는 것이다.

권력자들이 가장 손쉽게 장악할 수 있는 분야가 금융부문이고, 특히 후진국에서 권력자들이 제일 먼저 장악하는 것이 은행이다. 필요한 돈을 은행을 통해서 용이하게 조달할 수 있기 때문이다.

패전국이나 독재자가 몰락할 때 은행을 통하여 무한정으로 화폐를 발행하여 이로 인한 인플레이션이 극에 달하고 있는 현상을 우리는 많이

보아왔다.

우리나라도 대통령이 바뀔 때마다 은행장들이 대통령의 모교 출신으로 바뀐 적이 있다. 한국은행, 산업은행, 수출입은행 등 국책은행 외에 민영화은행도 마찬가지다.

"시중은행들이 STX 조선에서 손 뗀 뒤에도 정부와 산은은 정상화 중이라 했다. 시중은행에 울린 위험경고등이 국책은행과 금융당국엔 작동하지 않았다"고. 지난 5월 27자 중앙일보의 기사다. 6조 원의 돈을 쏟아 붓고도 STX 조선은 법정관리에 들어갔다. 산업은행과 수출입은행 대출은 누가 책임질까? 신이 부러워하는 직장이라는 산업은행 직원들은 이에 대하여 책임을 물으면 어떻게 대답할까 자못 궁금하다.

무리한 대출을 하고도 이 은행 임원들은 퇴직 후 방계회사의 사장으로 간다.

STX 조선만이 아니다. 조선업의 몰락이라고 할 만큼 불어닥친 불황여파에, 대우조선 등 전 조선 업체가 구조조정 문제로 큰 시름을 앓고 있다.

기업 대출 담당자들은 이런 변화를 전혀 예측하지 못했을까?

인재들이 몰린다는 산은 직원들이 더욱이 산업의 전반을 관찰하는 론・오피서(Loan Officer)가 조선업의 장래를 예측하지 못했다면 억대의 연봉을 받을 자격이 없다. 폭탄 돌리기 식으로 내가 담당하는 기간만 지나가면 책임을 모면한다는 요행을 바라고 대출을 취급했다거나 상부의 지시를 따랐다면 이는 직무유기에 해당된다.

한 기업에 6조원의 대출이 나갔는데 아무도 책임지는 사람이 없다. 백억, 천억 대의 예산에도 민감한 국민들에게 6조원은 상상하기 어려운 금액이다. 그런 대출에 관여한 사람들은 과연 누구인가? 대출취급 시

회수에 대하여 어떤 장치를 해 두었는가? 대출 후 사후관리는 어떻게 이루어졌는가?

유능하다는 감독기관들이 책임소재를 규명하지 못하기 때문에 국민들은 국회의 청문회를 통하여 자세한 내막을 알고 싶은 것이다. 철저한 조사로 정책적 판단 미스인지 아니면 부실한 대출취급이었는지 책임소재를 확실히 밝혀 책임을 물어야 차후에는 이런 일이 일어나지 않게 될 것이다.

결국은 또 구조조정이라는 미명하에 정부의 지원으로 부실채권은 정리되겠지만 더 이상 재발하지 않도록 세금을 부담하는 국민들의 의혹을 풀어주어야 한다. 이런 현상이 잦다보니 아무도 이 부실 채권의 진상을 끝까지 파헤쳐 답답한 국민들의 마음을 풀어주려고 나서는 사람이 없다. 정치인들만 한 순간 떠들지만 언론이 또 다른 뉴스로 방향을 바꿔버리면 여론을 좇아 부화뇌동한다.

많은 권력자들이 이 부패한 돈에 관련이 있기 때문인지 모르지만 그들은 국민들이 가슴 아파하는 이런 엄청난 비리도 쉽게 지나쳐 버린다.

이런 일이 다람쥐 쳇바퀴 돌듯 반복되다보니 정치인은 신뢰를 잃고 정당은 여당도 야당도 다 국민들로부터 지지를 잃고 있는 것이다. 금융의 문제가 정당한 방향으로 자리 잡지 못할 때 자본주의의 근간이 흔들린다는 사실을 동남아시아나 남미의 여러 나라에서 우리는 보아왔다.

미국에서는 불특정한 여러 사람에 피해를 주는 경제사범이 엄격하게 다루어지고 중벌로 다스린다. 대통령이나 주지사 입후보자에게 세금포탈은 치명타가 된다.

돈의 흐름이 올바르고 정당하게 운용될 때 자본주의도 민주주의도 건전하게 성장한다. 우리가 바라는 평등도 사회정의도 경제에서부터 시작되어야 한다. 흙수저들의 분노가 세계 곳곳에서 요란하게 들리고 있는 이때 이들의 분노를 달래주는 노력을 보여 주어야 할 때다.

백만 원을 상환하지 못하여 신용불량자로 전락하고 있는 흙수저 6백만 명을 구제할 수 있는 돈을 한 기업이 부실화시켜버리고도 책임지는 사람이 없다면 어떤 국민이 그냥 보아 넘어가려 하겠는가?

정치인들은 경제 활성화니 경제 민주화니 피부에 와 닿지 않는 구호를 외치기보다는 이런 부실의 원인을 명쾌하게 밝혀내어 다시는 이런 일이 반복되지 않도록 해야 한다. 그래야만 정치가 더 많은 국민들의 지지와 호응을 얻을 수 있을 것이다.

알 권리를 주장하는 언론도 이런 궁금증을 풀어주어야 국민들로부터 찬양 받을 수 있다.

(2016. 6. 3.)

창조경제의 요체

-돈이 창조의 연료이고 불쏘시개다

한동안 무역 흑자가 우리 경제의 견인차로 간주되었다. 지금도 우리나라에서는 매월 수출입 금액과 함께 무역수지가 흑자인지 적자인지 발표하고 흑자를 기록하면 외환 보유고가 늘었다고 안도 하고, 적자인 경우에는 우리경제에 적신호가 나타난 것으로 우려를 표한다.

이는 1960~70년대 5개년 경제개발계획을 추진할 때의 수출위주정책에서 비롯된 타성일 것이다.

당시 자원이 부족하여 수입에 많이 의존하던 시기에 절대적으로 흑자가 요망되어 그때부터 우리의 머릿속에 깊이 각인되었기 때문일 것이다.

최근 원유값 하락으로 흑자가 지속적으로 나타나고 있다.

우리나라는 매년 약 9억 배럴의 원유를 수입하는데 배럴 당 100달러 이상(2013년 평균 $105)이던 가격이 50달러 이하(최근 평균 $45)로 떨어졌으니 수출이 줄어드는데도 흑자가 나타나는 것은 당연하다고 볼 수 있다.

1980년대 일본은 미국으로부터 매년 1,000억 달러 이상의 무역흑자를 기록했다. 그러나 일본은 곧 거품이 꺼지고 잃어버린 10년을 넘기고 20년 가까운 곤경에 빠졌다. 미국의 무역수지는 당시에도 적자였고 지금도 여전히 적자를 기록하고 있다.

그런데도 미국은 첨단기술의 메카로 세계적인 혁신을 주도하고 경제는 발전을 지속하여 여전히 부강한 국가로 세계경제를 주무르고 있다. 무역수지 흑자만이 경제의 밝은 지표가 아니라는 것을 증명이라도 하듯.

초기 개발시대에 우리는 대외 의존도가 높고, 자원이 부족하고, 세계에 수출할만한 변변한 상품이 없었다.

그 당시에는 수출이 중요하고 대부분의 원자재를 해외에서 수입해야 하는 처지여서 무역 흑자가 가지는 의미가 지대하였다.

지금도 국내 시장이 협소한 우리나라에서는 수출이 여전히 중요하다.

그러나 최근 무역흑자가 수년 간 지속되고 있는데도 우리경제는 성장을 거의 멈추고 모든 지표가 개선되지 못하고 있음은 한 번 쯤 깊이 생각해 보아야 할 때가 되었다.

인류의 역사에서 무역 흑자를 최고로 기록했던 나라는 어디일까?

아마도 컬럼버스가 신대륙을 발견한 이후 남미에서 엄청난 금, 은을 가져오던 스페인이 아닐까 생각된다.

도대체 스페인은 남미에서 얼마나 많은 금과 은을 가져 왔을까?1502년부터 1660년 사이에 금 약 200톤, 은 18,600톤을 가져 왔다고 한다.

이는 당시 세계 금은 보유량의 83%에 해당한다고 하니 얼마나 많이 원주민을 착취 했나 알 수 있다. 이 기간에 당시 1억에 가까웠던 남미의 인구가 2천만으로 줄었다고 역사에는 기록되어 있다.

유럽인이 옮긴 천연두 병균에 대한 면역 부족도 있었지만 착취도 만연했다.

이렇게 무자비하게 빼앗아온 금 · 은보화로 스페인은 부강한 국가를 얼마의 기간이나 유지 했을까?

금과 은의 대량 유입은 스페인의 물가를 대폭 인상 시켰다.

금은이 화폐로 쓰이던 당시에 화폐 수량이 엄청나게 늘자 물가가 폭등했다. 가격혁명이라 할 만큼 물가가 4~5배나 뛰었다. 그 결과는 지주와 농노가 몰락하고 무역업자 상공업자가 이득을 보았다.

많은 젊은이가 금 · 은 보화를 찾아서 너도나도 남미로 약탈에 나섰다.

국내의 젊은이는 모두 이 물결에 휩쓸렸다. 자연 국내 수공업은 멈추었고 물자는 남미에서 착취한 금 · 은으로 화폐가 넘쳐나 모든 물자를 이웃 나라에서 조달했다. 그렇게 되자 물가는 천정부지로 뛰었던 것이다.

불행하게도 물가의 폭등은 일부 계층에게만 이익을 가져다주었다.

약탈이 국가 기간산업이 되고 망하지 않을 나라가 있을까?

흘러들어온 금 · 은 보화로 상인과 금융업자가 이익을 보았고, 빠져나가버린 농노는 곧 장원의 붕괴로 나타났다. 장원을 이탈한 농민들은 도시로 몰려들자 그들에게 필요한 주택 문제로 부동산 개발업자가 큰 이익을 보았다.

자연스럽게 부자와 가난한 사람으로 불평등이 나타나기 시작했다.

이 무렵 스페인의 무적함대는 신흥세력 영국에 패하여 세계의 패권을 넘겨주고 말았다.

금 · 은이 아무리 많이 유입되어도 산업발전 없이는 나라는 흥하지 않는다.

오늘날 중동에 아무리 많은 원유자금이 흘러들어도 중동국가에 선진국이라 불릴만한 나라는 나타나지 않고 있다.

원유수출로 흘러들어 온 돈의 쟁탈전에 몰두하다보니 일부 국가는 이

전투구로 온 나라가 투쟁에 휩쓸려 많은 난민들이 유럽으로 흘러들고 있다.

우리나라가 1960~70년대 말까지 경제개발계획을 추진할 때 100억불 수출에 1인당 천불 소득이 목표였다.

이때는 수출에 종사하는 무역업자만의 이익 추구가 아니고 거기에 종사하는 사람 모두에게 혜택이 돌아가도록 *수출지원금융제도를 만들어 철저하게 관리했다. 서양에서 시작된 신용장 제도가 아마 일본과 한국에서 가장 잘 활용되었을 것이다. 이 제도에 의하여 한국의 산업은 도약을 할 수 있었다. 그 당시에는 가발에서 합판, 갈포벽지까지 수출하여 그 혜택이 전 국민에 고르게 퍼졌다.

경공업에서 시작된 수출이 점차 중화학공업으로 수출품이 옮겨가게 되자 그에 따른 국내산업도 점차 업 · 그레이드 되었다.

그로 인하여 각 분야에 연관효과(Linkage Effect)가 나타나 전 산업으로 번졌고, 계획경제기간 동안 GNP 성장율이 10% 대를 훨씬 넘는 세계 역사에서 보기 드문 기적 같은 상황이 나타났던 것이다.

시작은 미미하였으나 그 결과는 대단하였다.

당시 분위기에 힘입어 정말로 뛰어난 기업가들이 나타나 삼성, 현대, 엘지, 포철, 등 우리경제의 중추역할을 하는 기업이 나타났던 것이다.포항제철의 원활한 철강 공급으로 자동차, 조선업이 성장하게 되었다.

뒤이어 전자산업의 발달로 TV, 냉장고 에어컨 등의 백색가전 분야에서 삼성과 엘지가 일본의 소니, 도시바를 누르고 세계시장에 우뚝 서게 되었다.

이런 과정을 거쳐 전 산업이 성장했고, 우리는 한강의 기적을 이루었다.

지금은 현대의 자동차와 삼성전자의 반도체로 인하여 자동차, IT산업 강국으로 세계에 알려지고 있다.

그렇게 전 산업에 활력을 불어넣던 성장의 그늘에는 중소기업의 비애가 숨어 있었다. 중소기업을 재벌그룹에서 계열화시키자 문제가 발생했던 것이다.

수출의 혜택이 고루 돌아가던 제도는 오랫동안 지속되지 못하였다. 수출장려를 위하여 마련된 종합상사제도가 나중에는 괴물로 변한 것이다. 대기업의 종합상사가 수출입을 독점한 결과는 재벌기업으로 연결되었다. 무역의 혜택은 이들 재벌기업과 그 계열사가 독차지하게 되었던 것이다. 이들 종합상사에서 수출입을 독점하게 되자 중소기업에서 취급하던 앨범에서 장난감까지 크고 작은 모든 사업을 독점하여 버렸다.

중소기업은 설 땅을 잃어버리고 말았다. 당시 자조적으로 종합상사가 새우젓 장사까지 한다는 소문이 나돌았다. 수출지원금융의 혜택은 대기업에 집중되었고, 나중에는 밀어내기식 수출(대기업들이 해외 자회사를 설립하여 D/A방식으로 수출)로 팔리지도 않는 상품을 마구 선적하여 수출실적을 만들어 국내외에서 수출입금융을 지원받았다.

그 돈은 국내의 부동산 등에 투자하는 사례까지 나타났다.

이런 폐단을 시정하기 위하여 1981년 당시 대기업이 해외 자회사에게 D/A 방식으로 수출하여 현지에 있는 한국계 은행에서 대출을 받아 국내로 반입된 금융을 "고정 · 부실 현지금융"이라 칭하고 이 금융을 회수하기 위한 전담반을 금융감독원에 두고 독려하였다. 이 부실금융의 대부분은 재벌기업에서 수혜 받았던 자금이었다. 당시 군사정부에서 이 자금을 정리하여 방만한 수출금융의 악용을 막아 서민들의 불만을 해소해 보려던 시도였다. 이 시점에서 사실상 우리나라의 성장 동력은 중단되지 않았나 생각된다.

우리 경제의 구조적 폐단이 나타나게 된 것이다.

그 동안 정부에서는 재벌들의 문어발식 계열사 증식을 막으려고 여러 제도와 장치를 강구하였으나 실패하고 그들의 집중력은 커져만 갔다. 경제적 위기가 닥칠 때마다 정부에서는 재벌의 집중화현상을 막겠다고 공언했다. 그러나 위기를 넘기고 나면 또다시 대기업은 사업 확장에 몰두하여 오늘날 재벌기업이 동네 골목상권까지 장악하는 지경에 이르렀다.

수출로 파이를 크게 키워야 온 국민에게 고르게 많은 혜택이 갈 수 있다는 논리로 따돌려진 국민들을 설득하여 왔다.

IMF 환난을 겪고서는 온돌방에 불을 때면 온기가 아랫목부터 따스해지고 점차 온 방안이 따뜻하게 된다는 이론으로 대기업 위주의 수출 장려책을 펼치기도 했다. 그러나 그 온기는 아직도 아랫목만 따뜻할 뿐이다.

과거 스페인에서 있었던 사례와 오늘날 중동에서 석유수출자금의 독점 사례와 같은 현상이 우리나라에서도 나타났던 것이다.

필리핀이나 인도네시아 등 동남아 국가들에서도 수입대체 산업을 장려하여 국내기업을 보호하는 정책을 폈다. 그러나 그들은 수출을 위한 기술개발을 하지 않고 수입대체 산업으로 얻은 이익을 국내 부동산 등에 투자하여 국가 전체적으로 산업발전을 가져오지 못하였다.

그들은 단지 자국 내 산업계에 군림하는 괴물이 되었을 뿐 국가 산업발전에 도움이 되지 못한 현상도 위와 같은 맥락이다.

무역의 혜택이 소수자에게 독점되는 것과 고르게 돌아가는 경우의 차이다.

해외에 수출하여 벌어들인 돈의 혜택이 누구에게 돌아가느냐에 따라 그 차이는 현격하다.

벌어들인 돈이 생산자에게 고르게 돌아가고, 창의적인 분야에 투자되고, 다수국민의 복지를 개선하는데 쓰이느냐 아니면 수익금이 무역을 관장하는 특수계층에 집중 되느냐에 따라 그 결과는 크게 차이가 난다.

무역흑자가 지속되고 그 돈이 특수계층에 집중되면 화폐의 팽창이 일어나 인플레이션이 나타나게 된다.

그 결과는 특히 부동산 등의 자산가치가 폭등하게 되어 엄청난 부의 불평등을 초래한다. 이러한 현상이 역사에서 살펴볼 때 과거에도 그랬고 지금도 그렇다. 그리고 부의 불평등은 국가 발전에 지장을 초래 한다. 1913년 미국에서 록펠러와 J`P 모건의 자산은 전 미국 자산의 1/3에 달했다. 1890년 국민의 여론에 의해 의회에서 ≪반독점법≫을 통과하였으나 어떤 정권에서도 이를 실행에 옮기지 않았다. 대재벌의 눈치를 보느라 감히 실행하지 못했던 것이다.

이를 과감히 실천한 대통령이 26대 시어도어 루스벨트(1901~1909년) 대통령이다. 셔먼 독점금지법(Sherman Antitrust Act)을 부활시켜 거대 철도회사의 해체를 필두로 당시 최대의 트러스트인 스탠더드 오일, 모건 철강, 노던 증권 등 트러스트들의 연속적인 해체를 가져 왔다.

독점기업의 해체로 부의 불평등을 완화하여 미국이 세계적으로 군림할 수 있는 토대가 되었다. 그 뒤 100여년이 흐른 지금 미국에서 또 부의 불평등이 크게 나타났다. 미국만이 아니고 세계 여러 나라가 부의 불평등으로 몸살을 앓고 있다.

우리도 부의 편재가 사회의 첨예한 이슈로 등장한 지 오래다.

이 부의 편재현상은 화폐와 관련이 많다.

2008년에 있었던 미국의 금융파동이후 막대하게 발행된 달러는 부의 편재를 부추기는 꼴이 되었다.

이 화폐의 발행은 중앙은행을 통하여 정부가 주도하고 있다. 특히 후진국에서는 정부가 금융을 장악하여 화폐정책을 좌지우지한다. 독재국가일수록 더 심하다. 가장 용이하게 컨트롤 할 수 있기 때문이다.

우리나라에서도 과거정권에서 그런 현상을 보였다. 정권획득의 전리품이 바로 금융이라는 듯 버젓이 권력을 행사하였던 때가 있었다.

금융의 선진화가 절실하나 이에 대하여 언급하는 정치가도 경제학자들도 별로 보이지 않는다.

금융이 정당하게 운용될 때 부가 비교적 고르게 분배되고 많은 분야에서 경제적 정의가 이루어진다. 그리고 이러한 때 많은 사람들은 정당하게 부를 얻을 수 있는 길을 찾아 노력한다.

마지막으로 ≪금융으로 본 세계사≫의 저자 중국인 천위루의 말을 들어보자.

"오늘날 전 세계 대학순위 1에서 10위 중 미국의 대학이 7~8개를 차지하고 있다. 미국이 가장 많이 하는 일은 산업자본을 끌어들이는 것이 아니라 모든 것을 물 흐르듯 방임하여 창조의 공간을 주는 일이다. (중략) 이러한 교육제도는 인류에게 공평한 출발점을 제공한다. 공평한 교육체제 아래서 우수한 인재들이 많이 배출되고, 더 나아가 국가도 지속적인 번영을 누릴 수 있다. 또한 이처럼 공평한 교육체제 아래서 사회계층 간의 유동이 활발하게 이루어져 밑바닥 층의 사람도 최고점에 오르는 기회를 얻을 수 있다. (하략)"

더불어 저자는 창조에는 기술과 제도의 두 가지 창조가 있다고 한다. 그리고 제도의 창조는 기술 창조보다 더 어렵다는 것이다. 창조를 하려고 하는 사람이 기득권자일 경우에는 현행 제도를 깨뜨려 자신의 이익을 배제하려고 하지 않기 때문이다.

기득권자가 아닌 능력 있는 사람은 기존제도에서 자신의 이익을 추구하는 것이 새로운 도전에서 얻는 이익보다 더 용이하기 때문에 어렵다는 것이다.

창조교육을 외치지만 그렇게 쉽게 되지 않는 이유를 잘 설명하고 있다. 기술창조는 교육 특히 과학에 의지하는바 크고, 제도의 창조는 정치에 의지하는 바 크다. 이 두 창조를 연결해 주는 것이 바로 돈이다.

돈(금융)이 창조의 연로(燃爐)이고 불쏘시개다. 그것이 사람의 열정을 불러오고 핵심 기술을 창안한다. 돈의 투자가 있어야 과학교육이 원활하게 이루어지고 과학기술이 앞서가야 첨단 기술에서 오는 막대한 부를 쌓을 수 있다.

돈의 흐름이 합리적으로 흐를 때 지속적인 창조가 이루어 질 수 있다고 주장한다.

오늘날 우리나라 현실을 생각해 볼 때 깊이 새겨들어야 할 말이다.

* 수출지원제도 : 생산·집하자금(나중에 생산자금으로 명칭 변경), 원자재 수입자금, 원자재 구매자금 등으로 구분하여 수출금융이 수출 단계 별로 전 산업에 고르게 수혜가 돌아가도록 지원했다. 근로자의 임금, 해외원자재 조달자금, 국내자재 조달을 장려하기 위한 로칼 엘시(Local L/C) 제도까지 만들었다.
  아무나 신용장(L/C, Letter of Credit)만 받아 오면 은행에서 수출지원 금융을 8%로 지원하였다. 당시 일반자금 대출은 18%였다. 엄청난 혜택 이었다.
  당시 수출입제도는, 자금은 재무부에서 그 근간을 만들어 한국은행을 통하여 관할하였고, 물량은 상공부에서 총괄하였다.
  현장에서 실제 세부운용은 시중은행 외환부와 외환은행에서 수출입 승인을 대행하고 외국환 매입 및 수출금융도 처리하였다.

화폐전쟁이 드디어 시작되고 있는가

불안한 미래에 대하여 우리는 보험을 든다. 요즈음 대형 기업들은 환율, 금리, 채권, 주식 등 재산에 관하여도 장래의 위험에 대비하고 있다. 이를 경제학에서 '헤지'라 한다.

헤지를 하려면 많은 수수료가 필요하다. 헤지펀드는 최소한 여섯 자리(10만 달러)에서 일곱 자리(100만 달러)의 투자를 원하며 운용 보수로 적어도 투자금의 2%나 수익금의 20%를 요구한다. 자연히 헤지를 할 수 있는 사람과 할 수 없는 사람으로 구분된다.

원래 헤지펀드는 증권가격이 내려가면 돈을 버는 매도 포지션(short positions)을 통해 시장 위험에 대비하기 위한 장치였으나 펀드의 귀재소로스는 미래의 가격상승을 전망해 자산을 사들이는 매수 포지션(long positions)으로 돈방석에 앉는 방법도 알았다. 금융의 핵심을 파악한 그는 '퀀텀펀드'를 이용하여 대담하게 마르크화 대비 파운드화의 약세를 예상하고 100억불을 융자 받아 배팅하여 10억 불의 이익도 챙겼다. 그 뒤 태국의 바트화를 공격하여 이익을 취하는 등 국제 투기자금의 대부로 부상했다.

한국을 비롯한 많은 동남아 국가가 이런 투기 세력에 의해 1990년대 말 양털깎기를 당했던 것이다.

오늘날 수백억의 기금을 운용하는 펀드회사가 헤아리기 어려울 정도로 많이 국제 역외금융에서 활동하고 있다.

헤지펀드는 오늘날 세계 금융계의 총아로 등장하였다.

"1990년 600개가 넘는 펀드회사가 390억 달러 규모의 자산을 다루다가 2000년 무렵에는 자산규모가 4,900억 달러 헤지펀드를 3,873개의 헤지펀드사가 이를 취급하였다. 최근 수치(2008년 1/4분기)를 보면 자산규모 1조9천억 달러 헤지펀드를 7,601개 펀드사가 운용한다." -≪금융의 지배≫(니얼 퍼거슨 저, 김선영 역)에서

이렇게 많은 펀드사가 존립하게 된 책임을 니얼 퍼거슨은 중국에 돌리고 있다. 중국과 미국의 관계를 그는 차이메리카(Chimerica)라 호칭하며 다음과 같이 평하였다.

"이 환상의 이중국가(dual country)가 바로 중국과 미국이 결합해 탄생한 '차이메리카'이다. 이 나라는 전 세계 토지 면적의 10%을 차지할 뿐만 아니라 지난 8년간 세계 경제생산의 3분의 1, 세계 경제성장의 절반을 차지했다. 한동안 둘은 천생연분처럼 보였다. 동쪽의 차이메리카가 저축을 하면, 서쪽의 차이메리카에서 소비를 했다. 중국의 수출품은 미국의 인플레이션을 낮추었다. 중국의 저축은 미국의 이자율도 낮추었다. 중국의 노동력은 미국의 임금비용마저 낮추었다. 결과적으로 미국은 무척 저렴하게 돈을 빌렸으며 기업 운용으로 얻은 이윤도 상당했다. 차이메리카 덕분에 세계의 실질금리는 지난 15년 평균보다 3분의 1정도 떨어졌다. (중략) 중국이 미국에게 돈을 빌려줄수록 미국은 점점 더 차입에 의존했다. 2000년 이후 은행대출, 채권발행, 신종 파생상품 계약이 쇄

도했는데 그 기저에는 차이메리카가 있었다. 헤지펀드의 팽창을 낳은 근본 원인이기도 했다. (중략) 2006년 미국의 주택담보대출 시장에 엄청난 자금이 흘러넘치도록 하여 소득이나 직장, 재산이 없는 사람도 100% 주택담보대출을 얻게 한 근본 요인이기도 했다."

쉽게 말하면 미국의 '서브프라임 사태'의 원인이 중국의 자금에서 비롯되었다는 것이다. 사실 2008년 9월 22일 중국의 후진타오 주석이 미국의 조지 부시 대통령에게 전화를 걸어 미국 금융시장 정책을 지지하며 미국이 금융정책에 성공하기 바란다는 의사를 전달했다고 한다.

수조 달러의 외환으로 미국 국채를 보유하고 있던 중국의 처신은 당시에 많은 사람들의 관심이었던 것이다.

이는 우리에게 시사하는 바가 크다. 당시만 하여도 미국 행정부의 구제금융에 대하여 의회에서는 반대 의견이 다수였다. 대다수 사람들은 월스트리트의 탐욕스러운 돼지들에게는 부지런한 미국인이 도움의 손길을 내밀어 줄 필요가 없다는 것이었다.

당시 재무장관이던 폴슨은 당시 민주당 하원의장 펠로시 앞에서 무릎을 꿇고 하소연했으나 공화당의원마저 반대의견이 많아 결국 부결되었다. 그러나 전 금융기관이 파산될 백척간두의 위기에서 미국 경제를 살려야 한다고 상하원의원들은 여러 조건을 달아 8,520억 달러라는 방대한 구제금융 계획을 통과하여 겨우 '서브프라임 사태'를 해결할 수 있었다.

서브프라임 사태가 났을 때도 일반인의 부채는 그대로 있고 은행권의 부채를 탕감하는 패니 메이(Fannie Mae)와 프레디 맥(Freddie Mac)에 대한 금융구제로 사태를 해결했다.

당시 정부는 달러를 발행하여 문제를 해결하였고 그 결과는 결국 달러화의 가치 절하로 미 국민 전체의 손해로 귀결되었던 것이다.

≪금융의 지배≫에서 니얼 퍼거슨은 "한나라의 재정 수입의 20%를 채무 이자 상환에 사용할 때 그 나라는 심각한 경제 위기에 놓인다."고 주장한다.

스페인이 1557~1696년 사이 14번이나 채무부담으로 디폴트를 선언하여 몰락했고, 프랑스도 대혁명이 일어나기 직전인 1788년 부르봉 왕가는 국채원리금 상환액이 재정수입의 62%에 달해 결국 무너졌다.

오스만 제국도 1875년 국채원리금 상환액이 재정수입의 50%에 달했고, 영국도 1939년 2차대전 직전에 원리금 상환액이 44%에 달했다고 한다.

미국도 2011년 재정수입의 9%를 국채 이자 상환에 지출하고 있으며 2020년에는 20%, 2030년에는 36%에 달할 것으로 예측하고 있다.

오늘의 미 · 중 무역전쟁을 상기시켜 볼 근거다.

니얼 퍼거슨은 ≪전설의 금융가문 로스차일드≫라는 방대한 분량의 책을 썼다. 그 책에서 그는 프랑크푸르트의 게토에서 살던 암셀 로스차일드가 합스부르크 왕가와의 인연으로 거대한 금융제국의 기초를 닦고 다섯 아들에게 런던, 파리, 나폴리, 비엔나 등에 진출시켜 서로 정보를 교환하여 거대한 금융 왕국을 이룬 내용을 상술하고 있다. 이 책을 쓰면서 그는 금융의 내막을 누구보다도 철저하게 파악할 수 있었을 것이다. 그는 "모든 장대한 역사적 이면에는 금융과 관련된 비밀이 숨어 있었다." 라는 말도 남겼다.

한 나라의 화폐는 어떻게 발행되어야 할까? 이에 대하여는 화폐금융학자들 간에 많은 학설이 있다.

금본위제, 은본위제, 금은본위제, 등 많은 본위제 화폐가 있었으나 실패 하고 지금은 거의 모든 국가가 재정정책 방향에서 물가와 금리 등을 연동하여 지폐를 발행하고 있다.

≪화폐전쟁≫에서 저자 쑹훙빙은 1994년 이래 중국 위안화가 달러와 연계되어 자주성을 잃었다고 경고를 하고 있다.

점차 위력을 잃어가고 있는 달러와 미국 국채를 담보로 위안화가 연계됨은 마치 적자 기업의 주식을 산 후 그 기업의 주가를 유지하기 위하여 그 많은 외환보유고를 가지고 계속 주식을 사는 것과 같다고 비유했다.

쑹훙빙의 주장은 거대한 국민 저축을 미국 국채를 사는데 쓰는 것보다는 중국경제의 지속적인 성장을 위하여 생산성 증가 잠재력을 가지고 있고, 중국 대다수 국민에게 혜택을 줄 수 있고, 규모의 경제 효과가 있고, 다른 산업과의 링키지 이팩트(Linkage Effect) 효과가 큰 산업인 농업에 투자해야 한다고 주장한다.

지금은 과거의 농업에서 탈피하여 2차 농업 산업화를 해야 하고, 그 핵심은 정보화, 집약화, 첨단기술화 및 도시화라고 주장한다.

이런 영향인지는 몰라도 얼마 전에 알리바바의 창업자 마윈이 농어촌의 유통화에 투자를 하였다는 정보가 있었다.

지금 드디어 미국과 중국의 무역전쟁이 시작되고 있다. 말이 무역전쟁이지 사실상의 패권국 다툼이다. 미국은 해가 지지 않는다는 대영제국으로부터 세계 패권국가를 넘겨받은 이후 소련을 해체시켰고 추격해 오는 일본을 총 한 방 쏘지 않고 패퇴시켰다.

쑹훙빙은 결국 세계의 재패는 기축통화(Key Currency)를 누가 차지하는가에 따라 결말이 날 것으로 예측했다. 이 화폐야말로 한 나라의 경제력이 집약된 총체적 능력이라는 것이다.

≪화폐전쟁≫ 1권이 발간된 지도 벌써 10년 이상이 흘렀다.(제1권이

2008년에 발간되었고, 4권은 2012년에 나왔다.)

그동안 과연 중국은 미국의 압박을 벗어날 수 있을 정도로 많은 준비를 하였는지, 또 이 전쟁은 얼마의 세월이 걸려야 끝이 날 것인지 이번 미국과의 경제전쟁의 추이를 잘 주시해야 할 것이다.

등소평은 세계 제일 부강국과 결전을 하기 전에 도광양회(韜光養晦) 정책을 유언했다. 주나라의 강태공이 문왕 무왕을 위해 썼다는 ≪육도(六韜)≫에 있는 "큰 지혜는 통상적인 지혜가 아니고, 큰 계책은 통상적인 계책이 아니다. 성인은 장차 움직이려 할 때 반드시 어리석고 우둔한 모습을 보인다."는 말을 참작했으리라. 손자병법의 모공편(謀功篇)을 보면 백전백승이 최선이 아니고, 싸움을 하지 않고 상대의 군대를 굴복시키는 것이야말로 선의 선이라 했다.

미국은 영국으로부터 싸우지 않고 기축통화권(Key Currency)을 넘겨받았다. 지금 추월해 오고 있는 중국과의 무역전쟁에서도 미국은 과거 소련이나 일본을 패퇴시켰듯이 무력전쟁 없이 끝낼 수 있을지 두고 볼 일이다. 관세정책으로 안 되면 환율 조작국으로 몰아갈 기세다.

우리는 이 G2 국가의 전쟁을 숨죽이고 바라보아야 한다. 우리의 처지는 어느 한쪽에 편을 들기가 어려운 처지에 놓여 있다. 안보는 미일과 협조해야 하고 경제는 중국과 협력해야 하는 처지로 어느 한 쪽에도 기울일 수 없는 진퇴양난의 길에 빠져 있다.

국제정치학의 5대 이념이라 하여 듀크 대학의 젠틀슨과 버클리대학의 웨버가 ≪포린 폴리시≫에 발표한 글이다.

1. 평화가 전쟁보다 낫고
2. 좋은 의미의 패권은 세력균형보다 낫고
3. 자본주의가 사회주의보다 낫고

4. 민주주의가 독재보다 낫고
5. 서구문화가 우월하다.

현재 세상을 좌지우지하는 국가는 서구 문화를 이어 받은 미국이 행세하고 있다. 하버드 대학 교수로 있는 니얼 퍼거슨은 ≪서구의 몰락≫을 쓴 슈팽글러에 이어 그의 저서 ≪위대한 퇴보≫에서 서구 문명에 바탕을 두고 있는 현 시스템에 대한 일침을 가하고 있다.

"서양의 제도가 정말로 쇠퇴했다는 것을 보여주기 위해 오랫동안 봉인되어 있던 블랙박스 몇 개를 열어보자. 첫 번째 상자에는 '민주주의'라는 이름표가 붙어 있고, 두 번째 상자에는 '자본주의'라고 붙어 있으며, 세 번째 상자에는 '법치주의', 마지막에는 '시민사회'라는 이름표가 붙어 있다. 이 네 가지는 한 데 합쳐서 서양문명의 핵심을 이룬다."

그는 서양문화가 이제 쇠퇴기에 이르렀다고 말한다. 민주주의는 권력계층의 부패로 찌들었고, 자본주의는 부익부 빈익빈으로 국민 간 계층적 괴리가 나타났고, 민주주의와 자본주의의 근간이 되고 있는 법치주의는 탐욕스런 변호사들의 천국으로 변질되었고, 시민사회는 그 기능을 상실했다는 것이다.

우리나라 정치인들도 차제에 언론들이 만들어내는 여론몰이에 부화뇌동하지 말고 국제 정세의 추세를 잘 살펴보면서 우리의 갈 길을 어디에서 어떻게 찾아야 할지 거국적인 차원에서 깊이 생각해 보았으면 하는 바람이다.

"눈밭을 가는 나그네여 어지러이 걷지 마라./ 오늘 그대의 발걸음이 뒷사람의 이정표가 되리니."

서산대사가 남긴 교훈이다.

돈도 명예도 다 갖고 싶은가

춘추전국시대의 제나라 사람들은 습속으로 노예를 천시했는데 조간이란 사람은 노예를 사랑하여 정중히 대했다. 교활한 노예는 사람들이 싫어하기 마련인데도 조간은 이를 인수하여 물고기와 소금 장사를 시켜 돈을 벌어들이게 하였다. 조간은 많은 말 수레를 거느리고 군의 태수와 교제한 일도 있는 신분이었으나 더욱 노예들을 신임하여 마침내는 그들의 협력으로 수천 만의 부를 쌓았다. 그래서 사람들은 "벼슬을 하여 관작과 봉록을 받는 몸이 될 것이냐, 그렇지 않으면 조씨의 노예가 될 것이냐?"라는 말까지 생겨났다.

돈 벌이에 관한 사기열전 화식편에 있는 글이다. 이것은 조간이 뛰어난 노예를 부유하게 해주고 마음껏 그들의 힘을 주인을 위해 바치게 한 것을 칭찬한 말이리라.

≪플루타르크의 영웅전≫에 나오는 크라수스도 노예를 잘 부려 많은 돈을 벌었다. 크라수스는 카이사르, 폼페이우스와 함께 로마공화정 시대에 '제1차 3두정치'를 하였던 사람으로, 스파르타쿠스의 노예반란을 진압했던 로마의 유명한 정치가이자 장군이다. 그가 스파르타쿠스 반란을 진압할 때에 데카마티온이란 군법을 써서 군의 기강을 잡았다. 크라

수스에게는 훌륭한 면이 많았음에도 많은 로마인들은 그를 두고 탐욕 때문에 광채를 잃어 버렸다고 비난하였는데 그가 지나치게 돈 모으는데 집착하였기 때문이다.

크라수스는 술라의 경매주택과 화재가 난 집과 주변 집들을 사들여 건축기술이 있는 노예 500명에게 집을 고치게 하고 새로 건축하여서 많은 돈을 벌었다. 이런 처세로 로마 시의 대부분 집들이 크라수스의 소유가 되었다. 그에게는 많은 은광과 비옥한 토지를 가지고 있었으나 그곳에서 얻는 수입은 노예들을 통해 얻는 수입에 비하면 아무 것도 아니었다. 그에게는 집짓는 기술자 노예 외에도 은세공기술자 노예, 시낭독을 잘하는 노예, 글씨를 빨리 쓰는 노예, 경리 노예, 식탁의 시중을 드는 노예 등 각 방면에 뛰어난 재주를 가진 수많은 노예들이 있었다. 크라수스는 이 노예들을 직접 훈련시키고 감독했다.

크라수스가 '개인재산으로 군대를 유지할 힘이 없다면 부자가 아니다.'라는 말을 한 것을 보면 얼마나 많은 돈을 가졌나를 짐작할 수 있다. 크라수스의 부가 얼마나 대단했는지는 2008년 포브스가 선정한 역사상 가장 부유한 사람 75인의 명단에 1위는 록펠러이고, 크라수스는 8위이고, 빌 게이츠는 37위로 선정되어 있다.

동·서양의 예에서 보듯이 개인도 노예들을 부려 부와 명예를 추구할 수 있었다. 국가도 나라의 일꾼인 공무원을 잘 운용하여야 부강한 국가를 이룩할 수 있다고 생각된다.

오늘날 우리나라는 물론 거의 모든 민주국가는 권력을 분립하고 분리된 권력의 최고책임자는 임기를 두어 계속해서 권력을 잡을 수 없게 하고 있다. 정치학에서 말하는 '절대 권력은 절대 부패한다.'는 진리를 수용한 것이다. 그러나 권력을 맡고 있는 일반 공무원이나 사법부 군경 및 특수

정보기관 등 임명직 이외의 직원은 신분보장법까지 적용하여 특별한 비리가 없는 한 퇴직할 때까지 임기를 보장되어 있다. 그 결과 자주 교체되고 있는 최고책임자가 관할 직원들을 통솔하는데 문제가 발생한다.

오랜 기간 업무를 맡다보니 자신의 직무에 통달하게 되고 자기가 맡은 업무에 대하여 전문인이 된다. '면장도 알아야 한다.'는 시중에 회자되는 속담이 있듯이 구체적이고 세부적인 업무지식이 없는 입장에서는 하부직원의 보고에 의존하여 업무의 진상을 파악하게 된다. 보고는 항상 보고자 위주로 작성하게 되어 있다. 사건의 진상을 완벽하게 파악치 못하고 하부직원의 보고에 의존하여 내린 판단이 실상과 겉도는 사례를 우리는 종종 보아 왔다.

현대사회는 하루가 다르게 변하고 사회는 점차 복잡하게 되어간다. 모든 분야에서 전문지식이 요구되고 있다. 가히 지식사회가 도래한 상황이다. 사회가 복잡해질수록 법도 복잡해진다.

미국의 많은 의원입법안과 달리 우리나라에서는 많은 법이 정부안을 국회에서 통과시키고 있다. 아무래도 법안이 민간위주보다는 관리위주로 만들어질 가능성이 많다. 그러나 제출되는 법안을 국회의원이 다 헤아려 민권에 문제가 없는지 충분히 검토할 수 있는 시간적 여유를 주지 않는다.

사회는 법안 통과를 빗발치듯 요구하여 급히 통과된 법의 상당한 권한이 정부의 시행령과 규정에 위임된다. 따라서 최전선에서 민과 직접 접하고 있는 공무원의 재량권도 늘어나고 있다. 더욱이 관료집단의 속성상 어느 시대 어느 나라를 막론하고 관료는 타성에 젖어 변화를 싫어하고 권위적이어서 부패하기 쉬운 역사를 가지고 있다. 우리나라도 예외는 아닌 것은 관료조직에서는 원활한 운영을 위하여 일사 분란한 상명하복의 지휘체계를 이상으로 하기 때문이다. 이러한 속성이 속전속결을 요하는 군대에서만 적용되면 좋겠지만 우리나라에서는 대부분의 관료조직이 이러한 시스템으로 운용되고 있다. 오랜 유교의 전통상 중국, 일본과 마찬가지로 우리나라도 아직까지 이 전통의 영향권에서 완전하게 벗어나지 못하고 있는 실정이다.

같은 업무를 수십 년간 맡고 있어 자신의 업무내용을 훤히 알고 있어 프로에 해당한다고 볼 수 있는 공무원을 갓 부임한 수장이 관장하기는 쉽지 않다. 더욱이 외부기관에서 왔거나 정치권에서 낙하산 임명을 받아온 경우는 더욱 어렵다. 자연스럽게 공무가 지속적인 업무담당자들의 손아귀에 놓이게 된다. 문제가 발생하면 관리책임을 물어 수장을 경질하라는 여론으로 수장이 교체되지만 새로운 수장이 온다하더라도 일시적인 경각심만 줄 뿐 시간이 지나면 예전으로 되돌아간다. 이런 폐단이 벌써 오래전부터 나타나고 있지만 개선의 여지는 요원하다.

어떻게 하여야 이런 악순환을 끊을 수 있을까?

선진국에서는 지능적으로 자행되는 부패를 척결하려고 내부자 고발제도를 활용하고 있다. 그러나 우리나라에서는 묘하게 내부의 고발을 고자질로 보고 고발자를 의리 없는 사람으로 매도하고 있다. 정당한 고발도 동료 간에 의리를 저버리는 배신자 취급을 한다. 그동안 내부자 고발을 했던 많은 사람들이 겪는 고통을 보면 금방 이해가 갈 것이다. 불의를 보고 고발하는 제도가 법으로나 사회적 관념으로 우리사회에서 받아들여지지 않는다면 특정 업무를 장기간 맡아보는 공무원이나 전문기관의 부정행위를 일소하기는 어렵다. 동종 업무에 종사하는 사람만이 알 수 있는 특수사항을 외부인은 다 들여다 볼 수 없고 그 세부적인 진상이나 관행을 알 수 없기 때문이다.

이들을 관할하고 있는 감독자나 직속상관이나 동료가 동시에 관행적으로 이권에 연관되어 있다면 고발제도를 둔다하더라도 폐단을 바로잡기가 쉽지 않을 것이다. 하물며 부정을 보고도 관행으로 여겨 함께 물들어 있다면 최고책임자를 아무리 여러 번 교체하여도 백년하청일 것이다. 오늘날 이곳저곳에서 내부자 고발에 의해 세상에 알려지고 있는 부정부패의 폐단을 보면 잘 알 수 있을 것이다.

익명에 의한 음해성 고발이나, 정쟁과 관련하여 이용되는 고발은 처단 받아야겠지만 실명으로 떳떳하게 고발한 기관이나 기업의 부정행위는 과감한 포상과 더불어 용기 있는 행위로 우리사회에서 찬양받는 풍토가 조성되어야 한다. 부정한 집단이기주의가 더 이상 만연하기 전에 사회적 장치가 마련되어야 한다. 경제성장에는 자본, 노동, 등 생산요소와 법적인 정치경제제도가 큰 영향을 미친다고 하지만 법적제도가 아닌 국민의 윤리관 가치관 등도 중요하다.

일찍이 막스베버는 자본주의의 발전에 청교도정신이 큰 역할을 하였다고 간파했다. 요즈음에는 신뢰 및 사회의 윤리관, 가치관 등 문화(비공식적 제도)가 경제발전에 큰 영향을 미치고 있다는 주장을 펴는 학자가 많다.

공무원과 회사직원은 어떤 차이가 있을까?

우리사회는 오랜 사농공상의 전통으로 관리를 사회계급의 으뜸으로 치부하여 왔다. 이런 전통은 우리역사에서, 적어도 근세조선 500년 동안은, 우리사회의 근간을 이룬 사상이었다.

오늘날 공무원에 해당하는 조선시대의 관리들은 유교사상으로 수신과 치국의 도가 결합되어 자신을 먼저 수양한 후 백성을 다스려야 천하가 태평하게 된다고 배웠다. 그리하여 공과 사를 명백히 구분하고 사익은 최대한 억제하려는 청백리의 전통을 지키려고 노력한 흔적을 많은 기록에서 볼 수 있다.

이런 전통이 구한말 관료들의 부패로 말할 수 없는 행정문란을 가져와 농민들의 반란이 전국으로 번졌고 결국 나라는 망했다.

해방 후에는 농업사회에서 산업사회로 변천하는 과정에서 유교사상도 희박해지고 공무원의 윤리의식도 많이 퇴색하였다. 더욱이 남과 북이 전쟁을 치르는 사이 전통적 신분은 사라지고 자신의 위상을 드러낼 수 있는 방법이 없어졌다. 누구든 돈 많이 벌어 가진 자가 행세하는 현실이 되었고, 재산에 의하여 신분제도가 결정되어 가고 있는 것이 오늘의 현실이다. 특히 IMF 환난을 겪은 후에는 기회만 있으면 자신의 권력을 이용하여 돈을 벌려는 생각이 온 사회에 팽배해졌다. IMF로 회사원들이 대량실직을 하게 되었고, 그 결과 기업이 자신의 노후보장을 해주지 못하고 그동안 신조로 믿어 왔던 평생직장의 개념이 사라지자 회사원들도 현직에 있을 때 스스로 노후보장을 마련하고자 노력하게 되었다.

공무원과 특권의 지위에 있던 사람들은 용이하게 퇴직 후 자신의 노후를 보장할 장치를 강구할 수 있었다. 퇴직 후에 근무할 수 있는 새로운 기관을 만들거나, 업무와 관련이 있는 업체에 시혜를 베풀어 퇴직 후 일자리를 보장 받는다. 그 결과 오늘날 많은 사회적 폐단이 나오기 시작하고 있는 것이다. 일테면 사법부의 판검사들이 퇴직하여 변호사로 개업한 선배를 전관예우로 대우한 사례는 오래 전부터 회자되던 얘기였다.

요즈음은 고급 공무원들의 퇴직 후 근무에 대한 '관피아' '금피아' 등의 신조어가 만들어지고 있다. (최근의 세월호 사태가 발생하자 '해피아'라는 말까지 나오고 있다.) 같은 조직의 사람들끼리 서로 봐주는 행태를 미국의 조직폭력배에 비유한 말이다. 그동안 크게 물의가 일어나지 않았지만 이권과 관련이 있는 대부분의 부처에서 비슷한 연결고리가 있지 않을까하는 의심이 부쩍 늘고 있다. 이권과 관련 없는 부서에서 근무하는 충실한 많은 공무원들의 명예에 손상을 주는 이런 행위는 단연코 중단되어야 한다. 국가의 장래를 위하여도 그렇고 공무원 자신들의 미래를 위해서도 공무원 스스로 치유의 길을 찾는 것이 가장 바람직하다. 외부의 압력이나 강제적인 개혁조치로는 쉽게 목표달성도 어렵겠지만 많은 부작용과 파장을 불러오게 될 것이기 때문이다.

부(富)를 추구하고 싶다면 영리회사에 들어가 자기 재능을 발휘하여 회사의 이익도 올리고 자신에게도 큰 소득이 오도록 하는 것이 바람직하다. 부와 명예를 동시에 갖고 싶은 욕망과 자신감이 가슴에 충만하다면 미국의 빌 게이츠나 워런 버핏처럼 창업하여 사회에 기여하라. 어느 경제학자는 마이크로소프트의 성공으로 시애틀에 백만장자가 2000년까지 만여 명에 이른다고 추정했다. 빌 게이츠는 가만히 있어도 많은 세상 사람들이 멘토로 삼고 찬양하고 존경한다.

국가의 공무를 수행하면서 직위나 권한을 이용하여 돈을 번다면 그런 사람은 공무원(公務員)이 아니고 사무원(私務員)이다. 업무의 기준을 민간위주의 공적자세에서 조금만 일탈하여도 전 국민의 감시의 눈은 훨씬 차가운 자세로 지켜본다.

그동안 공무원이 키워온 전문인의 능력만큼 국민의 감시하는 눈도 계속해서 높아가고 있다는 사실을 알아야 한다. 요즈음 여러 공무원 등 권력을 행사하는 전문인에 해당하는 사람들의 비행 보도를 보면서 느껴보는 생각이다.

박 명 수 지 음

자녀에게 보낸 편지